BURLINGTON

MW00885387

LA LLAMADA
DEL
CREPÚSCULO

LA LLAMADA DEL CREPÚSCULO

Sarah Lark

Traducción de Andrea Izquierdo

B DE BLOK

Título original: *Ruf der Dämmerung*

Primera edición: junio de 2018

© 2009 Bastei Lübbe GmbH & Co. KG, Köln
© 2018, Penguin Random House Grupo Editorial, S. A. U.
Travessera de Gràcia, 47-49. 08021 Barcelona
© 2018, Andrea Izquierdo, por la traducción

Printed in Spain – Impreso en España

ISBN: 978-84-16712-93-9
Depósito legal: B-6.511-2018

Compuesto en gama, s. l.

Impreso en Romanyà Valls, S. A.
Capellades (Barcelona)

BL 1 2 9 3 9

Penguin
Random House
Grupo Editorial

1

—¿En serio, no te importa?

Viola suspiró. Era ya la quinta vez que su madre se lo preguntaba ese día. En total, estaba segura de que había respondido que no al menos cien veces y, de todos modos, era demasiado tarde para cambiar de opinión. Acababa de facturar el equipaje y el avión que volaba a Dublín estaba listo para el embarque.

Además, esa no era la pregunta adecuada. Al fin y al cabo, ¿qué era lo que no había de importarle a Viola? ¿Marcharse un par de meses a Irlanda? Al contrario, se alegraba de ello. Siempre había querido estudiar en el extranjero y el idioma no suponía ningún obstáculo. A fin de cuentas era mitad irlandesa y, naturalmente, desde pequeña había hablado inglés con su padre y alemán con su madre.

¿Separarse de su madre, entonces? En los meses anteriores Viola y su madre habían estado muy unidas. A veces demasiado. Sobre todo en el último período su madre apenas la había perdido de vista, algo que, en el fondo, era una carga para Viola. Seguro que resultaba positivo poner punto final a eso.

Le quedaba por delante una temporada con la nueva familia de su padre y ahí sí que no las tenía todas consigo. Viola estaba segura de que no aguantaría a la nueva esposa de papá. Y encima había un hermanastro en camino... Aunque, por otra parte, tal vez todo ello la ayudara al menos a comprender un poco a su padre.

La cuestión era que Viola estaba resuelta a tomarse el viaje como una aventura. Cualquier cosa sería mejor que seguir con su madre, las dos apesadumbradas y sin salir de una casa que se les antojaba vacía.

—¡Claro que no! —contestó una vez más a su madre, al tiempo que le daba un beso de despedida en la mejilla—. Al contrario, me lo pasaré bien. Venga, no te preocupes más por mí y disfruta de Boston. Tienes un trabajo estupendo en una compañía puntera y cuando regreses dirigirás la filial más importante de Alemania. Te estás promocionando y se lo refregaré cada día a papá cuando él esté limpiando los váteres del camping de su querida Ainné.

En el rostro de la madre de Viola se dibujó una sonrisa algo triste, pero también un poco maliciosa. En Braunschweig, donde vivían, el padre de Viola había trabajado en una agencia de viajes. Su habilidad manual era limitada; en realidad, cada vez que intentaba clavar un clavo en la pared se machacaba los dedos. Así pues, la que hasta ese momento había sido su familia no alcanzaba a imaginárselo haciendo de «chico para todo» en un camping perdido en Irlanda. Aunque, por supuesto, él no había descrito así su nuevo trabajo. Según sus propias palabras ocuparía el cargo de «administrador». Frente a esto, Viola y su madre solo podían esbozar una sonrisa. Hasta la fecha, la nueva esposa y el padre de esta habían dirigido sin esfuerzo alguno la empresa, con apenas uno o dos ayudantes durante la temporada alta. Seguro que el negocio no contaba con muchos puestos directivos.

Viola aprovechó ese raro instante de relajación para ahorrarse las lágrimas de despedida. Dio un breve abrazo a su madre, cogió el equipaje de mano y cruzó la barrera. Durante los controles de seguridad, la saludó de nuevo y salió airosa del trance. La madre se dio media vuelta, demostrando así que era capaz de aguantar hasta el final.

Viola suspiró de alivio. Ese día no habría soportado un mar de lágrimas, ya los había sufrido suficientes veces en las semanas que siguieron a la partida de su padre. Por entonces su madre lloraba casi cada día, mientras que Viola, sometida a una especie de pasmo, no lograba entender nada. Todo había sucedido de forma demasiado repentina, con objeto de dejar el asunto zanjado cuanto antes.

Viola se deslizó entre los mostradores del *duty free* y recordó una vez más esas horribles semanas transcurridas medio año atrás.

Justo ahí, en el aeropuerto de Hannover, habían despedido a su padre, que iba a ausentarse por una semana para asistir a un congreso en Galay. Viola, su madre y su padre se habían reído, se habían abrazado y él había dicho que el siguiente viaje a Irlanda iba a ser de vacaciones con la familia. Tal vez remontaran el Shannon en una barca o simplemente dieran una vuelta a la isla en un vehículo alquilado. La madre se había burlado un poco de su esposo sugiriendo que también podían alquilar un carro de chatarrero, de tinker como se conocía en Irlanda a ese pueblo errante, tirado por un caballo, pues sabía que a su marido esos animales le daban miedo desde que de niño le había pisado uno. El padre había bromeado con las hadas y duendes de su país natal. Eran todavía días felices. Sin embargo, la noche siguiente la madre ya había empezado a preocuparse. Cuando el padre estaba de viaje llamaba prácticamente a diario, pero en esa ocasión el teléfono permanecía mudo y él había desconectado el móvil. Durante toda la semana, Viola y su madre solo habían logrado hablar con él una vez y lo notaron extraño, solo respondía con monosílabos. Al final recibieron un SMS con el que les avisaba de que permanecería fuera tres días más. Y luego llegó la sorprendente explicación: cuando por fin regresó, durante el trayecto del aeropuerto a casa les habló de Ainné, su amor de juventud. Se había topado inesperadamente con ella en Galway y, según sus declaraciones, enseguida «saltó la chispa». Ainné lo había cautivado —«embrujado», según lo expresó la madre más tarde— y él se había enamorado como nunca antes. Ainné O'Kelley y Alan McNamara estaban hechos el uno para el otro, de eso el padre estaba convencido.

Esa noche, Alan McNamara eligió unas amables palabras para expresar el mero hecho de que su familia se había convertido de repente en un obstáculo. Viola y su madre no debían tomárselo como algo personal, ni mucho menos, pero había otras muchas más cosas entre el cielo y la tierra, justamente...

El padre flotaba en las nubes y las esperanzas de la hija de que tal vez bajara de ahí antes de divorciarse no se cumplieron. Luego resultó que además Ainné se había quedado embarazada. Los recién enamorados habían aprovechado bien la primera semana del reencuentro.

En ese momento anunciaron el vuelo y la muchacha se dejó arrastrar por la corriente de viajeros, sobre todo adultos, viajantes de negocios y turistas fuera de temporada. En Hannover la escuela volvía a empezar el lunes siguiente y en Irlanda, una semana más tarde. Viola estaba nerviosa ante la perspectiva de asistir al instituto de Roundwood, el pueblo donde vivía su padre. Seguiría el noveno curso de enseñanza secundaria durante un semestre, tal vez un año si se sentía a gusto con su padre y Ainné. En cualquier caso, su madre pasaría seis meses en Boston, en la sede principal de la gran empresa estadounidense de informática para la que trabajaba. Eso representaba un salto considerable en su carrera, al menos no dependería económicamente de su exmarido. Si bien solo se trataba de un pequeño consuelo, eso le había levantado los ánimos tras la separación. Al menos en la empresa sabían valorarla y la preferían a ella antes que a una «rosa irlandesa». Y, en cierto modo, también sentía cierta perversa satisfacción al amenazar con la presencia de su hija la recién nacida felicidad de Lough Dan: Ainné seguro que no estaría entusiasmada con el hecho de recibir en un mismo paquete a su «gran amor» y a la hija adolescente de este. Viola sonrió furiosa: que no esperase la nueva esposa de su padre mucha amabilidad por su parte.

Era la segunda vez en su vida que Viola volaba y el ajetreo del despegue, aterrizaje, servicio de cabina y venta de artículos libres de impuestos le resultó lo bastante emocionante como para que el viaje se le hiciera corto. Por otra parte, al abandonar su antigua forma de vida la asaltó también la alegría por volver a ver a su padre. Por mucho que lo hubiera criticado con su madre, lo había añorado. Siempre se tomaba las cosas con calma y siempre había conseguido tranquilizar a Viola y a su madre, fueran cuales fueren los conflictos que hubiera en la escuela o en la empresa. Alan McNamara había disfrutado con su trabajo en la agencia de viajes, siempre tenía algo que contar sobre sus clientes y los deseos especiales de estos. Viola sonrió al pensar en ello y esbozó una mueca al recordar los sombríos meses que siguieron a la separación de sus padres.

Cuando por fin aterrizaron, recorrió impaciente el tramo casi inacabable que unía el avión con el espacio de recogida de equipajes. A un corredor monótono y acristalado le seguía otro, a veces provisto de cintas automáticas para avanzar más deprisa. Viola probó uno y lo encontró divertido. De pronto se le ocurrió que tal vez debería arreglarse un poco antes de reunirse con su padre. Buscó los servicios y comprobó su aspecto en el espejo. No estaba mal, aunque debía disimular un poco con maquillaje el indiscreto granito que le había salido sobre el ojo derecho. Seguro que era por el aire del avión. Viola no solía tener acné, pero su cutis, muy claro —¡herencia irlandesa!— era muy sensible y enseguida se le irritaba. Por lo general, una tez de ese tipo iba acompañada de unos cabellos rubios o rojizos y ojos azules, pero la melena lisa y abundante de Viola era de color castaño y los ojos, de un verde oscuro, con chispitas de color marrón claro cuando se inquietaba o estaba nerviosa, como en ese momento. Viola se estiró el pulóver verde claro y se ajustó los ceñidos vaqueros. Ese último semestre tan estresante se había adelgazado un poco, pero según su opinión, le sentaba bien. Se imaginó que su padre sonreiría cuando la viera. Siempre se había sentido orgulloso de ella y la llamaba su «princesa». ¿Llamaría ahora así a su nuevo vástago si era niña? El buen humor de Viola se ensombreció y se acercó peligrosamente al nivel cero cuando por fin alcanzó, empujando el carrito con las maletas, la puerta de llegadas. Buscó en vano con la mirada el rostro enmarcado por el cabello rizado y de color cobrizo oscuro de su padre. Al parecer se había retrasado... ¿O se habría equivocado con la hora de llegada? En Irlanda era una hora antes que en Braunschweig... y además estaba el asunto del «a.m.» y el «p.m.». ¿La esperaría su padre por la noche? ¡Pero seguro que estaba al corriente de los horarios de su país!

Miró desconcertada alrededor. Tenía un número de teléfono, pero su padre le había dicho que era difícil contactar con él durante el día porque solía estar fuera, en algún lugar del camping. Ese día seguro que era así, en Dublín relucía el sol. Ni rastro de la lluvia irlandesa de la que su amiga Katja la había advertido. Katja había estado ese último año en Irlanda con sus padres y al parecer había llovido sin parar. Aunque tal vez solo pretendiera dar una visión negativa del país. Eran amigas desde la infancia y apenas si podían imaginarse pasar seis meses separadas.

¡Qué desastre! ¿Por qué no se habría apuntado el número del móvil de su padre?

Mientras Viola seguía mirando alrededor con aire desdichado, un joven se aproximó a ella. Era rubio y desgarbado, de esos que solo parecen tener brazos y piernas, y llevaba delante de él un cartel escrito con rotulador rojo.

Sorprendida, Viola leyó su nombre: Viola McNamara. Y entonces el chico se acercó a ella.

—Perdona, ¿tú no serás Viola, por casualidad? —dijo el joven, dirigiéndose a ella al tiempo que señalaba el cartel.

Viola asintió desconcertada.

—Pero... mi padre... En realidad estoy esperando a mi padre. —Casi dudó en la elección de las palabras correctas y se avergonzó de su titubeo.

El chico sonrió.

—Es que no ha podido venir. Algo le ha ocurrido a su señora... En cualquier caso me ha mandado a que te recogiera. Soy Patrick y trabajo en el camping. ¿Lo llevo yo? —señaló el carrito con las maletas, que en realidad no era nada fácil de manejar. Aunque tal vez Viola tampoco lo hubiera cargado de la mejor de las maneras: era tan poco habilidosa como su padre.

Viola volvió a asentir y cedió el carrito a Patrick. Todavía sin pronunciar palabra, salió con él del aeropuerto rumbo al aparcamiento, donde el chico se dirigió hacia un microbús con un rótulo que rezaba: «LOUGH DAN CAMPING.»

—Hay sitio suficiente para tus cosas —explicó Patrick con una sonrisa—. Vaya, a juzgar por todo lo que llevas cualquiera diría que vas a quedarte al menos medio año aquí...

—Es lo que voy a hacer...

La conversación en inglés fue adquiriendo fluidez. Una vez que hubo explicado a Patrick que pensaba permanecer en Irlanda durante la estancia de su madre en Estados Unidos, se sintió del todo cómoda con el idioma.

—¿Y tú? —preguntó después al joven—. ¿Eres de Roundwood?

Patrick sacudió la cabeza.

—Sí y no. Aunque nací allí, me mudé hace unos años a Dublín. Estoy estudiando música y literatura.

—¿Y trabajas durante las vacaciones en Roundwood? —quiso saber Viola.

Él asintió.

—Pues... otra vez he de contestarte que sí y no —respondió él, riendo—. En Roundwood hay unos cursos de verano de estudios gaélicos, sobre la antigua lengua y música irlandesas. Hay dos profesoras del instituto que saben un montón. Ya te darás cuenta tú también, la clase pasa como si nada. Bueno, pues como no tengo ingresos fijos y hay que pagar este curso, me he buscado un trabajo. Todavía me quedaré un mes en Wicklow, hasta que vuelva a empezar la universidad. ¡Así luego tendré aire fresco y naturaleza en estado puro de sobras! Lough Dan es bonito, te gustará, pero está alejado de todo.

Viola rio. No sonaba al entorno típico de su dinámico padre.

—¿Internet? —preguntó ella con cautela. Llevaba el portátil en la maleta y esperaba enviar el primer mail a Katja ese mismo día.

Patrick frunció el ceño.

—Sí, pero falla cuando llueve o hay tormenta... ¡No pongas esa cara de espanto! —Le sonrió con aire burlón—. Antes de que se descubriera internet la gente también sobrevivía en Lough Dan. Es un antiquísimo paraje trabajado por el hombre. A pocos kilómetros de distancia se encuentra Glendalough, donde san Kevin realizó sus obras...

Viola puso los ojos en blanco. ¡San Kevin le daba completamente igual, quien le interesaba era Katja!

Patrick desvió el microbús para alejarse de la periferia de Dublín en dirección al condado de Wicklow. El trayecto no duraba más de dos horas, pero cuando abandonaron la autovía y avanzaron a través de la campiña y junto a poblaciones diminutas fue como si se zambulleran en otro mundo. Las carreteras fueron estrechándose y haciéndose más sinuosas, el paisaje llano que rodeaba

Dublín se volvió montañoso. Era evidente que se aproximaban a la zona de excursiones y reposo en que se encontraban Lough Dan y Roundwood. El pueblo más alto de Irlanda, como señalaba en ese momento Patrick.

—Un lugar de preferencia para pasar las vacaciones. Se puede pescar, pasear, montar a caballo... Por cierto, ¿montas a caballo? El viejo Bill está como loco esperando a la chica de Alemania. Está convencido de que ahí a todos les encantan los caballos. Y espera ayuda, gratuita claro, con los ponis...

—¿Montar a caballo?, ¿yo? —Viola no había escuchado con atención, sino que se había quedado absorta en el fascinante panorama montañoso que surgía ante ella. Además se había mareado un poco con las curvas. La imagen de los caballos, sin embargo, la devolvió bruscamente a la realidad. Después de que Katja se hubiera enamorado por un breve período de tiempo de un caballo llamado *Blacky*, la simple mención de esos animales producía en Viola un sentimiento de puro terror. Durante tres meses, Katja había hablado exclusivamente de caballos, pero por suerte un chico llamado Toby se había mudado al apartamento de al lado y Katja había orientado su interés hacia esa dirección. Viola también consideraba aburrido a Toby, pero al menos no tenía un olor tan penetrante.

Patrick rio con ironía.

—Tu padre ya le ha dicho que no te gustan los caballos, pero él no se lo cree. Esencialmente, Bill solo cree lo que quiere creer. Según mi opinión es algo pesado... pero ya te entenderás con él...

La última observación pretendía ser consoladora. Al parecer, Viola volvía a tener una expresión algo apesadumbrada.

—Bill es el padre de Ainné, ¿verdad? —preguntó.
Patrick asintió.

Viola suspiró. Otra persona más con quien iba a convivir y con quien se las tendría que apañar. Patrick, al menos, era simpático.

Después de un trayecto casi interminable y plagado de curvas llegaron por fin a Roundwood, un pueblecito de nada, tal como era de esperar, pero de aspecto acogedor, con fachadas de colores y rótulos antiguos en las tiendas. Patrick se detuvo delante de un supermercado y Viola salió del coche con pasos vacilantes. Si respiraba hondo y se movía un poco tal vez no llegara a vomitar... Al final ayudó a Patrick a cargar un par de cajas con víveres que, como era evidente, habían encargado por teléfono y luego se sintió mucho mejor.

—Esa es la vieja escuela —le explicó Patrick cuando reanudaron la marcha, indicándole un hermoso edificio antiguo—. Y justo detrás está el nuevo centro escolar. No es tan bonito, pero se supone que tiene un equipamiento muy moderno. Yo no lo he visto porque cuando era pequeño todavía íbamos al antiguo. En vez de ordenadores, teníamos duendes.

—¿Y cómo vendré cada día hasta aquí? —preguntó Viola enfurruñada y mirando con expresión sombría la señal que anunciaba la distancia hasta Lough Dan: cinco kilómetros, calculó rápidamente. Ahora sí que estaba harta de coche. Habían bastado las tres primeras curvas por el pueblo para que tuviera la sensación de estar otra vez mareada.

—En el autobús escolar —respondió Patrick—. No te preocupes, pasan a recogerte. Y es el instituto situado en el punto más alto de Irlanda. —Sonrió burlón—. Mira, el lago.

Una nueva curva dejó al descubierto la vista sobre el Lough Dan y Viola casi olvidó el mareo. A la luz del sol era un paisaje sensacional. El pequeño lago, enmarcado entre montañas y liso como un espejo, reflejaba las cumbres. Era como si bajo la superficie del agua hubiera un país encantado de desfiladeros y valles hechizados. Algunas orillas eran escarpadas, pero la mayoría era plana y cubierta de cañizales o hierba. El lago se alimentaba de muchos arroyuelos que formaban aquí y allá diminutas cascadas. Las corrientes brillaban plateadas al sol, cuyos rayos parecían atrapar para regalárselos al lago. Al principio Viola no distinguió ninguna casa y, de hecho, la localidad —en la que se encontraba el camping de los O'Kelley/McNamara— era tan minúscula que ni siquiera tenía nombre. En un punto con una vista panorámica especialmente bonita había una tienda de recuerdos y un restaurante. Viola distinguió también un hotel en lo alto de las montañas, alejado, y unas pocas casas diseminadas. Nada que gozara de fama internacional.

—Mires por donde mires solo verás naturaleza —advirtió Patrick—. Aquí la actividad más emocionante consiste en observar pájaros.

Giró por un camino angosto en dirección al lago y cruzó enseguida una barrera abierta. Al lado había una garita con un cartel que anunciaba: «LOUGH DAN CAMPING.» Viola se fijó en que había unas treinta plazas para aparcar, de las cuales solo unas pocas estaban situadas al lado mismo del lago en esos momentos.

—En pleno verano hay más movimiento —señaló Patrick, al tiempo que seguía el cartel hacia Administración. Al final se detuvo delante de un pequeño edificio de cubierta de caña que Viola ya conocía a través de los mails de su padre. En la recepción había un despacho y una tienda minúscula en la que los campistas podían comprar lo imprescindible. Patrick y Viola metieron las cajas de Roundwood y Patrick de inmediato se puso a desempaquetar.

—Prefiero hacerlo enseguida —explicó—, si no me olvido y Ainné se enfada si se derrite la mantequilla. Pero tú ya puedes entrar, el acceso privado está justo al lado, imposible equivocarse. Luego te llevo las maletas. Aunque no sé si encontrarás a alguien allí: no veo el coche por ningún lado.

—¿Dónde suele estar mi padre? —preguntó Viola decepcionada, mientras se ponía a ayudar a Patrick. ¿Qué iba a hacer en la casa vacía? En el mejor de los casos, conocería al padre de Ainné, y no es que le apeteciera demasiado.

—Ya te lo he dicho, se ha marchado en la ambulancia con Ainné. Si es grave tendrá que ir a Dublín, pero por el momento se trata de una falsa alarma. Al bebé todavía le quedan un par de semanas. —Patrick guardó la leche y la mantequilla en la nevera. Viola puso en su sitio las sopas en sobre. En cinco minutos habían concluido.

—¿Quieres dar una vuelta? —preguntó Patrick, sonriendo de nuevo con aire socarrón—. A lo mejor descubrimos unos pájaros la mar de interesantes.

Viola asintió abatida. Todavía tenía el estómago revuelto tras el viaje en coche. Seguro que le sentaría bien respirar aire fresco.

No se arrepintió. El ambiente era cálido y el aire olía a resina y a vegetación. El camping, situado en un lugar idílico junto a la orilla del lago, contaba con un pequeño embarcadero y un cobertizo que albergaba canoas y botes de remos de alquiler.

—Mi trabajo —anunció Patrick, señalando las canoas cuidadosamente apiladas sobre tacos—. Además de todo lo que se tercie. Pero me ocupo sobre todo de los botes y de dar instrucciones a la gente con vocación de navegante. Los kajaks se vuelcan cuando no se es muy hábil, pero estaré encantado de enseñarte a manejarlos, si te apetece.

Viola hizo un gesto negativo con la cabeza. Podía renunciar tranquilamente a cualquier deporte... Salvo a navegar por internet.

—Y allí detrás están los ponis. De eso se encarga Bill.

Patrick apartó a Viola de la orilla para encaminarse hacia una superficie cercada que incluía también establos y postes para atar los animales. Allí delante se hallaba un hombre rechoncho y rubicundo riñendo en un tosco irlandés a una delicada muchacha:

—Me da completamente igual lo que hayas pensado. ¡*Gracie* no trabaja, ya lo sabes!

—¡No la he alquilado! —se defendió la chica. Tenía el cabello de un rubio pálido y era delgada, de la misma edad que Viola—. Yo misma la he montado. Se pone insoportable cuando no tiene nada que hacer. Además, los próximos meses Ainné no la sacará, así que pensé...

—De pensar ya se encargan los caballos, tienen la cabeza más grande —gruñó el hombre—. Y el caballo de Ainné es el caballo de Ainné, tanto si lo monta como si no.

La joven iba a replicar una vez más, pero al advertir la presencia de Patrick y Viola, se ruborizó de inmediato. Parecía avergonzada de que la riñeran en público... ¿o acaso solo se había sonrojado porque estaba Patrick?

Viola creyó vislumbrar un brillo delator cuando los ojos azules de la muchacha miraron al joven. Al parecer, no solo estaba enamorada de los caballos.

Patrick, a su vez, más bien parecía disgustado.

—Bueno, pues ese es Bill —señaló—. O lo tomas o lo dejas. La chica se llama Shawna, es la criatura más sufridora de esta isla...

Antes de que concluyera, Shawna se acercó a ellos.

—Hola, Patrick —saludó, y en ese momento ya fue imposible no darse cuenta de las estrellitas que brillaban en sus ojos—. Has vuelto.

Viola nunca había estado realmente enamorada, pero había observado en diversas ocasiones que ese estado conducía a una gran pérdida de la capacidad de construir frases completas o inteligentes.

—Como es evidente —respondió Patrick burlón—. ¿Tú también has estado fuera hasta ahora? Un paseo a caballo de medio día con tres turistas, ¿no? Con lo que le has hecho ganar ciento cincuenta euros a ese canalla. Y él te lo agradece con una bronca.

Shawna volvió a ruborizarse. Al parecer era un tema delicado.

—No debería haberme llevado a *Gracie* —explicó para justificar el estallido de Bill—. Y menos sin haberlo consultado antes con Ainné. Pero necesitaba tres ponis grandes para los turistas, todos eran adultos. No iba yo a montar uno más pequeño. Y...

—No te molestes, Shawna, a mí no necesitas darme explicaciones. —Patrick hizo un gesto de rechazo con la mano—. Mejor le pones al viejo los puntos sobre las íes. ¡Caray, Shawna, sin ti está perdido! Curras cada día y no ves ni un céntimo. Déjalo un par de días colgado, puede que luego sea un poco más amable...

—Pero al menos puedo montar —protestó Shawna—. Y si ahora viene esa chica de Alemania... —En ese instante reparó en Viola—. Oh... ¿eres tú...? —Se ruborizó de nuevo.

Viola intentó sonreírle animosa.

—Soy Viola y, en efecto, vengo de Alemania. Pero, aunque quisiera, no podría aguantarme ni tres minutos encima de *Gracie* o como se llame. Y tampoco tengo el menor interés en limpiar ningún establo, sentar a los hijos de los turistas sobre los ponis y hacer lo que sea que haces tú aquí.

En el rostro de Shawna apareció una sonrisa tímida. Patrick volvió a esbozar una mueca burlona.

—¿Lo ves? Nadie va a disputarte este trabajo ideal. Y ahora que no se te ocurra ayudar a ese tipo a guardar los caballos y a darles de comer. Tengo refrescos en el cobertizo de los botes, ven, yo invito.

Shawna parecía sentirse culpable —seguro que había estado firmemente decidida a seguir trabajando—, pero al final salió ganando su debilidad por Patrick. Lo miró embelesada y los acompañó a él y Viola sin protestar. Un perrito blanco y negro que hasta el momento había estado correteando alrededor del viejo Bill se sumó a ellos.

Viola lo acarició.

—¿Y este quién es? —preguntó para romper el silencio. Acertó. Shawna de inmediato abandonaba su reserva cuando se trataba de animales.

—Es *Guinness* —respondió, presentando al animal—. Tu padre lo bautizó así porque es blanco y negro, como la cerveza con la espuma blanca. En realidad también es de Ainné, pero ella no se ocupa mucho de él. Casi siempre está conmigo...

La última frase sonó algo triste y melancólica. Viola sospechó que a Shawna no le permitían tener perros en casa. Y era evidente que ni hablar de caballos, aunque tal vez sus padres tampoco pudieran permitírselo.

—Por cierto, estarás en mi clase —anunció Shawna, cambiando de tema—. Nos preguntábamos todos si hablabas inglés. ¡Y gaélico!

Patrick condujo a las chicas a un rincón idílico junto al lago donde, entre la hierba, unas piedras se erguían formando unos asientos naturales. Sobre todo, el lugar quedaba fuera de la vista desde los establos y desde la casa. El cobertizo de los botes se hallaba entre la orilla y los edificios de servicios. Allí el viejo Bill no incordiaría a Shawna, así que esta se mostraba bastante relajada y charlaba con Viola mientras tomaban asiento en las rocas caldeadas por el sol y Patrick iba a por los refrescos.

Viola se enteró de que en el instituto no podía prescindir del gaélico, pero Shawna le aseguró que la clase era reducida y la profesora no se mostraba severa.

—Seguro que te hace un programa especial. Es imposible que espere que en seis meses recuperes nueve cursos escolares. Sea como sea, intentará que te guste. ¡Siempre recluta nuevos alumnos para los cursos de verano!

Cuando Patrick apareció, Shawna volvió a su laconismo. Era obvio que estaba coladita por el chico, aunque Viola no distinguió ninguna señal de que él sintiera lo mismo. Aun así, Shawna parecía caerle bien y no cabía duda de que la chica le inspiraba algo de lástima. Las condiciones previas, pues, no eran del todo malas.

Al cabo de un rato, Shawna emprendió de mala gana el camino de vuelta.

—Esta tarde nos llegan dos cargamentos más en autocar —le explicó a Patrick con expresión contrariada al tiempo que acariciaba una vez más a *Guinness* en la cabeza y se subía en el ciclomotor—. Dos horas seguro que dura... Adiós, Viola, nos vemos...

Shawna se subió de un salto al vehículo y se alejó haciendo ruido por un sendero para excursionistas, aunque seguramente no estaba permitido el acceso a motoristas.

—¿Qué es lo que les llega? —preguntó Viola, una vez que Shawna hubo desaparecido de vista. Patrick y ella regresaban a la casa, tal vez su padre había vuelto entretanto.

Patrick rio.

—Dos autocares cargados de turistas. Shawna trabaja en el Lovely View, el restaurante al que van los excursionistas. ¿Te acuerdas? Hemos visto el cartel. Aunque está a dos kilómetros del cruce. ¡Ese local es una mina de oro! Las agencias de viajes llevan a los clientes a Glendalough y luego ofrecen allí un té o una comida. En cualquier caso, a los McLaughling les caen clientes a docenas y precisan de ayuda. Aunque sobra decir que Shawna tampoco gana nada con sus padres. En caso contrario podría comprarse por fin un caballo y se acabaría la historia con Bill. Pero lo dicho, es demasiado buena para este mundo. Y los ángeles tampoco lo tenían fácil en los tiempos de san Kevin. Mira, ahí está el coche. Si no se le ha escapado a tu padre, él también debe de haber llegado.

Viola rio nerviosa. El reencuentro con su padre se había retrasado tanto que en ese momento se sentía un poco confusa, aunque se le pasó en cuanto lo tuvo delante. Alan McNamara estaba ayudando a bajar a una joven pelirroja del viejo todoterreno, pero dejó a Ainné en cuanto divisó a Viola. Esta se arrojó a sus brazos.

—¡Por fin, Vio! —Alan hizo girar a su hija en el aire como cuando era pequeña—. Qué mal me ha sabido no poder ir al aeropuerto. Pero quién sabe, quizá preferías a Patrick en lugar de a mí. —Le guiñó un ojo—. Ándate con cuidado, el chico es un donjuán. ¡La pequeña Shawna está loca por él!

Viola afirmó que podía estar seguro de que no estaba loca por Patrick y que tampoco había encontrado a ningún otro hombre en el mundo que pudiese hacer sombra a su padre.

—¡Esta es mi princesa! —exclamó Alan entre risas, al tiempo que le daba otro beso—. Pero ahora ven, ¡he de presentarte a Ainné. —Se diría que iba a mostrarle un regalo de Navidad largo tiempo deseado. Viola se puso tensa, pero Alan ni siquiera lo notó. Entusiasmado, tomó a su hija de la mano y la condujo al coche, donde seguía esperando la mujer. Intentaba defenderse de la impetuosa bienvenida de *Guinness* y lanzó a Viola y su padre una mirada inmisericorde.

—A ver si ya podemos entrar en casa, Alan —observó con frialdad—. Todavía no me siento del todo bien... Disculpa, Viola, no tiene nada que ver contigo, pero el bebé... —Se llevó las manos al vientre.

Viola murmuró algo incomprensible. Su padre, que la había soltado en cuanto Ainné se quejó, tendía el brazo a su nueva esposa en un gesto solícito. Ella se apoyó pesadamente en él, pero Viola lo encontró todo un poco exagerado. Sin duda, habría podido valerse por sí misma. No obstante, Viola tuvo tiempo durante ese rato de pasar revista con discreción a Ainné O'Kelley-McNamara. Su padre siempre decía que era una rosa irlandesa y Viola había buscado esa expresión por internet. Al parecer se refería a chicas pelirrojas, con la tez clara y pecosa:

Ainné se ajustaba a esa descripción, y si bien no coincidía del todo con el ideal de belleza de Viola, esta debía reconocer que la nueva esposa de su padre era guapa. Tenía el pelo rojo, liso y espeso, no ensortijado como Viola había esperado ni tampoco del tono zanahoria al que su madre no dejaba de aludir cuando se imaginaba a su rival. El color del cabello de Ainné tendía más bien al cobre o a un dorado rojizo, y sus ojos eran de un azul brillante. En su tez se veían pecas, pero no muchas, los rasgos resultaban proporcionados y los labios eran carnosos y bien dibujados, aunque algo contraídos en una mueca de disgusto en ese momento. Sin duda, Ainné estaba delgada cuando su padre la había vuelto a encontrar, pero con el embarazo había perdido la silueta. Pese a todo, sus movimientos eran gráciles. Viola recordó que su padre había elogiado lo deportista que era. «¡Una intrépida amazona!» El tono era admirativo, pero para Viola y su madre había sido una prueba más de su trastorno mental: Alan McNamara odiaba los caballos y lo último que hasta entonces podía impresionarle era la «intrepidez» de un jinete.

—Voy a recoger tus maletas —indicó Patrick a Viola, retirándose. Había reaccionado a la broma del padre de la chica con su característica sonrisa burlona, pero no parecía que Ainné le cayera especialmente bien. Tal vez solo le había sentado mal que no le hubiera dirigido ni la más mínima palabra de saludo. De todos modos, tampoco había dado las buenas tardes a Viola. Por lo visto Ainné no consideraba necesario simular alegría por la llegada de la hija de su esposo.

Viola siguió a su padre y la esposa de este por un pasillo primero, para llegar luego a una gran cocina que daba a una sala de estar. El interior de la casa no era más espacioso de lo que dejaba entender su aspecto externo. Aparte de la cocina y la sala de estar, que con toda probabilidad utilizaban Bill, Ainné y Alan, solo había un baño y tres dormitorios. Viola ocuparía uno, luego sería el bebé quien durmiera ahí. Seguramente a Ainné le habría gustado transformarlo ya en la habitación del recién nacido.

No obstante, dio la bienvenida a la hija de su esposo una vez que se hubo sentado en un sillón junto a la chimenea.

—¿Nos preparas un té, cariño? —preguntó con dulzura al padre de Viola, que al instante se levantó de un brinco para precipitarse a la cocina—. ¿Y quizá tú también quieres colaborar, guapa...? —Sonaba como si Viola fuera una gandula y respondona—. En el armario hay tazas y en la tienda seguramente encontrarás un par de *scones*...

Viola se alegró de escapar a la tienda, satisfecha de haber ayudado a Patrick a ordenar las cosas. Enseguida encontró los pastelillos para el té y llevó también mantequilla y mermelada.

Pese a su tremendo malestar, Ainné se sirvió con generosidad. Viola, por el contrario, daba sorbitos al té. La presencia de Ainné la intimidaba. Su padre intentó romper el hielo preguntándole por la escuela y Katja.

—¿Y sigues prefiriendo jugar con el ordenador a cualquier otra actividad? —preguntó haciéndole un guiño—. ¿O te has enamorado de un caballo? A veces me preocupas, pareces haberte saltado esta fase.

Viola puso los ojos en blanco. Sentía debilidad por las novelas de fantasía y los juegos de rol, al tiempo que detestaba cualquier tipo de deporte. Sobre todo cuando la actividad en cuestión implicaba la presencia de animales que mordían por delante y coceaban por detrás.

Aun así, la broma le sirvió de pretexto para formular sus deseos más importantes.

—Me gustaría conectarme luego a internet —anunció.

El padre y Ainné fruncieron el ceño por igual, el padre parpadeando y Ainné con desaprobación.

—Juegos de ordenador... —murmuró ella, indignada—. Chica, estás viviendo en uno de los lugares más preciosos y maravillosos del mundo... Puedes montar a caballo, remar, pasear...

—Y observar pájaros, ya me lo han dicho —concluyó Viola, que llevaba mucho tiempo siendo amable—. ¿Puedo echar una vistazo a la habitación, papá?

Se levantó con determinación, antes de que Ainné la pusiera a lavar platos. En sí, no le importaba colaborar en las tareas domésticas, pero sospechaba que si no marcaba los límites de inmediato, Ainné pronto la trataría igual que Bill a Shawna.

Como era de esperar, la habitación del primer piso era diminuta, pero daba al lago. La vista era espléndida, todavía más porque ninguna caravana la estropeaba.

—¿Y dónde duerme Patrick? —preguntó de pasada, más por decir algo que por verdadero interés.

Alan rio.

—Ya habéis coqueteado un poco, ¿no? Confiésalo, no estaría mal que se pusiera a tocar la guitarra debajo de tu ventana. Pero, bromas aparte, los ayudantes están instalados en un alojamiento bastante primitivo, habría que cambiarlo. Pat duerme en una antigua caravana, detrás del cobertizo de los botes. Bastante infame, según mi opinión. Y húmedo en invierno. Aunque para entonces estará de vuelta en Dublín. Creo que ya tiene ganas.

Alan McNamara ayudó a su hija a cargar las maletas e instalar el portátil. Sin embargo, no había acceso a internet. Viola esperaba que su padre lo arreglara, porque se le daban bien los ordenadores, pero en esos momentos movió la cabeza, apenado.

—Lo siento, pero ahora tengo que marcharme, cielo, es la ronda de la tarde. Patrick me ha dicho que pasa algo con los váteres de la zona oriental, voy a ver si consigo averiguarlo... Y en la segunda hilera de caravanas algunos clientes se han quejado de los de la tienda, que al parecer fuman hierba por las noches...

El padre le plantó un besito en la frente y desapareció escaleras abajo. *Guinness*, el perrito, miró algo confuso a su amo y a Viola, pero al final se decidió por el primero. La muchacha oyó que los dos llegaban abajo y recibían un par de instrucciones de Ainné. Casi se le escapó una sonrisa maliciosa. Con el chiste de la mañana había dado en el clavo: el cargo de «administrador» de papá era tan solo un eufemismo de «chico para todo».

Viola se puso a ordenar sus cosas y luego enseguida empezó a aburrirse. El deseo de enviar un mail a Katja era demasiado imperioso y no tenía por qué mandarlo desde su ordenador. Seguro que había un aparato utilizable en el despacho. Después de haber perdido una hora jugando con el ordenador, estar sin conexión no era demasiado estimulante, así que se decidió a preguntar a Ainné.

Esta ya se había recuperado —cuando su marido no andaba cerca no parecía estar ni la mitad de desvalida— y trajinaba por la cocina.

—Claro que puedes utilizar el ordenador, pero quizá podrías echarme primero una mano con la cena.

Había un ligero matiz de reproche y Viola empezó a odiar los «quizá» de Ainné. La mujer siempre se expresaba con amabilidad, pero el tono de su voz dejaba bien claro que no había elección: si Viola quería el ordenador, tenía que cortar antes cebolla. Pese a todo, la cocina de Ainné no era elaborada. A grandes rasgos solo se trataba de una ensalada y de aderezar un par de pizzas congeladas. En cuanto Viola las metió en el horno, le fueron autorizados veinte minutos de ordenador, el mismo tiempo exactamente que tardaban en hacerse las pizzas.

Viola empleó los tres primeros minutos en encontrar la contraseña de su padre. Antes siempre había utilizado su nombre o el de la madre de Viola, pero ahora... Windows acabó abriéndose al introducir las palabras *«Irish Rose»*...

2

La última semana de vacaciones —planteada en realidad como período de aclimatación— transcurrió para Viola con una lentitud torturadora. En el camping no tenía absolutamente nada que hacer, al menos nada que le gustara ni aunque fuera un poco. Su ordenador seguía sin funcionar: para el acceso inalámbrico a internet se necesitaban unas piezas accesorias que la tienda de ordenadores de Roundwood había de pedir a Dublín. Eso tardaría un par de días —¡parecía un chiste refiriéndose a una distancia de cincuenta kilómetros!—, de modo que solo podía utilizar el ordenador del despacho a ratos perdidos. Eso bastaba para informar a Katja y a su madre de que todavía no había muerto de aburrimiento ni a consecuencia del arte culinario de Ainné —la nueva esposa de Alan parecía considerar las especias y sobre todo la sal un lujo prescindible—, pero no alcanzaba para chatear.

Y no era que al resto de su nueva familia no se le ocurrieran diversas ocupaciones para ella. Bill, por ejemplo, de buen grado la habría aficionado a los caballos. Se negaba a admitir que Viola aborrecía las tareas en los establos y que tenía miedo de los animales grandes, sino que insistía una y otra vez. Viola no tardó en evitarlo. Ainné, en cambio, necesitaba ayuda en la casa y en la tienda, y Viola se la prestaba de buen grado. Le divertía sobre todo el contacto con los campistas en la tienda y no tardó en encargarse de los pedidos al supermercado de Roundwood cuando algo faltaba. Sin embargo, colaborar con Ainné le amargaba la alegría que le producía entenderse sin esfuerzo en un país extranjero. La nueva esposa de su padre siempre estaba de mal humor, nunca daba las gracias y siempre exigía más. Tampoco se podía charlar con ella con naturalidad. Respondía incluso a las observaciones más inocentes de forma cortante y con cierto tono de reproche. Claro que Viola se preguntaba si no serían imaginaciones suyas. A fin de cuentas, había llegado predispuesta a que no le cayera bien la nueva cónyuge de su padre. No obstante, Ainné se comportaba de igual modo con Patrick y hasta trató con aspereza a Shawna a causa de *Gracie* una vez más. Shawna habría montado el caballo de buen grado mientras Ainné estuviera embarazada, y lo argumentaba diciendo que la inactividad forzada volvía irascible al animal, hasta el punto que los niños de los turistas ni siquiera se atrevían a entrar en el cercado. Pero Ainné no quería que nadie en absoluto se acercara a su tesoro.

—¡Pero si nunca va a ver a *Gracie*! —se quejó Shawna cuando Patrick volvió a encontrarse con las chicas en el lugar retirado detrás del cobertizo de los botes el domingo previo al inicio del curso. También Viola, en el tiempo que llevaba allí, había llegado a apreciar ese refugio que resultaba invisible desde la casa y los establos. Ese día se había resguardado ahí porque era inminente una operación de limpieza en «las áreas de los sanitarios» del camping. Ainné había solicitado su colaboración, aunque sin utilizar en ningún caso la expresión «pasar la escobilla por el váter» e introduciendo siempre, por supuesto, su palabra favorita: «quizá».

—Podría pasar de vez en cuando a ver a *Gracie* y llevarle una manzana o algo así. Pero no se preocupa por ella, solo le importa ser su propietaria... —prosiguió Shawna.

Patrick le lanzó una lata de Coca-Cola.

—Caray, Shawna, ¿no hay ningún otro caballo al que mimar por aquí? Bill y Ainné solo se aprovechan de ti... Y si mañana *Gracie* muerde a un crío, te echarán la culpa seguro.

Viola hizo un gesto de fastidio aburrida también por esta discusión, que Patrick y Shawna mantenían prácticamente cada día porque a la muchacha le gustaban demasiado los ponis de Bill para tomar distancia. Viola estaba convencida de que también Patrick tenía un papel en ello. Si Shawna dejaba de ayudar en el cuidado de los caballos, se quedaba sin razones para verlo.

—¡Mañana empiezan las clases! —exclamó al fin Viola, interrumpiendo el eterno dilema—. Entonces Shawna ya no tendrá tanto tiempo para venir a ayudar. Y yo ya encontraré un par de excusas. Algo así como: «¿Quizá cuando haya terminado los deberes?»

Shawna y Patrick se echaron a reír.

El tema del autobús escolar funcionó sin ningún problema: el vehículo se detuvo a la hora exacta delante de la entrada del camping. De todos modos, Viola, nerviosa, ya estaba lista desde hacía quince minutos en el acceso. Llevaba dos horas despierta y, para su sorpresa, los preparativos para el instituto no habían durado ni la mitad de tiempo que en su casa de Braunschweig. A fin de cuentas, ahí no debía preocuparse de cómo ir vestida: ¡en Roundwood los alumnos llevaban uniforme! Al principio, Viola se había puesto la falda de cuadros, la camisa verde claro y la chaqueta gris oscuro con cierta desconfianza, pero luego había comprobado que los colores le sentaban bien. Acentuaban el de sus ojos y el ligero tono rojizo de sus cabellos. Quedaba la cuestión de si maquillarse o no con el uniforme. En Braunschweig siempre se ponía algo de sombra en los ojos y se pintaba los labios, pero ahí decidió prescindir de ello. Ya hacía tiempo que había desaparecido el granito y no valía la pena correr el riesgo de que el primer día le llamaran la atención por darse un poco de color.

Esperaba, pues, nerviosa junto a la entrada del camping, si bien se había refugiado en la garita porque llovía.

El conductor del autobús tocó la bocina al no verla, pero le sonrió cuando ella salió al instante diligentemente.

—También podrías haber esperado en casa. Te habría llamado con la bocina, no hay que empaparse bajo la lluvia.

Viola le dio las gracias y enseguida se sintió integrada: Shawna ya estaba en el autobús y le presentó a los compañeros de clase. Eran tres chicos y dos chicas más, y todos procedían de empresas turísticas situadas alrededor de los dos lagos que había en los alrededores de Roundwood. La conversación también giró en torno a los turistas y al estrés veraniego que ellos soportaban por su causa, y Viola se sintió verdaderamente orgullosa de poder aportar ya su experiencia en la tienda y en el cobertizo de alquiler de los botes en el camping. Además, las chicas

—Jenny y Moira— querían saberlo todo sobre Patrick. También parecían beber los vientos por él y Viola se asombró de que no hicieran fila cada día en el camping. Sin embargo, por lo visto allí se solía esperar a que el chico diera el primer paso. En Braunschweig la pandilla de Viola habría considerado antediluviano algo así.

Los chicos del autobús le causaron la impresión general de ser algo limitados. Uno de ellos, Hank, semejaba la encarnación de un armario y era patente que adoraba a Moira. No conseguía conversar con ella con naturalidad, sino que lo intentaba lanzando unas indirectas tan burdas que los demás le respondían con carcajadas. Moira se contentaba con poner los ojos en blanco. ¡Menudo cavernícola!

Al final, el autobús se detuvo delante del pequeño instituto y Viola conoció al resto de la clase. La mayoría de los alumnos de la *highschool* de Roundwood vivía en la misma ciudad, así que el vehículo escolar solo recogía a unos veinte niños y adolescentes de los alrededores. Tal como le habían dicho, las clases eran muy reducidas: al curso de Viola solo asistían quince estudiantes y, en consecuencia, el trato con los profesores era de compañerismo y familiaridad. Aun así, al principio se puso nerviosa, sobre todo porque tenía que mantener una pequeña charla con cada uno de los profesores, pero no tardó en relajarse al advertir que todos tenían buena predisposición hacia ella. ¡En esta pequeña población todo el mundo parecía interesarse sinceramente por la nueva alumna! En comparación, en la escuela de Braunschweig no eras más que un número.

No obstante, Viola tampoco tardó en darse cuenta de los inconvenientes del pequeño instituto: en la clase, enseguida tocaba el turno. Los profesores se percataban a la velocidad de la luz de quién estaba despistado o no había entendido nada, y, en cuanto a las asignaturas, era evidente que ahí estaban más adelantados que en Alemania. Viola tendría que esforzarse mucho para llegar al nivel. De todos modos, sería un pretexto estupendo para cuando Ainné empezara con que había que limpiar los váteres.

En el descanso del mediodía, Shawna llevó a Viola a la cafetería y la condujo a una mesa con otras chicas. Todas se mostraron sumamente amables; sin embargo y a pesar de ello, tras unos pocos minutos Viola empezó a añorar a Katja y sus anteriores compañeras de escuela. Antes, en el autobús, todavía había podido participar de la conversación, pero en ese momento se percató de que en el fondo tenía pocas cosas en común con Shawna y las demás. La primera se limitaba a hablar prácticamente de caballos y al menos Moira parecía compartir con ella esa pasión por animales grandes y de olor penetrante. El resto chismorreaba sobre chicos a los que Viola o bien no conocía o bien encontraba poco interesantes. Por ejemplo, Hank el armario gozaba de las simpatías generales y, al igual que su amigo Mike, parecía ser una especie de estrella.

—¡Es el capitán del equipo! —señaló una de las chicas con admiración.

Viola se preguntaba en qué deporte destacarían esos sujetos y lo consultó discretamente a Shawna en el lavabo de chicas.

Esta se tronchó de risa.

—¿Todavía no has oído hablar del hurling? —preguntó—. Pues ya puedes espabilar. Es nuestro deporte nacional. No necesariamente apropiado para poetas y pensadores, pero incluso Cú Chulainn debió de jugar.

—Cú Chulainn era el héroe de una leyenda irlandesa—. Aunque seguramente lo hacía con un demonio en lugar de con una pelota. Hank nunca llegará tan lejos, aunque no se le dan mal los cabezazos...

Viola aprendió el juego esa misma tarde, en la clase de educación física. Recordaba un poco al hockey: una pelota pequeña impulsada por unos palos de madera había de pasar por encima o por debajo de un larguero situado a dos metros y medio de altura. Para alcanzar este objetivo se diría que casi todo estaba permitido. Viola contempló perpleja a los chicos mientras estos se atizaban entre sí con puños y palos y convertían en pocos minutos el campo mojado por la lluvia en un barrizal. Naturalmente, cada tres minutos se arrojaban unos contra otros en el lodo y luego estaban tan sucios que Viola no alcanzaba a distinguirlos entre sí. Las chicas de Roundwood los vitoreaban con frenesí; si en el entrenamiento ya se desgañitaban entusiasmadas, en un auténtico partido debían de flipar.

Viola no quería reconocerlo, pero tras medio día en el nuevo instituto se sentía sola. Sus compañeras eran totalmente distintas de sus amigas de Braunschweig. A ninguna de ellas le interesaba la música, el cine o los juegos de ordenador, y los chicos parecían ser unos auténticos asilvestrados que solo recurrían a internet para informarse de los resultados de los partidos de fútbol, como mucho. Una de las chicas tocaba la guitarra en un grupo de folk y dos se dedicaban en serio a la danza ceili, un tipo de baile folclórico. Hablaban sin parar sobre su actuación en el teatro local, donde en verano se celebraban espectáculos para los turistas. Por los alrededores no había ninguna discoteca. ¡Shawna suponía que la más cercana se encontraba en Dublín!

Viola pidió un acceso a internet, con lo que pronto se confirmó su sospecha de que, tal como Patrick había reconocido, la conexión solía fallar, sobre todo en invierno. Esto no preocupaba demasiado a los demás, pues la mayoría no tenía ordenador propio, sino que utilizaba solo el del instituto. Viola, sin embargo, ya se sentía fuera de este mundo. Aun así podía recoger las piezas que faltaban de su portátil en el descanso del mediodía. Si por la tarde no había temporal, lluvia o nieve, volvería a enviar un mail a Katja... ¡una idea reconfortante!

Por la tarde, después de educación física, había asignaturas de arte. En general se exigía lo mismo que en Braunschweig, solo la clase de música se salía de lo normal. La profesora, Miss O'Keefe, recibió a los alumnos no junto a un piano, sino junto a un arpa.

—Típico de Irlanda —susurró Shawna cuando se dio cuenta del asombro de Viola—. ¿No has visto que hasta en nuestras monedas aparecen unas arpas? Y Miss O'Keefe es una auténtica artista, da cursos de verano...

Miss O'Keefe tenía al menos un aspecto encantador. Era muy joven, en efecto, y respondía a la imagen de la rosa irlandesa todavía más que Ainné, sobre todo porque no mostraba un semblante malhumorado, sino semejaba disfrutar de verdad de la clase.

—Este curso nos ocuparemos del cancionero de Child —explicó con entusiasmo—. Y compararemos las baladas inglesas y escocesas con el legado musical irlandés.

Miss O'Keefe contó emocionada que, en el siglo XIX, Francis James Child había reunido y analizado canciones y baladas. A continuación y a título de ejemplo les cantó una breve y melancólica canción que contaba el amor de una mujer mortal hacia un extraño ser híbrido.

I am a man upon the land, I am a silkie on the sea...

La voz de Miss O'Keefe acompañada del arpa era tan conmovedora que casi se podía ver al triste silkie, que en la tierra adoptaba la forma de un humano aunque vivía en el mar, donde era una foca. Entonces le pedía a su amada humana que le diera el hijo para llevárselo con él.

Shawna tenía lágrimas en los ojos cuando Miss O'Keefe finalizó.

—La leyenda del silkie se difundió sobre todo en Escocia, pero también se la conoce aquí y en las islas de Aran —explicó la profesora, devolviendo a los alumnos al presente—. Y el amor de una humana hacia un inmortal, aunque este sea un monstruo, es un motivo que se extiende por toda la música y la literatura mundial. ¿Sabe alguno lo que se entiende por «motivo»?

Jennifer, la guitarrista, contestó:

—Una pequeña melodía que varía en el transcurso de la pieza musical —explicó.

Miss O'Keefe asintió.

—Y en la literatura, se trata de un tema que siempre vuelve a aparecer. En relación al ejemplo que hemos puesto, pensad en algo así como *La Bella y la Bestia* o...

—¡En mi libro favorito una chica se enamora de un vampiro! —intervino una alumna regordeta que se llamaba Bridget.

Los demás rieron.

—¡Correcto, Bridie! —la halagó Miss O'Keefe—. De modo que, ya veis, este motivo sigue vigente hasta en la literatura juvenil contemporánea.

En los minutos que siguieron, los alumnos se superaron unos a otros enumerando parejas peculiares del cine, los musicales y los libros, y se rieron mucho de que Shawna no les encontrara ninguna gracia a los monos gigantes, por ejemplo.

—Aunque si alguien apareciera en forma de caballo... —dijo pensativa, provocando con ello una estridente carcajada.

—Pero como caballo... —empezó a explicar Miss O'Keefe, pero el timbre la interrumpió.

Guinness ya esperaba en la entrada del camping cuando Viola bajó al final de la larga jornada escolar. El perrito la saludó con entusiasmo y Viola esperó que Shawna no se pusiera celosa por ello. En los últimos días, el collie buscaba cada vez más la compañía de la chica, los dos eran algo así como compañeros de infortunio, pues ambos se aburrían en igual medida. *Guinness* pertenecía en realidad a una raza de perros pastores y se lo habría pasado mucho mejor cuidando de un rebaño. Aun así, no cabía duda de que también le habría gustado ser miembro de una familia de verdad en la que todos lo quisieran. Ainné, sin embargo, no quería animales en casa cuando llegara el bebé. Bill refunfuñaba porque el perro intentaba constantemente reunir a los ponis como si fueran ovejas y el padre de Viola estaba tan ocupado e iba tan de cabeza con sus tareas que no tenía tiempo para él.

Viola había sospechado con acierto que el trabajo del camping no era del agrado de Alan McNamara. Este caía bien a los clientes y siempre estaba dispuesto a charlar con ellos; pero cuando se trataba de reparaciones, recurría a Patrick. Viola suponía que le horrorizaba la idea de que su ayudante, tan joven y pragmático, volviera a marcharse al Trinity College de Dublín.

Viola acarició a *Guinness*, que brincó ansioso sobre ella.

—Mira, primero intento poner en funcionamiento el portátil y luego te llevo de paseo —prometió a *Guinness*, en cuyo simpático rostro de collie pareció surgir una sonrisa, como si la hubiera entendido palabra por palabra.

«Voy a acabar asilvestrándome», pensó Viola resignada cuando echó un vistazo para comprobar el estado del cielo antes de meterse en casa con el perro. Lloviera o saliera el sol, en los últimos días había pasado horas vagando al aire libre con *Guinness*. Al principio por aburrimiento, pero luego porque empezó a disfrutar de los paseos. El terreno que rodeaba el lago era demasiado bonito para quedarse impasible. Viola se sentía como en los países encantados de sus juegos de fantasía, cuando de repente divisó una islita fantástica poblada de helechos y árboles nudosos y recorrió el decrépito y antiquísimo puente que la unían a la tierra firme. Recordaba los cuentos de elfos y hadas que su padre le contaba cuando era pequeña. Era fácil imaginar que esas criaturas habitaran allí y que en las noches de luna llena danzaran en los verdes prados de las orillas. Y tal vez se escondieran también duendes tras los enormes bloques de piedra que yacían diseminados sobre las colinas como si hubieran sido lanzados ahí sin cuidado alguno. Los días de sol, las rocas se reflejaban en el lago y parecían espíritus jugando con las olas. A veces, *Guinness* espantaba cisnes. Príncipes encantados... Viola recordaba un juego en el que aparecía algo similar. Pero ahí se encontraba en el centro mismo de ese paisaje encantado, si bien no tenía que pasar ninguna prueba mágica, sino solo intentar escaquearse de limpiar los váteres. Se rio al pensar en ello y decidió que la siguiente vez se llevaría una máquina de fotografiar para enseñárselo todo a Katja. Pero antes tenía que conectarse a internet. De eso precisamente iba a ocuparse en ese momento.

Viola intentó introducirse en la casa sin llamar la atención. Aunque podía disculparse porque tenía deberes, si podía evitar uno de los «¿Podrías quizá...?» de Ainné, mejor que mejor.

Sin embargo, en la sala de estar se había desencadenado una fuerte discusión entre su padre y la nueva esposa de este.

—¡Podrías ayudarlo un poco más! Por el momento yo estoy fuera de combate y Patrick asegura que tiene alergia a las picaduras de avispa...

Viola sonrió para sus adentros. Así que se trataba de nuevo del pastizal que el padre de Ainné se había empeñado en cercar. Además, a nadie le apetecía ayudarle, incluso Shawna se disculpaba diciendo que tenía deberes y trabajo en el restaurante de sus padres. A Patrick simplemente se le había ocurrido lo de las picaduras después de que Shawna las hubiera sufrido varias veces en la parcela de prado en cuestión. Solía llevar a pastar a los ponis allí y, en el fondo, le parecía bien la idea de tener una nueva dehesa donde apacentaran. No obstante, había ayudado a Bill en varias ocasiones a levantar cercados y todavía recordaba con demasiada nitidez lo mal que lo trataba. Así que ahora tenía que encargarse Alan. Viola esperaba impaciente qué pretexto iba a dar.

—Ainné, cariño, sabes que lo hago todo por ti... pero también sabes que no se me da bien eso de ir repartiendo martillazos. Y... estaría demasiado lejos de casa... ¿Qué sucedería si te ocurriera algo...?

—Existe el teléfono móvil, Alan —respondió Ainné con frialdad.

—Pero allí abajo seguro que no hay cobertura...

Viola rio para sus adentros. En efecto, no había cobertura en los alrededores, no la había encontrado con su propio móvil en todo el terreno del camping ni tampoco bastante lejos de él.

—En cualquier caso, prefiero quedarme contigo —concluyó su padre algo abatido—. Quizá Viola podría...

La muchacha apretó los dientes. ¡Menudo traidor! Su padre sabía perfectamente que ella no tenía ni pizca de ganas de ayudar a Bill.

—De todos modos quería hablarte de Viola —contestó Ainné con acritud—. Se escaquea de todos los trabajos. Pensaba que me echaría una mano, pero solo hace lo imprescindible. Esta es una empresa familiar, no puede mantenerse aparte como si tal cosa. Lo mejor es que le pongas los puntos sobre las íes y le digas que tiene que ayudar a Bill el fin de semana... o ya puede ir olvidándose del ordenador. La verdad, no entiendo por qué necesita su propio acceso a internet...

Viola casi explotó de rabia, aunque se percató de que Ainné no había pronunciado ni una sola vez en todo su discurso la palabra «quizá». Con su esposo se comportaba de otro modo que con Viola y Patrick. Ante Alan ni siquiera se molestaba en ser un poco diplomática.

—Pero... necesita el ordenador... para el instituto mismo... —protestó Alan .

Viola estaba alarmada. Como siguiera así, Ainné acabaría convenciéndole. Lo mejor sería que apareciera en ese instante armando mucho alboroto.

La chica se deslizó de nuevo a la puerta de entrada, la abrió sin hacer ruido y la volvió a cerrar de un portazo.

—Hola, papá, Ainné... ¿Hay alguien ahí?

Los dos callaron de golpe cuando ella entró brincando y exageradamente contenta en la sala de estar.

—¡Hola, princesa! —la saludó su padre, con un tono casi aliviado—. Qué, ¿cómo ha ido la escuela?

—¡Bien! —respondió Viola—. Pero cansada. Aquí van mucho más adelantados que nosotros, papá, tengo que trabajar como una loca para ponerme al día. —Y lanzó al mismo tiempo a Ainné una mirada supuestamente dulce, pero en el fondo combativa—. Sin internet no lo conseguiría, pero por fin tengo las piezas. ¿Me ayudas a conectar el portátil?

Subió las escaleras con aire triunfal seguida de su padre, que no se atrevió a rechistar, y el alegre *Guinness*.

Media hora más tarde, escribía por fin el primer mensaje largo a Katja.

Quizá tendría que considerar a Ainné más bien como una obligación —apuntó después de describir ampliamente a la nueva esposa de su padre—. Como un juego de ordenador... ¡lo que hay que plantearse es si «el trato estratégico adecuado con la madrastra mala» está en la categoría de *real life* o *fantasy*!

Katja enseguida contestó:

Depende de lo que hayas pensado hacer con ella. Desde luego, la fantasía te ofrece los mejores métodos de homicidio. Pero a lo mejor basta con que...

bueno, por ejemplo, con que la conviertas en una zapatilla de deporte ,-)

Viola se rio divertida. Era un placer volver a estar en contacto con Katja. A Shawna nunca se le hubiera ocurrido una respuesta así.

¿Y qué más? ¿Del asunto chicos no se habla por ahí?

Viola meditó si debía contarle cómo era Patrick. En cualquier caso, de los chicos del instituto no valía la pena hablar. Sin embargo, *Guinness* se había puesto a rascarle la pernera del pantalón con insistencia. Decidió aplazar el chat. El perro sabía lo que quería y, por mucho que ella se obstinara en no reconocerlo, el paseo por Lough Dan le apetecía más que los abismos de la World Wide Web...

Cuando Viola regresó más tarde, su padre ya la estaba esperando.

—¿Princesa?

Por el tono sumiso de su voz, contenida y casi culpable, Viola notó que algo se estaba cociendo. Justo entonces se percató de que antes nunca había captado estos matices cuando él hablaba. Sin embargo, recientemente los percibía con frecuencia, sobre todo cuando su padre hablaba con Ainné.

—Vio, cariño, ¿ya subes a tu habitación?

La muchacha puso los ojos en blanco. Su padre la había sorprendido subiendo hacia el dormitorio. ¿Adónde iba a ir, si no?

—Te acuestas siempre tan temprano... —Tenía que haber sonado a reproche, pero le faltaba determinación.

Viola reaccionó con impaciencia.

—¿Qué quieres que haga aquí abajo? —preguntó—. ¿Mirar con Bill los concursos de canto? ¿O quieres que juegue al *scrabble* con Ainné?

Los gustos televisivos de Bill siempre constituían en el seno de la familia un problema que, por otra parte, pocas veces se atrevían a abordar.

—Necesitaríamos una segunda sala de estar... —murmuró su padre—. Pero de todos modos... tú... nosotros dos... en realidad nunca hacemos nada juntos.

Viola se encogió de hombros.

—La semana pasada estuvimos en Glendalough —le recordó—. Por lo que tengo entendido, es el único punto de interés de toda la zona. Pero me encantaría que fuéramos a Dublín cuando tengas tiempo.

Callejear por la ciudad le habría gustado mucho más que ir a visitar las antiquísimas ruinas del monasterio, pero no se quejaba. En realidad las salidas con su padre siempre estaban bien, incluso había encontrado los aspectos divertidos de los lugares donde san Kevin había obrado sus milagros. Se suponía que en uno de los lagos de la zona habitaba un monstruo y su padre lo había intentado todo para sacarlo de ahí y llevárselo a Lough Dan.

—El único camping con su monstruo particular —bromeaba—. Los turistas vendrían en manada...

Al principio, lo único raro de las ruinas había sido el aspecto de los otros visitantes, pero esto no llegó a molestar a Viola. Y, por una vez, Ainné no había tenido oportunidad de lanzar miradas inmisericordes alrededor, porque se había quedado en casa, revisando papeles.

—Tesoro, ya sabes que no suele resultarme fácil marcharme de aquí. La cuestión es que mañana... había pensado que... que mañana los dos podríamos echar una mano a Bill con el cercado. Quiere vallar un poco de pastizal junto al lago. Será divertido... —Alan enmudeció desalentado cuando vio la expresión del rostro de Viola.

—¿Divertido? —preguntó ella frunciendo el ceño—. Venga, papá, para hacer el tonto ya me basto yo sola. Lo que sucede es que tu querida Ainné te ha condenado a clavar clavos, ¿verdad? Y ahora buscas apoyo para que mañana por la noche no tengas «quizá» —alargó la palabra— todos los dedos machacados.

Su padre se pasó la lengua por los labios. Siempre que lo hacía recordaba un poco a un niño al que alguien hubiera pillado haciendo trampas.

—Ainné opina que no ayudas lo suficiente en casa —dijo—. No lo dice enfadada, pero ya sabes... está algo estresada... el bebé...

—Habría tenido al bebé en la barriga, aunque yo no hubiera venido —señaló Viola—. En el supuesto de que la falta de minerales no cause abortos. ¿No has notado que últimamente las comidas de esta casa llevan sal? Pues adivina quién suele prepararlas. Aunque sea por instinto de conservación: los platos de Ainné son incomestibles...

El padre quiso replicar, pero Viola se puso en movimiento.

—Y la chica que cada día está en la tienda tampoco es un genio de la lámpara convocado por Ainné: también soy yo. Algo en lo que no pongo reparos porque la tienda me gusta. Pero no soporto ni a los caballos ni tampoco al querido Bill, para que lo sepas. Además, a partir de mañana tengo deberes de la escuela...

El padre tenía el aspecto de un niño pequeño al que acababan de propinar un bofetón... y que sabía exactamente cómo se lo había ganado...

—Venga, princesa... un par de horitas... solo para que Ainné esté contenta... Entre los tres acabaremos en un periquete. Y... —Era evidente que estaba buscando un estímulo, y de pronto su rostro se iluminó—. ¡Te llevaré a Dublín si vienes! La semana que viene. De todos modos, Ainné quería que le hicieran una ecografía... Por lo visto en la clínica de la ciudad hay un aparato moderno que reproduce a los bebés en tres dimensiones... Bueno, la cuestión es que te llevaríamos con nosotros y podrías ir tranquilamente de tiendas...

Viola no tenía del todo claro si realmente quería ir con Ainné a Dublín, pero su padre lo había conseguido: le había dado pena y la había ablandado. Aunque estaba cantado que, por más que trabajaran tres en la cerca, no estaría lista en un «periquete».

—Ah, entonces yo también me apunto —la consoló la amable Shawna cuando, al día siguiente, Viola se quejó de su buena fe. Llovía, no mucho pero de forma continuada, y aunque por la tarde dejara de hacerlo, tendrían que trabajar en la hierba alta y mojada. Era evidente que las zapatillas deportivas se le empaparían, a no ser que abandonara sus principios respecto al tema zapatones deformes o aprovechara el descanso del mediodía para comprar en algún sitio unas botas de goma.

—Y seguro que Patrick también echa una mano. A fin de cuentas, cuando llueve no hay avispas. Ya verás, siendo cinco terminaremos en un pispás. —Shawna sonreía animosa.

A continuación se puso de nuevo a hablar de caballos. Viola desconectó y pensó en el mensaje que mandaría a su amiga. La noche anterior le había contado sus penas y Katja todavía no se había recobrado ante la imagen de Vio como ranchera.

¡Ten cuidado, pronto pasarás los días recorriendo a caballo las fronteras del rancho y peleándote con ladrones de ganado!

A Viola no le había resultado nada divertido y había interrumpido el chat irritada.

Como al mediodía seguía diluviando, se resignó y compró en la única zapatería de Roundwood unas divertidas botas de goma negras con lunares de colores. No quedaban mal, pero Shawna dudaba de que fueran a durar mucho.

Pese a todo, el cielo fue misericorde. Mientras Viola intentaba justificar por qué algunas personas creían que la novela de Salinger *El guardián entre el centeno* había cambiado su vida, dejó de llover. Shawna, que ya hacía tiempo que había desconectado, porque el centeno solo le recordaba a forraje para caballos, señaló resplandeciente el cielo que de nuevo aparecía casi azul.

—¡En Irlanda, el mal tiempo no dura mucho! —explicó contenta, cuando las dos estuvieron de nuevo sentadas en el autobús—. ¡Ya verás, luego se pondrá el día precioso de verdad!

En efecto, cuando los cinco constructores de la cerca se reunieron junto al lago, el sol brillaba y hacía bastante calor. Pese a ello, el único que estaba de buenas era *Guinness*, que correteaba por el grupo moviendo la cola. Bill estaba malhumorado porque la lluvia le había echado a pique un negocio por la mañana: habría podido alquilar dos caballos, pero los clientes habían renunciado a salir a causa del mal tiempo. Patrick veía avispas por todas partes y se enfadó con Shawna, echándole en cara que se hubiera dejado convencer una vez más para currar gratis para Bill. El padre de Viola iba dando vueltas con el móvil y comprobaba cada dos minutos si Ainné había llamado... Si bien entretanto Viola había observado que el embarazo de Ainné no presentaba ningún problema siempre que su padre realizara una tarea que a su nueva esposa le pareciera importante. Solo se sentía mal cuando Alan había pensado ir al pub o planeaba hacer una excursión con Viola. Incluso la breve salida a Glendalough había requerido un máximo esfuerzo logístico y habían tenido que abreviar el rato destinado a tomar el té a causa de una llamada urgente.

Solo Shawna fingía que el trabajo la divertía y demostró también ser muy diestra haciendo agujeros con un taladro manual y colocando estacas; Patrick trabajaba, asimismo, con rapidez y eficacia, era evidente que quería terminar; y Alan clavaba con saña clavos y apenas se quejaba cuando no atinaba. Por suerte, la tarea demostró no ser tan inmensa como Viola se había temido. De hecho, tres lados de la dehesa ya estaban provistos con postes. Ahí bastaba con restaurar la valla eléctrica. Viola se otorgó la tarea de atornillar los aisladores y trabajó en la maleza, bien lejos de los gruñidos de Bill, las bromas forzadas de su padre y las peleas entre Patrick y Shawna. Allí podía figurarse que era una princesa encantada en un videojuego y que en cualquier momento algún hábil jugador dirigiría a su príncipe hacia ella para liberarla de la esclavitud. Sin embargo, tal fantasía solo le fue útil mientras no estuvo completamente empapada: tal como Shawna había previs-

to, las botas de goma de moda no eran más que un reci-
piente para recoger el sudor de los pies. Una vez que se
hubieron retirado las nubes de lluvia, el sol volvió a brillar
con toda su fuerza y pronto la camiseta de Viola quedó
chorreando de sudor. Habría deseado estar al otro lado de
la pantalla. Ese videojuego le resultaba demasiado realista.

Pero por fin cerraron la dehesa y Shawna y Patrick
ayudaron a Viola a atornillar los aisladores también en
los nuevos postes.

—¿Por qué no habéis sujetado listones con clavos si
había una valla eléctrica? —preguntó Viola, enfurruñada—. Ya haría tres horas que habríamos acabado.

—Los caballos no ven bien el alambre —explicó
Shawna—. Admiten mejor una valla de madera, y una
valla de madera con corriente eléctrica ofrece el máximo
de seguridad.

Viola tampoco pretendía obtener una información
tan detallada, pero Shawna se puso a dar un discurso
acerca de los distintos tipos de cercados y las aparentemente infinitas clases de vallas eléctricas.

—Lo mejor sería un cercado de madera realmente
sólido —rezongó Bill, cuando todos, más o menos cansados pero hasta la coronilla, volvieron a casa—. Con
traviesas de ferrocarril o algo así, que no se estropea con
el roce de los caballos. Pero está claro que eso no se hace
en una tarde...

Viola le habría dado una bofetada. Al igual que Ainné, nunca estaba contento. ¿Qué veía su padre en esa familia? Por supuesto estaba enamorado, pero ¿cómo era
posible que Ainné lo dominara hasta el punto de hacerle
aguantar todos esos descalabros sin quejarse? Viola decidió que en lo relativo al amor nunca se tomaban suficientes precauciones. No podía creer que le pillara a uno

tan por sorpresa, algo tenía que haber para combatirlo si la combinación no funcionaba.

En cualquier caso, no pienso enamorarme ciegamente —escribió por la noche a Katja—. Quiero un chico amable y normal que se interese por ordenadores, películas y cedés; por mí, hasta puede tener una scooter. Pero ya te digo yo que no vivirá en el fin del mundo ni bailará ningún tipo de danza celta. Ah, y a los caballos los habrá visto solo en el cine...

3

Al día siguiente, el cielo amaneció cubierto, luego salió el sol y por la tarde, cuando Viola fue con *Guinness* a dar su paseo habitual, empezó a formarse niebla. El lago brillaba bajo la última luz del sol velada por las nubes, oscuro como azogue líquido y entre las capas de niebla parecía como si borboteara una pócima mágica en cuyos vapores se materializaban espíritus. Al principio Viola no se fijó en ese espectáculo de la naturaleza. Había vuelto a enfadarse con Ainné: la tarde había sido una serie infinita de quehaceres camuflados de diversos «quizá». Al final, Viola había explotado y había lanzado a la esposa de su padre un «¿Quizá debería hacer los deberes de la escuela?» En lugar de cocinar como era habitual, se marchó con *Guinness* hacia el lago. El perrito lo encontraba estupendo. Olfateaba excitado, no hacía más que descubrir pistas e iba en pos tanto de liebres como de fantasmas.

En la extraña atmósfera del crepúsculo vespertino, cubierto por las nubes, las liebres no tardaron en desaparecer. Se habían refugiado en sus madrigueras: aquel mundo brumoso les resultaba demasiado inhóspito. ¿O tal vez inquietante? Viola, que no era miedosa, encontraba fascinantes esa luz irreal y las brumas que lentamente parecían mezclarse con el lago. Pese a ello no le costaba imaginarse que en aquel ambiente los soñadores se sintieran transportados al reino de las hadas, donde el tiempo estaba congelado y las nudosas ramas de los árboles junto a la orilla parecían extenderse entre el vapor para atrapar a los paseantes.

En ese momento percibió que algo se movía. Algo pasaba en la orilla, en una zona arenosa entre las cañas y la hierba que los turistas que no eran frioleros utilizaban como playa donde bañarse. Viola observó con atención. Parecía como si algo saliera del lago. Pero ¡eso era imposible! Viola se metió entre las cañas para ver mejor. Era algo grande... Por unos segundos pensó en el monstruo que su padre había conjurado, aunque lo que estaba viendo no era tan enorme. Viola lanzó un tenue silbido a *Guinness*, pero también el perro se había percatado de la aparición y descendió ladrando. La criatura levantó asustada la cabeza. Un caballo. Viola se relajó. Claro, ¿qué iba a ser, si no? Debía de tratarse de uno de los ponis de Bill, que tal vez se hubiera escapado de la fantástica dehesa. Y ahora... ¿se bañaba en el lago? ¡Imposible! Seguro que el animal no había salido de verdad del agua, era evidente que Viola se equivocaba. Aparte de que el animal se comportaba de forma totalmente normal: cuando *Guinness* empezó a brincar excitado alrededor de él, el caballo bajó la cabeza en un gesto vacilante, pero luego decidió huir. Viola se extrañó. Los ponis de Bill ya conocían al perro y en general no se inquietaban por su causa. A lo sumo empezaban un pequeño torneo si tenían ganas de correr en ese momento: se lanzaban contra el collie enseñando los dientes y con la cabeza adelantada, y el perrito se ponía a buen recaudo ladrando.

Este caballo, sin embargo, escapó al galope despavorido. Y al pasar velozmente por el camino, delante de Viola, ella también se dio cuenta de que no era como los ponis de Bill. La mayor parte de ellos eran píos y bayos; este caballo, en cambio, era gris con reflejos casi azulados y Shawna no había cortado sus crines a la longitud de un palmo, sino que flotaban como un velo tras él.

Desconcertada, Viola siguió al animal con la mirada, pero de repente se sobresaltó. El caballo desconocido parecía asustado de verdad y galopaba justamente hacia el pastizal que habían cercado el día anterior. ¿Sabría que había ahora una cerca allí? Si seguía corriendo a esa velocidad le resultaría casi imposible detenerse a tiempo. ¿Podían los caballos saltar tan alto? El corazón de Viola latía deprisa. Llamó a *Guinness* con un silbido, pese a que el perrito ya había dejado de perseguir al caballo, y ella echó a correr como si todavía cupiera la posibilidad de detener al caballo. Como si tuviera algún interés en lo que le sucediera a ese extraño y desconocido animal...

Entonces vio la valla y el caballo que se acercaba. La distancia que los separaba era grande y además había niebla, de modo que Viola solo distinguió vagamente lo que sucedía, pero le pareció ver que el caballo vacilaba, intentaba detenerse y luego, como no le quedaba otro remedio, se alzaba y saltaba. Viola sintió que se le paraba el corazón, quiso detener el tiempo y levantar al animal por encima de la valla con la fuerza de su mente... Pero entonces lo vio caer... o creyó verlo caer. Todo parecía desvanecerse en la niebla. *Guinness* ladraba...

Viola volvió a ponerse en marcha. Tenía miedo de lo que iba a encontrarse al otro lado de la valla, pero de todas formas corrió hacia la puerta de la dehesa. Llevaba el móvil, tal vez pudiera pedir ayuda si el caballo estaba herido... ¡Oh, Dios!, ¿se podía ayudar a un caballo herido? ¿No había que matarlos de un disparo? Sentía en el pecho los fuertes latidos de su corazón, corrió más deprisa, abrió la puerta... Ya tendría que estar viendo al caballo. De acuerdo, oscurecía y la niebla era más espesa, pero el cuerpo de un caballo era grande... ¿Acaso su mente no recordaba bien el lugar? Pero *Guinness* salió corriendo y empezó a ladrar hacia el lugar donde Viola había visto caer el animal. Mandó callar al perro y se acercó. En efecto, había algo. Pero tras la valla no había un caballo, sino un ser humano. Un chico de unos dieciséis o diecisiete años de edad que se quejaba suavemente y se agarraba la pierna derecha. Cuando Viola se aproximó, el muchacho intentó ponerse en pie.

Ella se lo quedó mirando.

—¿De... de dónde sales? —preguntó perpleja.

Desconcertado, el joven levantó los ojos, de un gris azulado, hacia ella. Viola no podía apartar la mirada de él. No cabía duda de que era descortés quedarse mirando de esa manera a otra persona, que además se había hecho daño y necesitaba, sobre todo, ayuda. Pero nunca había visto unos ojos así, de un azul oscuro, pero con el iris matizado por una especie de niebla. El chico tenía el pelo largo y de un rubio pálido, casi plateado. Su rostro era delgado, de una blancura transparente, dominado por esos extraños ojos, algo rasgados. Los labios, de un rojo suave, se veían bien dibujados, como si alguien los hubiera pintado con un sutil pincel. Tenía la nariz fina y los pómulos altos, de una frágil delicadeza bajo la piel, aparentemente suave.

A Viola le pasó por la cabeza la idea de un príncipe de cuento, pero se forzó a pensar en algo más real.

—¿Te has hecho daño? —preguntó—. ¿Qué ha pasado? Yo... Hace un instante había aquí un caballo...

—De repente se sintió tonta. Ese caballo... debía de habérselo figurado. A fin de cuentas era imposible que el caballo se hubiese convertido en un chico...

—¿Un caballo? —preguntó el muchacho. Seguro que lo había dicho bromeando, pero sonó como si lo pensara totalmente en serio—. Solo... solo estaba yo... he intentado pasar por encima de la valla. Pero... he resbalado.

Una voz suave y cantarina, un movimiento grácil y elegante de sus largas y finas manos. El joven se señaló la pierna.

Viola la miró con atención. No es que tuviera ganas de convertirse en médica, pero veía sangre y había pasado el curso de primeros auxilios sin dificultades para sacarse el carnet de la scooter. Pese a todo, la pierna presentaba peor aspecto que en las imágenes que había visto en las clases, se apartaba del cuerpo de una forma poco natural por debajo de la rodilla. Según Viola, estaba rota.

—¿Y te has caído del listón? —preguntó incrédula. La valla tal vez midiera un metro diez de altura y el listón tenía que haberse astillado cuando el chico apoyó el pie en él. Pero entonces, como mucho, se habría torcido el tobillo. Esa herida, en cambio, parecía de alguien que, por ejemplo, se hubiera precipitado a toda velocidad por una pendiente escarpada... Viola recordó que el caballo había pasado corriendo a galope tendido, había saltado y luego había caído... De modo que sí era posible romperse la pierna. Pero el caballo gris había pasado a tan solo unos metros de ella galopando. ¡Tendría que haber distinguido al jinete!

Además, tampoco llevaba equipo de montar. Los pantalones anchos y la camisa más bien parecían confeccionados de una especie de lino, con un estampado que recordaba al batik. En cualquier caso, no respondía al estilo de lo que se podía comprar en Roundwood. O en Braunschweig. Sin embargo, en el delgado cuerpo del chico esa vestimenta extraña quedaba bien, como cortada a medida de su personalidad y de su aspecto.

El muchacho no contestó, sino que intentó enderezarse. Gimió levemente cuando comprendió que sus esfuerzos eran vanos.

—¿Podrías ayudarme? —preguntó con dulzura, como si le resultara difícil pedírselo—. ¿Me darías la mano?

Viola quería asentir y al mismo tiempo mover la cabeza negativamente.

—No servirá de nada —observó—. La pierna está rota, tienes que ir al hospital. Llevo móvil, llamaré a un médico...

—No... no..., nada de médicos. No es tan grave, enseguida mejorará. Si solo...

El chico le tendió la mano y Viola hizo un gesto de resignación. De acuerdo, seguro que no le haría daño si le ayudaba hasta llegar a la piedra más cercana. Incluso sería bueno que se pusiera en pie, tal vez estimulara la circulación de la sangre. Con lo pálido que estaba, quizá lo necesitaba.

Y qué tacto tan frío tenía la mano... Frío, pero no desagradable... Viola la asió entre sus dedos con fuerza para tirar de él hacia arriba. El chico, sin embargo, no hizo ningún gesto de levantarse, se diría más bien que solo quería sostener la mano de la muchacha... Viola le pasó decidida el otro brazo alrededor del hombro, lo sentó y a continuación lo sostuvo una vez que se hubo levantado. El joven se desplazó hasta la roca, primero a pata coja, pero después Viola se percató incrédula de que también se apoyaba ligeramente en la pierna fracturada. Eso era imposible, tendría que gritar o caerse de dolor, pero solo hizo una pequeña mueca con la boca. Al final llegaron a la piedra.

—Puedes sentarte aquí —indicó Viola—. Voy a llamar... —Quería buscar el móvil, pero el chico no le soltó la mano.

—No, por favor... no... no llames... solo... deja solo que te sostenga la mano. Solo... solo un poco más...

Viola estaba desconcertada y algo molesta. Pensó en si debía o no soltarse: algo en ese chico le resultaba muy raro. Pero, por otra parte, no había motivo para no concederle ese favor. No era un tipo agresivo, el tono de su voz era dulce y suplicante, en realidad no la tenía agarrada con fuerza. Habría sido fácil desprenderse de él. Además, la sensación de los dedos largos y fríos del desconocido rodeándole la mano no le resultaba desagradable. Al contrario... hasta era un poco embriagadora, como si se tratara de algo más que de un contacto pasajero. Viola se sentía más liviana, el tiempo parecía haberse detenido —después no supo si habían pasado solo unos segundos o minutos—, mientras ella permanecía envuelta por la última, evanescente y azulada luz del día y daba la mano al joven herido. Se mareó un poco cuando él la soltó.

—Gracias, muchas gracias. Espero... espero no haberte exigido... demasiado...

El muchacho se irguió, apoyó los dos pies en el suelo y... ¡se levantó! Todavía algo vacilante, pero no cabía duda que se sostenía sobre las dos piernas.

—Debo irme... está oscureciendo... —anunció en voz baja, al tiempo que intentaba dar un paso... Las piernas le flojeaban todavía, se tambaleó y de forma instintiva se apoyó en el hombro de Viola.

—Disculpa... Gracias... —repitió el desconocido—. Si no te importa... si no te importa ayudarme un poco más... Creo que todavía estoy un poco rígido...

Viola, muda y totalmente desconcertada, le ofreció el brazo sin rechistar. El chico era algo más alto que ella, no pesaba, y necesitó apoyarse solo un poco más. Con cada movimiento mostraba más seguridad, sus pasos eran más firmes, si es que era capaz de dar pasos firmes, pues tenía la elegancia de un bailarín cuando al fin anduvo sin ayuda junto a Viola.

La muchacha intentó de nuevo aclarar sus pensamientos mientras los dos descendían hacia el lago. Tenía que conocer mejor a ese chico, aunque solo fuera por lo endemoniadamente guapo que era. Ya pensaría más tarde en las peculiares circunstancias de su encuentro.

—Yo... yo nunca te había visto por aquí. ¿Vives en la zona?

El chico asintió:

—Sí —respondió cortésmente, pero sin añadir más información.

—Pero... ¿no vas a la escuela? —Podría haber formulado la pregunta como una afirmación. Nunca se había encontrado con él en el autobús.

—No como tú. No.

¿Y eso qué significaba? ¿Había otras escuelas en los alrededores, aparte de Roundwood High?

—Debo marcharme... —advirtió el chico—. ¿Te encuentras... te encuentras bien?

Esa pregunta absurda devolvió a Viola a la realidad.

—Oye, que eres tú el que se ha caído, no yo, ¿o qué? —replicó—. Aunque me gustaría saber qué ha sucedido en realidad. La pierna estaba rota, pero ahora caminas como si no te hubiera pasado nada... —Cuando lo dijo, se sintió ridícula. El chico debía de pensar que estaba como un cencerro. Al fin y al cabo, era evidente que no le había pasado nada grave en la pierna. Pero ¿por qué le había dado esa impresión?

—Tuve suerte de que estuvieras ahí —respondió él con seriedad—. Me has dado... No puedo agradecértelo lo suficiente...

Viola no supo qué responder. ¿Estaba ligando? La gente de su edad no se comportaba así, como mucho lo hacían en los juegos de rol de fantasía. En tales casos el caballero decía: «Tu amor me ha salvado» o «Sin ti no estaría con vida».

Viola se reprendió a sí misma con severidad. ¿Quién estaba hablando de amor?

—Encantada de haberlo hecho —dijo esquiva—. ¿Adónde quieres ir?

El joven se había parado y le sonreía de nuevo. Una sonrisa dulce y extraña... y luego se separó de ella en dirección al bosque y al lago.

—A mi casa —respondió en voz baja—. Y tú también deberías irte. Estarán preocupados por ti. Nos regañarán...

Antes de que Viola acertara a contestar, él desapareció en la niebla. Vagamente lo vio llegar al bosque... ¿o al lago? Ahí no había más caminos. Y ¿era un ser humano el que corría por allí? ¿O era más bien un caballo el que brincaba entre la niebla?

Viola se llevó las manos a la cabeza. Debía de estar loca de remate. Tenía que contarle a Katja el encuentro.

Para cenar había pescado sin sal y patatas también sin sal. A Ainné no le había quedado más remedio que cocinar. Alrededor de la mesa reinaba un ambiente acorde con ello. Ainné se había tomado a mal que Viola hubiera desaparecido, y Alan y Bill mascaban malhumorados el insípido y algo requemado halibut. Para distender un poco el ambiente y tal vez para ganarse al menos las simpatías de Bill, Viola contó el encuentro con el caballo gris.

—¿Un caballo extraño? ¿Con mis ponis?

¡De relajarse nada!

—La pequeña Reilley de Bayview tiene un caballo blanco... ¡Como lo pille por aquí va a enterarse!

La casa de Bayview era el hotel de montaña y Moira Reilley iba a clase con Viola. Era una de las chicas con las que Shawna hablaba de caballos. Hasta entonces, Viola desconocía que tuviera un ejemplar propio, pero eso explicaba por qué siempre trataba a Shawna con cierta superioridad. Por otra parte, Viola se sintió aliviada por la noticia, que explicaba el origen del misterioso corcel.

Bill echó pestes un rato más contra la gente que no tenía los caballos bajo control, mientras Viola pensaba en si mencionar también al muchacho. Tal vez hubiera para él una explicación igual de sencilla. Algo sobre una gente que vivía en el bosque... ¿Y que no mandaba a los hijos al colegio? No, era demasiado extraño. Mejor mantener la boca cerrada. En lugar de eso, en cuanto concluyó la cena se excusó para ir a hacer los deberes, se retiró a su habitación y abrió el correo.

Katja, su amiga de Braunschweig, lejos de los paisajes brumosos de fantasía y de los sonidos de las arpas que creaban criaturas mitológicas, la devolvería a la realidad.

Viola escribió un mail bastante largo y a continuación intentó concentrarse en los deberes de gaélico. La lengua seguía siendo para ella totalmente hermética, hasta el momento ni siquiera conseguía pronunciar bien las palabras. Suspendió de buen grado sus esfuerzos cuando Katja contestó el mensaje:

¿Te has tirado por fin al whisky irlandés? —preguntó—. Perdona que te lo diga, pero pareces un poco pirada. A lo mejor se debe a la altura, en el Himalaya la gente no para de ver yetis. Pero ahora intentemos analizar las cosas, ¿de acuerdo? Bien: has visto un caballo y es probable que sea de esa tal Moira. Es de lo más normal: si es el único que tiene, seguro que el bicho a menudo intentará escapar para reunirse con otros caballos. Habrá saltado por encima de la valla y cuando has encontrado al chico, el caballo gris ya llevaba tiempo con los ponis de Bill. Y ahí estaba tendido ese príncipe azul. Con el tobillo dislocado. Has hecho manitas con él y se ha curado. Un poco peculiar, pero tal vez los irlandeses tengan tendencia a comportarse así. Esta es una posibilidad. La otra es que ese tipo esté un poco majara. No va a tu escuela, sino, según parece, a una especial. Tal vez estén ahora de vacaciones y él haya vuelto a casa y enseguida se haya metido en el sobre. Encaja con eso de que al final pensara que le iban a reñir. La cuestión es que no se había roto la pierna y tampoco era un caballo, ni lo fue antes ni después. Eso no existe. ¿Entendido? Mañana preguntas por ahí y seguro que las chicas lo conocen. ¡Y ten cuidado, no vayas a enamorarte del tonto del pueblo! Cuídate mucho, estoy empezando a preocuparme. A ti no te sienta bien tanto aire fresco, mañana meto en unas bolsas unos gases de escape de la A2 y te las envío. Cuando las recibas, las inhalas despacio y eso te ayudará.

Mantén la mente clara. Saludos, Katja.

Viola sonrió. Le había sentado bien leer el mail, pero de todas formas no lograba sacarse de la cabeza al chico. Cierto que le había parecido un pelín raro, pero desde luego no se había comportado como el tonto del pueblo, sino más bien como un príncipe procedente de un mundo de fantasía que se había extraviado en el mundo real. Aunque a lo mejor solo habían sido imaginaciones suyas. Se quedó dormida pensando en unos ojos de un azul oscuro y expresión grave en un rostro delicado.

Moira sacudió la cabeza cuando Viola le preguntó por el caballo a la mañana siguiente en el autobús.

—No puede haber sido *Fluffy*, estuvo todo el día en el corral y por la noche en el establo —explicó—. Y si se hubiera escapado, lo más normal habría sido llamar a todos los propietarios de caballos de la zona. Los caballos son gregarios, buscan compañía, así que resulta extraño que nadie me haya llamado a mí o a Ainné. No parece que nadie eche de menos a tu caballo gris...

—¿A lo mejor es un poni salvaje venido de las montañas? —intervino emocionada Shawna y se tiró de la coleta rubia—. Todavía debe de haber algunos. Ay, me encantaría que uno se viniera por su cuenta conmigo, entonces podría encerrarlo en el establo y...

Moira se dio un golpecito en la frente.

—Shawna, «salvaje» significa que estos ponis ni se acercan a nadie ni descansan la cabeza en su regazo. Si es que todavía queda alguno, estarán arriba de todo, en el parque nacional. Puede que algún guarda los vea de vez en cuando, pero seguro que no bajan al camping de Bill para alquilar un bote de remos...

Las otras chicas se echaron a reír y Shawna se ruborizó un poco.

—¿Y si fuera un semental? —se justificó—. Entonces encajaría. Bill tiene cinco yeguas... ¿Podría haber sido un semental, Viola?

—Ni siquiera distingo los pelajes de los caballos —confesó, encogiéndose de hombros—. Menos aún cuando uno pasa corriendo si es macho o hembra.

—En cualquier caso, me avisas cuando lo vuelvas a ver, ¿de acuerdo? —dijo Shawna, que todavía no estaba dispuesta a abandonar su sueño—. Si está domesticado, podríamos pedir prestado al veterinario un lector de microchips. Así sabríamos si tiene propietario.

—Y si no tiene chip, ¿es caza libre? —bromeó Moira—. Olvídate, Shawna, nadie abandona caballos grandes y grises como *Fluffy*. Se habrá escapado de algún sitio, puede que del nuevo establo de Lough Tay. O Viola se ha confundido y era uno de los ponis de Bill. Ella misma reconoce que no tiene ni idea. Vio, ¿no podría ser que no lo hubieras visto bien?

Viola no quería contarlo todo, pero por supuesto quedaba la cuestión del chico...

No obstante explicó menos acerca de él que del caballo. Ninguna de las chicas conocía a un chico delgado y de cabello rubio claro que viviera en el bosque. Moira enseguida empezó a burlarse de Viola.

—¿Será un elfo? —bromeó.

Viola puso los ojos en blanco y enseguida dio por cerrado el tema.

No obstante, Shawna lo reanudó cuando ambas entraron en clase.

—Seguro que es un turista —señaló—. Hay gente que acampa por su cuenta, aunque esté prohibido.

—Pero dijo que vivía aquí —insistió Viola.

Shawna hizo un gesto de impaciencia.

—Puede que de forma temporal. ¿Seguro que era irlandés, Vio? ¿O inglés?

Viola se sintió como una tonta, pero se alegró de que al menos Shawna la tomara en serio.

—No sé distinguir los dialectos —reconoció—. Pero hablaba un inglés fluido. No creo que fuera francés, italiano o algo así.

Por otra parte, el muchacho no había pronunciado más de tres o cuatro frases. Y habían sonado bastante singulares. Quizá recordara a un caballero de tiempos pasados porque el inglés no era su lengua materna. Cuadraba también con eso la misteriosa frase del final: «Me has dado...»

¿Qué le había dado Viola? ¿Y por qué demonios se acordaba de cada una de las palabras que él había pronunciado y de todos los matices de la expresión de su rostro?

Más valía que se olvidara de ese chico. Soltó una risa forzada.

—Cuando vuelva a verlo, te llamaré, Shawna, así podrás comprobar si lleva chip.

Las dos se echaron a reír y dejaron de hablar del tema cuando el aula se llenó.

Los días siguientes llovió casi cada tarde y Viola no tuvo tiempo ni ganas de dar paseos largos. El camping se vaciaba a ojos vistas, pues era poca la gente de vacaciones que acudía al Wicklow National Park después de la temporada estival. Patrick y Alan se ocupaban sobre todo de que el cobertizo y los botes estuvieran listos para resistir el invierno y Viola los ayudaba a pintarlos y levantarlos sobre tacos. No es que le apeteciera especialmente, pero era la única posibilidad de evitar ayudar a Ainné en las tareas domésticas y en la limpieza de los servicios. A fin de cuentas, en la tienda no había nada más que hacer y no podía pretender que se pasaba la tarde entera haciendo deberes.

Patrick planificaba su retorno a Dublín y Shawna lo miraba abatida con ojos de carnero degollado. Ambos se peleaban menos, ya no tenían motivo para hacerlo. También el servicio de alquiler de caballos de Bill se estancó en otoño, y en invierno no alquilaba ni un solo poni. El hombre había pensado en vender dos para no tener que alimentarlos y Shawna puso el grito en el cielo por anticipado.

Viola no tenía la sensación de que la casa se le caía encima, pero sí de que se estaba hundiendo lentamente y que durante el invierno serían muchos los «quizá» de Ainné.

El cielo volvió a despejarse el cuarto día después del encuentro de Viola con el extraño muchacho. Era sábado. Viola tenía el día libre y esperaba con ilusión hacer una excursión con su padre, quien le había prometido con no mucho entusiasmo ir con ella a Dublín. Sin embargo, tal como se temía, Ainné se encontró mal por la mañana, decía que sentía contracciones y tuvieron que llevarla de urgencias en una ambulancia a Roundwood. Viola no se hacía ilusiones: pasaría medio día hasta que encontraran un médico que los convenciera de que el bebé se hallaba perfectamente, así que cedió ante la insistencia de *Guinness* y salió a pasear. Una oportunidad óptima para estrenar las botas de goma verdes y requetefeas que había acabado comprándose, pues aunque ese día brillara el sol, los caminos estarían todavía mojados y embarrados. Con un suspiro, se envolvió en la chaqueta impermeable que también acababa de adquirir. Había modelos muy bonitos, pero esas no figuraban entre los suministros de pesca de Roundwood. Viola casi desaparecía envuelta en la prenda de vestir: se sentía tan poco atractiva como una cucaracha. De todos modos, tampoco iba a tropezar con ningún otro ser que no fuera, tal vez, un leprechaun. La idea del duende irlandés para el que los lugareños incluso construían casitas en el jardín la hizo sonreír. Se suponía que pasaban los días roncando y las noches bebiendo cerveza en tabernas especiales.

Viola paseó al principio por los prados que bordeaban el lago y luego cruzó un bosquecillo que se extendía hasta un peñasco. En ese punto las rocas llegaban hasta el lago y se reflejaban en él. Viola no podía dejar de contemplar ese paisaje que parecía encantado y que se dilataba debajo del agua. Patrick le había contado que el lago tenía hasta sesenta metros de profundidad. Abundaba en peces, pero carecía de monstruos, añadía Alan sonriendo. Lo alimentaban los arroyos de la montaña y estaba frío como el hielo. Incluso en pleno verano se necesitaba fuerza de voluntad para bañarse en él, los lugareños apenas lo hacían. El agua solía ser de un azul oscuro, pero ahora reflejaba también los distintos tonos verdes del paisaje del entorno. Viola nunca había visto tantos matices de verde como en Irlanda y ese día, tras la lluvia, su intensidad parecía mayor que de costumbre.

El camino empezó a descender de nuevo y Viola tuvo que poner atención en no resbalar por el sendero pedregoso. Así y todo, la visión de la pequeña isla encantada, en la que también se divisaban unas antiguas ruinas, la recompensó cuando llegó abajo.

Cuando Patrick hacía de guía de forasteros, siempre les decía que era un santuario celta, pero Shawna había contado entre risitas que se trataba de una especie de casa veraniega que habían construido unos ingleses ricos a finales del siglo XIX. Pertenecía a la casa señorial de las colinas en que se había instalado el hotel de montaña.

Viola avanzó tanteando por el espeso cañizal antes de llegar a la orilla del lago y el paso a la isla, y se quedó pasmada al ver al desconocido sentado en un tramo del grácil puente de arcos que unía la islita con tierra firme. Casi escondido bajo las ramas caídas de los árboles de la orilla, el muchacho se apoyaba sobre un pilar desmoronado y balanceaba las piernas en el agua. Tenía los pies delgados y bonitos, con los dedos largos... pálidos, pero no azules a causa del agua helada. Viola, por el contrario, sentía escalofríos solo de pensar en bañarse ahí, ¿o era que el hecho de volver a ver al chico le provocaba inseguridad? No, más bien hacía que se le agolpara la sangre en el rostro. ¡No debía ruborizarse de ninguna de las maneras! Viola intentó adoptar una actitud normal y relajada. El chico le sonrió y la saludó. Sus ojos parecían más oscuros que la vez anterior, como si reflejaran la profundidad del lago cubierto ahora por unas leves nubes. Aunque había brillado el sol hasta entonces, en ese instante se diría que la luz era más difusa e irreal.

—¡Ven! —exclamó afablemente el chico, al tiempo que señalaba un lugar a su lado—. La piedra está caliente...

¿Había leído sus pensamientos? ¿Y por qué creía ella oír en su voz un reclamo irresistible al que casi era imposible negarse?

A pesar de ello, Viola no se movió.

—Qué... qué casualidad volver a encontrarte... —Su tono era un tanto forzado e inseguro—. Hola... Hola pero... Yo... yo no tengo ni idea de cómo te llamas...

—Te estaba esperando —anunció el chico sin responder a su pregunta.

—¿Aquí? —replicó Viola. El lugar junto al lago estaba muy alejado. A ningún ser humano se le ocurriría esperar que otro pasara por ahí—. ¿Cómo sabías...?

El chico rio y al hacerlo dio la impresión de que resplandecía. Sin embargo, no provocaba temor y Viola dio un paso hacia él.

—Te he visto por aquí con frecuencia —respondió—. A ti y esa pequeña alma.

Señaló a *Guinness*, que hasta el momento había estado dando vueltas por el cañizal y que ahora se reunía con Viola, cuya inseguridad frente al desconocido parecía compartir. El perro se arrimó casi temeroso a las piernas de la muchacha.

Viola se preguntaba si «pequeña alma» en irlandés significaría algo así como «cachorrillo», una forma de llamar a un perro cuyo nombre se desconoce. ¿O era esa una prueba más de que el inglés no era la lengua materna del chico? Viola seguía sin distinguir ningún acento.

No obstante, había algo mucho más inquietante. El muchacho la había visto ahí. ¿Cómo era posible? ¿La estaba observando? ¿O también él vagaba por el bosque sin una meta determinada?

—¿Y qué haces aquí? —preguntó ella a continuación con un tono algo agresivo—. Tú... tú no vivirás aquí. Nadie vive aquí...

El desconocido volvió a sonreír.

—Sí... —respondió con dulzura, pero no quiso extenderse más.

¿Se habría escapado y dormía en las ruinas de la casa veraniega? En esa estación del año no debía de ser muy confortable, pero, claro, sería una explicación. Pero... ¿no había dicho que...?

—¿Te riñeron la última vez? —preguntó astutamente—. Dijiste que te reprenderían.

Bien pensado, esta era una expresión que nunca había oído en boca de Shawna y los otros adolescentes irlandeses.

El muchacho asintió y en su expresivo rostro apareció un asomo de tristeza.

—Sí... —El tono era desdichado—. No... no he cumplido mi tarea...

Parecía tener algo más que decir, pero se contuvo.

Viola decidió que era un poco absurdo quedarse ahí plantada mientras él estaba sentado en el puente. Era obvio que no era peligroso, aunque sí sumamente raro. Y ya que se había propuesto averiguar algo más de él, lo razonable era que se sentara a su lado. ¡Aunque no demasiado cerca! Avanzó hacia el pilar del puente, encogió las piernas y las rodeó con los brazos.

El chico pareció entender el mensaje y también él mantuvo la distancia. Sobre todo, no hizo ningún intento de volver a cogerle la mano. Viola se sintió turbada al comprobar que casi lo lamentaba. Permanecieron así un rato, juntos y en silencio.

Finalmente, el chico sacó algo del bolsillo. Viola reconoció una piedra del tamaño de una moneda que despedía brillo violáceo. ¿Un diamante? No, imposible. Pero sí una piedra preciosa o semipreciosa o como se llamaran. Se inclinó con curiosidad hacia el chico.

Al principio, también él la miró con timidez, pero luego la venció. Se volvió lentamente hacia ella y le tendió la piedra, casi con cautela, para no asustarla ni tocarla.

—Es para ti —susurró, y al decirlo le ofreció la piedra brillante casi con reverencia con su larga y fina mano.

Cuando Viola la cogió y rozó sus dedos, pareció sentir de nuevo las reminiscencias de esa extraña impresión que había experimentado mientras sostenía la mano del chico. Era como si la piedra estableciera un vínculo entre ella y el desconocido.

—Es para darte las gracias —declaró ceremoniosamente el chico—. Por... por la ayuda que hace poco...

Viola se sonrojó e hizo un gesto de rechazo.

—No vale la pena ni hablar de ello —protestó—. Cualquiera habría hecho lo mismo. No tienes que regalarme nada por eso.

—¡Sí! —El chico casi alzó la voz, como si estuviera inquieto—. ¡Sí, te lo debo! Te he quitado algo y... —Se interrumpió.

Viola frunció el entrecejo.

—¿Que me has quitado algo? —preguntó.

Al parecer no estaba muy bien de la cabeza. Esos cambios de humor, esa forma tan rara de expresarse... ¿Qué supondría para ella el hecho de que él le regalara las joyas de la familia? Dejó la piedra sobre el puente, entre ambos.

—No es valiosa, ¿verdad? —preguntó con sigilo.

El joven asintió.

—Al contrario, es muy valiosa —respondió con gravedad, y Viola casi se sobrecogió cuando él la contempló. Su mirada era fascinante, casi hipnótica, pero en ella no había demencia, sino más bien una calma peculiar—. Es lo más valioso que poseo, tendré que buscar mucho tiempo hasta encontrar otra. A pesar de ello, es tuya.

Dulcemente pero con firmeza, cerró la mano de Viola en torno a la piedra lisa y caliente. Los dedos del chico estaban fríos, como la última vez, pero tampoco en esta ocasión encontró Viola que fuera un contacto desagradable.

—Entonces... gracias... —murmuró la muchacha, todavía indecisa. Por una parte, la piedra estaba en su mano, como si ese fuera el lugar que le correspondía, pero por otra parte no quería complicarse la vida. Tampoco quería seguir protestando. A fin de cuentas, no pretendía que el chico se molestara. Sobre todo si había en él algo que no era normal. Su nuevo y extraño amigo era delgado, pero musculoso, Viola había notado la fuerza que tenía cuando lo había ayudado y en esos momentos apreciaba también la musculatura bajo la ropa ligera y casi incolora. En su primer encuentro ya se había fijado en la tela, suave y casi transparente. Nunca había visto algo así, le recordaba un poco al lino, pero era tan sutil como si la hubieran tejido unas arañas. Otra peculiaridad que sumar a las anteriores... había de averiguar a toda costa de dónde procedía el chico y cómo se llamaba.

—La... la pondré delante de mi ventana, brillará a la luz de la luna y yo... pensaré en ti... —Dejó entrever su curiosidad—. En...

—Ahi —dijo él sonriendo, casi como si hubiera adivinado la intención de ella.

—¿Ali? —preguntó Viola, que no estaba del todo segura de haber oído bien. De pronto pensó que había un establecimiento tamil en el pueblo... Quizás el chico procedía de la familia que lo gestionaba... Aunque eso no explicaba que se pasara todo el día vagando por el bosque, sí justificaba que fuera extraño al pueblo y se expresara de esa forma peculiar. Aunque, a juzgar por su aspecto, no daba la impresión de ser alguien del sur. Tal vez...

—¿Como Alistair? —sugirió. Nunca había conocido a nadie que se llamara así, pero el nombre aparecía en los libros y leyendas. Un nombre antiguo, como el de un noble o un príncipe de una saga.

—Parecido... —respondió el chico—. Y... ¿tu nombre?

—Viola —respondió ella. El nombre le daba un poco de vergüenza. Nadie se llamaba así. Al menos no en su escuela de Alemania, ni tampoco ahí.

—Como un instrumento —señaló Ahi—. La viola... pero tu voz recuerda más a la... la *viola d'amore*...

¿De qué iba? ¿Le estaba echando los tejos otra vez? Viola sintió que se ruborizaba y se enfadó por eso. Pero al mismo tiempo también estaba enojada por haberse puesto esa chaqueta impermeable y sin forma y el calzado de pato, por no mencionar que no se había arreglado antes del paseo. Llevaba el pelo fatal...

—Pero Viola te va. Eres como música...

En cualquier caso, Ali no parecía darse cuenta de su

aspecto desastrado. Y su voz dulce y cantarina removía algo en su interior.

—Alistair también te queda bien —dijo Viola a continuación, un poco a pesar de sí misma—. Es un nombre como sacado de un cuento antiguo.

Ahí rio.

—El camino erróneo para llegar al objetivo acertado... —susurró. Una observación más que Viola no sabía cómo tomarse. El chico era raro, pero desde luego no era retrasado. Tampoco era un loco ni un individuo peligroso, simplemente era... distinto.

Viola acarició la piedra con la mano.

—¿Significa algo? —preguntó—. Me refiero... se dice que las piedras preciosas... en cierto modo... —Se interrumpió. La madre de Katja tenía un libro sobre el efecto mágico de las piedras preciosas, pero Katja y Viola consideraban que era una tontería.

—Te protegerá... —respondió el joven con seriedad—. De... robos... En cualquier caso, ahora los dos somos iguales, ¿verdad? No quiero que pienses mal de mí. Yo no pretendía despojarte...

Parecía querer añadir algo más, pero entonces bajó la vista al lago y en sus expresivos ojos surgió una señal de alerta.

—Debo marcharme... —dijo de repente, apresurado—. *Farewell...* —Agitó la mano mientras se levantaba.

Viola no salía de su asombro. Qué conversación tan especial... Todavía tenía miles de preguntas y de repente él quería marcharse, cuando poco antes parecía disponer de todo el tiempo del mundo. ¿Y por qué no se contentaba con decir adiós, sino que escogía esa antigua expresión de despedida de alguien que no va a regresar?

—¿No volveremos a vernos? —preguntó ella, angustiada—. Me refiero a que... ha sido... ha sido... agradable hablar contigo.

El muchacho sonrió, casi melancólico.

—No sé... —dijo. Por primera vez desde que lo conocía, daba la impresión de estar preocupado—. No puedo... mejor no...

Antes de que Viola lograra decir algo, el chico se había marchado y desvanecido como un espectro entre los árboles que rodeaban el lago. En ese punto las aguas formaban una bahía en la que desembocaba un pequeño arroyo. La islita se hallaba en medio y la orilla de alrededor era plana, pero estaba densamente cubierta. Viola buscó a Alistair, pero la bruma vespertina lo ocultó definitivamente de la mirada de la chica. Debía de ser más tarde de lo que ella había pensado...

Viola inspeccionó dubitativa por encima del lago, como había hecho Alistair antes de decidir marcharse tan repentinamente. Pero ¿acaso mientras conversaban no había lanzado también miradas sobre la superficie quieta del lago? ¿De forma casual o atenta? En todo caso, algo parecía haberlo asustado.

Luego, casi escondido por la isla, en el otro extremo del recodo, divisó un caballo que parecía flotar en la playa. Un caballo blanco como la nata, no el gris de la primera vez. Permanecía quieto y miraba hacia la isla —¿o era a Viola?— hasta que se desvaneció en la niebla que crecía ahora con rapidez. Viola ya quería marcharse, pero *Guinness* ladró y ella oyó el sonido ahogado de unos cascos. Otro caballo salía del bosque hacia el lago y se confundía con la niebla. Un caballo gris.

Viola parpadeó. Tenían que ser imaginaciones suyas. Seguro que no había ninguna relación entre el extraño joven y el caballo plateado. No podía haberla.

Por la noche buscó en Google «*viola d'amore*» y para su sorpresa lo encontró: un instrumento de cuerda histórico, relacionado con la viola, pero de sonido más claro y metálico. ¿Cómo sabía esto un chico del siglo XXI?

Viola decidió pedir a su padre que el sábado siguiente la llevara de una vez a la ciudad. O preguntaría a Shawna si tenía ganas de ir de compras por Dublín. En cualquier caso, debía salir de ahí. Estaba claro que en ese lugar las tenía todas para volverse loca.

4

Shawna se mostró entusiasmada ante la idea de hacer una excursión a la ciudad. Además, sabía cómo llegar a Dublín sin problemas y sin necesidad de recurrir a padres u otras personas con carnet de conducir.

—Hay un autobús que sale cada dos horas. Aunque se para en todos los sitios, nosotras tenemos tiempo —explicó a Viola—. Con tu padre llegaríamos antes, pero ¿quieres arriesgarte a que Ainné vuelva a tener contracciones justo cuando estemos en lo mejor de nuestras compras? Ya te ha echado a perder dos salidas con Alan, lo suyo se está convirtiendo en un método.

Viola se preguntaba por qué todo el mundo que estaba en su entorno lo tenía más claro que el agua... menos su padre. Este seguía estando extremadamente pendiente de su nueva esposa e interrumpía cualquier tarea en cuanto ella lo llamaba. Viola nunca había pensado que entre los adultos fuera posible un amor tan ciego.

En cualquier caso, el fin de semana siguiente, Shawna y ella salieron a las ocho y media y llegaron a Dublín hacia el mediodía. Shawna renunció incluso a ayudar a dar de comer a los ponis de Bill.

—Si lo hago también tendré que sacarlos y es posible que no cojamos el autobús a tiempo —explicó, sin aire de lamentarlo.

La excursión parecía estimularla, hasta se había acicalado. Era la primera vez que Viola la veía con un poco de maquillaje y con una falda vaquera larga que le daba un aire muy femenino. Parecía salida de una de las canciones de Miss O'Keefe. Viola le dedicó un cumplido y le aconsejó que se arreglara alguna vez así para Patrick.

Shawna enseguida se ruborizó.

—Pero no voy a ir a dar de comer a los animales así...

Viola hizo una mueca de impotencia, si bien aprovechó el cambio de tema para contarle a Shawna que había vuelto a ver el caballo gris. También le habló del otro, blanco como la nata.

—Pero fue el sábado pasado —concretó cuando Shawna la miró emocionada. ¡No fuera cuestión de que en el último instante decidiera salir en busca de los caballos en lugar de subirse al autobús para Dublín!—. Y bastante lejos, en la islita, ya sabes, la de la casa de veraneo antigua. Desde entonces no han vuelto a aparecer.

Y tampoco Alistair, lo que ponía un poco nerviosa a Viola. Pero esto prefería no contárselo a Shawna. Lo cierto era que incluso a Katja le había ocultado el segundo encuentro con el chico...

Shawna asintió.

—Es probable que la otra vez también hubiera dos caballos, pero que no vieras al blanco. En cualquier caso, viven en estado salvaje. Si se han escapado de algún sitio, no debe de ser de por aquí cerca. ¡Tengo que verlos e intentar acercarme a ellos! Oye, ¡tal vez nos den una recompensa cuando encontremos a su propietario!

Las chicas se entretuvieron imaginando que los caballos pertenecían a un millonario que, sin duda, pagaría el precio que fuera por recuperarlos. ¡Un montón de dinero que gastarse en Dublín!

—¿A que sería fantástico dejar vacías las tiendas de Grafton Street sin tener que limitar los gastos? —preguntó Shawna, risueña—. ¡Y luego ir a la tienda más cara de artículos de hípica y comprar un par de cosas para el potro del semental gris que el dueño, en un alarde de generosidad, me regalaría después!

—Con tal de que no tenga que ocuparme yo de él... —dijo Viola entre risas—. ¿Grafton Street es la calle comercial?

Shawna asintió, pero de inmediato le aclaró que allí las tiendas tenían unos precios exorbitantes.

—Es mejor que vayamos a las calles laterales, también al otro lado del Liffey. Ahí están las tiendas más divertidas, ya verás, y también es fácil encontrar alguna ganga.

Guio a Viola con determinación por un puente romántico de hierro forjado sobre el río que dividía Dublín. Claro que también había puentes más grandes y por los que circulaban vehículos, pero por ese se llegaba justo a la zona en la que se hallaban las boutiques más pequeñas y las tiendas de cachivaches. Riendo por lo bajo y un poco intimidadas, entraron en un local de artículos góticos y esotéricos.

—Mira, esto es para ti —se burló Shawna, señalando una muñeca para hacer vudú que se vendía con las agujas correspondientes—. Con esto puedes vengarte un poco de Ainné. ¿O prefieres la cartomancia? Te escuchará como hechizada cuando le cuentes que su futuro hijo saldrá como san Kevin...

Viola se rio.

—Seguro que no quiere que se haga monje —señaló—. Pero Kevin significa algo así como «guapo», ¿verdad? Por otra parte, están pensando en serio en ponerle este nombre al crío. O Jonathan. Solo Bill quiere que lo llamen William. —Shawna puso los ojos en blanco.

—¿Y tú? ¿Cómo llamarías tú a tu hijo? —Ya habían dejado aquel establecimiento, demasiado estrambótico, y contemplaban admiradas los objetos *cool* pero carísimos de una diminuta tienda de diseño.

Viola hizo un gesto de ignorancia.

—No sé... quizás... ¿Alistair?

Shawna se partió de risa.

—¡Alistair! ¿De dónde lo has sacado? Suena a leyenda del rey Arturo. Desde luego no es un nombre irlandés. Espera, ¿es escocés?

¿Hablaba Ali con acento escocés? Viola lo ignoraba. Hablaba un inglés correcto, pero ella no sabía clasificarlo como un dialecto en particular.

Shawna no tardó en perder el interés por los nombres para los hipotéticos hijos que tal vez tuviera en un futuro lejano. Aplastó la nariz en el escaparate de una tiendecita: *Celtic Souvenirs*.

—¡Mira! ¿A que es bonito? —Shawna señalaba una lámina que, cómo no, mostraba un caballo. El animal salía de un lago de aguas misteriosas y bañadas por una extraña luz, rodeadas de montañas y bosques. A Viola le recordó los ponis salvajes de Lough Dan. Sin embargo, había ahí algo más que la similitud del paisaje y de la luz. Algo en ese caballo... Y entonces, de repente, cayó en la cuenta: el animal de la ilustración no solo tenía unas crines largas que ondeaban y parecían mecerse en el aire, tenía, sobre todo, ¡los ojos claros! Justo esto era lo que la había desconcertado en los caballos del lago. ¡Probablemente esa era la razón de que le parecieran tan extraños! El gris la había mirado con unos «ojos humanos» claros, azules o grises, como velados por la niebla, como si reflejaran el lago. Y esos extraños ojos eran también la causa de que la mirada del caballo blanco tuviera un efecto tan amenazador y hubiera inquietado de ese modo a Ali.

Sopesó si debía contárselo a Shawna mientras esta calculaba el dinero que llevaba. Quería la lámina a toda costa, pero no había ninguna etiqueta con el precio.

—¡Ven, entremos! —dijo decidida, tirando de Viola hacia el interior del diminuto establecimiento en el que reinaba un olor a tomillo y lavanda. En la tienda se vendían velas y lámparas aromáticas, libros y cosméticos naturales, aunque también joyas con antiguos motivos celtas.

Pero Shawna no se detuvo a examinar los artículos a la venta, sino que se dirigió sin dilación a la mujer joven que estaba sentada a la caja y que intentaba descifrar unas listas. La dependienta se volvió sonriente hacia las chicas.

—¿Puedo ayudaros?

Shawna asintió y pidió la lámina, que la mujer retiró de inmediato del escaparate.

—¡Es realmente preciosa! —dijo sonriendo—. Pero por desgracia no está firmada. Debo comprobar cuánto vale... —Vacilante, volvió a consultar las listas.

—Pero hay algo extraño en el caballo —observó Viola—. Me refiero a que... ¿no debería tener los ojos oscuros? Ese se parece a un... a un ser humano...

La mirada de Shawna reflejaba la expresión diligente que siempre adoptaba su rostro cuando quería explicar algo. Sobre todo acerca de caballos... y probablemente durante horas...

—De acuerdo, los caballos corrientes tienen los ojos oscuros. Pero también hay excepciones. Sobre todo entre...

Pero este no es un caballo, es un kelpie —la interrumpió la vendedora tras echar un vistazo a la imagen—. Y creo que la lámina también se llama así, *Kelpie*. ¿No habéis oído hablar de ellos?

Viola y Shawna movieron negativamente la cabeza.

—Solo de silkies —respondió Viola, para no dar la impresión de ser tonta de remate.

La mujer rio.

—No vas mal encaminada. También los kelpies son espíritus acuáticos, pero no adoptan el aspecto de focas, sino de caballos. Y quien los monta es condenado. Lo arrastran al fondo del lago y lo devoran. O algo similar. No lo sé exactamente, tenéis que preguntárselo a Erin, la propietaria de la tienda. Erin reúne estas leyendas, está loca por ellas. Yo no las conozco tan bien, prefiero la realidad. Algo así, por ejemplo... —señaló un estante con cadenas de plata, de las que pendían unas piedras artísticamente engarzadas.

Viola las contempló fascinada.

La mujer se alegró de su interés.

—¿Te gustan? Las he hecho yo misma, soy joyera y tengo aquí mi taller. A la gente le gusta ver cómo se confecciona la joya. —La joven mostró una habitación contigua todavía más diminuta, que acogía el taller y las herramientas, así como varias joyas todavía sin acabar.

Viola tomó con cuidado una de las cadenas del estante con unos colgantes violeta.

—¡Qué bonita es! —exclamó—. ¡Y tampoco es tan cara! —observó, sorprendida—. Pensaba, pensaba que las piedras costaban más.

La joven sacudió la cabeza.

—¿Las amatistas? En absoluto. En realidad, las piedras son lo más barato, la plata es mucho más cara.

—Vaya... —Viola se sintió ridícula, pero no podía contener sus ganas de preguntar—. ¿No son especiales? ¿Y difíciles de encontrar?

La joyera se encogió de hombros.

—Tal vez aquí, pero en Brasil, por ejemplo, las hay a montones. Para ser sincera, yo obtengo las mías de un comercio al por mayor y no tengo ni idea de su procedencia. Lo dicho, no me interesa lo esotérico. Desconozco también su significado o si ayudan a combatir alguna enfermedad, si es lo que te gustaría saber.

—¡Aquí lo dice todo! —dijo Shawna, agitando el libro *El misterio de las piedras curativas*, que estaba junto al estante de las joyas.

La mujer rio.

—¡Ya veis que no se me escapa nada! Pero hoy me siento generosa: si compráis una cadena, os dejo consultar gratis qué fuerzas ocultas libera.

Mientras tanto, Viola había tomado una decisión. Sacó del bolsillo la piedra que el chico le había regalado. No era que la tuviera ahí por mera casualidad; desde que Ali se la había regalado, siempre la llevaba consigo.

—¿Y qué pasa con esta...? ¿Es rara?

La joven se la cogió de la mano y la estudió con atención. Viola la observaba casi celosa. No le gustaba nada que una desconocida tocara la piedra.

—Una pieza bonita. ¿La has encontrado tú? ¡Entonces seguro que para ti tiene valor! —dijo la joyera amablemente—. Si quieres te la engarzo para que la lleves como un colgante. Por quince euros la tienes.

Viola dudó.

—Sí..., no..., ¿cuánto tiempo tardaría? Nosotras... nosotras solo estamos hoy aquí y...

—Pero tu padre puede recoger la cadena cuando pase por la ciudad —terció Shawna—. ¿No quiere venir con Ainné para eso de la ecografía?

Viola sacudió la cabeza con obstinación.

—¡No! No, no quiero...

Shawna frunció el ceño.

—No tienen que saber quién te ha regalado la piedra, ¿verdad? —preguntó—. ¿Tienes un pretendiente secreto? Vamos, ¿no será ese chico tan extraño del que has hablado recientemente? ¡Parece tan romántico! ¿Me lo cuentas? Da igual, en cualquier caso, mi madre suele venir con frecuencia. Podría decirle que es para mí.

Viola pensó en el chico con el cabello de reflejos plateados, el semental gris y la imagen del kelpie de ojos humanos. Qué absurdo... No significaba nada... Y la piedra...

—No es eso —aclaró de mala gana—. Es solo que... que la piedra...

La joyera asintió con una leve sonrisa.

—Se trata de una piedra muy valiosa... lo comprendo —bromeó con Viola—. Pero no tienes que separarte de ella. Puedo engastarla ahora mismo, no hay nadie. Por mí, hasta puedes quedarte a ver cómo lo hago. O también podéis seguir con vuestras compras y volvéis dentro de una hora a recoger el colgante. Para entonces Erin ya estará aquí y sabrá lo que cuesta la lámina... —Dirigió una mirada de disculpa a la imagen del kelpie. Lo habría vendido de buen grado y lamentaba no poder cerrar el trato porque desconocía el precio.

Shawna estaba totalmente conforme con el plan, aunque no era partidaria de permanecer allí, sino que prefería irse al McDonald's más cercano. Viola no tenía hambre, pero la acompañó. ¿Qué impresión habría dado si se hubiera negado a abandonar durante solo un par de minutos su piedra?

Mientras comían, Shawna acribilló a Viola con preguntas acerca del chico y la piedra.

—Le he estado dando más vueltas —dijo—, pero en Roundwood y los alrededores no hay más chicos, eso seguro. Podría darse que se hubiera vendido una de las viejas granjas, pero me habría enterado. Y el chico iría al instituto... Si no en Roundwood, sí en algún internado. Aunque las vacaciones ya han terminado para todos...

Repitió todas las reflexiones que Viola ya había hecho. Basándose en todo ello, era imposible que Ali existiera. Pero existía... y el extraño caballo con los ojos de ser humano...

—Dime Shawna... —Una vez más, Viola se sintió ridícula, pero tenía que plantear la pregunta—. ¿Tú crees que existen? ¿Que existen ese... ese tipo de... espíritus? ¿Silkies, kelpies y similares?

Shawna soltó una risita y se llevó el dedo a la frente.

—Sí, claro, y también vampiros. Al menos Bridie está firmemente convencida, es probable que cada dos días se vaya al cementerio y espere al drácula de sus sueños. En general... a los irlandeses nos gustan estas leyendas, pero no vayas a creer que somos idiotas. —El rostro de Shawna adoptó una expresión seria, del tipo que anunciaba una explicación—. Es muy probable que las leyendas de los silkies procedan del hecho de que los cachorros de foca gritan como los bebés. Alguien debió de pensar que se trataba de los niños raptados que habían engendrado mujeres con focas. Y en las islas Aran también cuentan que las focas lloraban con las voces de los navegantes ahogados. Así que, en cuanto a los kelpies... ¡es otra historia inventada para atemorizar a los ladrones de caballos! Piensa: antes casi todos los ganaderos criaban los ponis en estado semisalvaje. Cualquier granuja podía apoderarse de ellos cuando le viniera en gana, pero si temía que lo arrastraran al fondo del lago y se lo comieran, tal vez se lo pensara dos veces.

—Pero los ojos... —objetó Viola, satisfecha de no haber contado nada sobre los ojos humanos de los caballos salvajes.

Shawna se encogió de hombros.

—Sí, eso es algo que ya quería explicarte antes. Los ponis de Connemara suelen tener ojos azules. También entre los cobs irlandeses se encuentran con frecuencia caballos con un ojo azul y otro marrón. A mí me parece bonito, pero Moira, por ejemplo, no lo soporta... Hay caballos con un pelaje que siempre va unido a los ojos azules. A esos caballos se los llama cremellos, porque su pelaje tiene un matiz color crema, mientras que los blancos son conocidos por...

—Vale, vale... —Si Viola no la detenía en ese momento, Shawna estaría hablando tres horas de caballos. Aunque era cierto que el caballo de ojos azules que estaba junto al lago era blanco como la nata. Y tal vez el gris fuera su hijo u otro miembro de su familia. Entonces sería de lo más normal que ambos tuvieran los ojos azules. Pero ¿no eran demasiadas casualidades juntas? La lámina, los caballos que se parecían al de la ilustración, el extraño muchacho...

¡Alto ahí, nadie había mencionado la figura humana! Eran los silkies los que seducían a las muchachas. Los kelpies solo se las comían... Viola esbozó una sonrisa nerviosa.

—Venga, volvamos. ¡Vamos a ver qué ha hecho la mujer con mi amatista!

Shawna dio el último mordisco a su pastelillo de manzana y se marchó de buen grado con Viola. Sin duda, estaba impaciente por saber cuánto costaría la lámina con el kelpie.

Y esa vez tuvieron suerte. Erin, una mujer ya de cierta edad, con el cabello casi blanco pero en el que todavía asomaba alguna mecha rojiza de irlandesa, estaba ahí y sabía, por supuesto, el precio de la lámina. Quince euros. Justo lo mismo que pagaba Viola por el colgante, que la dejó cautivada. La joyera había montado la amatista en un sencillo engaste de hilo de plata, pero había añadido un par de círculos y espirales místicos.

—Signos de feminidad —señaló, guiñando el ojo—. Para que conserves tu identidad y no te dejes subyugar por quien te lo ha regalado. Aunque también debe de ser un romántico si te ha obsequiado una piedra preciosa sin engarce y que posiblemente él mismo ha encontrado. No abundan en estos días... ¿Quieres también la cadena?

En realidad, Viola no podía permitírsela, pero llevar ese pesado colgante en una de las cadenitas finas que tal vez todavía tuviera por casa no le parecía una buena idea. Así que reunió las últimas monedas que le quedaban y se compró una cadena maravillosa y apropiada por veinte euros. Casi por el mismo dinero podría haber adquirido una cadena con colgante ya listos. La joyera tenía razón: la piedra era lo más barato.

Mientras tanto, Shawna acribilló a la propietaria de la tienda con preguntas acerca de los espíritus acuáticos encarnados en caballos. Se enteró de que había también una canción sobre ellos y decidió hablar sobre el asunto con Miss O'Keefe el lunes. Viola prometió descargar de internet una canción del viejo grupo de rock Jethro Tull que se llamaba precisamente así: *Kelpie*. Y luego también se atrevió a plantear una cuestión.

—Erin... esos kelpies... aparecen siempre como caballos o pueden también... me refiero a si también pueden aparecer como los silkies...

—¿Si pueden adoptar forma humana? —la interrumpió Erin, apartándose un mechón del rostro. Llevaba el pelo suelto y su cuerpo algo robusto estaba cubierto por un vestido largo similar a un caftán—. Bueno, hay miles de leyendas sobre los kelpies, ¿sabes? En algunas de ellas, estos seres se convierten en humanos. Además, no siempre son malvados: en una leyenda, una princesa les pide ayuda contra el usurpador del trono y un kelpie la defiende. Y hay leyendas en que los hombres atrapan kelpies. En forma de caballos se vuelven dóciles cuando alguien consigue ponerles un cabestro. —Erin rio.

—Pero ¿matan a las personas? —quiso cerciorarse Viola—. Espían a los paseantes y los llevan al lago, donde se los comen...

Era totalmente imposible imaginarse al dulce Alistair en ese contexto.

—En la mayoría de las leyendas —confirmó Erin—. Pero a veces solo se refieren a que roban el alma de los humanos. En la canción de Jethro Tull dicen: «Me llevaré tu alma a las profundidades.»

—Pero la gente acaba muerta —insistió Viola.

Erin asintió.

—Creo que sí —respondió—. Pero es fácil evitarlo. ¡Limítate a no montar ningún caballo desconocido! —añadió con una de sus risas—. ¿Te envuelvo la lámina? —preguntó, volviéndose hacia Shawna.

La muchacha asintió: era evidente que no sentía ningún miedo de los espíritus acuáticos. A continuación llevó a Viola a una tienda de muebles y compró un sencillo marco de madera para la lámina. Por la noche la colgaría en su habitación.

—Así tendré al menos un caballo que me pertenezca solo a mí —explicó.

«Puede que algo más que un caballo», pensó Viola. Si le contaba todo eso a Katja, acabaría ingresándola en algún lugar.

Viola se pasó media noche navegando por internet después de haber descargado la canción para Shawna en cinco minutos. De hecho, la red era un hervidero de kelpies. Había un montón de imágenes más o menos artísticas de los caballos acuáticos. Por supuesto, presentaban los espíritus en su forma de animal o, a lo sumo, como una especie de híbrido.

Tuvo más éxito con las leyendas. En este ámbito los kelpies surgían del agua con más frecuencia en forma de hombres o mujeres, y no todos los que se ponían en contacto con ellos acababan siendo devorados.

Entretanto, envió a Katja un correo incoherente que quedó sin responder. ¡Natural, era la una de la madrugada!

Al final, Shawna y Katja iban a tener toda la razón: los espíritus no existían. Si volvía a ver a Alistair, tenía que preguntarle directamente de dónde venía y por qué nadie lo conocía. Si no contestaba a esta pregunta, tenía que olvidarse de él... ¿o seguirlo discretamente?

No le gustaba admitirlo, pero olvidar a Alistair le resultaría totalmente imposible.

5

Miss O'Keefe se alegró del cedé y del interés espontáneo de Shawna y Viola por los kelpies. Contó que también ella había oído la leyenda, pero que, según su opinión, esos seres «se sentían en casa» en Escocia más que en Irlanda. Los estudiantes se rieron de que hablara de los espíritus acuáticos como si realmente existieran, solo a Viola le recorrió un escalofrío por la espalda.

Katja volvió a reaccionar ante el correo nocturno con preocupación y un gesto virtual con el dedo en la sien.

Primero tu padre y ahora tú. ¿Es que Irlanda vuelve loca a la gente? ¿Y no has comprobado si Ainné sale por las noches montada en una escoba?

Viola respondió con una alegría forzada que lo comprobaría, pero que Ainné ya era bastante pesada en el mundo real y que, al parecer, no había necesitado de magia alguna para embrujar a su padre. Viola seguía dando largos paseos para evitarla, aunque el tiempo empeoraba. A esas alturas, ya llovía tanto que ni siquiera *Guinness* tenía ganas de salir, sino que al ver el aguacero se daba media vuelta con las orejas gachas y arrugando el morro. Viola se retiraba entonces al cobertizo de los botes con un libro. No es que fuera un lugar especialmente cómodo, pero al menos quedaba a resguardo de la lluvia. Hasta el momento no hacía mucho frío, pero en invierno tendría que quedarse en casa tanto si le gustaba como si no, una idea que la horrorizaba. Ya en esa época el camping estaba prácticamente vacío. El padre de Viola se ocupaba de las labores de reparación y limpieza, el viejo Bill permanecía con los brazos cruzados y de mal humor junto a la chimenea, y Ainné tejía chaquetitas de bebé. Era obvio que esto no le resultaba estimulante. Los años anteriores había pasado el invierno sobre todo pintando unas acuarelas sumamente horribles: estudios de paisaje que, al parecer, tenían una gran acogida entre los clientes del camping. Ese año no había sido posible porque Viola estaba instalada en su «estudio». Como consecuencia, Ainné se quejaba tanto de aburrimiento como de pérdida de ganancias. Patrick, que solía animar a las chicas, ya hacía dos semanas que había regresado a Dublín y solo se ponía en contacto por mail de vez en cuando. Antes de marcharse había dado un alegrón a Shawna invitándola a un *fish and chips* preparado sin nada de sal en el mejor pub de Roundwood. Ella aseguró después que nunca había comido tan bien, y los días que siguieron acudió con tanta frecuencia al camping como en verano, si bien estaba más interesada por la conexión de Viola a internet que por el cuidado de los caballos de Bill, que chorreaban agua, de modo que Shawna permanecía junto al portátil, mientras Viola paseaba con *Guinness* bajo la lluvia. Esto se acabó en cuanto Ainné empezó a probar su táctica del «quizá» con la otra chica que tenía a su disposición. La dulce Shawna la ayudó en las tareas domésticas durante tres días, tras los cuales su entusiasmo por internet decayó. A partir de entonces, consultó su buzón una vez al día en el instituto.

Alistair no se dejó ver durante los días de lluvia y Viola siguió preguntándose dónde estaría metido. Había desechado la idea de que tal vez viviera en la casa de veraneo en ruinas. Allí no había ni un centímetro seco, ni siquiera para una sola persona, así que menos aún para toda una familia. A pesar de ello, entre chaparrón y chaparrón exploró la islita, pero no encontró nada que indicara la presencia de que alguien viviera ahí. Debía de haber una casa de la que tampoco los lugareños supieran nada, tal vez una cabaña en las montañas en la que antes se hubieran instalado destiladores clandestinos... Era del todo posible.

Pero aunque la casa de Ali estuviera muy apartada, en algún lugar tendrían que comprar él y su familia, en algún sitio habrían de trabajar... Cuanto más tiempo pasaba sin ver al chico, más inverosímil le parecía toda esa historia a Viola. Tal vez él y los caballos salvajes fueran imaginaciones suyas. Después de la excursión a Dublín, Shawna había indagado ampliamente por los alrededores, pero ni siquiera había encontrado la huella de un casco.

Una apacible y serena tarde de finales de septiembre en que un cielo amarillento se reflejaba en el lago y bañaba el bosque de una luz casi amenazadora, Alistair apareció de repente sentado sobre una piedra, detrás del cobertizo de los botes.

Viola se asustó un poco al verlo allí, pues nunca se había presentado tan cerca de habitáculos humanos. Se censuró por pensar de ese modo. ¡Alistair era un ser humano! ¿Por qué iba a evitar a las personas?

—¿Qué haces aquí? —le preguntó Viola en lugar de saludarlo.

Alistair le dirigió una leve sonrisa. Parecía más delgado y pálido de lo que ella recordaba, pero cuando se apartó con sus largos dedos el cabello plateado de la frente, su belleza, extraña y singular, volvió a embelesarla.

—Quería verte —respondió él con voz cantarina—. Te añoraba...

—No me he movido de aquí —contestó Viola tras hacer un gesto despreocupado—. Solo tenías que llamar a la puerta. Y estuve en el lago. Casi cada día.

—¿Pese a la lluvia? —preguntó Alistair.

Ella asintió.

—El perro necesita hacer ejercicio.

Ali hizo una mueca.

—Y además mi familia me saca de quicio —reconoció a continuación.

Alistair sonrió con aire cansado.

—Te comprendo —asintió—. La mía... no me deja salir cuando llueve así. Me dicen que en ese caso no hay razón para salir... —Parecía abatido.

—Tendrías que conseguirte un perro —le aconsejó Viola guiñando un ojo—. Ahora mismo quería ir a dar un paseo con él. ¿Te vienes?

Debía conseguir mantener un trato normal con Alistair, y dar un paseo juntos era un buen comienzo. Mucho mejor que quedarse los dos ahí sentados, procurando no tocarse...

Alistair estuvo conforme y se puso en pie. *Guinness*, en cambio, no pareció entusiasmado con la compañía. En lugar de corretear delante y al lado de Viola, se mantuvo a distancia.

Al principio la muchacha no sabía qué decir, asombrada de la agilidad con que Ali avanzaba a su lado, sin esfuerzo aparente. No jadeaba en las subidas y parecía bailar entre las irregularidades del terreno. Además, ese día ella llevaba una chaqueta de abrigo, pero Alistair seguía vestido con su ligero traje de tela vaporosa y aspecto casi transparente.

—¿No tienes frío? —le preguntó.

Ali sacudió la cabeza.

—La verdad es que no. No si... cuando... bueno... cuando todo está bien. —Su rostro adquirió una expresión atormentada y Viola se preguntó, por segunda vez ese día, si le sucedía algo a ese chico. Pese a toda su gracia, parecía más débil, frágil y pequeño. Y se diría que algo le preocupaba.

A Viola le habría gustado animarlo. Entonces se acordó del regalo.

—¡Mira! —dijo al tiempo que sacaba la joya de debajo de la chaqueta. Casi siempre llevaba la amatista, de lo contrario sentía como si le faltara algo.

En efecto, un rastro de la sonrisa reluciente de antes apareció en el serio semblante de Alistair.

—¡Qué bonito! —exclamó con una alegría infantil y, sin pensárselo dos veces, agarró el colgante para ver el engarce de cerca. Al hacerlo rozó la mano de la muchacha y se apartó de repente como si Viola le hubiera golpeado. Ella casi se desplomó también. El contacto no fue fresco, calmado y sosegador como de costumbre. La mano del chico estaba fría como el hielo y, si bien el roce apenas había durado una fracción de segundo, había sido como si hubiera querido succionar una parte de ella. En lugar de experimentar una suave debilidad y un agradable mareo, como en los contactos anteriores con

Ali, se sintió arrastrada hacia un túnel oscuro. Las rodillas se le doblaron, sintió náuseas y como si tuviera la cabeza llena de algodón. Una bajada de tensión: a Viola ya le había pasado alguna vez a los once o doce años, simplemente porque se había desarrollado muy deprisa. En una ocasión incluso se había desmayado. Pero ya hacía mucho tiempo de eso...

—Disculpa... Por favor, discúlpame... —El hermoso rostro de Alistair se ruborizó ligeramente para ponerse luego pálido como la cera—. De verdad que no quería, de verdad... ¡Vigila tu piedra, Viola! ¡No te la quites! Sobre todo junto al lago. Y llévala sobre la piel, no sobre la ropa. Así no te pasarán estas cosas. Yo no... yo nunca lo haría..., pero... Cuánto lo siento.

El chico volvió a guardar distancia con Viola de forma perceptible, lo que a ella de nuevo le causó extrañeza. Si alguien tropezaba, se le ayudaba, se le daba la mano, se le sostenía. Pero Alistair solo parecía consternado, como si se sintiera culpable de algo. Y además esas cosas tan extrañas que decía... ¿O es que ella estaba demasiado ida para comprender el sentido de sus palabras?

Viola respiró hondo y fue volviendo lentamente a la realidad. Todavía se encontraba algo mareada, pero se recobró en cuanto se sentó en un tronco roto que Ali le señaló. *Guinness* se acercó a ella, se dejó acariciar y ladró a Ali cuando este, sin notar la humedad ni el frío, se sentó sobre la hierba a los pies de la muchacha y empezó a jugar con unas piedrecitas, pasándoselas hábilmente de una mano a la otra. Viola tenía un montón de preguntas, pero era incapaz de plantear ninguna. Además, tenía un miedo terrible. ¿De Alistair? ¿O de sí misma? Qué tontería, una bajada de tensión no era una tragedia. Alistair, en cambio, sí parecía ahora realmente enfermo.

—Viola —dijo en un momento determinado, casi en un susurro. Pronunciaba el nombre de la muchacha de una forma especial—. Viola, ¿alguna vez has hecho algo malo? ¿Algo... algo realmente malo?

Bajó la vista.

La muchacha frunció el ceño. ¿Adónde quería llegar? Reflexionó.

—Bueno, a todos nos sucede alguna vez, ¿no? —contestó—. Yo... bueno, en primaria teníamos un compañero bajo y gordo del que siempre nos burlábamos. Una vez le robé la ropa cuando teníamos natación. Fue una mala acción, porque el pobre tuvo que ir buscándola por ahí con el traje de baño mojado y todos lo llamaron hipopótamo. Y el año pasado, Katja y yo le gastamos una jugarreta bastante fea a una chica de la clase. Ella...

Alistair la interrumpió con un gesto, mientras intentaba en vano sonreír.

—No me refiero a eso. Me refiero a algo... a algo realmente malo. Lo que normalmente... hum... algo contra vuestras leyes.

Viola se sorprendió una vez más del modo en que se expresaba. ¿Pensaba Alistair que había otras leyes para él? El año pasado habían hablado en la escuela sobre subculturas con otros conceptos sobre el honor y con normas propias. ¿Pertenecería Ali a los tinkers, el pueblo nómada de Irlanda? Eso explicaría algunas cosas.

—De niña, una vez robé una tableta de chocolate —confesó—. Bueno, más de una vez. A la tercera o así fue cuando nos descubrieron a Katja y a mí. Menuda historia, mis padres se enfadaron mucho y me castigaron sin la paga durante dos semanas...

Alistair suspiró.

—Eso tampoco es tan grave... —señaló—. A veces... me refiero a que... si tu vida dependiera de ello... y la de tu familia... ¿Harías algo malo? ¿Algo realmente malo?

Viola se asustó de verdad. ¿Qué quería decir? ¿Un asesinato?

—¿Te refieres a si mataría a alguien? —preguntó con voz ronca—. En realidad... bueno, en realidad no, no puedo ni imaginármelo. Pero por otra parte...

En los libros que leía los asesinatos se realizaban por amor. ¿Qué sucedería si amara a alguien de verdad? ¿Sería capaz de matar para protegerlo o salvarlo? En los novelones era normal e incluso muy romántico que un caballero desenfundara el arma para liberar a su amada de las garras de algún bellaco o que ella diera la vida por salvarlo a él. Pero ¿en la realidad?

—Si tu vida estuviera amenazada... —reflexionó Viola—, y mataras al responsable, lo harías en defensa propia, ¿no? Creo que en defensa propia puede hacerse todo. Por eso no castigan a nadie. ¿O qué? —Miró temerosa a Alistair.

El chico se encogió de hombros.

—No sé —respondió en voz baja—. Bueno, ahora he de irme. Y de nuevo... he fracasado... a sus ojos. No debería estar aquí. Pero... te doy las gracias por haberme escuchado.

Ali alzó tímidamente la mano para despedirse y Viola sintió unas ganas casi irrefrenables de consolarlo con un abrazo. Incluso dio un paso hacia él, pero entonces algo la retuvo. ¿Fue su propio instinto o el terror que surgió de repente en los ojos del chico, su gesto de ahuyentarla, de retroceder?

—Ali... —lo llamó, pero él se retiró de forma irrevocable. Primero avanzó de espaldas, como si quisiera evitar que ella tal vez le colocara una mano sobre el hombro. Solo cuando la distancia que los separaba le pareció suficiente, se dio media vuelta y se desvaneció de nuevo entre el cañizal y la niebla.

Viola estaba convencida de que se había imaginado el sonido de los cascos en el agua. Y seguro que había una explicación lógica para el hecho de que se formaran unas pequeñas olas en el lago.

A finales de octubre el tiempo mejoró en Wicklow, de hecho se presentaron unos inesperados clientes en el camping. El padre de Viola ya había preguntado si no había llegado el momento de cerrar el establecimiento, pero Ainné y Bill no quisieron ni oír hablar de ello. En realidad ya no había campistas con tiendas, pero poco antes de las vacaciones de otoño dos autocaravanas y una caravana se plantaron junto al lago. Una familia inglesa, en especial, demostró ser sumamente deportista, y Bill dio saltos de alegría al ver que la mujer y una de las hijas alquilaban de forma periódica caballos. Shawna, en cambio, no estaba muy entusiasmada.

—Por norma general acompañamos a la gente —señaló—, pero estos quieren salir por las mañanas, cuando estoy en el instituto, y en cierto modo pueden hacerlo. Así que Bill les permite ir a pasear solos. ¡Increíble!

—Por las tardes salen en canoa —contó Viola—. A mi padre no le gustó nada tener que sacar los botes que ya había guardado para el invierno. Pero esa gente está obsesionada con el deporte. ¡Incluso nadan! ¡Ahora, en octubre! ¿Te imaginas?

Shawna rio.

—Mira, hemos tenido a gente que incluso en Navidad se ha metido en el lago. Cuando lleves tiempo en el negocio del turismo, ya no te sorprenderá nada. De todos modos, yo haré otra cosa cuando termine la escuela. Estudiaré veterinaria... en Dublín... —Su rostro adquirió una expresión soñadora—. ¿Hacemos ahora los deberes de inglés? —añadió, cambiando de tema—. ¿Crees que en internet se encuentran de verdad todas las redacciones posibles sobre *Macbeth*? ¿No tenemos que escribirla nosotras mismas?

Viola se echó a reír.

—Shawna, ni siquiera tienes que leerte ese tostón. Descargaré la película, es más rápido. Pero ¿qué es lo que tendríamos que hacer ahora exactamente?

Shawna buscó su cuaderno de deberes.

—Y ten en cuenta que no podemos tardar mucho en terminar —señaló—. No quiero quedarme aquí mucho tiempo. Según el parte meteorológico, hay tormenta, no sé qué restos de un huracán. Y, con el viento de cara, ir montaña arriba... Mi scooter no da para tanto.

En efecto, por la tarde se levantó un fuerte viento y, por primera vez desde que Viola había llegado a Irlanda, se formaron en el lago unas auténticas olas. La lluvia estallaba contra las claraboyas de la pequeña habitación de Viola. Primero le tocó a la conexión de internet y luego también se cortó la luz. Aun así, en la sala de estar estaba encendida la chimenea y su padre prendió unas velas. Si Ainné no hubiera empezado a soltar reproches y a lamentarse de todo, desde la subida de los precios hasta la precariedad de las líneas, Viola habría encontrado el ambiente acogedor.

Pero entonces alguien llamó a la puerta con urgencia. Viola no supo por qué el nombre de Ali pasó enseguida por su mente, aunque, de todos modos, no transcurría ni una hora sin que pensara en el chico y su extraño comportamiento. Con esa tormenta, ¿dónde estaría Ali? ¿Dónde encontraría refugio y cómo evitaría a esa familia que por lo visto le estaba presionando? En comparación con lo que Ali explicaba sobre sus parientes, Viola casi sentía cariño por Ainné y Bill.

Sin embargo, no fue, claro está, el peculiar amigo de Viola quien se lanzó con ímpetu contra la puerta y casi cayó en el piso cuando el padre de la muchacha abrió. En lugar de él, uno de los campistas, totalmente empapado pese al impermeable, cruzó el umbral a trompicones.

—Siento molestarle, Alan, pero está pasando algo... —El hombre daba la impresión de estar totalmente alterado e hizo un gesto tranquilizador cuando el padre de Viola pretendió disculparse porque se había cortado la electricidad—. No se trata de eso. Es... es mi esposa... No sabemos dónde está. Pensábamos que había ido a Roundwood, pero... pero ahora hemos encontrado la motocicleta.

—¡Pase primero, John! —le pidió el padre de Viola—. Ainné, ¿nos queda todavía una taza de té? Entre en calor, John, y luego nos lo cuenta todo. Con este tiempo, no ha de andar muy lejos.

—No puedo quedarme mucho rato, las niñas están solas... —El visitante entró a disgusto, pero se dejó convencer para tomar una taza de té, a la que Ainné echó un chorro de whisky—. Esta tarde hemos salido en canoa, las habíamos alquilado por dos horas, ¿se acuerda? Pero como parecía que iba a llover y en tales circunstancias los peces suelen picar bastante, he querido acabar antes para ir a pescar y las niñas me han acompañado. Louise quería seguir remando y tal vez darse un baño, como suele hacer...

Cada día hasta la fecha. Viola temblaba solo de pensarlo.

—Luego quería ir al pueblo en la moto y hacer algunas compras...

Además de la autocaravana, la familia disponía de una motocicleta que les permitía realizar pequeñas compras sin tener que desplazar toda la casa.

—Suponíamos que estaría allí, pero luego, al arreciar la tormenta, hemos pensado que ya debería haber vuelto...

—¿No se habrá quedado en Roundwood? —sugirió Ainné—. Con este tiempo tal vez no ha querido conducir.

John sacudió la cabeza.

—No, se trata precisamente de eso. Vicky ha salido hace un momento porque se había olvidado algo en el parque infantil y ha encontrado la moto a unos veinte metros de la autocaravana en dirección a la carretera, justo en el parque. Estaba apoyada contra un árbol, ¡pero ni rastro de Louise!

—También puede haber colocado ahí la motocicleta otra persona —señaló Alan.

John esbozó una mueca.

—Pues sí, pero ¿quién? Por eso he venido. A lo mejor se les ocurre alguna idea. ¿Ha entregado la canoa a la hora en punto?

El padre de Viola se disculpó con un ademán.

—La verdad es que no lo sé. La cosa es que no me he preocupado de los botes, he supuesto que ustedes ya los habrían amarrado como es debido.

—¿No te has preocupado de los botes? —censuró Ainné. Daba mucha importancia a las canoas, porque en primavera había empezado a alquilar botes y había invertido mucho dinero en ello—. ¿Con la tormenta? ¡Pues vaya, si se sueltan se echarán a perder! Ahora mismo vas a...

—¿Así que teóricamente todavía podría estar en el lago? —preguntó John, horrorizado.

Bill sacudió la cabeza.

—Ni siquiera los ingleses están tan chiflados —farfulló, aunque en un irlandés bastante tosco y no demasiado alto.

John fingió no haberlo oído y se volvió hacia Alan.

—¿Podemos... me refiero a si... podría usted...?

—¡Pues claro! —respondió Ainné—. Claro que mi marido irá a inspeccionar los botes. De todos modos tiene que guardarlos. Mi padre...

—Naturalmente, yo voy con ustedes —dijo Bill con un suspiro, y al momento se marchó para ponerse un impermeable.

Alan no parecía tan entusiasmado y empezó a lanzar tanto a Ainné como a Viola unas miradas desesperadas.

—¿Quizá quieras cambiarte tú también, Viola? —observó Ainné con firmeza—. Para poner los botes al abrigo de la tormenta se necesita a todo el mundo. Y con que aguantes la linterna...

Viola no tenía ni pizca de ganas de soportar la lluvia y el viento, pero su padre daba la impresión de estar tan horrorizado y desamparado que volvió a darle pena. Le resultaba imposible dejarlo solo.

Además, había esa mujer, a la que debían encontrar... Pero a ese respecto, Bill tenía toda la razón: si con ese tiempo todavía estaba en el agua, es que estaba chiflada.

Viola se puso un pulóver grueso y unos vaqueros, las botas de lluvia y el largo e informe impermeable. Bill repartió faroles de gas.

—Con este tiempo, ya puedes olvidarte de las linternas de bolsillo —gruñó—. Se humedecen y se acabó lo que se daba.

Por fin los cuatro salieron a la furiosa tormenta, envueltos como momias en capas de plástico y abrigos impermeables. Al notar el viento, que les fustigaba con una lluvia casi horizontal, Viola tuvo la sensación de que le estaban arrojando una ducha fría en la cara. Necesitó de todas sus fuerzas para oponerse a la fuerza del temporal y lograr caminar. El lago, de costumbre tan tranquilo e idílico, semejaba esa noche un infierno. Las olas, casi tan altas como las del mar, se precipitaban sobre el embarcadero con tal potencia que Viola no se atrevió a subir a él.

De los dos botes no había ni rastro. Bill soltó un improperio.

—Bordeemos un poco el lago —propuso, como si se tratara de dar un breve paseo—. A lo mejor se han quedado varados en algún lugar y todavía salvamos algo...

—¿Significa esto que mi mujer no ha devuelto el bote? —preguntó John, horrorizado—. ¿Que a lo mejor está en algún sitio por aquí...? —Señaló el lago embravecido.

El padre de Viola sacudió la cabeza.

—Todo esto no quiere decir nada, es probable que los botes se hayan soltado. Reflexione, es evidente que su mujer cogió la motocicleta. ¿Cómo iba esta a llegar al parque, si no?

—¿Y luego se ha desvanecido en el aire? —respondió John, alzando la voz por encima de la tormenta.

—Busquemos primero los botes —decidió Bill. Era evidente que le preocupaban más las canoas que la desaparición de Louise.

Alan no se atrevió a contradecirle, con lo que el «paseo» se convirtió en un infierno. Los caminos que bordeaban el lago estaban inundados y la hierba se había reblandecido con la lluvia. Las botas de goma de Viola se adherían con fuerza al fondo cenagoso y dificultaban cualquier movimiento, mientras la muchacha soportaba en el rostro el azote de la lluvia empujada por el viento, que le arrancaba la capucha de la cabeza de modo que el agua penetraba por debajo del impermeable. La capa de John flotaba por los aires y él estaba calado hasta los huesos, pero no abandonaba la partida, preocupado por su mujer. Bill caminaba con determinación, pero Viola y el resto avanzaban tanteando el terreno.

Al final oyeron ladrar a *Guinness* y descubrieron el primer bote. Habían llegado al final de la bahía y alcanzado el puente que llevaba a la islita. La embarcación había encallado entre uno de los pilares y la orilla.

—¡Y ahí está el otro! —exclamó John, excitado—. Ahí, ¿lo ven? ¡Junto a la isla! Debe de estar ahí. Mi esposa, claro. Seguro que ha llegado hasta la isla o que ha atracado allí cuando se ha levantado el viento y...

—Si hubiera atracado cuando ha estallado la tormenta, tendría que haber podido cruzar el puente para volver a tierra firme —objetó el padre de Viola—. Ya haría tiempo que habría vuelto a casa.

A esas alturas ya era imposible atravesar el puente. Con la tormenta, habría sido peligroso recorrer unos tramos de apenas unos pocos centímetros de anchura.

—A lo mejor no se ha atrevido —discrepó John—.

Pero está ahí, ¡seguro! Necesita ayuda. Tenemos que pasar al otro lado...

—¿Al otro lado? —preguntó horrorizado el padre de Viola—. ¿Por el puente? No lo dirá en serio...

—Puedes cruzar con el bote —observó Bill sin mucho entusiasmo. Ya había cogido la primera de las canoas monoplazas, la había arrastrado a tierra y le había dado la vuelta para vaciar el agua—. Y luego te traes la segunda. Lo mejor es que vayáis los dos, si Viola va en la segunda será más fácil navegar contra el viento.

Viola se lo quedó mirando como si no estuviera bien de la cabeza.

—¿Que tenemos que ir... allí?

—Solo son un par de metros —dijo Alan. También él parecía indeciso, pero más inclinado a ceder a la presión que Viola. Era probable que temiera que su Ainné se enfadara si el bote se dañaba o se perdía por culpa de él—. De todos modos, ya estamos mojados...

El argumento era concluyente. El hecho de que le cayeran encima un par de olas más no cambiaría nada en absoluto el estado de Viola. Cuando lo que ella ansiaba era precisamente un cambio: ¡quería volver a casa y meterse en la cama!

En este punto John también empezó a insistir. Sin duda, habría preferido cruzar él mismo a la isla para rescatar a su esposa, pero los botes eran demasiado pequeños. Llevarían a Viola y su padre —ambos no pesaban mucho—, pero no a dos hombres adultos.

—¡Marchaos ya! —apremió Bill, mirando preocupado la segunda canoa, que con cada ola del lago se veía empujada contra la playa de la isla. Una embarcación tan ligera no resistiría mucho tiempo—. Ainné se pondrá como una furia si se rompe el bote...

—Y Louise morirá en la intemperie... —insistió también John, quien entretanto se había puesto a llamar a gritos a su esposa, en vano.

—¿Crees en serio que esa mujer está ahí? —preguntó Viola a su padre, mientras lo ayudaba de mala gana a empujar el bote al agua.

Alan McNamara negó con la cabeza.

—Qué va —contestó—. Lo más probable es que esté tomando un té con los otros campistas. O que la haya llevado un coche o algo por el estilo. En cualquier caso, ninguno de nosotros ha cogido la motocicleta y ¿quién tendría el menor interés en ir en ella hasta el parque y abandonarla? Pero nuestro bote está allí. ¡Así que vamos, acabemos con esto de una vez!

Alan, tan receloso como su hija, se esforzaba en mantener quieto el bote mientras Viola subía. Estaba especializado en turismo, no era un deportista, pero dado que había aconsejado a Ainné que alquilase los botes, no podía permitir que las canoas se perdieran mientras él se quedaba de brazos cruzados. Al menos sin correr el riesgo de tener una pelea.

Mientras Viola luchaba en la canoa, su padre demostró su coraje y permaneció con el agua hasta las rodillas mientras las olas lo bañaban hasta la cintura. La joven no tardó en sentir los embates del oleaje y se agarró desesperada al frágil costado de plástico de la embarcación, al tiempo que intentaba sujetar el farol. De todos modos, incluso sin luz era imposible no ver la isla, que se extendía como una sombra oscura en las aguas bravías.

Alan se metió como pudo detrás de Viola en el bote e intentó alejarlo de la orilla remando con torpeza.

—Para volver es muy fácil —animó a su hija, alzando ahora la voz por encima de la tormenta y el oleaje—. Prácticamente, solo tienes que dejarte llevar...

«Se vuelcan cuando no se es muy hábil...» Viola recordaba la advertencia de Patrick. Ni siquiera con buen tiempo era fácil manejar las embarcaciones. Pero Bill tenía que conocer el lago. Viola se tranquilizó pensando que no permitiría que nadie corriera ningún peligro...

Alan tuvo que reunir fuerzas suficientes para conseguir llegar a la isla. Tiró del bote para colocarlo junto al otro en la orilla y Viola se cayó cuando intentó bajarse antes. Estaba totalmente empapada y la ropa le pesaba al menos el triple de lo normal. Y encima tenía las botas llenas de agua... Habría preferido quedarse ahí tumbada y no levantarse más; o aun mejor: tenderse, dormir, despertar y comprobar que todo había sido una pesadilla.

Pero en realidad su padre le estaba pidiendo que fueran a explorar velozmente la isla en busca de Louise. Por supuesto, no serviría de nada. En el islote inundado y rodeado por el bramido de la tormenta no había seres humanos.

—Bien, ya está. ¡Llevemos estos malditos botes a tierra y luego volvamos a casa! —gruñó el padre de Viola—. Llamaremos a la policía. Que el agente se encargue de buscar a la mujer.

Viola era de la misma opinión. En ese momento, Louise Richardson le daba completamente igual. Alan le sujetó de nuevo el bote. Mientras ella andaba buscando, también había vaciado el segundo bote y lo había preparado más o menos para navegar. Los remos todavía se hallaban correctamente sujetos a la embarcación. No cabía duda de que Louise había querido devolverlo y lo había amarrado al embarcadero del camping.

—En realidad no tienes ni que remar, las mismas olas te empujarán a la orilla —gritó Alan a su hija.

Viola esperaba que lo supiese con certeza y no solo lo intuyera, pero salió de dudas cuando su padre empujó la canoa al lago. Alan tuvo que meterse bastante en el agua y no tardó en quedar empapado por unas olas que también entraban en el bote. Y luego, el viento y el lago, las olas y la corriente arrastraron la canoa hacia la tormenta. Viola comprendió enseguida por qué los propietarios de la casa de veraneo habían tenido que construir un puente. Si bien la isla era fácil de alcanzar en el bote, cuando se quería regresar había que luchar contra los remolinos, algo no muy agradable para damas con sombrillas, sombreros de colores y ligeros vestiditos de verano. Algo que en esos momentos ponía en peligro la vida de Viola. Por todos los demonios, ¿por qué no se lo había advertido Bill? ¿Es que no conocía esas corrientes? Viola recordó de pronto que los O'Kelley nunca habían alquilado botes antes de esa primavera. Durante el verano Patrick había sido el único responsable de asesorar a quienes practicaban deportes acuáticos. Bill solo se ocupaba de los caballos y en ese momento no había pensado más que en salvar las embarcaciones, no en los posibles peligros a que se exponían Viola y el padre de esta.

Con el rabillo del ojo vio que Alan intentaba preparar su propia canoa. Esperaba al menos tener fuerza suficiente para llegar remando a tierra. La de Viola seguro que no bastaba. A pesar de ello, la muchacha intentó utilizar los remos, pero ni siquiera sabía cómo manejarlos cuando el agua estaba en calma. Dada la situación... no tenía más remedio que confiar en que las olas arrojaran la canoa en algún lugar de tierra firme. Las posibilidades de que ello ocurriera, no obstante, fueron desvaneciéndose. Las olas habían llenado de agua la pequeña embarcación, que, sin duda, acabaría zozobrando. Viola intentaba desesperadamente achicar el agua, pero también esto era en vano y, para colmo de males, sus torpes movimientos dieron el golpe de gracia. La canoa cabeceó peligrosamente, permitiendo la entrada del agua. Viola intentó conservar el equilibrio, pero ya era demasiado tarde. Una ola volcó la canoa y arrojó a su tripulante al agua, turbulenta y fría como el hielo. La muchacha intentó nadar, pero el pesado impermeable, las botas de goma y el jersey empapado de agua la arrastraban sin piedad hacia el fondo.

Quiso gritar, pero tragó agua helada y al final se resignó. Fue extraño, pero mientras el mar la engullía solo pensó en Alistair.

Y de pronto, surgió junto a ella algo grande y oscuro. De forma instintiva se agarró, sus dedos se cerraron de forma convulsa en torno a... ¿era pelo? Fuera como fuese, esa cosa la arrastró hacia la superficie. Podía respirar: Viola llenó los pulmones de aire frío, saturado de lluvia y aun así beneficioso, lo cual le dio fuerzas para agarrarse mejor. Fue entonces cuando descubrió que se sujetaba a un cuello fuerte, elegantemente arqueado. O mejor dicho, a las largas crines que embellecían ese cuello. ¡Nadaba con un caballo! Un animal grande y poderoso la arrastraba por el agua. Debía de haber acudido a salvarla.

Sin embargo, el aire que le había devuelto la vida, también había avivado su capacidad de pensar y el alivio de la muchacha dio paso a nuevos temores.

¿Había saltado un caballo al agua para salvarla a ella? ¿Los caballos hacían cosas así? Tal vez los perros, y también de los delfines se decía que habían rescatado a navegantes en apuros. Pero ahí no había delfines...

«Up, ride with the kelpie...»

La canción de Jethro Tull resonó en la mente confusa de Viola.

«Up, ride with the kelpie, I'll steal your soul to the deep...»

Perdería el alma... O aun peor, el caballo la arrastraría al fondo del lago y ahí se la comería...

Sin embargo, no la había arrastrado hacia el fondo, sino hacia la superficie, y en ese instante surcaba las olas con objeto de llegar a la orilla. Aunque no a la playa junto a la isla. El... caballo (¿o el kelpie?) parecía más bien dirigirse a un trozo de playa que había junto al camping. ¿Acaso se trataba, en realidad, de uno de los ponis de Bill? Pero Shawna los había metido antes en el establo. En la oscuridad y en el agua del lago, Viola no distinguía ningún color, pero casi lo notaba. No era un poni pío, no era un cob pequeño y macizo el que la llevaba entre las olas, sino un semental grande, de color gris plateado y ojos de mirada humana. Los dedos de Viola se aflojaron y rodeó con los brazos el cuello del caballo. Era frío, tan frío... Si no llegaba pronto a tierra, aunque no se ahogara, sí moriría de frío.

El caballo dejó relajadamente que una ola lo empujara a tierra y pisó suelo firme tras el embarcadero y el cobertizo de los botes, cerca de las rocas donde Ali la había esperado poco tiempo atrás.

Viola era incapaz de soltarse. Colgando inerte a un lado del caballo, notó que este se tendía con cuidado junto a ella. Permaneció apretada contra el cuerpo del animal, cerró por unos segundos los ojos... y sintió que alguien la abrazaba, o mejor dicho, que la sostenía entre sus brazos. Donde antes había estado el cuerpo de un caballo, ahora había el cálido pecho de un ser humano, contra el que ella se estrechaba. Percibió el latido de un corazón bajo la tela fina que tantas veces había admirado. Por unos segundos se abandonó a un sueño en el que se sintió más segura y protegida que nunca. Luego el muchacho se enderezó.

Tiernamente apartó el cabello del rostro de la muchacha y le sonrió.

—Viola, qué bonito es abrazarte, pero tienes que volver a casa y cambiarte de ropa. De lo contrario te congelarás...

—Ali... —susurró la joven. Cuando se separó de él, notó que todo el cuerpo le temblaba. Sin embargo, no se sentía débil como otras veces, después de haberlo tocado. A Alistair tampoco se le veía pálido y agotado, sino fuerte y hermoso.

La ayudó a desprenderse del impermeable mojado y la levantó con suavidad en brazos.

—No tengas miedo. Hoy no puedo quitarte nada más... estoy satisfecho...

Su voz sonaba tranquilizadora y tierna, pero Viola se estremeció.

—Viola... —Él cantaba el nombre de la muchacha.

—¡Kelpie! —No sabía si había gritado o susurrado esa palabra.

—Ahi —repitió él su propio nombre.

Esta vez ella lo entendió. No se llamaba Alistair. Su nombre era tan extraño como su ser.

Ella se liberó de sus brazos y Ahi dejó que se deslizara apaciblemente al suelo.

—De acuerdo, puedes ir a pie... —En su voz se percibía un pena vaga—. Que duermas bien, Viola...

En esa ocasión, casi lo vio transformarse en un semental gris. El animal se metió en el agua y se desvaneció entre las olas. No había duda... Pero, por otra parte... tal vez eran figuraciones suyas... tal vez ya estaba muerta...

No era probable, dado el frío y la humedad que la rodeaban. Pero ya veía la casa: iluminada y acogedora...

Viola se dirigió con esfuerzo hacia las luces. La corriente eléctrica había vuelto. Pulsó el timbre, golpeó, se arrojó contra la puerta.

Y, al sentirse al abrigo de la lluvia, perdió el conocimiento.

6

Viola pasó las siguientes horas en un torbellino entre la fatiga y la sobreexcitación. Después de que Ainné la zarandease y le quitara la ropa mojada, no había tardado en recuperar el conocimiento. Cuando su padre y Bill regresaron, una hora más tarde —ambos extenuados y totalmente fuera de sí, por supuesto—, ella ya se acurrucaba junto a la chimenea, envuelta en una manta pero todavía tiritando, y sosteniendo una taza de té en la que Ainné había vertido con generosidad whisky y azúcar. De hecho, a Viola no le gustaba esa mezcla, pero en ese momento todo lo que proporcionase calor y serenase los agitados pensamientos que la perturbaban era bien recibido. A fin de cuentas, todavía tenía que contar una historia más o menos verosímil que explicara cómo se había salvado.

Esto último no era tan fácil, pues Bill lo había visto todo desde la orilla y su padre estaba justo detrás de ella. Según le contaron más tarde, incluso había intentado alcanzar el bote en el que iba su hija cuando este fue arrastrado por la corriente. Había necesitado hacer acopio de todas sus fuerzas para regresar a la orilla. Había acabado tan empapado como Viola, además de hundido en la desesperación ante la posibilidad de haber perdido a su hija. Bill y John casi lo habían tenido que llevar a cuestas cuando renunciaron a seguir buscando a Louise y Viola y, batallando contra el viento y la lluvia, volvieron al camping. John se había dirigido entonces a su autocaravana, donde sus hijas seguramente estarían esperándolo preocupadas. Bill le había prometido informar a la guardia de salvamento, pero con el tiempo que hacía ni los profesionales lograrían hacer nada. Alan, que había perdido toda esperanza de volver a ver viva a su hija, rompió a llorar cuando la vio sentada junto al fuego.

—¿Arrastrada? ¿Hasta aquí? —preguntó después de haberse recuperado y escuchado con atención lo que Viola explicó atropelladamente—. ¿Y no recuerdas nada más?

—No puede ser... —farfulló también Bill—. Demasiado lejos para llegar a nado. ¿E inconsciente en medio de la tormenta? Te habrías ahogado...

—Pero no lo ha hecho —les cortó Ainné—. Como veis, está vivita y coleando. Y, en el estado en que se encontraba, tampoco podía venir de muy lejos.

Haciendo una excepción, Viola dio gracias al cielo por el desinterés de Ainné hacia sus semejantes. La esposa de su padre se tragaba sin más la historia de cómo se había salvado. Bill tampoco estuvo mucho tiempo dándole vueltas. Conocía el lago solo de pescar, y eso desde la orilla. Probablemente hacía años que no nadaba. Solo Alan, quien esa noche había tenido que luchar él mismo contra la corriente, no alcanzaba a comprender lo sucedido.

—Es un milagro... —no dejaba de balbucear sin apartar la vista de Viola, como si esta fuera a desaparecer de un momento a otro—. Deberíamos... tendríamos que encender una vela en la iglesia o algo por el estilo... ¿Qué hace en un caso así un auténtico católico, Ainné?

En Alemania, los padres de Viola nunca asistían con ella a la iglesia ni tampoco la habían bautizado. Esto último constituía un tema conflictivo entre Alan y Ainné respecto al bebé que estaba en camino.

—Tenemos muchas otras cosas que hacer... —le soltó al instante Ainné—. ¿Quieres irte a la cama ahora, Viola? No creo que aporte gran cosa que esperes a la policía, si es que viene...

Entretanto habían notificado por móvil la desaparición de Louise Richardson, pero el «sheriff del pueblo» —en Roundwood había un solo policía— no parecía muy impresionado.

—Conque la mujer no estaba en el agua, sino en algún lugar del camping, ¿no es así? —preguntó, resumiendo la explicación de Ainné—. ¿Dónde ha desaparecido?

Ainné le aclaró con bastante aspereza que precisamente su tarea consistía en descubrirlo. Sin embargo, no parecía que el hombre fuera a coger el coche esa noche para salir en busca de la señora Richardson.

—De todos modos, solo registramos los casos de adultos cuando han transcurrido tres días después de la desaparición —informó a Ainné—. Espere a que deje de llover y volverá a la superficie.

El agente tenía razón, aunque, lamentablemente, en el sentido literal de las palabras. Fue Shawna quien encontró el cadáver de Louise Richardson en el cañizal a la orilla del lago, junto al nuevo cercado. A la vuelta de la escuela, la muchacha había sacado los caballos de Bill: el sol volvía a brillar, el lago estaba en calma y se podía caminar por la hierba crecida del prado. *Guinness* se había puesto a ladrar junto a un lugar en la orilla donde crecían las cañas y Shawna se había acercado a ver qué sucedía. Temblorosa y blanca como una sábana, había llamado a la puerta de los McNamara. Viola le abrió y casi se sintió aliviada cuando oyó lo que contaba entre balbuceos. Claro que era horrible que Louise estuviera muerta. Pero si había un cadáver... si había sido arrastrado por la corriente...

—¿Qué... qué aspecto tenía? —preguntó a Shawna a pesar suyo, después de que Ainné informara a la policía y Alan acompañara a los miembros del equipo de salvamento al lago para mostrarles el lugar. Habían sometido a Shawna a un breve interrogatorio, pero luego habían renunciado a que los acompañara, ya que la muchacha no parecía tener ánimos para volver a ver a la difunta. Al final Ainné le preparó la consabida taza de té con whisky y le dijo que fuera a sentarse delante de la chimenea, donde Viola ya llevaba todo el día acurrucada. No había conseguido recuperar el calor en la cama, pese a la gruesa colcha, y apenas había dormido. Alan no la había hecho ir a la escuela y Viola no había puesto ningún reparo en ello. La joven seguía temblando y en su mente resonaba constantemente la palabra «kelpie». ¿Habría sido capaz de imaginarse una experiencia así? Pero su padre tenía razón: no había ninguna explicación normal para el hecho de que hubiera llegado a la playa.

Shawna se estremeció.

—Horrible... —dijo, tomando un buen sorbo de té—. Completa... completamente blanca y... y también hinchada... —Un temblor recorrió su cuerpo—. Pero no le he visto la cara, la tenía cubierta por el pelo...

El agua habría soltado el cabello que Louise Richardson siempre llevaba recogido en un moño tirante.

Viola inspiró hondo. No quería preguntarlo, pero tampoco quería permanecer en la incertidumbre.

—¿Parecía como si... como si... la hubieran... algo así como... mordido? —preguntó vacilante.

Shawna la miró sorprendida.

—¿Mordido? ¡Ah, te refieres a que la hayan mordido los peces? No, en realidad no. Bueno, yo no he visto nada. Y tampoco ocurre tan deprisa. Solo había pasado un día en el agua. Y la tormenta duró toda la noche, seguro que los peces estaban escondidos.

Viola suspiró aliviada. Así que los kelpies no se encontraban detrás de lo sucedido.

Pero ¿no había mencionado Ahi algo de que estaba satisfecho? Todo le resultaba demasiado turbador. Viola decidió reunirse con él para preguntarle al respecto. Esta vez sin evasivas ni insinuaciones.

«¿Harías algo malo... si tu vida dependiera de ello...?» De repente el dilema de su extraño amigo adquirió forma. ¿Había tenido que ceder Ahi a las exigencias de su pueblo o de su familia y atraído a Louise para que se metiera en el agua? ¿Le habían arrebatado el alma una vez allí?

Viola se estremeció y se sirvió otro té, al que ella misma añadió whisky.

La mañana siguiente, el sol resplandecía de nuevo. El otoño de Lough Dan mostraba su faceta más hermosa y los acontecimientos de los últimos días casi parecían irreales. Se habían llevado el cadáver de Louise en la vigilia y la autopsia había dado como resultado que había fallecido ahogada. De ello se concluía que la mujer se había visto sorprendida por la tormenta cuando todavía estaba en la canoa. Tal vez había ido a parar a la misma corriente que había hecho zozobrar el bote de Viola y no había conseguido llegar a nado hasta la orilla. Los lugareños no quedaron muy convencidos con la explicación, pero salvo ellos nadie puso objeciones. La muerte de la campista quedó registrada en los expedientes como un trágico accidente. Los Richardson se marcharon en cuanto les fue devuelto el cadáver.

También Viola habría regresado a la escuela, pero era sábado, así que no había ninguna razón para postergar sus planes. Paseó —de nuevo con las botas de goma, pues el terreno seguía estando embarrado— junto al lago, en busca de Ahi.

Al principio no tuvo éxito.

Más tarde, hacia el ocaso, cuando volvió a formarse una ligera niebla, descubrió una cosa que le heló la sangre en las venas: Shawna se encontraba en el camino que bordeaba el lago, con el cabestro del poni que quería recoger para la noche en la mano, mirando como hechizada un semental gris que pastaba entre el cañizal y el bosquecillo.

«¡No! ¡No te acerques!», quería gritar Viola, pero se quedó muda. Desconcertada, observó a su amiga mientras esta se dirigía hacia el caballo gris plateado, que la miraba con sus ojos azules y humanos. Unos ojos en los que se reflejaba el lago... Los ojos de Ahi.

El semental se acercó confiado, mientras Shawna se iba deteniendo y hablándole. Sabía cómo aproximarse a los animales sin asustarlos. Se acercaba pues por el costado, no de frente, y se movía despacio, sin precipitarse.

Ese caballo, sin embargo, no tenía miedo. Shawna parecía encantada cuando se acercó lo suficiente para acariciar la frente bajo el flequillo largo y sedoso. El caballo solo se apartó cuando ella levantó la mano con el cabestro.

Viola se dirigía lentamente hacia ellos. Seguía cautivada por la escena, pero sabía que debía poner punto final a esa situación antes de que fuera realmente peligrosa. Ese no era ningún caballo, sino un kelpie tras una presa. Viola lo tenía claro, todas y cada una de las esperanzas que había puesto en encontrar otro motivo se habían disipado. Al igual que cualquier otra explicación que se quisiera dar a la existencia de esa criatura: ¡estaba allí y era mala!

—¿No te gusta, precioso? —preguntaba Shawna con dulzura—. ¿No te gusta el cabestro? ¿Ni tampoco el trato con humanos? Puede que tengas razón, los humanos no siempre son amables con los caballos... Yo tampoco dejaría que Bill, por ejemplo, me descubriera. Pero yo no te haré nada, a mí me gustan los caballos. Mira, dejo el cabestro. ¿Puedo acariciarte otra vez?

El semental se quedó quieto cuando Shawna volvió a acariciarlo e inspeccionó el pelaje como una entendida en busca de alguna marca de ganado u otro dato sobre el propietario.

—Pues no, no estás marcado... —se lamentó—. Así que como mucho, cabe la posibilidad de que lleves un chip... Tendré que pedir prestado un lector... ¿Estarás mañana aquí, precioso? Qué pelo más fino tienes... y qué crines tan maravillosas... Eres el caballo más bonito que he visto en mi vida.

Viola no sabía definir el sentimiento que en esos momentos la embargaba. No podían ser celos... ¡a ella no le gustaban los caballos! Pero ese no era un caballo... Pensaba en los fuertes brazos de Ahi, en el tejido sedoso de su ropa, en el cabello abundante y liso al que ella se había agarrado dos días antes. Recordaba los fuertes latidos del corazón del chico, lo bonito que era estrecharse contra él y sentirse segura...

Y ahora Shawna acariciaba con ternura el cuello del semental plateado...

Viola cogió una piedra y la lanzó al agua.

El sonido sacó de su ensueño a Shawna y asustó al semental, que se alejó de un brinco de la muchacha y se dirigió galopando hacia el bosque, ligero, còmo si los cascos no tocaran el suelo. Sin embargo, se detuvo delante de la arboleda y a Viola le pareció que sus miradas se cruzaban.

—¡Quiero verte! —susurró, intentando transmitir estas palabras al semental con la mera fuerza de su deseo—. ¡Tengo que verte!

Ignoraba si los kelpies podían leer los pensamientos, pero desde que había conocido a Ahi y había descubierto sus intenciones, consideraba que todo era posible.

Pese a ello, con quien primero se reunió fue con Shawna, transfigurada y entusiasmada tras el encuentro con el kelpie.

—¡Eres tú, Viola! Pensaba que era *Guinness*. Pero da igual. ¿Lo has visto? ¿Has visto el semental? ¿El caballo salvaje? ¡Y yo que había creído, después de haberlo buscado tanto, que a lo mejor te lo habías imaginado! Pero ahí está. ¡Y es precioso, Vio! Debe de haberse escapado de algún sitio, ¡qué distancia habrá recorrido! Lástima que no haya podido cogerlo; pero a lo mejor la próxima vez se deja atrapar. ¡Es increíble!

Viola solo tenía que asentir con la cabeza o murmurar alguna palabra, pues la emocionada Shawna llevaba la voz cantante, mientras ella pensaba en la forma de advertir a su amiga. Era evidente que a partir de ese momento Shawna prácticamente se instalaría junto al lago. Volvería a reunirse con el kelpie y solo era cuestión de tiempo que lo montara. Y luego...

¡Viola debía evitarlo! ¡Hablaría en serio con Ahi! Pero ¿qué sucedería si no le hacía caso?

—Shawna, tú... no lo vas a montar, ¿verdad? —preguntó al final casi sin voz—. Ese caballo...

Shawna rio.

—¡No me apetece lo más mínimo romperme la crisma! —respondió relajadamente a Viola—. Montar un caballo que no conozco, sin silla ni bocado, ¡ni que estuviera loca! ¡Quién sabe si lo habrán montado alguna vez! Esto no se soluciona de la noche a la mañana, ¿sabes? A los caballos hay que prepararlos. Si te limitas a sentarte encima de ellos, se asustan y arquean el lomo para tirarte. No, no, ni me lo planteo. De momento intentaré averiguar a quién pertenece esa preciosidad... —Sonrió con expresión soñadora—. Pero si lo encuentro, y si el caballo está realmente domado... entonces ya te digo que me desviviré por montarlo alguna vez...

«Desvivirse.» Viola se estremeció. Pero de momento Shawna no tenía nada que temer. Había que «estar loco» para montar un kelpie. Loco como los turistas que nadaban en Navidad en Lough Dan. Como Louise Richardson...

Viola había abandonado las esperanzas de volver a encontrar a Ahi ese día. Ya anochecía cuando Shawna por fin se calmó y se encaminó con el poni de Bill hacia el establo. Viola paseó un rato más junto al lago, pero Ahi no apareció. Hasta que regresó al camping. Lo vio tras el cobertizo de los botes, esperando sentado en una piedra.

—Viola... —dijo con dulzura y tendiéndole una mano.

Viola se acercó, pero sin tomarle la mano.

Ahi inclinó la cabeza. Incluso a media luz Viola distinguió cómo le brillaba el cabello. Parecía recuperado, tenía el rostro más lleno y su belleza extraña y exótica la dejó sin respiración. Además, parecía sentirse culpable.

—Puedes tocarme —susurró—. Ahora no es peligroso.

—Porque estás saciado —señaló Viola con la voz temblorosa. Sentía el deseo ardiente de acariciarlo, pero se contuvo—. Ya he entendido. Me temo que demasiado bien.

—No puedo evitar ser lo que soy —respondió Ahi en voz baja, alzando la cabeza—. Al igual que tú.

—¿Y qué eres? —replicó Viola—. ¿Un... monstruo? ¿Un espíritu?

—Un kelpie —reconoció Ahi—. O al menos así es como nos llaman los humanos. Nosotros nos denominamos «los cantores de los lagos»: Amhralough... Y no somos espíritus. Tenemos cuerpo... aunque nos transformemos en... ¿monstruos? ¿Qué son monstruos?

—¡Aberraciones! —respondió Viola con frialdad—. Asesinos, malvados animales de presa que acechan a los seres humanos...

—Yo no te he acechado —se defendió Ahi, molesto.

—¡Pero sí a Shawna! —exclamó Viola con tono triunfal—. ¡Os he visto hace un momento, junto a la dehesa!

Ahi asintió paciente.

—Pensaba que eras tú. Te esperaba. Y quería... quería enseñarte esto... Lo que soy. Por eso... Por eso he venido encarnado en pequeña alma. Pero luego vi a esa chica...

—¿Te ha gustado? —se le escapó a Viola—. Me refiero a... —Se enredó en la explicación.

—No tanto como me gustas tú —susurró Ahi—. No tanto como para desear dar...

Viola frunció el ceño. Otra vez esta extraña forma de expresarse. La vida de los amhralough debía de estar llena de dar y tomar. ¡Y tomar significaba matar!

—¿Pero sí lo bastaba para tomar, verdad? —le recriminó ella—. Para seducirla y... y comértela, o lo que sea que hagáis con nosotros. Y lo has aprendido bien, veo. La semana pasada aún tenías escrúpulos; pero ahora... ¡Me quito el sombrero!

Quería darle una lección, pero era difícil seguir enfadada cuando lo miraba a los ojos. Ahi no daba la impresión de ser un monstruo. Todo lo contrario; era hermoso. Se veía vulnerable y tierno, ahí sentado, con los pies apoyados en la piedra y rodeándose con los brazos las rodillas dobladas, como la misma Viola el día que se encontraron en el puente.

—¡Yo no la he seducido! —se justificó Ahi—. Es verdad que me han enviado para... para cazar..., pero todavía no lo he hecho nunca. Con tu amiga... era tan amable. Así que he permitido que tocase el cuerpo de la pequeña alma. No sabía que esto te molestara.

Viola volvió a sulfurarse, en parte porque sentía que la había pillado en falta. ¿Había notado Ahi que estaba celosa? ¿Era más observador de lo que ella suponía?

—¡Qué va a molestarme! —exclamó enfadada—. Solo estaba preocupada.

Ahi sonrió.

—No deberías estarlo —insistió.

—¿Que no debería estarlo? —preguntó Viola, todavía enojada—. Está muy bien que no tengas malas intenciones, pero ¿qué habrías hecho si Shawna se hubiera montado? Porque funciona así, ¿no? También en tu caso, no digas que no. Has coqueteado tanto con ella que ni siquiera podía resistirse.

Ahi sacudió la cabeza.

—Sí podía —dijo con dignidad—. Ya lo has visto. No corría peligro.

—Pero ¿y si hubiera montado? —insistió Viola—. ¿Te la habrías llevado al lago? La habrías despedazado y te la habrías... comido? —Era casi demasiado espantoso para pronunciarlo. No podía ser así en realidad, era un cuento absurdo... El cuerpo de Louise Richardson estaba en perfecto estado... Ahi se reiría de ella.

Pero el chico no rio, sino que la miró afligido.

—No es así... como tú te crees. O como se cuenta. No... no los comemos... No tocamos sus cuerpos... Lo que nosotros queremos es solo su... su fuerza vital...

—¿Su qué? —preguntó Viola—. ¡No me digáis que a la gente le chupáis la sangre como si fuerais vampiros!

Ahi sacudió la cabeza.

—No, no es eso... Viola, tú... tú misma lo has experimentado. La primera vez, cuando nos conocimos. Me diste la mano y yo te cogí *bacha*: fuerza vital. Para curarme la pierna... Tienes que acordarte...

Viola recordaba muy bien esa sensación después de que él la tocara. Esa extraña intimidad, el mareo, esa ligera debilidad.

—Si no me equivoco, yo todavía estoy con vida —señaló, fría como un témpano.

El kelpie asintió.

—Y yo a mi vez te hice un regalo. Te dije que no quería quitarte nada...

—¡Es encantador! —se burló Viola—. Pero con Shawna no habrías tenido inconveniente... Y con Louise Richardson...

Ahi gimió.

—¡Shawna no corría peligro! —insistió—. Mira, Viola, debo dar una razón para ir a la playa, me vigilan. Te juro que nunca he llevado a un ser humano al lago, aunque quieren que lo haga. Por eso... por eso he jugado un poco con Shawna. Pero yo sabía que no funcionaría. Esa chica es de los buenos...

—¿De los buenos? —preguntó Viola, desconcertada—. ¿Significa que sois una especie de justicieros que solo os coméis a personas malas?

Ahi se mordisqueó los labios, dando la impresión de ser tranquilizadoramente humano.

—No nos los comemos. Se ahogan —explicó—. Y nosotros nos apoderamos de su fuerza. Pero siempre es una invitación. No arrastramos a nadie al lago, son los mismos hombres quienes pretenden adueñarse de nosotros. Nadie les obliga a subirse a lomos de un kelpie y siempre lo hacen con la intención de robarle su libertad. Alma contra alma... —Ahi bajó la vista. Se lo veía joven y vulnerable. Pese a ello, Viola no estaba dispuesta a sentir pena por él.

—¿Y para eso tenéis que matarlos al momento? —siguió preguntando con dureza—. ¿Aunque sea evidente que hay otra forma de actuar?

—A veces dejamos escapar a alguien —susurró Ahi—. A tu... a tu amiga sí la habría dejado marchar... Incluso si se hubiera montado. Por ti. Pero es arriesgado. Cuando los seres humanos se salvan, hablan de nosotros. Y no es algo que deba ocurrir con mucha frecuencia, ¿lo entiendes? Una vez en cien años, así nacen las leyendas. Pero cada dos semanas... en algún momento saldrían en nuestra busca... y nos atraparían... y nos esclavizarían...

Al parecer, lo único que temía un kelpie era perder la libertad. Sin embargo, Ahi se aproximaba en ese momento a Viola. Ella también había tomado asiento en la roca y se quedó quieta cuando él apoyó ligeramente la cabeza sobre su hombro. Viola no podía remediarlo, el gesto la tranquilizaba. Deseaba rodearlo con el brazo y demostrarle que esa vez él estaba a salvo.

Sin embargo, se reprimió. Ahora quería saberlo todo, tenía que saberlo todo antes de seguir entregándose aún más de lo que de todos modos ya había hecho a esa extraña criatura del lago. Tomar y dar... Ahi y Viola ya habían intercambiado sus prendas. Estaban unidos, de nada servía negarlo.

—¿Y quién se encargó de Louise Richardson? —continuó preguntando Viola.

—Un miembro de la familia —respondió Ahi de forma evasiva—. Una mujer de nuestro pueblo. Ya la viste una vez, se convirtió en una yegua blanca como la nata para llamarme. Bueno, en realidad para aleccionarme o animarme. Es su deber. Tiene que enseñarme a cazar...

—Pero cazar no parece ser el problema —observó Viola, sarcástica. Ya fuera como chico o caballo, Ahi emanaba algo irresistible.

El joven hizo un gesto negativo.

—Somos un pueblo pacífico, Viola. Todos tenemos que superarnos a nosotros mismos antes... antes de hacerlo. Por eso... bueno, por eso... hay reglas. Nosotros atraemos, invitamos. No saltamos sobre nadie...

—A Louise Richardson la raptasteis... —objetó Viola.

Ahi rio afligido.

—¿La mujer de vuestro camping? Nadie tuvo que

forzarla. Estaba como loca por subirse a lomos de la pequeña alma de Ahlaya. No hubiera titubeado ni un segundo en capturarla...

—¿Se sentó sobre la yegua? ¿Sin riendas ni bocado? —preguntó Viola.

Ahi hizo un gesto negativo.

—No... del todo. Sucede que la gente... bueno, la gente ve lo que quiere. Esa mujer vio una silla en el lomo de Ahlaya y unas riendas rotas.

Viola no sabía mucho de caballos, pero eso la sorprendió.

—¿Y se montó y ya está? Me refiero a que... lo normal hubiera sido llevar al caballo al establo y luego buscar al jinete. Si el caballo andaba por ahí con la silla, el jinete debía de haberse caído. A lo mejor se había hecho daño y estaba tendido en algún lugar...

Ahi sonrió.

—Ahora lo entiendes. Tú habrías intentado ayudar, como tu amiga. Pero esa mujer solo pretendía aprovecharse, quería montar gratis... Claro que luego habría dicho que solo intentaba ir en busca del jinete herido o algo así. Siempre se inventan una excusa. Pero en el fondo, lo único que quieren es robar la pequeña alma. A cambio, nosotros tomamos su...

Ojo por ojo, diente por diente... Viola recordó la cita bíblica. Una justicia primitiva. Los kelpies tenían que matar para conservar la vida y buscaban causas para justificarse. No estaba bien, pero se entendía. Humanamente... Viola debía dejar de considerar que Ahi y su familia eran monstruos.

—Pero no hay muchos así, ¿verdad? —preguntó Viola tras una breve reflexión—. Es decir, gente como... como Louise...

Ahi asintió.

—Cada vez es más difícil —respondió—. Es cierto que los seres humanos no han cambiado. Pero ahora tienen... coches. Casi nadie roba caballos, suelen tenerles miedo. Por eso nosotros vamos desapareciendo. Estamos... estamos extinguiéndonos.

—¿Pasáis hambre? —preguntó Viola, horrorizada.

Ahi movió la cabeza negativamente.

—No, todavía hay... almas. Pero ya no tenemos más descendencia. En mi comunidad yo soy el más joven. —Sonrió—. Algunos dicen que deberíamos cambiar nuestra imagen. Encontrar otra forma de cazar...

—¿Y si os convertís en coche con la llave de contacto puesta? —Viola soltó la primera ocurrencia que le pasó por la cabeza y no pudo evitar reír. Ahi rio con ella y la muchacha sintió cierto alivio. Así que también entendía el sentido del humor humano. Era raro, pero en el fondo no se diferenciaba tanto de ella... como ¿para no poder amarlo?

Viola se permitió pasar los dedos por el cabello de él. Era liso y frío como la seda pura.

—Pero ¿por qué tenéis que cazarlos? —preguntó—. Si os... entendierais con nosotros... con la gente... hum... buena. Podríamos...

Quería seguir hablando, pero de repente, Ahi le puso la mano fría y delicada sobre los labios. Alarmada, levantó la cabeza.

—¡Viene alguien! —advirtió—. ¡Debo irme!

Viola le cogió la mano.

—Yo no he oído nada —objetó—. ¿Estás seguro? Por favor... quédate...

—Estoy seguro. —Ahi se llevó la mano de la chica a los labios.

—Viola...

Ella tembló, pero ya no de miedo, sino de emoción.

—No te he dado las gracias. Por... por el recién...

Ahi quería hacerla callar con gestos, pero ella se armó de valor. Antes de que el muchacho pudiera deslizarse por las rocas, lo besó ligeramente en la frente y acarició su piel fría y tersa con los labios.

Y luego vio el caballo de plata que desaparecía por el camino que conducía al lago...

—¿Me equivoco o acabo de ver un caballo? —preguntó el padre de Viola. Surgió de detrás del cobertizo de los botes, así que Ahi había oído sus pasos—. ¿No están los ponis de Bill en el establo?

Viola le sonrió.

—Estás loco, papá. Aquí no había ningún caballo. Solo las piedras y yo... y quizás un par de hadas. ¿Me buscabas?

El hombre asintió y sonrió a su vez.

—Un caballo y tú..., esto es impensable. Pero ¿qué haces aquí tan sola? Empieza a notarse el frío y hay que cenar...

Viola se sintió algo culpable. Seguro que Ainné se disgustaría al ver que ella no llegaba a casa a tiempo para cocinar. Era probable que hubiera enviado a su marido, no de forma muy amable, a buscar a su hija. ¡Pero, maldita sea, Viola también tenía una vida propia! Además, apenas dos días antes había estado a punto de morir ahogada por recuperar la endemoniada canoa de Ainné! Se libró del sentimiento de culpabilidad.

—Deja que adivine, *fish and chips*? —señaló—. Con toda seguridad sin sal, pero un poco requemado. Mi plato favorito. ¡En dos minutos estoy ahí!

Siguió a su padre a casa, aunque sin lograr concentrarse en la conversación. Todavía estaba demasiado excitada por el encuentro con Ahi y todo lo que había averiguado acerca de él. Ahi era un kelpie. Bien. Pero no quería matar y no tenía que matar. Ella le daría de buen grado fuerza vital. Podía compartirla...

Por la noche soñó que los seres humanos y los kelpies convivían en armonía. No podía ser tan difícil convencer a los hombres de que de vez en cuando tocaran un kelpie. A cambio, Ahi y su pueblo... Viola reflexionó. Tenía que averiguar urgentemente qué podían ofrecer a cambio esas extrañas criaturas.

7

Basándose en sus encuentros anteriores con Ahi, Viola dedujo que el kelpie solía aprovechar las horas del atardecer para reunirse con ella. Además, hasta el momento, cuando el muchacho aparecía casi siempre había niebla sobre el lago. ¿Temerían los kelpies la luz del sol como les sucedía a los vampiros? Todavía le quedaban muchas preguntas que plantear a su extraño amigo cuando volviera a verlo, pero llenó el tiempo de espera consultando internet. Se sentía desasosegada, excitada y ardía en deseos de que anocheciera y volviera a ver a Ahi, pese a que no habían concertado ninguna cita. A lo mejor no acudía, ¿o no podía acudir?, o necesitaba un pretexto otra vez. Pero ¡su único pretexto era la caza! ¿Hasta cuándo lograría servirse de tal excusa? ¿Y hasta qué punto no era peligroso para Viola y su familia que ella atrajera a los kelpies? ¿Habría sido Louise Richardson una víctima, si no se hubiera instalado en el camping de los O'Kelley McNamara?

En internet Viola apenas encontró nada que no supiera ya, excepto algunos datos interesantes sobre la «doma del kelpie». Una vez que estaban domados —ya fuera en su aspecto humano o equino— llevaban una vida totalmente normal como persona o animal: ya no precisaban despojarle a nadie del alma para sobrevivir, si bien en algún momento sufrían una muerte natural. Ahi parecía tener unos diecisiete o dieciocho años. ¿Pero qué sucedería si de hecho hacía cientos de años que estaba vivo?

Ahi se rio cuando volvieron a verse y ella le planteó sus dudas. La había esperado al empezar a oscurecer y al saludarla le tendió las manos como una invitación. Viola pensó que un joven humano tal vez la habría abrazado, pero alguien tan tímido y reservado como Ahi seguro que no. A fin de cuentas había diferencias de carácter. Al menos entre los seres humanos..., ¿y entre los kelpies?

Ese día Ahi parecía más contento y relajado que en el último encuentro. Y eso, pese a que Viola no conseguía cogerle las manos. Le hubiera gustado tocarlo... incluso le habría gustado besarlo. Pero Viola no se dejaba ir, siempre se había controlado, el amor nunca la había cegado y nunca había corrido ningún riesgo sin pensar. Quizá por eso mismo nunca le había entusiasmado ningún deporte, y seguro que esa era una de las causas por las que nunca había tenido novio. Viola quería sentirse segura en todos sus actos. Y desde hacía unos meses todavía era más prudente de lo habitual. A fin de cuentas, la solidez de su hogar había quedado repentinamente destruida cuando su padre se había marchado para unirse a Ainné. Después de eso, Viola se había jurando que nunca confiaría del todo en un hombre, sino que siempre tendría en cuenta que podía engañarla. Y ahora estaba a punto de enamorarse de un ser que todavía era más extraño e incomprensible que un simple representante del otro sexo. Viola estaba firmemente resuelta a averiguar primero todo cuanto pudiera sobre los kelpies. No iba a entregarse al fascinante contacto de Ahi mientras la especie a la que pertenecía le resultara tan ajena.

En ese momento, una vez planteadas las primeras preguntas, ella lo miró angustiada. Al fin y al cabo, no quería disgustarlo y aún menos asustarlo. Deseaba más que nunca ser capaz de leer los pensamientos ajenos. ¿Había pensado Ahi que ella lo rechazaría? ¿O había considerado que las revelaciones del último encuentro habían satisfecho la curiosidad de Viola? ¿Se sentía molesto por el interrogatorio? ¿Esperaba confianza de ella en lugar de obstinación? La muchacha lo observaba disimuladamente, de refilón, e intentaba formular sus preguntas con el mayor cuidado posible. Pero Ahi se lo ponía fácil: era evidente que lograba superar sin esfuerzo el desengaño. El joven parecía ser dulce y tener capacidad de adaptación. A veces a Viola le recordaba el carácter tranquilo de Shawna.

Como Viola seguía manteniéndose a distancia, él dejó caer las manos con una sonrisa de disculpa antes de expresarle lo mucho que se alegraba de volver a verla.

—Espero esta hora, Viola... Es... es como si tirases de mí, no me siento completo, desde que te toqué ya no encuentro mi melodía. Cuando te veo es como si se cerrara un círculo y, cuanto más cerca de mí estás, más se llena de música...

Viola se sonrojó. Nadie le había dirigido jamás unas palabras tan hermosas, eran propias de canciones antiguas y de novelas de caballerías. Ni siquiera a los autores de los juegos de fantasía se les ocurría algo así. Pero Ahi describía exactamente el estado en que ella misma se encontraba. ¿Era ese un enamoramiento normal? ¿O acaso un kelpie no podía dejar escapar un alma una vez que la había tocado? ¿Era esa la razón por la que el trato con el pueblo del lago solía terminar con la muerte?

Para que no los descubrieran, Ahi y Viola pasearon por la orilla del lago mientras conversaban. Ahi dejó que su mano colgara al lado de la de Viola, preparado para cogérsela cuando ella se decidiera.

«Es siempre una invitación...», pensó la chica.

El comportamiento de Ahi se ajustaba a lo que Viola ya sabía sobre los kelpies: odiaban la imposición.

—No, no somos inmortales —contestó Ahi pacientemente a la primera de sus muchas preguntas—. Tampoco porque tomemos fuerza vital. Nacemos, crecemos... y en algún momento morimos. Pero no sé qué edad tengo. No contamos los años...

A Viola le resultó extraño, pero decidió no dar más vueltas a ese asunto. Ahi era joven y envejecería. El tiempo demostraría si al mismo ritmo que Viola... Casi se habría reído de tales pensamientos. Sonaba como si estuviera convencida de que sus vidas se mantendrían unidas para siempre...

—Y lo de la... esto... fuerza vital... —Se esforzó por proseguir con la lista de preguntas—. ¿La tomáis solo de los seres humanos o es factible hacerlo también de los... animales?

Ahi frunció el ceño.

—¿De las pequeñas almas? ¿Como hacéis vosotros cuando las matáis y os las coméis, aunque no sería en absoluto necesario ya que no precisáis de la carne para vivir? —El tono de su voz era casi severo.

Viola reprimió un risita nerviosa. ¿De verdad estaba hablando sobre alimentación vegetariana con un ser que era lo más parecido posible a un monstruo marino?

—Por ejemplo —respondió ella sin aventurarse en más discusiones sobre lo correcto y lo incorrecto.

Ahi lo negó con la cabeza.

—No sería suficiente. Lo que tomamos de los hombres... tú siempre lo llamas alma, pero no es eso. Es más..., bueno nosotros lo llamamos *bacha*, aunque en realidad sería la vitalidad...

—¿La energía vital? —sugirió Viola.

Ahi le dio la razón.

—Sí. Es una palabra tan nueva... Pero más o menos llega al núcleo de la cuestión. Todo el mundo tiene alma. Y no se puede... tomar. Pero *bacha*... *bacha* es... Las almas pequeñas tienen poco de eso. Son... más reposadas...

Viola escuchaba con mucha atención.

—Y además sería... —Ahi buscaba las palabras adecuadas—. Las pequeñas almas no se aproximan a nosotros. Tendríamos que obligarlas...

—¡También obligáis a los hombres! —insistió Viola. El que Ahi siguiera utilizando como justificación el hecho de que las víctimas se acercaban de forma voluntaria todavía la indignaba—. Y ahora no me cuentes que en realidad se merecen la muerte...

—Pero es que es así... —respondió Ahi, afligido—. Por eso... cazamos de este modo. Las almas que quieren someter a un kelpie suelen tener más *bacha* que... bueno, que la gente buena como tu amiga Shawna...

Viola volvió a sentir una punzada de celos, pero la explicación de Ahi no carecía de lógica. Recordaba muy bien la voz penetrante de Louise Richardson y el modo en que iba impartiendo órdenes a su marido y a sus hijas en la autocaravana y por el camping. Sin lugar a dudas disponía de más energía que la afable y paciente Shawna.

—¿Y yo? —preguntó Viola en un tono que era más apremiante de lo que debería haber sido en realidad. Al principio había querido saber si ella y su familia corrían peligro si mantenía el contacto con los kelpies. Sin embargo, ahora más bien se trataba de averiguar qué lugar le concedía Ahi. ¿Entre los seres humanos buenos, pero bastante poco vitales como Shawna, o entre aquellos cargados de energía pero problemáticos como Louise Richardson?

Ahi sonrió.

—No corres peligro, Viola, ya te lo he dicho. Recuerda que llevas mi regalo... Aunque, de nuevo, no sobre la piel... —Movió la cabeza con aire indulgente.

—¿La amatista? —preguntó Viola, demasiado aturdida para insistir. En el fondo no se trataba de una auténtica respuesta a su pregunta—. ¿Te refieres a que es algo así como un amuleto?

Ahi asintió.

—Ninguno de nosotros te tocará si lo llevas en contacto con el cuerpo.

Viola esbozó una mueca.

—¿Seguro? ¿Ni siquiera si uno está, por ejemplo..., muy enfadado contigo? ¿Y si no considera apropiado que salgas con una chica humana?

Ahi le cogió la mano y ella no opuso resistencia. Enseguida le recorrió esa sensación de fluidez, de intercambio, de dar y tomar. En esos momentos Ahi parecía lleno de energía, una energía que se mecía con la de ella. El contacto era estimulante... sí, embriagador...

—Esto no tiene nada que ver conmigo. Es más bien... la piedra une tu *bacha* y tu *nama*, que es como nosotros llamamos al alma. La amatista la independiza del cuerpo. Incluso en el caso de que te cogieran *bacha*, no morirías. Sería como si durmieras.

—¿Caería en un coma? —se sobresaltó Viola—. ¿Mientras mi espíritu vaga por algún sitio sin fuerzas?

—En... pues... en cierto modo... —susurró Ahi.

—Muchas gracias —respondió Viola—. Un regalo estupendo.

Ahi rio.

—Lo dicho, te protege. Y ahora deja de hacer preguntas. ¿Por qué no me aceptas como soy? Yo no soy malo, Viola...

La detuvo y se la quedó mirando a los ojos. Los del chico eran ese día más claros, más límpidos, como el lago en un día soleado... Viola creyó sumergirse en ellos, pero él no le daba miedo. Lo soltó de la mano y lo abrazó: con delicadeza, tanteando, y de pronto sintió que los brazos de Ahi también la rodeaban. Se estrechó contra el hombro del chico y sintió una vez más esa seguridad que nada podía perturbar. La piel del muchacho estaba fresca, pero no era fría ni desagradable. Las manos del joven acariciaban la espalda de ella y la besó suavemente en la frente, como había hecho ella la última vez que se vieron para despedirse.

—Es bonito... —musitó él—. Es más que *bacha*... hoy he tocado tu alma.

Viola estrechó su mejilla contra la de él, sintiendo algo que, sin duda, superaba la ternura. Era como si una parte de él y una parte de ella se hubieran estado buscando toda la vida; ahora se habían encontrado y era... como la música, como la danza... Viola sentía una especie de liviandad, ligereza y ausencia de miedo. No conocía el pasado ni el futuro. Vivía el aquí y el ahora, ¡era el aquí y el ahora! Alrededor de ellos ascendía la niebla, llevándose a Ahi y Viola a un mundo que solo les pertenecía a ellos y en el que sus almas bailaban con las hadas.

«No contamos los años...» Viola lo entendía ahora. Ahi y su pueblo formaban una unidad con el mundo, al menos cuando estaban colmados de *bacha*... Esa idea la arrancó de su ensimismamiento. Desde luego, ya no sentía miedo. Tal vez valiera la pena...

Ahi le sonrió.

—Tú también lo has notado, ¿verdad?

Ella asintió, incapaz de hablar. Ni siquiera sabía si podría encontrar las palabras de nuevo... Pero entonces sintió una ráfaga de aire del lago y Ahi se desprendió de ella.

—Ya es la hora, debo marcharme. Me están llamando... —anunció en voz baja.

Viola regresó al mundo real.

—¿Tu familia? ¿Tu pueblo? ¿Saben... saben lo nuestro?

Ahi esbozó una mueca y volvió a adquirir el aspecto de un joven humano normal, vulnerable.

—No... no es que estén dando saltos de alegría.

Esto causó malestar en la muchacha, pero casi habría sonreído a pesar de todo. Esa expresión no cuadraba con el Ahi que ella había conocido apenas unas pocas semanas atrás, ni con el príncipe azul que la ensalzaba como un caballero de tiempos muy lejanos. Esa expresión era más bien propia de Katja o de la misma Viola. Ahi aprendía. Se adaptaba. Viola se sentía feliz. Ahi sería más humano cuanto más tiempo estuviera con ella. ¿Quizá podría... quizá querría... abandonar el lago algún día por ella?

—¿Me permites que te bese otra vez? —dijo él, interrumpiendo los pensamientos de la muchacha y atrayéndola hacia sí—. Quiero recordar nuestra melodía...

Viola acarició suavemente sus mejillas y posó sus labios en los de él. Él la tocó con tanta prevención como se toca un objeto valioso, pero el leve contacto con él llevó a Viola a un éxtasis mayor que el producido por cualquiera de los intensos besos con lengua por los que Katja solía delirar. Una vez más alcanzó la eternidad con el alma de Ahi. Luego él la soltó.

—¿Llegarás a casa a pesar de la niebla? —preguntó, preocupado.

Viola rio.

—Solo tengo que seguir el camino del lago —respondió—. ¿Volverás mañana?

—Lo intentaré —contestó Ahi.

Luego desapareció en el mundo encantado y blanco como el algodón en que las nieblas unían tierra y lago.

8

Al día siguiente, sin embargo, Ahi no apareció. Viola esperó una hora, pero luego se rindió y se retiró con su ordenador. Al principio se sentó delante de él vacilante. Tenía la imperiosa necesidad de escribir a Katja, necesitaba hablarle de Ahi, de que estaba enamorada y del primer beso que se habían dado. A fin de cuentas, hasta ese momento nunca había tenido secretos para Katja y se sentía impaciente por compartir todas estas fantásticas experiencias con ella. Por otra parte, no podía contarle a su amiga nada respecto al pueblo del lago, los *namas* y *bachas*, y las almas pequeñas y grandes.

Así que se inventó una historia sobre una familia de tinkers que supuestamente vivía en las montañas y de la que formaba parte su amigo. Le dijo que el pueblo nómada tenía unas costumbres totalmente distintas de las de los irlandeses sedentarios, y que hasta su idioma difería en parte. Eso justificaba que Ahi le hubiera parecido tan extraño al principio. De este modo, además, podía hacer comprender a Katja que la familia de él no la aceptara y debatir con ella el asunto. Y era también lógico que Alistair, como siguió llamándolo, no fuera demasiado bien recibido en la familia de Viola.

Katja enseguida respondió tranquilizada:

Bien, de este mundo totalmente, tu tipo. Y una especie de zíngaro... ¡qué romáááááántico! ¿Llevan todavía los auténticos carros de colores tirados por caballos moteados? ¿Como hace un siglo? En cualquier caso, me alegro de que hayas abandonado esas historias de fantasmas. Está muy bien salirse un poco de la norma, pero tampoco hay que exagerar. ¡Y ahora, más detalles, por favor! ¿Te besó en la boca?, ¿pero con lengua o sin lengua?

Viola no pudo evitar reír. Aun así, la pregunta le pareció un poco infantil. Había tocado con Ahi los límites del universo. ¿Y Katja quería saber si la había besado con o sin lengua?

La tarde siguiente, Ahi volvió a aparecer en el cobertizo de los botes después de que Viola se hubiera separado de Shawna, quien había visto de nuevo al semental gris y, en esta ocasión, también a la yegua de un blanco que recordaba el tono de la nata.

—Por mala suerte, Bill también estaba y no ha podido contener la emoción. Ha calculado en un periquete lo que obtendría en el mercado de caballos de Dublín por unos ejemplares tan bonitos. Pero claro, los caballos se marcharon en cuanto vieron que él se acercaba con *Guinness* pisándole los talones. Sería mejor que se mantuvieran alejados... o que dejaran que yo los atrapara. Si el viejo los pilla, seguro que no comprueba si llevan chip o no.

Viola lo pensó un poco, pero el viejo Bill no la preocupaba demasiado. Tal vez intentara encabestrar un kelpie, pero no lo montaría.

Por otra parte, hablaría de ello con Ahi cuando se encontraran y lo pondría sobre aviso. Sin embargo, al verlo por fin, se olvidó de cuanto la rodeaba. Él le dirigió una mirada resplandeciente y, esta vez, las manos de ella cogieron con toda naturalidad las de él. Él le hizo dar vueltas a su alrededor como en un baile, mirándola con una expresión risueña en los ojos, que reflejaban el cielo de verano en el lago.

—¿Dónde estuviste ayer? —preguntó Viola una vez que se hubo repetido la danza de sus almas. En esta ocasión habían sido los labios de la muchacha los que habían buscado los del chico y de nuevo había bastado con un leve roce para que ambos quedaran unidos. No podían desprenderse el uno del otro: la mano de ella permaneció en la de él y Viola se estrechó contra Ahi.

—No pude marcharme —respondió el chico con un gemido—. Tuve que quedarme a cantar... con los amhralough. Intentaron... intentaron retenerme para que olvidara el tiempo. No quieren que te vea cada día...

La condujo por un sendero empinado, lejos del cobertizo de los botes y de las eventuales miradas curiosas de caballos de ojos azules.

La desazón se apoderó de Viola.

—No suena a esa libertad de la que tú siempre hablas.

—No es lo que crees —respondió Ahi angustiado—. Temen por... por mí. Temen que me atrapes y me esclavices.

A Viola se le escapó la risa.

—¿Voy a ponerte un cabestro? ¿No les has contado que los caballos no me interesan? Nada más lejos de mí que esclavizar a mis amigos. Las buenas personas no hacen esas cosas. ¡Ya puedes explicárselo!

Ahi suspiró. Se habían detenido bajo un árbol para acariciarse y él cogió una de las ramas secas.

—Los seres humanos cuentan los años... —dijo, desmenuzando una hoja entre los dedos—. Quieren establecer lazos... Quieren poseer a los demás.

Viola frunció el ceño, molesta.

—¿Eso es lo que dicen? Y al mismo tiempo lo hacen todo para retenerte a su lado. Tienes que ir a cazar almas, tienes que dedicar tiempo a los... amhralough. —Era la primera vez que pronunciaba esta palabra—. Y no sé qué cosas más. Da igual si te gusta o no. A lo mejor preferirías que te atraparan y vivir como un ser humano.

Ahi se estremeció y soltó la mano de ella a la vez que la hoja ajada. Sus pupilas se dilataron.

—¡No digas esto, Viola! ¡Me das miedo!

Viola lo abrazó tiernamente.

—Ahi, yo nunca te forzaría a hacer nada. Pero piensa en ello: vuestra vida no me parece tan distinta de la nuestra. Tienes una familia, obligaciones, cumples tareas que en realidad no quieres realizar. ¿Dónde está la diferencia?

Ahi le acarició el cabello.

—Es difícil de explicar... pero puedes venir conmigo. Te invito: ven a cantar con nosotros...

—¿Cantar y bailar como las hadas? —preguntó Viola sonriendo—. ¿Es eso lo que hacéis ahí abajo?

—Bailar, interpretar música, escuchar las olas, nadar con las pequeñas almas... simplemente estar ahí... es bonito, Viola. Sí, tienes que venir conmigo. ¡Mañana mismo te llevo! —Se la quedó mirando con ilusión, entusiasmado con la idea.

Viola no estaba tan emocionada.

—Pero a tu pueblo no le gustará —observó.

Ahi se encogió de hombros.

—No lo tengo prohibido —declaró.

Viola levantó la mirada al cielo.

—Quizá. ¿Pero no podría suceder por casualidad que tu familia mostrase su... desagrado, simplemente devorándome?

Ahi hizo un gesto negativo con la cabeza. Parecía herido.

—Ya te he dicho que estás segura. ¿Por qué no me crees? Yo te creo cuando me dices que no vas a someterme.

Viola fue tomando conciencia paulatinamente de que una visita a los amhralough era ineludible, pero ignoraba cómo transcurriría. Un par de días antes casi se había congelado al caer al lago y tampoco había hecho ningún curso de buceo. Sin contar con que la idea de ir a visitar a la familia de su amigo en traje de buzo y con unas botellas de oxígeno en la espalda le parecía bastante fuera de lugar.

—Tal vez podríamos ir conociéndonos... lentamente al principio —sugirió—. Ir en bote o algo así...

Ahi sonrió.

—¿Eso es lo que quieres? —preguntó—. Entonces espera.

Entretanto ambos habían regresado al camping y Viola se quedó sentada sobre una roca un poco acongojada, mientras Ahi se deslizaba sin hacer ruido en el cobertizo. Sus movimientos eran sumamente gráciles, pero además mostraba una fuerza sorprendente. Sin ayuda, Patrick no había conseguido levantar de los puntales uno de los pesados botes de remos y dejarlo en el agua. Ahí, no obstante, lo logró casi sin hacer ruido, y ni siquiera jadeaba cuando volvió junto a Viola y la cogió de la mano.

—¡Ven, bonita! —dijo con ternura, conduciéndola al desembarcadero igual que un caballero sacaría a su dama a la pista de baile. El lago estaba ese día en calma, pero los primeros jirones de niebla empezaban a flotar y se anunciaba el crepúsculo.

—No... no nos quedaremos mucho tiempo, ¿verdad? —En la voz de Viola había un deje de temor. Todavía tenía muy presente la noche de la tormenta y sentía miedo del lago en la oscuridad.

—No te asustes... —Los labios de Ahi rozaron la mano de la muchacha.

A continuación se sentó con ella en la embarcación. Viola esperaba que cogiera los remos, pero solo dejó que su mano colgara junto a la quilla tocando el agua y movió ligeramente sus largos dedos. El bote se puso en marcha como un batel de hadas. Al principio se deslizaron junto a la orilla, escondidos entre cañizales y ramas suspendidas sobre la superficie. Viola volvió a sentirse como en una película de fantasía: el bote se deslizaba en silencio y los árboles de la orilla tendían sus ramas como si no quisieran dejarlo ir; en el agua, transparente como el cristal, se mecían unas algas verdes como la hierba hasta que la barca se alejó de la playa y en la distancia solo se vieron las hilachas de niebla sobre el lago. En algún momento las siluetas se desvanecieron y solo reinó una oscuridad insondable, llena de misterio.

Viola se inclinó hacia Ahi, casi habría encontrado la travesía romántica si no hubiera sabido quién o qué acechaba en las profundidades del lago. El muchacho la rodeó con el brazo en un gesto sosegador.

—¿No te parece hermoso? —preguntó dulcemente—. ¿Serías capaz de amarlo?

Cuando sus labios le acariciaron las sienes, Viola perdió el miedo. Volvió a experimentar esa sensación maravillosa de que sus almas se unían con las almas del lago, las plantas, la montaña y los bosques.

—Simplemente estamos ahí.

Viola comprendió a qué se había referido Ali y casi sintió algo semejante a la curiosidad hacia su pueblo. Se estremeció, sin embargo, cuando de repente vio surgir a un lado del bote la cabeza de un caballo. Un caballo oscuro nadaba hacia la orilla, pero cuando descubrió el bote, cambió de dirección. Ahi frunció el ceño, hizo un gesto de rechazo con la mano y el caballo desapareció bajo el agua. En su lugar apareció en la superficie la cabeza de una muchacha y Viola se quedó sin respiración al ver lo hermosa que era.

También ese kelpie tenía el cabello liso y sedoso, pero más largo y oscuro que el de Ahi, del color del azogue, casi de reflejos azulados. Los rasgos de la muchacha kelpie resultaban más delicados que los del chico, su rostro más aristocrático y exótico, sobre todo porque sus ojos eran más rasgados que los de Ahi y de color azul celeste. La nariz era pequeña y recta y los labios de un rojo oscuro, la tez era pálida y de una diáfana transparencia, lo que parecía ser un atributo de los kelpies cuando adoptaban figura humana. La muchacha tenía también las extremidades largas, como Ahi, y parecía... ¿más vital? Bueno, como si hubiera absorbido más *bacha* de su última víctima que el chico.

—¿Qué haces aquí, Lahia? —preguntó receloso Ahi.

La chica se sujetó al borde de la embarcación con sus dedos largos y delgados y sonrió.

—Quería echar una ojeada. En la finca, ahí arriba, una humana lleva un *beagnama*. Tal vez... también desee montar en alguna ocasión...

La chica rio y dejó al descubierto unos dientes pequeños y sorprendentemente afilados. Al verlos, Viola pensó en un depredador más que en el dulce Ahi. La chica de la que hablaba debía de ser Moira que, sin sospechar nada, estaba ocupándose de *Fluffy*. Tal vez abriera de buen grado el redil de este para un caballo desconocido. Y quizá se viera atraída por Lahia...

—¿Otra vez, Lahia? —preguntó Ahi, disgustado—. Acabamos de cazar. Todos estamos satisfechos...

Lahia sonrió despectiva.

—Yo nunca estoy saciada, Ahi. Pero claro, tampoco tengo ninguna amiga humana que esté dispuesta a darme *bacha* como esta chica que está contigo. ¿Sabes qué riesgo corres si montas un kelpie, criatura humana? —Se humedeció los labios. Viola pensó en un gato.

—¡No corre ningún riesgo! —protestó Ahi, mostrando la cadena con la amatista que Viola llevaba bajo el pulóver—. Sabes que está protegida. ¡Déjala en paz, Lahia!

Lahia rio y, juguetona, se apartó de un empujón de la embarcación.

—Vaya, vaya, veo que ya te tiene cogido, Ahi... ¡Ya sabes lo que le haces! Y tú, chica, eres demasiado atrevida, si es que pretendes domar un kelpie.

Y dicho esto, se separó juguetona de la embarcación y dio un par de brazadas, ágil como un delfín, para desaparecer de nuevo en las profundidades. Justo a continuación una yegua joven, de color gris oscuro, apareció en la orilla del lago, salió del agua y subió a galope en dirección a la casa señorial.

Ahi, tranquilizador, colocó la mano sobre los dedos de Viola, que se agarraban con fuerza al banco.

—La chica con el poni gris no corre peligro —explicó—. Otros han fracasado con ella. Antes... cuando los seres humanos todavía no tenían miedo a los caballos, posiblemente lo habríamos conseguido. Pero ahora... cabalga en su propia montura y habla mucho, pero a pesar de ello tiene miedo. No confía en un caballo desconocido por mucho que le guste.

—Pero... pero Lahia recurrirá a todos los métodos posibles, ¿no? —preguntó Viola nerviosa.

Ahi asintió.

—Es solo un poco mayor que yo, pero una gran cazadora. Bueno, como ella dice, es insaciable. Anhela el *bacha*..., sobrevivirá. Y tendrá hijos...

Viola frunció el ceño.

—¿De quién? —preguntó angustiada.

Ahi miró preocupado hacia la orilla.

—Están pensando en mí... —contestó en un susurro—. Pero yo no quiero tocar su alma. Olvídate de ella, Viola, no le caerás bien, pero no supone un peligro para ti.

Viola se enfureció.

—¡Últimamente oigo esta frase con demasiada frecuencia! Los kelpies no son un peligro para mí, para Shawna, para Moira; pero esa Lahia rebosa fuerza vital. ¡De algún sitio la habrá sacado! ¿Y a qué se refiere con eso de «Ya sabes lo que le haces»?

El leve gemido de Ahi sonó como una melancólica melodía.

—No somos todos iguales, Viola... Y en cuanto a tu *bacha*, no lo sabemos con precisión, pero algunos afirman que los seres humanos que nos lo transmiten voluntariamente, mueren antes. Por eso es un regalo tan preciado.

Viola tomó aire a fondo.

—¡Menos mal que ahora me entero! ¿Cuántos años llevo perdidos? ¿Y eso ocurre mediante una pequeña cura milagrosa o con un par de besos?

Parecía enojada, pero no sentía auténtica cólera, sino miedo, y no solo por su vida. De hecho no se arrepentía de haberle dado a Ahi fuerza vital. Al contrario, volvería a hacerlo de buen grado. Pero ¿qué sucedía en ella?, ¿qué le hacía él a ella?

—No lo sé, querida mía. Nadie lo sabe. Y tal vez no sea cierto. Otros dicen que la fuerza vital del ser humano no deja de renovarse, al menos mientras su alma es joven. —Ahi la contempló temeroso y volvió a tenderle las manos. Una invitación. ¿Sería una versión más dulce, pero igual de peligrosa de *Up, ride the kelpie!*?

A Viola le daba igual. Cogió las manos del chico y se estrechó contra él. Al principio Ahi no tomó nada de ella, al menos no tanto como para que la joven lo notara como la otra vez, cuando le curó la herida, y durante aquellos días en que él se negó a tocarla. ¿Porque estaba demasiado hambriento? ¿Porque el kelpie podía arrebatarle la fuerza aunque no quisiera?

—Está oscureciendo, llévame a tierra —le pidió en voz baja.

Ahi volvió a sumergir la mano derecha en el agua, rodeó a Viola con el brazo izquierdo y la estrechó contra sí.

—No te haré daño —susurró—. Antes de quitarte la vida, te daré la mía...

Esta vez, ella abrió los labios cuando él la besó.

154

9

Cuando Viola regresó a casa, encontró un gran revuelo.

—¿Dónde te habías metido? —preguntó su padre, yendo de un lado a otro, se diría que empaquetando cosas—. Nos vamos a Dublín, ya llega el bebé.

Viola lanzó una mirada a Ainné. La mujer estaba sentada junto a la chimenea y se sujetaba el vientre, ya considerablemente hinchado. ¿Sería verdad esta vez? Al menos mantenía la boca cerrada, lo que no había sucedido en las anteriores ocasiones, cuando las alarmas eran falsas. Además, se la veía bastante pálida y se encogía de vez en cuando a causa de alguna contracción.

—Ha roto aguas... —informó el padre, lo que explicaba la presencia de la fregona que manejaba con poca determinación en la cocina. Viola esperaba que no le pidiera que fuera limpiando lo que Ainné ensuciaba, pero, por suerte, él ya había terminado la tarea—. Si encontrara la bolsa...

Ainné hacía tiempo que había preparado la bolsa para la clínica y estaba, por supuesto, donde siempre había estado: en el armario del pasillo. En cualquier otro momento, Ainné se lo habría echado en cara y habría dado una reprimenda a su marido por ser tan atolondrado. Si permanecía allí sentada y parecía seguir los procesos de su cuerpo, el bebé debía de estar realmente en camino.

Viola sacó la bolsa del armario, la llevó al coche y se preocupó: era obvio que su padre no sabía lo que se hacía. ¿Había desvariado también de ese modo cuando Viola nació? En cualquier caso, en ese momento sostenía a Ainné y parecía decidido a no soltarle la mano en todo el camino. Viola se preguntaba cómo pensaba conducir así. Evaluó con rapidez si debía acompañarlos o quedarse en casa y al final se decidió por ir con su padre. No cabía duda de que sería más seguro: al menos se ocuparía de que no soltara el volante.

Pero luego ya no fue necesario. En efecto, una persona esperaba en la parada del autobús junto a la que pasaban para llegar a la autovía y Viola reconoció a Patrick.

—¡Frena, papá! ¡Lo podemos llevar! —gritó, aliviada—. Él puede conducir y tú, ocuparte de Ainné.

Viola recordó en ese momento lo que estaba haciendo ahí Patrick. A fin de cuentas, Shawna llevaba días sin dejar de hablar de la visita del chico, aunque no estaba del todo claro si en realidad había ido por la muchacha o más bien por Miss O'Keefe. Esta disponía de una colección de partituras antiguas que le quería pedir prestadas para un trabajo semestral.

Fuera como fuese, había quedado con Shawna. En esos momentos ella estaba con Patrick en la parada; se había puesto la falda y un jersey grueso de color azul cielo y parecía contenta. Cuando los McNamara se detuvieron y se enteró de que el bebé de Ainné estaba en camino, la joven enseguida ofreció su ayuda.

—¿Quieres que me ocupe de la comida de Bill, Ainné? —preguntó solícita—. Si está solo seguro que no se prepara nada. Y no te preocupes, que vendré y le ayudaré con los caballos. También puedo encargarme yo sola si Bill quiere ir a Dublín a ver a su nieto. ¡Oh, qué emoción! Mucha suerte, Ainné, ¡estoy impaciente! —Los ojos azul claro de Shawna resplandecían. Era evidente que hablaba con franqueza.

Viola, por el contrario, consideraba que el viaje con su desorientado padre era lo más emocionante que iba a suceder en las próximas horas, pero gracias a Shawna se percató de qué tipo de sentimientos eran los que se esperaba de alguien en tales circunstancias. Patrick tomó de buen grado el volante, Alan se sentó con Ainné en el asiento trasero y Viola soltó un par de observaciones del tipo: «¡Qué ilusión!»

Patrick le lanzó unas miradas incrédulas: no debía de sonar muy convincente.

Al final dejó que Ainné y Alan se entregaran a un agitado cuchicheo compuesto sobre todo por gemidos por parte de Ainné y de fragmentos de frases supuestamente tranquilizadoras de Alan. Viola se dirigió a Patrick:

—¿Has encontrado lo que buscabas? —preguntó—. Siento no haber ido al café para verte, pero pensé... bueno, que Shawna preferiría estar a solas contigo. —Viola sonrió avergonzada. De hecho no había pensado en absoluto en Patrick y Shawna, pues estaba demasiado absorta en su propia historia de amor.

Patrick le devolvió la sonrisa y pareció desconcertado.

—Shawna es un encanto —reconoció—. Solo que... me preocupa el hecho de que tal vez sea un poco demasiado joven... Pero cuando... cuando no tiene sus cinco

minutos locos con los caballos y esas cosas, entonces...
—Patrick enrojeció un poco. En cualquier caso, cambió
de tema a toda prisa—. Miss O'Keefe me ha sido de gran
ayuda, la verdad —explicó, como centrándose en asuntos profesionales—. Es una incondicional de las canciones de Child y yo estoy haciendo un análisis comparati-
vo entre algunas melodías del folclore irlandés y el de
otras islas. Hay muchas influencias irlandesas, anteriores incluso a la era cristiana. Es todo muy interesante.

A Viola el tema no la arrebataba, pero por otra parte... Patrick estudiaba música y literatura. Tal vez supiera algo acerca del tema de los kelpies. Como de paso, le
habló de su interés por la canción del silkie de Child y
del trabajo que Shawna y ella habían hecho sobre los
kelpies.

—Sí, de hecho el kelpie vaga solo como un espectro
por la escena musical contemporánea —señaló Patrick
riendo—. No parece haber inspirado el ámbito folk. Sin
embargo, las leyendas son antiquísimas. Hay también
infinidad de nombres para esa criatura. En la isla de Man
se la llama glashtyn; en las Orcadas, nuggle; tangi en las
Shetland; en Noruega se lo conoce como nokken y en
Islandia como nykur. El nombre kelpie es más bien escocés, la palabra irlandesa que lo designa es aughisky...

—Tampoco quería saberlo con tanta precisión... —lo
interrumpió Viola—. Pero... en fin... si hay una saga en
todos esos países... ¿No será que...? Bueno..., ¿no tendrá
algo de cierto?

Patrick frunció el ceño.

—¿Te refieres a si existen de verdad los caballos
acuáticos? —preguntó—. Venga, Vio, no seas ridícula.
Solo es que a varias personas, de forma independiente,
se les ocurrió la misma idea: haz de los ponis salvajes

unos seres posiblemente peligrosos y nadie se atreverá a robarlos. También se advierte a los niños en especial contra los kelpies. Es probable que para protegerlos. Todavía hoy se suben por los cercados de las dehesas para montar los caballos. Casi cada semana Shawna atrapa a algún crío entre los ponis de Bill, si es que ellos mismos no se caen y se rompen algo. Por lo que los padres denuncian sin demora a los propietarios de los caballos. Desde el punto de vista legal, se evalúa si considerarlo allanamiento de morada o presencia de animales peligrosos...

A Viola poco le interesaban las leyes.

—Pero se podría domar a los kelpies colocándoles un cabestro —dijo reanudando el tema—. ¿No se utiliza de hecho para robar caballos?

Patrick rio.

—No, eso los ahuyentaría. Pero bueno, también funciona sin cabestro: cuando los kelpies aparecen en su forma humana, se los atrapa con ayuda de un velo de novia. Es solo una sugerencia por si te encuentras con alguno. Pero sé prudente, también son sumamente posesivos... y rencorosos. En una historia escocesa, un kelpie se enamora de una muchacha mortal y al principio ella lo acompaña al lago y tienen un hijo. Pero luego ella quiere regresar con los humanos y el kelpie acaba matándole al hijo y dejándole la cabeza de este delante de la puerta. ¡Así que mucho cuidado!

Por una parte Viola se sintió horrorizada y asqueada, pero por otra entendió que los kelpies y los seres humanos a veces podían formar pareja. Patrick lo confirmó cuando ella se lo preguntó.

—Pues claro, y a veces funciona bien. En otra historia, una muchacha inteligente se enamora de un kelpie y pide consejo a un druida. Al principio este consigue retener por arte de magia al hombre kelpie, y cuando está locamente enamorado de la chica, lo deja en libertad, pero él se queda por propia voluntad. Lo dicho: hay un montón de historias. Las hay por todos aquellos sitios donde se encuentran caballos semisalvajes. Estos últimos días, Shawna también acampa junto al lago con un cabestro, desde que se supone que han aparecido ponis salvajes. Yo, de todos modos, nunca los he visto. Y tampoco les resulto muy atractivo a las damas kelpies... —Guiñó un ojo.

Viola pensó que, sin duda, Lahia sabría absorber la energía vital de Patrick. Pero pese a su interés por las leyendas antiguas, Patrick habría mordido antes el anzuelo al descubrir un coche con la llave de contacto puesta que al ver un caballo. Le gustaba conducir, así que ese día llevó tan rápido como seguro a los McNamara a Dublín y a la clínica. En cuestión de segundos descubrió cómo llegar lo más cerca posible del servicio de obstetricia y dejó a Ainné y Alan justo delante para que bajaran.

—Mucha suerte, Ainné —deseó alegre—. ¡Y espero que al menos le pongáis mi nombre al niño! —Saludó con la mano a los McNamara, pero Alan y Ainné ya habían apartado la vista de él.

—Están totalmente idos —observó Viola agitando la cabeza, y ayudó a su amigo a encontrar aparcamiento. Al menos alguien tendría que saber dónde habían dejado el coche...

Patrick rio complacido.

—En resumen: ¡no permitas que se te coman! —se despidió por último de Viola, volviéndose hacia la parada de autobús más cercana—. ¿O nos tomamos antes un café? Lo del parto seguro que va para largo.

Viola también lo creía, pero rechazó la invitación. Era posible que su padre la necesitara. No tenía ni idea de si él soportaría la visión de la sangre ni hasta qué punto estaría a la altura de las emociones de un alumbramiento. En ese momento se percató de lo mucho que su madre y ella misma habían mimado a Alan. ¿Sería eso lo que había acabado exasperándolo? ¿Prefería las broncas de Ainné? ¿Le daba ella *bacha*?

Viola se aburrió durante las tres horas completas que permaneció en el pasillo de la sala de partos y al final se quedó dormida. La incomodidad del lugar la llevó de una pesadilla a otra. Veía kelpies robando y devorando niños y descubrió la cabeza cortada del hijo de la humana. Solo hacia el amanecer los sueños fueron haciéndose más agradables y se encontró con Ahi bajo el manto de un druida sabio.

Luego alguien la sacudió y vislumbró un rostro amable bajo una cofia de enfermera.

—¿Tú eres la flamante hermana mayor? —preguntó sonriendo—. Puedes entrar y admirar a un hermanito. Tu papá y tu mamá te están esperando.

Viola iba a explicar que Ainné era todo lo contrario a su madre, pero le pareció demasiado complicado. Todavía soñolienta siguió a la enfermera hasta una típica habitación de hospital que habían intentado hacer más acogedora con un par de cuadros en la pared y un móvil colgado sobre la cunita. Ainné yacía en la cama sosteniendo en brazos un bebé rollizo y envuelto en mantas, mientras que Alan estaba sentado al lado y no podía dejar de decir lo precioso que era el pequeño Kevin y lo mucho que se le parecía. Viola lo encontró por el momento bastante arrugado y enrojecido, de modo que, en su opinión, si se parecía a alguien de la familia era a Bill.

Pero sabía lo que se esperaba de ella y dio muestras del entusiasmo tradicional. Al final, también cogió al bebé en brazos, porque su padre insistió, aunque Ainné parecía más bien preocupada y celosa.

Puesto que su padre no podía marcharse, Viola regresó en autobús a Roundwood y prometió sin mucho entusiasmo volver por la noche. Así podría ver de nuevo a su hermanito y Alan la llevaría luego a casa en coche. Viola habría preferido con mucho reunirse con Ahi, pero su padre esperaba entusiasmo y ella conseguía un día sin ir a la escuela. Viola pensaba aprovechar para dormir. No había pasado una noche muy tranquila en el pasillo del hospital.

Sin embargo, ya en la entrada del camping, la estaba esperando un desdichado y desconcertado *Guinness*. Por lo visto Bill no lo había metido en casa la noche anterior. En cualquier caso, el animal se precipitó gimiendo hacia Viola y la muchacha renunció con un suspiro al plan del día. Ya tendría tiempo de dormir. En ese momento relucía el sol, no valía la pena ir a la escuela; salir a pasear con *Guinness* resultaba mucho más tentador. Aunque, a la luz del día, era poco probable que Ahi hiciera acto de presencia.

Esto último resultó ser una conclusión errónea. Apenas había recorrido un kilómetro y medio junto al lago, cuando vio dos caballos en un prado más allá del arroyo que descendía de Bayview House al lago: un semental de color gris plata y una elegante yegua de color gris oscuro. Lahia... Viola pensó en si debía dar media vuelta, pero entonces los caballos parecieron percatarse de ella.

La yegua dudó un instante, pero luego se retiró hacia la montaña cuando el semental irguió las orejas un instante. El caballo plateado, en cambio, trotó montaña abajo, siguió el arroyo y desapareció tras una pequeña cascada que brillaba tanto al sol y desprendía tantos miles de flechas luminosas que Viola estaba como deslumbrada. La joven cerró un momento los ojos y, cuando volvió a abrirlos, descubrió que Ahi se aproximaba a ella por el arroyo.

—Viola... —El muchacho estaba radiante, y alzó la voz por encima del sonido de la cascada—. Oí la música del agua y pensé en tu nombre. Vi el follaje otoñal y pensé en el color de tus cabellos. Inspiré el olor de los prados y sentí tu aliento. Sin embargo, en ningún momento pensé en encontrarte. ¿Qué haces a estas horas por aquí? ¿No deberías estar en el... instituto?

Pronunció la palabra «instituto» como si para él careciera de sentido.

Viola rio y se sintió feliz, despierta y llena de alegría de vivir. Tomó las mano del chico y se unió con tal naturalidad a él como si se hubiera abierto una puerta, durante largo tiempo cerrada, que hubiera dividido el mundo en dos mitades.

Los labios de Ahi depositaron un beso en la mejilla de la muchacha y ella sintió el frío y la tersura de la piel de la mano de él.

—¿Qué haces aquí? —preguntó ella a su vez—. Pensaba... pensaba que solo dejabas el lago en el crepúsculo.

Los bonitos ojos de Ahi, ese día de un azul brillante como el mismo lago, reflejaron sorpresa.

—¿Crees que somos criaturas de la noche? —inquirió—. ¿Por eso nos tenías miedo? No es así. El sol no nos da miedo, al contrario, lo amamos. Pero no es fácil pasar desapercibidos cuando los días son tan claros como hoy...

«Y tras un largo día de trabajo es más fácil invitar a los caminantes cansados a que suban a lomos de un caballo que por la mañana, tras un sueño reparador.» Viola casi creyó oír la hermosa pero burlona voz de Lahia. ¿Estaba unida a ella a través de Ahi? ¿O acaso era la propia mente de Viola la que extraía conclusiones tras haber leído tanto acerca de los kelpies? Leyendas antiquísimas relataban que los caminantes agotados se contaban entre las víctimas favoritas de los amhralough.

—¿Cómo lo hacéis en realidad? —preguntó, otra vez peleona. Cuando veía a Ahi con su aspecto humano y lo tocaba, sentía una confianza ilimitada, pero en cuanto recordaba su existencia como kelpie sentía rechazo—. Este cambio de apariencia... es extraño. ¿Cuál es en realidad tu auténtico aspecto?

No quería ni pensar en que se había enamorado de un caballo que se camuflaba de chico.

Ahi pareció reflexionar en profundidad.

—¿A qué te refieres al decir «aspecto auténtico»? —preguntó al final.

Viola esbozó una mueca de impaciencia y se soltó de la mano. Enseguida le resultó más fácil pensar con claridad, pero al mismo tiempo sintió pena y pérdida.

—Venga, ¿qué aspecto tenéis en realidad? —Viola intentó recordar personajes de películas de fantasía o ciencia ficción que se metamorfoseaban—. Por ejemplo, cuando dormís... —De vez en cuando, los seres de las películas necesitaban de toda su concentración para mantener la forma humana y se transformaban en una especie de masa gelatinosa cuando dormían. Esta visión resultaba todavía más inquietante que la idea de Ahi buscando un establo para pasar la noche—. ¿Cómo nacéis? —insistió.

Ahi sonrió comprensivo.

—Soy amhralough... —respondió con dignidad—. Pero como tal estoy vinculado a un *beagnama*. Ese es el nombre con que designamos a las pequeñas almas...

—¿Las que nosotros llamamos animales? —preguntó Viola.

Ahi asintió.

—Las pequeñas almas que vosotros llamáis caballos —prosiguió— habitan a veces con los seres humanos, pero en otras ocasiones también viven en libertad en las montañas, y allí llevan una vida dura. No todos sus hijos llegan a adultos, algunos no tienen fuerza vital suficiente cuando nacen. Un *beagnama* así busca a una madre kelpie que haya dado a luz. Ella lo alimenta con *bacha* y une los cuerpos y las almas...

—¿Con *bacha* humano? —preguntó Viola de nuevo con repulsión.

Ahi se encogió de hombros.

—¿Dónde está la diferencia? La madre kelpie utiliza su propia fuerza y sobre todo la de su hijo. Pero esta proviene al parecer de la caza. No sé. Desde que estoy vivo no ha nacido entre nosotros ningún niño.

Una vez más, a Viola le pareció que era una evasiva, pero ahora quería llegar al fondo de la cuestión.

—¿Y luego? ¿Sentís y pensáis como un caballo o como una persona? ¿Dónde os criáis, en el agua o en tierra? ¿Con una yegua o con una mujer kelpie?

—Nosotros pensamos y sentimos como amhralough —respondió Ahi sin entender. Hacía mucho que a Viola no le resultaba tan ajeno—. Y conocemos ambas madres. Vivimos en el lago y en las montañas. Así aprendemos la mansedumbre de las pequeñas almas, pero también la música del lago, y la caza para sobrevivir. Tal como somos.

Viola reflexionó. Eso explicaba por qué solo había kelpies donde también había caballos salvajes o semisalvajes, y por qué podían sobrevivir como animales cuando se los capturaba. Sin caza no había transformación.

—No me has contado por qué estás hoy aquí, Viola... —Era evidente que Ahi intentaba volver a temas de conversación menos conflictivos. Cogió de nuevo la mano de Viola y ella la de él, al principio de mala gana, pero luego llena de alegría. Los dos pasearon junto al lago con las manos enlazadas, como dos enamorados cualesquiera. Él la ayudó atentamente a transitar por el camino a menudo pedregoso y la cogió en brazos sonriente cuando tuvieron que traspasar un riachuelo.

Viola abandonó el tema de los kelpies y contó que había nacido el hijo de Ainné. Para su sorpresa, Ahi se mostró entusiasmado. Quería saberlo todo de Kevin, era obvio que nunca había visto a un recién nacido.

—Bueno, yo lo encuentro bastante arrugado y poca cosa —contó ella—. Y con la cara como un tomate, más antipático que dulce. Pero parece que todo esto cambiará. Mi padre dice que yo también tenía ese aspecto...

—¡Es imposible que tú salieras arrugada! —protestó Ahi, contemplándola con ojos relucientes—. Seguro que de bebé ya eras bonita... —En su mirada había admiración, casi adoración. A Viola casi le resultaba un poco vergonzoso, y aún más porque ese día seguro que tenía aspecto de haber dormido mal. No se había maquillado, ni siquiera se había lavado: se había puesto en camino de inmediato con *Guinness*.

—De bebé era bastante gorda. —Sonrió ella para devolver a Ahi a la realidad—. Eso es lo que dicen al menos las fotos. Vosotros... no hacéis fotos, ¿verdad?

Con ello volvieron al tema de nuevo.

Ahi sacudió la cabeza.

—No. No tenemos una técnica como la vuestra. No la necesitamos. Nosotros conservamos las imágenes en nuestra alma...

Viola puso los ojos en blanco.

—Bonitas palabras. Pero no es demasiado práctico, ¿verdad? Me refiero a que quizá vosotros os acordéis, pero no podéis compartir las imágenes con los demás. Lo que en realidad es la razón de ser de las fotografías.

—¿Cómo? —preguntó Ahi, sorprendido—. Bueno, no abrimos nuestra alma a cualquiera. ¿Por qué íbamos a enseñar nuestras imágenes a los extraños?

Viola recordó tardes inacabables de películas y diapositivas con amigos de sus padres. Casi se le escapó la risa. Entre los amhralough parecía ser de buen tono no aburrir a los invitados...

—Pero cuando los *namas* están unidos... —Ahí siguió hablando tranquilamente—. Ven...

Condujo a la sorprendida Viola a la sombra de un sauce junto a la orilla y buscó un lugar seco y musgoso donde sentarse. Allí la rodeó con el brazo y la atrajo hacia sí, cerrando de este modo el círculo que los unía. Viola se meció en la seguridad de su amor, que todo lo abarcaba, y de repente pareció ver el mundo a través de los ojos de él. El lago se convirtió en su hogar, los prados la atraían con un aroma dulce, casi irresistible, como el olor del heno pero más penetrante. Viola lo percibió con los sentidos de las pequeñas almas, a las que Ahi estaba unido desde su nacimiento.

—Mira el lago... —dijo la voz de Ahi. ¿La oía Viola en realidad o solo en su mente? Fuera como fuese, de la superficie del agua parecían ascender imágenes. Imágenes como recuerdos, no solo proyecciones, sino mezcladas con sensaciones y pensamientos.

Viola vio un bebé que se apretaba contra la piel lisa y fría de su madre y oyó una canción de cuna fascinante. El niño no estaba rojo y arrugado como Kevin, sino que era dulce y tierno, con unos ojos rasgados de largas pestañas en los que ya se reflejaba el azul del lago. Todavía oyó más música extraña y vio en la hierba un potro sin vida. Luego sintió que la fuerza vital ascendía en ella y sintió una alegría inconmensurable cuando de repente le pareció que tenía cuatro patas. Unas patas largas, todavía torpes, que dando torpes cabriolas conducían el cuerpo de un potro por un prado salpicado de peñascos en la montaña. Sintió el agua fría como el hielo del lago, pero la encontró agradable y estimulante cuando más tarde, en el cuerpo de un niño travieso, nadaba haciendo carreras con los peces. Disfrutó del movimiento, totalmente distinto de las trabajosas brazadas de los seres humanos. Viola distinguió a una Lahia más joven que fastidiaba a Ahi y le tiraba de los cabellos. Experimentó cómo el semental plateado salía del agua con la yegua oscura como la pizarra y galopaba por el cañizal. Vio a Ahi, en su apariencia humana, sentado en círculo con otros kelpies que tocaban unos singulares instrumentos, y siguió su flexible cuerpo danzando con olas y corrientes al son de una música irreal y hermosa.

Y luego vio salir del lago al semental plateado una tarde nublada, sintió su sobresalto cuando algo saltó del cañizal delante de él, otro instinto de pequeña alma al que Ahi se había librado. Entonces Viola lo comprendió. Era hermoso penetrar en un mundo en el que todo era sencillo y donde lo único que contaba era la dulzura de la hierba y el calor del sol en el pelaje. Experimentó el poderoso galope con el que el semental huía de allí... y vio una valla alzarse delante de él, donde hasta entonces solo había habido una pradera seca y espaciosa. Viola sintió el terror del kelpie, se salvó con un salto, y cayó...

Entonces la imagen y la marea de sensaciones se interrumpieron. Al parecer, Ahi había cerrado «el álbum».

—¡Uau! —exclamó Viola, y Ahi se la quedó mirando maravillado. Todavía no había oído esa expresión y ella casi se puso a reír al sentir la mente del muchacho trabajando. ¿Veía ella ahora lo que pensaba él o seguía siendo esa ligera e impalpable unión entre sus almas?

—Es la palabra favorita de mi amiga Katja para expresar asombro —explicó—. En cualquier caso estoy impresionada. Esto supera cualquier espectáculo multimedia. ¡Pero no me lo has enseñado todo!

Cuando Ahi la soltó, para seguir caminando junto al lago, volvió a surgir la desconfianza en ella.

—¿Y qué pasa con... con la caza?

Ahi la miró enojado.

—¡Ya sabes que yo todavía no he cazado! —respondió con vehemencia.

Pero Viola no lo dejó evadirse tan fácilmente.

—Y lo de... —Casi se le había escapado la palabra «chupar», pero consiguió dominarse—. ¿Lo de absorber *bacha*? —formuló más amablemente.

Ahi inclinó la cabeza.

—Tampoco vosotros lo fotografiáis todo... —observó—. Hay cosas que... Ay, Viola, ahora vuelves a imaginártelo como una truculencia. Pero no es así como funciona. Es solo... nada para profanos...

—¿Ahora resulta que soy una profana? —replicó Viola, disgustada de verdad—. Hace un momento éramos almas hermanas.

Ahi suspiró.

—Te llevaré conmigo. Tienes... que verlo con tus propios ojos.

—¿Cómo se vacía el *bacha*? —preguntó Viola, asustada—. Muchas gracias, no tengo esa necesidad. No me siento cómoda al otro lado del menú.

Ahi se pasó la mano por la frente. Parecía agotado. El «pase de diapositivas» debía de requerir una gran cantidad de *bacha*.

—No me refiero a la caza, claro. Pero tienes que conocer mi mundo, a mi gente. No somos monstruos, solo tienes que convencerte de ello. ¿Vendrás mañana conmigo, Viola? ¿Cuando haya terminado la escuela pero todavía brille el sol? No, no vayas a creer que cuando anochece somos peligrosos. Es solo que... nuestro mundo es más bonito cuando la luz incide en el agua. Cuando el sol llega a nuestros valles e ilumina nuestros bosquecillos. Yo...

Quería enseñarle la mejor faceta de su hogar. Viola se tranquilizó al captar el amor que desprendían sus palabras y que ella ya había sentido antes. El amor al lago, las olas, las algas que lo acariciaban cuando nadaba cerca del fondo.

—Está bien —convino—. Pero ¿qué haremos en concreto? De hoy a mañana no me van a crecer branquias, Ahi. Y tampoco sé conservar mucho rato el aire en los pulmones. Ni siquiera sé nadar bien.

Ahi sonrió y la estrechó entre sus brazos. Ella volvió a percatarse entonces de la leve absorción, del mareo que le sobrevenía al principio cuando él la tocaba. ¿Era el *bacha* que pasaba de ella a él? ¿Después de que hubieran compartido en los últimos días la rebosante energía que lo colmaba tras la última caza? Viola decidió no hacer más preguntas...

—Solo irá tu alma, tu *nama*, ya te conté que la piedra hace posible la separación. Los seres humanos pensarán que estás dormida...

Viola habría querido saber algo más, pero se reprimió. Ahi ya le había facilitado mucha información y se sentía demasiado cansada para plantear sus dudas de forma prudente. Era difícil hacerle preguntas sin ofenderlo y en ese momento le preocupaba si su agotamiento era resultado del intercambio de *bacha* o de la noche que había pasado sin dormir. En cualquier caso, Ahi la acompañó solícito a casa y luego, de modo inesperado, le tendió otra piedra. De nuevo se trataba de una amatista, pero esta era diminuta y no demasiado vistosa.

—Toma, para tu hermano. No quiero que te preocupes por él. Cuando antes estuvimos unidos, vi las imágenes de una pesadilla. Y es normal hacer un regalo cuando acaba de nacer un bebé. Entre vosotros y también entre nosotros...

Viola tomó la piedra dando las gracias, pero con mala conciencia. Se sentiría mejor cuando Kevin la llevara. Pero ¿cómo iba a explicárselo a Ainné? ¿Cómo iba a explicar incluso el regalo? ¿Diría: «Es un pequeño detalle de mi amigo, el kelpie, para que su familia no se zampe por equivocación a la nuestra»?

En el camping se encontró con Shawna, otra vez excitada porque había vuelto a ver caballos salvajes, en esta ocasión una yegua preciosa de color pizarra.

—¡Y era tan confiada también! —explicó después de que Viola le hablara del hospital y del pequeño Kevin—.

Es lo que creo yo, al menos. En conjunto... no te burles de mí, Vio, pero ha sido la mar de raro. Primero pensé que el caballo llevaba una silla. Y brida. Se me ocurrió que a lo mejor se habría caído alguien. En cualquier caso, quería cogerlo, llevarlo al establo y luego llamar a la policía. Pero de algún modo... parecía que tuviera una brida, pero cuando quise agarrarla, no estaba. Y aun así permanecía tranquilo, como si quisiera que lo montara. Al acercarme de lado, me pareció ver también riendas..., pero cuando quise cogerlas me di cuenta de que me había equivocado. ¿Me estoy volviendo loca, Viola? —Shawna estaba realmente preocupada.

Viola habría querido tener a mano el número de teléfono de un carnicero de caballos. ¡Maldita Lahia! ¡También lo había intentado con Shawna, y valiéndose de todas sus artimañas!

La joven no sabía exactamente cómo reaccionar, pero lo primero que hizo fue intentar restar importancia al asunto.

—Está claro, son alucinaciones. ¡Y eso que soy yo la que ha pasado una mala noche, no tú! —dijo, riéndose de su amiga.

Se asombró cuando, a continuación, Shawna la miró reluciente.

—¡Ah, yo tampoco he dormido mucho! —contestó Shawna, aunque no parecía cansada, sino más bien encantada—. A veces ayudo al veterinario, ¿sabes? Desde que hice con él las prácticas del instituto. Y esta noche me ha llamado para decirme que debía practicar una cesárea a una perra y su asistente no podía ir. No podía hacerlo solo y yo siempre he sido muy habilidosa. ¡Ay, Vio, ha sido fantástico! ¡Imagínate, hemos ayudado a nacer a diez cachorros! Diez border collies, creo que hermanos y hermanas de *Guinness*; la perra, en cualquier caso, procede de la misma granja. Y el criador quería regalarme uno como agradecimiento. ¿No es estupendo?

Pero luego su rostro se ensombreció.

—No tienes que felicitarme —añadió afligida—. Mis padres ya han dicho que no. —Shawna suspiró—. ¡Pero unos añitos más, Vio, y yo tendré mi propia consulta y al menos diez perros y cinco caballos! —La muchacha rubia volvía a sonreír, aunque con lágrimas en los ojos.

Sea como fuere, la noche en vela —tras la cual Shawna había asistido como siempre a la escuela— justificaba que le hubiera fallado la vista al acercarse a Lahia.

—El sol debe de haberte deslumbrado —señaló Viola—. No le des más vueltas. ¿Y de quién será el caballo? Conoces a todos los de los alrededores.

Shawna estuvo de acuerdo. De pronto se ofreció a acompañar a Viola a Dublín por la tarde.

—Tengo ganas de ver al bebé —dijo—. ¡Los recién nacidos son tan monos! Si no fuera veterinaria, sería comadrona. Son tan pequeños y arrugaditos cuando salen... Pero lo más bonito son los potrillos, desde luego...

En el autobús, Viola se armó de valor y mostró a su amiga la diminuta amatista de Kevin. Habría preferido regalársela a ella: desde la ofensiva de Lahia temía por la seguridad de su compañera. Pero eso era imposible, claro, Ahi se sentiría decepcionado. Era mejor que, cuando tuviera la oportunidad, comprara a Shawna una cadena con una amatista y se la regalara para su cumpleaños.

Shawna animó a Viola a darle el regalo a Ainné enseguida.

—¡Es una piedra portadora de suerte, justo como la tuya! Hermano y hermana, ¡encaja perfectamente! Seguro que Ainné se alegra un montón. En cualquier caso es mucho más personal que un juguete cualquiera. ¿Dónde la has encontrado? Nunca había visto amatistas por aquí, pero el misterioso sujeto que te regaló la tuya debió de sacarla de algún sitio. ¿O la encontró en Alemania?

Shawna le guiñó un ojo a Viola. No cabía duda de que sentía curiosidad por el amigo invisible, pero como todas sus cuidadosas pesquisas por el entorno no habían dado fruto, suponía que estaba donde antes vivía Viola. Seguro que le resultaba extraño que Viola nunca hablara directamente de él, pero Shawna era paciente y discreta. Viola incluso pensaba a veces en desvelarle su secreto sobre Ahi. ¡Maldita sea, lo haría antes de permitir que Lahia la perjudicara!

Por desgracia, Ainné no compartió el entusiasmo de Shawna por el regalo de nacimiento de Kevin.

—¿Una piedra? —preguntó, desconcertada—. ¿Y qué va a hacer con ella? Sí, de acuerdo, se puede hacer un colgante como el tuyo. ¡Pero Kevin es un chico! Y la piedrecita es tan pequeña que se la podría tragar. Los bebés se lo llevan todo a la boca, Vio... —Ainné dejó con desidia la amatista en la mesilla de noche. Era probable que se la olvidara en el hospital.

Sin embargo, el padre de Viola se sintió conmovido.

—Pero ¿no te parece enternecedor que Vio haya regalado al pequeño una especie de amuleto de hermanos? —intentó mediar—. Ahora no se lo pondremos, Vio, pero cuando tenga tiempo haré que engarcen la piedra, de forma discreta para que también la pueda llevar un chico. Y puede que a Kevin le guste ponérsela cuando crezca.

Para entonces tal vez sería ya demasiado tarde... Viola luchó por vencer su desasosiego. Sin embargo, tenía que haber otras maneras de proteger a Kevin de los kelpies. Lo mejor sería enseñarle a no coger ningún caballo desconocido. En el fondo podía tomar una actitud positiva. A fin de cuentas, la misma Ainné era amazona y se mostraba muy posesiva con su yegua *Gracie*. Seguro que educaba a Kevin de igual modo y no cabía duda de que el niño tendría su poni particular cuando quisiera salir a cabalgar.

Ainné alababa en ese momento el diminuto muñequito azul oscuro que los padres de Shawna le habían enviado con la muchacha.

—Pasarán por aquí en cuanto estén libres, pero por el momento tienen todavía turistas de otoño y una empresa está comercializando también «Irlanda en invierno» —explicó Shawna, disculpando a su familia—. No tengo ni idea de lo que querrán ver por aquí, siempre está lloviendo y, cuando no, hay niebla...

—¡Pero los dólmenes y la niebla son románticos! —dijo el padre de Viola, riendo—. Y los anillos de piedra para parejas de enamorados... ¿Cómo lo ves, Ainné, nos casamos por el rito celta? —Guiñó el ojo a su esposa.

Ainné hizo una mueca con la boca y Viola casi se cayó de la silla.

—¿Casaros? —preguntó desconcertada—. ¿Pero no lleváis ya tiempo casados?

Por lo que su madre y ella sabían, Alan había llevado a Ainné al registro civil un día después del divorcio.

El padre asintió.

—Sí, por supuesto, pero solo por lo civil, y a Ainné también le gustaría que nos casáramos por la iglesia. Yo preferiría en una ceremonia celta... con un druida y bailando alrededor de un anillo de piedra...

—¡Déjate de tonterías, Alan! —lo interrumpió Ainné con sequedad. Era evidente que el matrimonio era un punto de controversia. Ainné y Bill eran católicos rigurosos, pero Alan no asistía a la iglesia. En los últimos meses, Viola había oído sus frecuentes discusiones sobre el bautizo del bebé. Seguía siendo un tema pendiente, claro, y era probable que el sacerdote no bautizara al hijo de un matrimonio no bendecido por la Iglesia. Viola lo ignoraba y además le daba igual. Sin embargo, siempre experimentaba una especie de alegría por el mal ajeno cuando Ainné y Alan se peleaban, pese a que Ainné se imponía la mayoría de las veces. Llegaba un momento en que Alan cedía, por lo que seguramente habría un bautizo en el futuro. ¡Cuando no la boda!

Ainné quería dar de mamar a su hijo y Shawna insistió una vez más en lo precioso que encontraba al pequeño. Viola, por el contrario, quería irse de una vez a casa y al final también Alan se marchó de mala gana. Las dos chicas tenían clase al día siguiente. No se trataba de que llegaran a casa después de medianoche.

A las once, Viola ya estaba en la cama, pero pese al largo día, la agitada noche anterior y el cansancio no lograba conciliar el sueño. En esos momentos, sola en su habitación, no dejaba de pensar en la promesa que esa mañana había hecho a Ahi. Iría con él a su mundo en el lago, aunque seguía sin tener ni la más remota idea de cómo lo conseguiría sin menoscabo para su cuerpo, mente y alma, *bacha*, *nama* y... Se dio cuenta de que ignoraba cómo denominaban los amhralough su envoltura mortal...

10

Viola pasó prácticamente toda la tarde siguiente delante del espejo. Seguro que era absurdo ponerse una falda: la única vestimenta adecuada que se le ocurría para tal expedición no era otra que un traje de neopreno. Sin embargo, Viola no hacía más que darle vueltas a qué conjunto ponerse y preocuparse por el peinado. No debía dar la impresión de ser demasiado dócil ni tampoco demasiado provocadora. Lo mejor serían unas trenzas. Al final no se recogió todo el cabello, era demasiado abundante y grueso para ello y, según Viola, ya se le había pasado la edad de llevar ese peinado. Decidió hacerse la raya en medio y unas trencitas junto a las sienes que luego se recogió detrás de la cabeza, como si el cabello mismo fuera una cinta natural para mantener el rostro despejado. Seguro que se le soltarían en el agua, como le sucedió a Louise Richardson...

Se estremeció al pensar en la descripción de Shawna: «No le he visto la cara, la tenía cubierta por el pelo...»

¡Pero todo eso era absurdo! ¡Viola no iba a morir ahogada! Se concentró en el maquillaje: ¡tenía que producir un buen efecto, no iba a ser menos que Lahia! Así que en esos momentos se preparaba para ese extraño encuentro como si fuera una cita normal con un chico o como si se dispusiera a ir a tomar el té en casa de los padres de su novio. ¡Si no se comportaba así, le daría algo!

Los ojos de Ahi se abrieron de par en par de admiración en cuanto ella llegó al lugar del encuentro, detrás del cobertizo de los botes. Había elegido una falda ancha a cuadros de color marrón verdoso y un jersey verde claro. De todos modos, este apenas se veía bajo la chaqueta impermeable: volvía a lloviznar. Viola pensó malhumorada que ya antes de tomar el té con los amhralough iba a parecer un pato remojado.

De todos modos, Ahi le acarició admirado el cabello y sonrió cuando volvió a ver colgando del cuello la amatista sobre el jersey.

—¡Estás preciosa! —exclamó con devoción—. ¡Y la piedra reluce... es un buen signo! Formas una unidad con ella, se recarga con tu fuerza.

Viola pensó para sus adentros que seguramente la joyera solo había pulido un poco la piedra.

—¿No tengo que... ponérmela enseguida en contacto con la piel? —preguntó vacilante.

Ahi asintió.

—Claro. Pero más tarde, todavía hay tiempo para eso. Debemos caminar un trecho, aquí no puedes dormir. ¡Más vale no pensar qué sucedería si alguien te descubriera! Necesitamos de un lugar retirado.

El lugar retirado resultó ser la islita con la casa de veraneo, a kilómetro y medio del camping. Ese día, a la apagada luz de la lluviosa tarde de otoño, daba la sensación de ser una isla encantada. Las ruinas se alzaban como un recordatorio del pasado en el cielo nublado. Viola se acordó de las películas de terror y sintió un escalofrío, pero Ahi la condujo con toda naturalidad a la orilla, donde les esperaba ya un pequeño bote de remos.

—¿Desde cuándo necesitan botes los kelpies? —preguntó con fingida hilaridad.

—Se soltó del muelle de una de las granjas. El propietario estuvo pescando ayer, pero no amarró bien la embarcación. Luego la devolveré —explicó Ahi.

Tendió atento la mano a Viola para ayudarla a subir. Ella titubeó, pero procuró que él no se diera cuenta. Ahi tenía razón. Nadie la buscaría en la isla, al menos no tan pronto. Si a ella —¿o a su cuerpo?— le pasaba algo, no habría ningún médico de urgencias ni tampoco reanimación o lo que fuera.

—¿No me... no me quedaré congelada? —preguntó con la voz ronca.

La mano fuerte y fría de Ahi envolvió la suya y ella enseguida se sintió mejor.

—Viola —respondió él con dulzura—. ¿De verdad crees que yo haría algo que te perjudicara? Tu cuerpo seguirá respirando y tu corazón seguirá latiendo. Algo más despacio de lo normal, tal vez tengas frío cuando te despiertes. Pero nada te hará daño, ni siquiera te mojarás...

En efecto, Ahi la condujo al único rinconcito del viejo edificio que todavía conservaba el tejado sobre un par de puntales. Hacía tiempo que la abundante vegetación de la isla se había servido de ellos para emparrarse y, de hecho, había ahí una especie de refugio, un rincón bajo una cubierta de zarcillos y hojas.

Ya el día anterior, Ahi debía de haber apilado musgo, pues a Viola la esperaba un lecho seco.

—Tiéndete tranquilamente ahí —le indicó—. Si no te relajas, te dolerá todo cuando despiertes.

—Hablas como si no fuera la primera chica que traes aquí... —refunfuñó Viola—. ¿Cómo sabes todo esto? ¿Recibís con frecuencia visitas de humanos?

Ahi sacudió la cabeza.

—Tú eres la primera chica que he visto con los ojos de mi alma —aseguró—. Y la primera a quien he tocado. La primera con la que he compartido mis pensamientos. Tú...

—¿Y Lahia? —inquirió Viola—. Jugabas con ella cuando eras pequeño, me lo enseñaste...

—Era distinto... —respondió Ahi, apartando la vista—. Lahia y yo... compartimos nuestras canciones. Antes, en épocas remotas, también venían cantores y arpistas humanos a compartir nuestras canciones. Yo no lo recuerdo, ni tampoco ninguno de los demás amhralough, ha transcurrido demasiado tiempo desde entonces. Pero los ancianos dicen que así sucedió, en la era dorada, cuando las puertas entre los mundos estaban abiertas. Parte de las almas sabía entonces errar...

Viola pensó en una historia de Glendalough: san Kevin, el fundador del monasterio, había convivido en paz con un monstruo marino y los pájaros habían anidado en sus manos...

—Ya sabes que no contamos los años —prosiguió Ahi—. Pese a ello, sí conservamos recuerdos. Por eso sé cómo sucede... y por eso los ancianos también te dan la bienvenida. Eres el primer ser humano que nos visita en mucho, mucho tiempo...

«Sin contar las presas de caza», pensó Viola inclemente, pero permaneció callada. No obstante, todavía algo indecisa, se tendió sobre el lecho de musgo. Ahi se acuclilló a su lado y la abrazó.

—¡Olvídate ahora de la caza, Viola! Piensa en quienes cantan... Únete conmigo, ya sabes, es fácil...

Vacilante, Viola se entregó a él. Tembló cuando él cogió el amuleto con cautela y colocó la piedra sobre la piel de ella, en la diminuta cavidad que formaban el cuello y el pecho. Los dedos largos y finos de Ahi le tomaron el pulso. El corazón latía deprisa, pero se calmó cuando la piedra encontró su lugar. Ella creyó verla palpitar al ritmo de su respiración.

—¿Debo sentirme cansada ahora? —preguntó insegura.

Ahi negó con la cabeza.

—No, no te dormirás. Solo relájate. Viajemos los dos juntos...

Sus labios rozaron la frente de la muchacha, recorrieron sus sienes hasta las mejillas, como un soplo acariciador... y entonces por fin desapareció también el miedo. Viola se sintió ligera, feliz y segura mientras tocaba el alma afable y amiga de Ahi.

—Por mí, podemos irnos... —dijo, ahora optimista y curiosa.

Ahi le sonrió. Ella se levantó, quería cogerle la mano y tirar de él para que también se pusiera en pie, pero entonces se dio cuenta de que estaba ocupado ajustando el cuerpo dormido de ella para que reposara cómoda.

—¿Cómo... cómo es posible que yo...? —titubeó Viola. Ya había oído hablar y leído algunas cosas acerca de los viajes astrales y de otras experiencias fuera del cuerpo, pero nunca se lo había creído del todo. ¡Y ahora se había duplicado! Miró sus manos y se movió por delante de su propio rostro. Todo quedaba dentro de la normalidad, no tenía la sensación de ser un espíritu. Sin embargo, su cuerpo inerte yacía sobre el musgo...

—¡No pienses más en ello! —susurró Ahi—. No te asustes o el miedo no te dejará avanzar. Simplemente, ven. Pronto estaremos de vuelta...

Ahi ya se había levantado y la cogió de la mano. La condujo a la orilla, pero esta vez no tomaron el bote. Viola creyó oír una risa y en ese momento vio desaparecer en las aguas al caballo color pizarra. ¿Los habría estado espiando Lahia? ¿O era el comité de bienvenida? Viola se esperaba un recibimiento más amistoso que el de la cazadora, pero Lahia no volvió a mostrarse. Ni seres humanos ni animales se dejaron ver mientras Ahi conducía con suavidad a Viola hacia la orilla. El agua estaba fresca pero era agradable, acogedora. Viola penetró en ella sin miedo.

—Primero tenemos que atravesar los jardines... —indicó Ahi.

En efecto, primero cruzaron unas aguas poco profundas, en cuyo suelo había crecido una abundante vegetación. Las algas parecían querer retenerlos... Viola recordó que, tiempo atrás, le habían advertido de que fuera con cuidado con las plantas acuáticas. Ahi, sin embargo, las apartó con un movimiento despreocupado, nadando mientras mantenía agarrada a Viola de la mano. Ella estaba demasiado fascinada para concentrarse en nadar. El camino por las aguas claras, en las que los rayos del sol se zambullían como una luz dorada, era demasiado singular y cautivador. Viola tenía la sensación de que las plantas que crecían en el fondo deberían arrojar sombras, pero allí el sol ya no era tan fuerte. Percibió una corriente: tal vez la misma que había arrastrado hacía poco su bote. La resaca movía las plantas y Viola casi se mareó al ver la uniforme y perezosa danza de las hierbas acuáticas.

—¿Sientes el ritmo? —preguntó Ahi—. Es parte de la melodía... Escucha con atención. Puede tardar un rato hasta que llegues a comprender...

La voz de Ahi parecía resonar en su cabeza. ¡Si es que en el agua era imposible hablar! Viola estaba maravillada. Aunque, en realidad, lo mismo daba. ¡En cualquier caso, estaba escuchando música en ese mismo momento! Una música muy especial, a lo sumo tal vez comparable al didgeridoo australiano. Pero también se intercalaban sonidos diáfanos.

—¿Lo oyes? Somos nosotros. Los amhralough. Están tocando. Me esperan... —En el rostro de Ahi asomó una sonrisa, pero no teñida de preocupación como cuando su pueblo le requería. Más bien parecía de alegría anticipada. Ahi y Viola se encontraban en las profundidades del lago y la frondosa vegetación del suelo iba dando paso a rocas y a construcciones que semejaban dólmenes o ruinas. Ahi sacudió la cabeza.

—No, no somos constructores, Viola. No edificamos, no transformamos nada. Simplemente estamos ahí y cantamos...

Entonces apareció una especie de gruta en la que Viola distinguió unas figuras. Al principio se asustó, pero la mujer que acudía hacia ella mostraba una sonrisa. También movía los labios, pero Viola no la oía.

—Primero tienes que formar parte del círculo —explicó la voz de Ahi en su mente—. Ven, siéntate con nosotros, escucha la música, déjate llevar...

—¿No puedo hacer nada? —Viola planteó la pregunta de forma mental y de hecho no se sorprendió cuando creyó oír sus propias palabras. ¿Cómo iba a formar parte de algo, si se limitaba a quedarse ahí sentada?—. ¿Tengo que... no sé... golpear un tambor o algo así? —Veía que todos los que estaban en el círculo tocaban un instrumento. Incluso a Ahi le esperaba algo que se parecía remotamente a un arpa. El chico soltó a Viola y lo cogió, con lo que una sucesión de sonidos altos que vibraban ligeramente se mezclaron con los tonos fundamentales de la melodía.

—No, tú solo quédate aquí —contestó Ahi.

Viola lo intentó, pero tardó un buen rato hasta que el ritmo de la música se abrió para ella y empezó a flotar en él. Primero había estado muy ocupada observando a los seres que se habían reunido para una tarea a todas vistas pacífica y bonita. En total, Viola contó catorce, la mayoría de media edad, tres claramente mucho más ancianos y solo unos pocos más jóvenes. Era obvio que Ahi y Lahia eran los de menor edad, además de que esta última era la única que no tocaba ninguno de esos notables instrumentos. Se contentaba con estar ahí sentada y dibujar signos en el agua con sus dedos finos y delicados. ¿Estaría dirigiendo? En cualquier caso, Viola volvió a quedar deslumbrada por su belleza, un rasgo común a todos los kelpies. Todos tenían la tez lisa y rasgos nobles, y los ancianos ni siquiera mostraban un aspecto arrugado y consumido, sino solo más delgado y maduro que los jóvenes. En su caso las facciones eran más angulosas, la piel se hallaba tirante sobre los huesos y el cabello era más claro y corto. Además, no seguían el ritmo de la corriente como los más jóvenes, un movimiento que a Viola le recordó el de las algas que había junto a la orilla. Aunque el cabello de los kelpies no era verde, por supuesto, sino que recorría todos los matices entre el blanco y el plata oscuro. Una anciana que tocaba una especie de instrumento de cuerda sonrió a Viola y, con un gesto de la cabeza, pidió algo a Lahia. Esta pareció negarse. Viola percibió que sus labios se movían y fruncía el entrecejo.

La mujer mayor dirigió a la joven una mirada casi enfadada y esta bajó la vista. ¡Y entonces empezó a cantar! ¡Eso era lo que faltaba para hechizar a todos los oyentes! La altura de la voz de Lahia era inconcebible, pero clara y nada cortante, al menos no todavía. Viola sospechaba que su canción no debía de ser siempre tan cautivadora. Sin duda, esa voz sería capaz de segar la unión entre el alma y el cuerpo de una víctima. ¿Era así como se liberaba el *bacha*? Sea como fuere, en ese momento los kelpies solo pretendían causar la mejor impresión posible. Viola abandonó tales pensamientos e intentó no mirar el rostro de Lahia. La chica kelpie había hallado su ritmo y tenía un aspecto triunfal. No observaba a la extraña con amabilidad, aunque en realidad era ella quien mantenía en el círculo a la visitante. Viola formó parte de la música, su alma se unió en armonía con las de los demás. No era como cuando se unía con Ahi, era más superficial, menos íntimo y, sobre todo, no iba acompañado de esa alegría extática que todo lo abarcaba. Pero sí incluía la presencia del resto del círculo y le permitía compartir de forma perceptible sus sentimientos.

La anciana que había increpado a Lahia se mostraba afable con Viola. Contemplaba con interés a la criatura humana. Tal vez fuera ella quien le había contado a Ahi que en los tiempos de los druidas solían visitarlos los humanos. Los otros ancianos también observaban a Viola con ecuanimidad, pero algunos de los más jóvenes manifestaban su fastidio, en especial una de las mujeres mostró abiertamente su rechazo hacia Viola. Debía de tratarse de Ahlaya, que había vigilado a Ahi encarnada en una yegua de un blanco nata para instruirlo en la caza. Viola no comprendía del todo lo que Lahia pensaba sobre la recién incorporada al círculo, pero confirmó la impresión que le había producido la muchacha kelpie: era con toda certeza la más peligrosa de todo su pueblo. Mientras que el conjunto parecía pacífico, ella emanaba agresividad. Se diría que no disfrutaba de la canción común, sino que actuaba casi con impaciencia. No cabía duda de que a Lahia no le gustaba permanecer quieta: ella prefería la caza al canto.

Entonces resonó en la mente de Viola una voz distinta a la de Ahi, igual de cantarina y ciertamente afable.

—Entonces ¿te ha gustado nuestra canción, criatura humana?

Viola asintió, aunque en silencio.

—Cuentan que es una canción muy antigua que antes entonaban juntos los amhralough y los humanos. Tiempo atrás, cuando el mundo todavía era joven...

La mujer mayor con el instrumento de cuerda sonrió. Sin duda, era su voz la que Viola había percibido.

—¿Has venido a cantar con nosotros, criatura humana? —preguntó otro anciano.

Viola tenía la sensación de carraspear ligeramente, pero en realidad era una tontería. Si realmente emitía sonidos no era a través de su garganta...

—No... no sé cantar muy bien —respondió.

Se diría que los amhralough sonrieron.

—En ese caso, ¿qué haces aquí? —preguntó tajante la mujer que hasta entonces Viola había conocido en forma de yegua blanca—. ¿Por qué has abordado a uno de los nuestros si no quieres cantar con nosotros?

Esa dama al menos no se andaba por las ramas.

—¡Ignoraba que esto fuera un casting! —replicó Viola ofendida, si bien nadie la entendió. Allí nadie parecía saber qué era un casting—. Estoy aquí porque Ahi me ha invitado. Porque él... —Sí, ¿qué? ¿Porque era su amigo? ¿Su novio?—. Porque nuestras almas se han tocado —declaró Viola al final, aunque en realidad le parecía algo demasiado íntimo para decirlo en voz alta.

—Algo que tú tramaste muy bien cuando le diste tanto *bacha* como para unirlo a ti —señaló la mujer, con rabia.

Viola buscó a Ahi con la mirada, pidiéndole ayuda, al tiempo que se preguntaba si esa tal Ahlaya no sería la madre del chico.

—¡Ella no me lo dio, fui yo quien lo tomé! —la defendió Ahi—. Ella no sabía lo que hacía. Pero ahora somos uno, nos hemos elegido... —Ahi dirigió a Viola una tímida mirada.

La muchacha se sintió calmada, pero también experimentó vergüenza y confusión. Lo que Ahi decía era precioso, pero más propio de los susurros amorosos que intercambian las parejas. ¡No algo que proclamar delante de todos justo la primera vez que invitas a casa a la chica con la que sales! En realidad sonaba un poco demasiado ampuloso. Viola tenía quince años, Ahi no podía ser mucho mayor. Pero para él el término «elegir» tal vez aludiera a la idea de «salir juntos». Ahora bien: ¿qué significaba entonces «ser uno»?

Viola tenía la sensación de estar ruborizándose.

—¿La has elegido y no quiere cantar con nosotros? —preguntó uno de los hombres—. ¿Cómo queréis vivir juntos?

Ahi no parecía saber qué responder.

—Hasta ahora no hemos hablado de matrimonio —intervino Viola.

Lahia se pasó la lengua por los labios.

—¡Cuidado, Ahi! —advirtió sonriendo—. ¡Está claro que tiene *bacha* para dos!

—¡No le hagas caso, Viola! —dijo Ahi. Había dejado su instrumento y se acercó a ella. Cuando la cogió de la mano, la muchacha se sintió mejor. Y también le pareció captar con mayor nitidez la voz de los demás.

—Yo pensaba... —anunció el chico entonces—. Quería... Podríamos simplemente vivir aquí un tiempo y otro, allá...

—Y yo colaboraría gustosamente dando un poco de *bacha* —explicó Viola, lanzando una mirada ofendida a Lahia—. Pero no tengas envidia, Lahia, tú también puedes ligar con almas humanas cuando quieras. Solo tendrías que ser un poco más amable. Y yo no lo intentaría precisamente en forma de caballo...

Lahia la miró con odio. Ahi bajó la vista. Viola sintió que la atmósfera del corro se enfriaba. Sin embargo, Ahlaya había sido la primera en atacar. Viola sabía que debía contenerse, pero estaba lanzada.

—Sin contar con que es sumamente contraproducente para la unión de las almas el que uno vacíe a su propia pareja.

—Lo esclavizará —opinó una de las mujeres lanzando a Ahi una mirada de desesperación.

—¡Estoy con ella por propia voluntad! —declaró sin perder la calma el joven y pasando el brazo sobre los hombros de Viola.

—¿Por qué no intentas unirte a nuestro canto? —preguntó sosegadora la anciana, mirando a Viola a los ojos—. Podrías formar parte de nosotros, criatura humana.

Viola se preguntaba si era eso lo que deseaba. Sospechaba que «unirte a nuestro canto» era algo así como ingresar en la tribu. Y en el fondo tampoco sería tan complicado seguir el ritmo de la música y aportar algo. Pero ¿qué ganaría con ello? ¿Y a qué renunciaría? ¿Valía la pena?

—Nuestro mundo es hermoso —intervino otra voz—. ¿No te gusta la canción? También bailamos. Estamos ahí. Podrías «estar» con nosotros.

De repente Viola sintió miedo, pese a que Ahi seguía cogiéndola de la mano. Y, desde luego, la canción había sido muy hermosa, pero ¿habría vuelta atrás si la cantaba con ellos? ¿Quería pasar toda su vida allí? ¿Ir de una canción a otra, intercalando de vez en cuando una danza con la corriente, y disfrutar en comunidad de un *bacha* robado?

Los kelpies habían reanudado su melodía, solo Ahi no había vuelto con su arpa, sino que seguía al lado de Viola. La música era todavía más cautivadora y envolvente. Viola recordó el país de las hadas de los cuentos: era de una belleza de ensueño, lleno de música y amor, pero quien comía o bebía allí una única vez, nunca más regresaba...

Se estremeció. ¡No, no quería formar parte de esa extraña melodía! No quería dejarse llevar sin contar los años. Había algo más que la hierba dulce y la música insinuante. Y Ahi también debía de percibirlo, de lo contrario no habría acudido a ella.

—¡Ahi, quiero irme! —susurró—. Vámonos, por favor...

—¿Ya? —preguntó él, debatiéndose entre la presión de la mano de la chica y el reclamo de la música—. Todavía no has visto nuestra danza. La danza de Lahia con los rayos de sol que penetran en el lago...

—En el mundo exterior llueve —observó Viola—. Y hoy ya he visto suficiente a Lahia. No olvides que formo parte del círculo. La siento. Y es... —iba a decir «un monstruo», pero se contuvo— inquietante. Tú también lo sabes, Ahi, tú tampoco quieres...

—Aquí no, Viola...

Ahi pareció sobresaltarse. Había perdido el color y se lo veía agotado, era evidente que intentaba ocultar a los demás su pequeño desencuentro. Viola sintió las barreras que él erigía alrededor de su conversación. Le apretó la mano para darle *bacha*, pero al parecer eso no funcionaba allí. Además, ella necesitaba volver a su cuerpo. De repente ansió el lecho en la casa de veraneo, los sonidos y olores auténticos. Las voces fuertes que a veces también discutían. En ese lugar, por el contrario, se vivía en una perfecta armonía expresada por canciones que todos cantaban al unísono. Viola no sabía qué sucedía si alguien se equivocaba de nota, pero de golpe se imaginó lo mucho que les ofendería e incomodaría a los kelpies que alguien bailara fuera de la fila. O que se saliera del círculo...

Sin duda Katja habría dicho que esa gente no tenía la menor cultura del debate. Viola añoraba la lengua afilada de Katja. Quería salir de ahí. Lo más deprisa posible.

—Entonces, vamos... —dijo Ahi, resignado.

—*Farewell*, criatura humana... —Oyó una vez más la voz amistosa de la anciana, cuyo nombre creyó percibir: Ahlanija—. No creas que no eres bien recibida. Siempre estás invitada a cantar con nosotros. No te dejes asustar por los miedos ajenos. Todo el mundo puede cantar, haremos nuestra tu melodía.

Viola no contestó. También ella colaboraba en la barrera que Ahi levantaba alrededor. Ya era suficiente malo que él sintiera cómo la desasosegaban incluso las amables palabras de la anciana. «Haremos nuestra tu melodía» se parecía demasiado a un fórmula de cortesía para decir «Haremos nuestra tu fuerza vital». La invitación de Ahlanija le inspiraba temor.

Aunque ya hacía tiempo que Viola sabía que los kelpies no despedazaban a sus víctimas, la palabra devorar no se le iba de la cabeza.

Siguió casi como en trance a Ahi por los valles verdes y rocosos del fondo del lago y luego por los jardines que, en esos momentos, cuando la luz del día desaparecía rápidamente, daban la impresión de ser de color verde oscuro, perturbadores. Y por fin quebraron la superficie del agua. Viola volvió a ver las ruinas de la casa de verano ante sí y la playa de la islita. Entonces se encontró de nuevo —sin experimentar un gran cambio— en su propio cuerpo y en brazos de Ahi. Fue rápido, como si no se hubieran ido, y él la abrazaba con la misma ternura de antes, pero ahora la ayudaba a erguirse tras separar la amatista con cuidado de la piel de la chica. Ella se sintió un poco rígida, mareada, y notó la conocida debilidad, a medias agradable, a medias inquietante, que experimentaba cuando proporcionaba *bacha* a Ahi. Percibía que la aventura había requerido esfuerzo por parte del joven y este aceptó agradecido su obsequio. Viola se estrechó contra él, respondiendo a su tierno abrazo. Permanecieron sentados en silencio durante un rato en su refugio cubierto de verdor, ahora ya en penumbras, mientras la llovizna se transformaba en una lluvia torrencial. Si hubiera estado sola, Viola habría tenido miedo del breve trayecto de regreso a tierra firme, pero Ahi se desenvolvería bien pese a la corriente.

—No te ha gustado —dijo Ahi en un tono que iba de la confirmación resignada a la pregunta todavía esperanzada.

Viola tomó una profunda bocanada de aire.

—Ay, Ahi... que no me ha gustado... —Suspiró—. No es eso exactamente. En cierto modo claro que me ha gustado. Vuestro mundo es... maravilloso. El paisaje subacuático... es fascinante, ahora entiendo lo que los buceadores encuentran allí. Y vuestra música... vuestra música es increíble. Conmovedora y emocionante y... no existe nadie a quien no pueda gustarle. Pero también es... peligrosa. En cualquier caso así se percibe. Te adormece, te va atrapando...

Ahi sonrió.

—¿Hay cadenas más dulces que las de la música? —preguntó en voz baja.

—Las cadenas nunca son dulces —contestó Viola con gravedad—. ¿No eres tú quien siempre habla de libertad? Pero tu familia sí te mantiene bien cogido al anzuelo... o a las riendas, esto encaja mejor con los kelpies. —Viola intentó bromear, pero Ahi la escuchaba con los ojos dilatados por el temor.

—Pero nadie me ordena nada... —objetó.

Viola puso los ojos en blanco.

—Pero bueno, Ahi, ¿nunca has oído hablar de la manipulación? Claro que no utilizan la violencia. Funciona de forma muy sutil. Lo hacen a través de la música, de la armonía que quieren conservar a toda costa, aunque uno tiene la sensación de que lo que preferirían sería abalanzarse los unos sobre los otros. Cielos, Ahi, ¿no te vuelve loco esa envolvente armonía? —Viola se puso en pie y lo miró con ojos brillantes—. ¿No te entran ganas de gritar de vez en cuando y ponerte a discutir como un energúmeno?

Ahi la miraba sin entender.

—Nosotros nunca discutimos —respondió—. Solo

ahora... cuando estabas tú... ¿Por qué te has peleado con ellos, Viola?

Viola lo hubiera zarandeado. Ahi solía ser muy perceptivo, pero no había entendido en absoluto lo que había sucedido entre ella, Lahia y Ahlaya.

—No me he peleado, Ahi. Solo me he defendido. Jolín, Ahi, tu gente me acusaba de haberte... ¡cazado! —Tal vez la entendiera mejor si utilizaba comparaciones con su mundo—. Lahia ha dado a entender que yo te había acechado, que te había presionado de mala fe con mi *bacha* y que ahora quería llevarte a tierra y devorarte.

Ahi soltó una risa forzada. Pero Viola pensaba decir todo lo que había que decir.

—Ahi, para que funcione nuestra relación, tenemos que darnos prisa en convencer a quienes nos rodean de que ninguno de los dos quiere devorar al otro. Y tal vez valga la pena que reflexiones acerca de qué quieres hacer conmigo. No será precisamente que me ocupe de la tercera voz en el coro, ¿o qué? —Viola se preparó para marcharse. Era hora de volver a casa. Quizá su padre estaba todavía en Dublín, pero cuando regresara preguntaría por ella y qué hacía en el lago si estaba lloviendo.

Ahi se mordisqueó los labios.

—¿Qué... qué quieres tú de mí? —preguntó en un susurro.

Viola ignoraba la respuesta.

11

Alan McNamara todavía no había regresado cuando Viola llegó a casa. Por una parte eso le convenía, pues podría tomar un baño con calma y entrar en calor tras el camino de vuelta bajo la lluvia; pero, por otra, le habría gustado charlar con alguien. Aunque no fuera sobre la emocionante experiencia de esa tarde, sí sobre algo cotidiano: sobre Kevin y Ainné o sobre el camping, nada referente a kelpies y seres humanos y su extraña y frágil relación.

Al final se sentó frente al ordenador y escribió a Katja. Con prudencia y sin bajar la guardia, intentando no traicionarse, describió su visita a la familia de su presunto novio, Alistair. Le contó que los tinkers se pasaban los días bailando y tocando, y que solo trabajaban lo mínimo, que la habían acogido más o menos amistosamente, pero que sospechaban que ella quería atraer a Ali al mundo de los sedentarios.

Según como lo mires ha sido bonito, pero también enervante, como visitar a uno de esos que te dan consejos para vivir mejor: toca un poco de música, piensa positivo y todo irá bien. Pero yo no podría vivir allí, me refiero a que todo el mundo tiene algo así como una meta, ¿no? Y encima, el modo en que se comportan entre sí... Todos son súper amables, pero por debajo la cosa está que arde. Los más ancianos del clan —¡sé que suena absurdo!— no parecían permitir la menor pelea; pero, claro, existen las diferencias de opinión. Y ahora que Ali está conmigo, no lo tiene nada fácil.

Katja respondió de inmediato:

Qué gente más rara. Antes de nada: los tinker son algo así como gitanos, ¿no? ¿No son más bien agresivos? Todavía me acuerdo del año pasado, esa ópera... —El profesor de música de Katja y Viola había llevado a toda la clase a ver *Carmen*—. La chica esa no hace más que pelearse por las razones más absurdas. De acuerdo, no es más que una ópera. Pero ¿la familia de Alistair no se pelea? Es sorprendente. Sobre todo si siempre andan juntos. Toda una parentela en dos o tres caravanas... No sé, en nuestra familia cada año por Navidad, a la que llevamos unas cuantas horas sentados juntos, ya hay una bronca o un pique...

A Viola se le escapó la risa. El pueblo de Ahi estaba estrechamente unido y sus miembros dependían los unos de los otros. Tal vez por eso ponían tanto empeño en evitar los altercados.

Pero al final depende de Ali. Tiene que saber lo que quiere. No pensará en serio que vayas a ponerte a bailar flamenco mientras sus parientes tocan la guitarra o lo que sea que hagan. Y si esa chica de su tribu es tan guapa como dices, pero a él no le interesa... Es probable que haya decidido elegir una chica normal. ¡Mira, solo está buscando una oportunidad para abandonar a su familia! Aunque a lo mejor ni lo admita. ¡Quizá deberías planteárselo!

Viola leyó el mail con expresión preocupada. ¿Ahi quería escapar? ¿Quería en el fondo que ella lo domara? ¿Convertirse en un ser humano... por amor o lo que fuera? Katja estaba en lo cierto, debía averiguarlo. Y debía hallar respuesta a la pregunta de Ahi. ¿Qué esperaba ella de él?

Viola estuvo rompiéndose la cabeza toda la noche y la mañana siguiente en la escuela. ¿Qué tenía Ahi que no tuviera ningún otro chico de los que había conocido hasta el momento? ¿Exceptuando esa familia no muy normal y la irritante peculiaridad de compartir el alma con un caballo? Era su carácter dulce, el comportamiento respetuoso con ella, el cuidado constante en no ofenderla. Ella se sentía segura entre sus brazos, no era atolondrado y chistoso como su padre, se le veía una persona seria y a veces incluso abrumado por dar demasiadas vueltas a las cosas. Viola se sentía identificada con él. También ella era con frecuencia excesivamente prudente y recelosa. No era como Ainné, no era peleona. Claro que sabía defenderse cuando tenía que hacerlo, pero también renunciaba a ello. Y Ahi nunca la pondría entre la espada y la pared. Su amor era una invitación... ¡eso era lo que le gustaba de él! Y además era, por supuesto, único. No hablaba de motocicletas ni corría como un loco tras un balón. No se daba aires ni tampoco fanfarroneaba. ¡Y la necesitaba! A Viola le costaba reconocerlo, pero le gustaba entregar a Ahi su fuerza vital y experimentar a cambio esa reconfortante comunidad, esa fusión de sus almas que no conocía secretos. Ahi nunca le mentiría ni la engañaría. Cuando pensaba en él sentía un profundo cariño y cuando él la tocaba, el éxtasis. No se trataba del enamoramiento que con tanto ardor describía Katja. Viola sospechaba que era amor.

Le resultaría difícil explicar todo eso a Ahi, pero ¡tampoco tenía que hacerlo! Decidió atreverse a intentar simplemente abrirle su mente, al igual que él le había mostrado las imágenes de cuando era niño o un potrillo.

Sin embargo, el día que siguió a su excursión al lago, el joven no se presentó al cobertizo de los botes.

—Lo siento, pero mi familia quería que me quedase con ella —explicó Ahi con la cabeza gacha cuando, a la tarde siguiente, volvió a reunirse con Viola. Era obvio que no se atrevía a tenderle las manos. Tal vez temiera que ella estuviera enfadada... ¿o se lo había prohibido su familia?

—Algunos... encontraron que la armonía se había roto. Tuvimos que afinar nuestras voces de nuevo. Mientras cantábamos juntos...

—¡Lahia y compañía lo llamarán cantar —le interrumpió Viola—, entre nosotros se llama «bailar al compás que marcan»! Creo que me atacaron de mala fe. Ahora tenéis un enemigo común que os une todavía más.

Ahi suspiró.

—No está en mi mano cambiarlo, Viola —susurró—. Es mi vida. El pueblo es lo que me impulsa.

Viola le tomó las manos flácidas y sin vida. Sintió al instante que el *bacha* fluía y que en los ojos del chico, que ese día reflejaban el gris azulado del lago en un día nublado, se avivaba una especie de fuego.

—¡Claro que puedes cambiarlo, Ahi! —exclamó—. La misma Lahia lo dijo: ¡tengo *bacha* para dos! Si no quieres pasarte el día tocando el arpa y que te presionen para que caces porque después tendrás mala conciencia, prueba la vida fuera del agua. ¡Quédate conmigo, Ahi! Vive un poco entre los seres humanos. Si no te gusta, siempre podrás regresar. ¡Pero no dejes que te convenzan de que no te queda otra elección!

—Pero... yo no puedo destruir su canción... —murmuró Ahi—. Y... y tú tampoco puedes tener *bacha* para dos... no... no es posible... —Parecía indeciso, pero no tan desesperado como al principio, cuando había hablado de su tribu.

Viola lo estrechó entre sus brazos y se sintió feliz cuando él apoyó la cabeza en el hombro de ella. Ahi parecía cargar con toda la infelicidad del mundo, ¡pero con ella a su lado, lograría desprenderse de ese fardo!

—¡Claro que puedo! —respondió ella con determinación—. Al menos lo intentaremos. Y en lo que respecta a la canción de los kelpies: ¡no la estás destruyendo! La he escuchado: el que haya un arpista más o menos no se nota. Y Lahia se hizo rogar antes de ponerse a cantar con todos. Seguro que no le falta voz para dos cuando es realmente necesario, pues la canción forma parte de la caza, ¿no?

Ahi volvió a bajar la mirada, avergonzado.

—Toma y reparte *bacha*... —admitió.

Viola se lo imaginaba vívidamente. Dos días antes la tribu se había preparado para hablar con ella. A una presa no solo la tocarían, sino que la vaciarían. Probablemente, ni siquiera fuera una mala forma de morir. Viola se preguntaba si los kelpies entonarían su melodía antes o después de que los pulmones del cuerpo de su víctima se hubieran llenado de agua.

—En el proceso... —susurró Ahi. Viola estaba lo suficiente cerca de alma del chico para sentir su vergüenza—. En cuanto su *nama* se desvanece en la canción, tomamos la fuerza del cuerpo.

Viola sintió que él levantaba barreras a su pensamiento. No quería compartir ese recuerdo y ella tampoco necesitaba que lo hiciera. En lugar de eso, la chica le abrió su mente. Respondió a la pregunta que él le había formulado:

—Quiero que seas feliz. Que seas realmente libre. Te ofrezco mi amor...

Y entonces él también le dio acceso a sus pensamientos.

—¡Quiero estar contigo! Amo a mi pueblo y no quiero herir a nadie, pero veo las cadenas de su canción y quiero romperlas... ¡contigo!

—Pero ¿cómo te lo imaginas llevado a la práctica? —preguntó Ahi. Habían sellado su unión con un beso y paseaban cogidos de la mano por los prados todavía húmedos de lluvia. En esa ocasión, eligieron un camino lejos del lago, pues nadie que perteneciera al pueblo de Ahi debía espiarlos—. Si vivo como ser humano necesito una casa, un trabajo, no puedo aparecer y desaparecer a mi antojo...

Viola rio. Se sentía estupendamente libre de toda preocupación, segura, amada y, como excepción, incluso guapa. Ese día no llovía y no se perdía dentro de su impermeable, sino que llevaba un jersey de cuello alto y unos tejanos. La amatista, reluciente en la cadena, se balanceaba sobre el suéter: ¡Viola no necesitaba protegerse de Ahi!

—No cabe duda de que sería muy poco convencional que después de la escuela te metieras en la dehesa de los ponis de Bill para mordisquear un poco de hierba —se burló de su amigo—. Pero ¿tú comes? Bueno... aparte del... hummm...

Ahi sonrió avergonzado.

—En nuestro mundo no ingerimos los alimentos... bueno, solo en el sentido en que... hummm... no hemos hablado... —Miró a Viola con los ojos entornados y fue casi como un guiño. ¡Otro que se sentía aliviado y con ganas de broma! Viola estaba feliz—. Pero sí lo hacemos cuando adoptamos el aspecto del *beagnama*, incluso nos gusta...

¡Claro! Viola se acordaba de haber compartido el dulce sabor de la hierba en las colinas con el kelpie, cuando Ahi le enseñaba las imágenes de su vida.

—En cualquier caso, nuestros *beagnamas* no comen otras pequeñas almas —añadió Ahi.

Viola no tenía la menor intención de discutir con él sobre este tema.

—Pues bien, entonces eres vegetariano —señaló tranquilamente—. No hay ningún problema. Shawna, por ejemplo, tampoco come carne. Y ensalada hasta la encontrarás en el comedor comunitario del instituto.

—Entonces ¿tengo que ir contigo a la escuela? —preguntó Ahi sorprendido, pero aun así abierto a la idea—. ¿Y cantar vuestras canciones? ¿Lo permitirá tu gente?

—En realidad no se canta mucho... —respondió Viola y esperó que él no se hiciera demasiadas falsas ilusiones a ese respecto. Desde que había hablado a Ahi de Miss O'Keefe y su arpa, estaba ansioso por conocer la cultura irlandesa. En cambio, Shakespeare, *El guardián en el centeno*, las clases de física y biología, sin duda, le resultarían extrañas. ¡Pero el instituto era lo que tenía más a mano para introducirlo en el mundo de los humanos!

—Seguro que te lo permiten —explicó Viola—. Por lo que sé, en Irlanda es obligación ir a la escuela, aunque puede que seas un poco demasiado mayor... —reflexionó—. Por otra parte, yo diría que unos cuantos trogloditas de mi clase ya han repetido algún curso. Seguro que Hank y Mike ya tienen dieciséis o diecisiete años. De todos modos, habrá que presentarte como alumno de intercambio. ¿Sabes... sabes leer?

En cierta forma la pregunta se le antojó absurda, hasta ese momento nunca había pensado que alguien de la edad de Ahi quizá no hubiera aprendido a leer... Pero él nunca había ido a una escuela y no parecía que en el lago los kelpies se dedicaran a la escritura.

—¿Ese juego vuestro de formar signos con la melodía de las palabras? —preguntó animoso Ahi. Al menos no estaba ofendido—. No, nunca he aprendido. Pero puedes enseñarme deprisa, no me parece muy difícil.

Mientras Viola casi caía presa del pánico —ya no recordaba con exactitud cuánto tiempo había necesitado de niña para aprender a leer y escribir, pero no cabía duda de que habían sido semanas—, él presionó su mano y se la llevó dulcemente a los labios. El roce encendió a Viola, se olvidó de sus pensamientos y se abandonó a la unión con el alma afable de Ahi. Ambos se miraron con los ojos muy brillantes cuando ese momento efímero hubo transcurrido, y Ahi señaló sonriente un poste indicador.

—Glendalough, nueve kilómetros —leyó despacio—. ¿Está bien?

Viola no daba crédito.

—¿Has... has aprendido ahora conmigo? —preguntó perpleja.

Ahi asintió, un poco vacilante.

—¿No debía hacerlo? ¿No querías compartir? Estaba ahí, accesible, pero yo... tendría que habértelo preguntado... —Se mordió los labios, presentando un aspecto tranquilizadoramente humano.

Viola rio.

—En realidad no es ningún secreto. Solo me maravillo... ¡Oh Dios, si en el futuro sacas malas notas, le echarás la culpa a mi mala memoria! Pero, desde luego, esto lo simplifica todo, puedes quedarte con todas las asignaturas de los últimos dos años. —Soltó una risita—. ¡Como intercambiar apuntes! ¡No lo entiendo!

Por otro lado, ella misma conocía ahora el sabor de la hierba, la sensación de nadar como un delfín e incluso tenía una leve idea de cómo puntear el arpa acuática que tocaba Ahi. Para eso último, sin duda, carecía de destreza, pero tenía claro el principio de las melodías. ¡Era una forma extraña de aprender, pero resultaba muy agradable!

—Tendremos que comprarte otra ropa —avisó, volviendo a lo práctico.

Como de costumbre, Ahi llevaba esa tela brillante y etérea (Viola había sabido a través de la mente del muchacho que los amhralough la tejían con los cabellos de sus *beagnamas*) que le abrigaba incluso esa fría tarde de otoño, a la vista estaba. Sin embargo, en esa época del año, ataviado con ese traje azul grisáceo y yendo descalzo, llamaría demasiado la atención—. ¿Qué talla tienes?

Mientras lo decía tomó conciencia de lo absurda que le debía de parecer a él dicha pregunta. Rio.

—Mañana te tomaré las medidas —dijo—. Y luego

te compraré unos vaqueros y un par de jerséis... Uy, y también necesitarás chaqueta... ¡espero tener dinero suficiente!

—Para ti el dinero es importante, ¿verdad? —preguntó Ahi con interés.

Viola se sintió ofendida.

—Bueno, tampoco tan importante... —observó, herida—. Si te refieres a que soy agarrada o algo así...

Ahi la miró confuso. En sus bonitos ojos, ahora de un gris casi como la niebla, se leía que no entendía nada en absoluto.

—¿Qué he hecho? —preguntó—. ¿Cómo te he herido? —Alzó con cautela la mano para acariciarle el rostro.

Viola se reprendió por esos sentimientos demasiado humanos. ¡Para Ahi el dinero carecía de la menor importancia, por supuesto! Pero tenía que volver a abrirle su alma para explicarle al menos los conceptos básicos de la economía. Por suerte era fácil: mientras él le acariciaba la mejilla, el roce allanaba el camino. Aun así, después se dio cuenta de lo cansada que estaba... y Ahi parecía todavía más agotado. Se diría que los ojos se le habían hundido en las cuencas, estaba pálido. Era evidente que la «cómoda» forma de intercambiar sabiduría exigía un tributo.

—Intentaré ganar dinero —declaró con aire de entendido, como si toda la vida hubiera conocido el significado de la moneda en el mundo de los humanos. Viola acababa de pensar en un trabajo para después de la escuela y Ahi debía de haberlo asimilado. De todos modos, iba a ser complicado encontrar algo. Roundwood era un lugar de vacaciones, de modo que en verano había un montón de puestos, incluso para estudiantes. Pero en invierno todo estaba parado.

Bien, ya pensaría más tarde en ello. Primero había que atender cuestiones urgentes. Y Ahi, manifiestamente extenuado, se permitió plantear una de las más importantes.

—¿Dónde dormiré? —preguntó casi con pudor—. No puedo volver al lago si me voy ahora.

—De dormir al aire libre ni hablar —determinó Viola—. Solo de pensar que cada día habría de comprobar si tienes musgo en el pelo... ¡o paja como un caballo!

Ahi rio, pero parecía algo desconcertado. Viola no iba por mal camino, pues podía pernoctar con la apariencia de su *beagnama* en las montañas.

—Tu familia no me acogería, ¿verdad? —preguntó Ahi.

Viola puso los ojos en blanco. ¿Cómo podía ser tan ingenuo? Pero de nuevo se enfadó consigo misma por su falta de delicadeza. Por supuesto, las ideas de moralidad eran ajenas a los kelpies, muchas de ellas apenas resultaban comprensibles incluso para personas de mentalidad abierta. ¿Cómo iba a explicarle a Ahi, por ejemplo, que aunque sus padres no tuvieran nada en contra de que fuera a dar un paseo de varias horas con su novio, no permitirían de ninguna de las maneras que este durmiera en la habitación de su hija? Su padre y Ainné pondrían el grito en el cielo si Viola se presentaba con un acompañante varón.

—Cariño mío, no sabes cantar tan bien como para eso... —Suspiró, sin corresponder a la expresión de nuevo desconcertada de Ahi—. Pero escucha: ¿te acuerdas de que en verano había un estudiante aquí que ayudaba, Patrick...?

Ahi asintió tranquilo. Viola se preguntaba si Lahia habría hecho uso de sus artes con Patrick, pero luego recordó que este había afirmado una vez que nunca había visto ponis salvajes junto al camping.

—En cualquier caso, vivía en una caravana, detrás del campo de juego, algo alejado del resto de los aparcamientos.

Y sobre todo no muy cerca del lago... Ahi asintió de nuevo. También leía los pensamientos superficiales sin un contacto directo.

—Ahora en invierno el vehículo está desocupado y nadie entra en él. Puedes quedarte allí, siempre que no hagas ruido y no lo ilumines demasiado.

—Puedo ver mejor que tú, Viola —confesó Ahi—. Es posible que no necesite luz.

—¡Mejor! —observó Viola—. Si quieres, puedes instalarte ahora mismo.

Ahi se rascó las sienes.

—La muchacha lo sabrá —objetó entonces.

Viola frunció el ceño.

—¿Qué chica? —preguntó, pero enseguida se le apareció la imagen de Shawna.

—Suele conducir allí a las pequeñas almas y... No sé qué hace, pero se queda sentada delante de la caravana mirando el cielo, como si buscara una canción... A veces cuando hay luna llena o brillan las estrellas.

Viola rio.

—¿En serio? Creo que nos será de ayuda. De todos modos vale la pena que pongamos al corriente a una persona que se desenvuelve mejor en la escuela y todo lo que es propio de aquí. Ya verás, le diremos que...

—¿Ha venido por ti? —gritó Shawna—. Desde... desde Dinamarca, ¿para verte? ¡Oh, Vio, qué mono, qué romántico! ¿Y se ha escapado? ¿En serio?

Era sábado por la tarde y Viola, muy excitada, había

arrastrado a su amiga detrás del cobertizo de los botes para contarle la novedad. Por fin revelaba la identidad del misterioso *boyfriend* que le había regalado la amatista para que no lo olvidara.

—Lo conocí en vacaciones. El verano pasado, cuando estuve con mis padres en Dinamarca... —Eran las últimas vacaciones que Viola había pasado con sus dos progenitores, y la casa junto al lago donde se habían instalado era realmente acogedora. Pese a ello, resultaba tan solitaria como los establecimientos similares que se hallaban junto al Lough Dan. Viola no se había tropezado con un solo chico. Ahora se preguntaba, sin embargo, si no habría habido kelpies observándola desde las aguas del lago, hambrientos de *bacha*—. Vivía cerca de nuestra casa y era tan mono... Nos enamoramos del todo, fue súper bonito. Al final me prometió venir a verme cuando hubiera terminado el instituto... —Viola no sabía nada del sistema escolar en Dinamarca, pero partió de la idea de que Shawna tampoco lo conocía—. Pero claro, no me lo creí. Y ahora resulta que está aquí. Dice que sus padres se pusieron como una furia, pero que él quería estar conmigo... Qué pasada, ¿no?

—Maravilloso —dijo Shawna, transfigurada—. Pero ¿cómo lo ha conseguido? ¿Ha trabajado en el camino?

A Viola siempre le sorprendía lo realista que era su amiga pese a todas sus ensoñaciones.

—Había reunido suficiente dinero para el viaje, pero ahora tiene que buscarse un trabajo. Y en invierno esto está fatal. Sería mucho mejor seguir en la escuela... —afirmó Viola—. Podría instalarse en la caravana de Patrick. Pero nadie tiene que enterarse. ¡Si Ainné lo descubre, pondrá el grito en el cielo!

Shawna asintió. Al parecer consideraba que aquel plan era factible.

—¿Por qué iba a descubrirlo? —preguntó—. En el futuro solo tendrá ojos para Kevin, y Bill tampoco pasa por ahí. Es a tu padre a quien debes mantener alejado, pero no será tan difícil. Tú solo ten cuidado de que no te pillen cuando vayas a verlo. —Los ojos azul claro de Shawna relucían. Estaba claro que se alegraba con Viola de la aventura—. Yo también puedo echar una mano y llevarle algo de comer, por ejemplo —se ofreció—. Y en verano, cuando Patrick regrese, tal vez pueda ayudarnos. Tenemos un piso para los asistentes de verano. Y los padres de Moira también dan trabajo a estudiantes. Algo encontraremos.

Viola entendió el mensaje: Shawna ocultaría de buen grado a Viola y su novio, pero la caravana tenía que estar libre en verano para Patrick.

—En cuanto a lo de los estudios... —Shawna siguió hablando y una vez más adoptó el «modo romántico»—. ¡Oh, Vio, debes de sentirte muy feliz! ¡Tu chico y tú en la misma clase! Todas te envidiarán...

Viola no estaba entusiasmada con la idea de atraer la atención, pero al menos Shawna no consideraba que el tema del instituto constituyera un problema.

—¿Crees que bastará con que se matricule? —preguntó.

Shawna asintió despreocupada.

—Claro. Todo es Europa. Tendrá un pasaporte y seguro que sus padres están de acuerdo. ¡Hombre, Vio, seguro que se alegran de tener noticias suyas! Y el hecho de que vaya aquí a la escuela o en Dinamarca...

Viola hizo un gesto de preocupación. Naturalmente, Ahi carecía de pasaporte. Pero por otra parte... la secretaría de la escuela de Roundwood tampoco era el FBI.

Se pasó la tarde pegada a internet, buscando banderas, blasones y un traductor, y con ayuda del programa gráfico confeccionó una bonita tarjeta que bien podía servir como carnet de identidad danés. Escribió el nombre de Alistair Nokken, además de una dirección del pueblo de Jutlandia en el que había pasado las vacaciones con sus padres. Solo faltaba cortar y plastificar, y Alistair ya podría mostrar su carnet de identidad.

Ahi sonrió cuando leyó los nombres del documento falsificado. Viola se preguntó si conocería la palabra noruega para «kelpie», pero luego le pareció obvio que la habría extraído de los propios pensamientos de ella. Era desconcertante, pero Viola y Ahi no necesitaban hablar de temas cotidianos. Compartían pensamientos fugaces y captaban al vuelo un comentario antes de que el otro pudiera expresarlo.

—No tenemos que acostumbrarnos a esto —señaló Viola.

Estaban tendidos en la cama, no demasiado cómoda, de la caravana. Antes Viola había comprado ropa para Ahi y él había hecho el esfuerzo de ponerse esas prendas de vestir inusuales e incómodas para él. Le picaba la camisa de franela y los tejanos le apretaban. Viola percibió estas sensaciones mientras Ahi se sorprendía del entusiasmo de la chica al verlo con su nueva ropa. Ya le había gustado desde el principio el cuerpo delgado y atlético de él, aunque con el atuendo de los amhralough siempre le había causado una impresión extraña. Los vaqueros y la camisa de leñador de tonos grises y azules, entre los que oscilaba el color de sus ojos, acentuaban los músculos fortalecidos por la natación, las largas piernas y las caderas estrechas. Ahi tenía la piel muy pálida, pero la excitación de estar en la habitación con Viola la encendía; además, todo el mundo encontraría normal que alguien del norte no fuera muy moreno. Era la tez clara y el cabello de un rubio plateado lo que habían hecho pensar a Viola en que fuera danés. Esto le iba mucho mejor que la historia de los irlandeses nómadas que había contado a Katja. A Viola le fastidiaba un poco tener dos mentiras que mantener. Katja ya empezaba a insistir: quería a toda costa ver una foto del novio de Viola.

—Entonces cuéntame qué es un príncipe azul... —dijo Ahi en tono de sorna, dándole un besito en la mano. Viola había reposado la cabeza sobre el pecho del joven e intentaba no tener la sensación de «áspero»—. Así acabas de llamarme en tus pensamientos. Un príncipe azul que se ha hecho realidad...

Viola se puso como un tomate. Solo se le había pasado por la cabeza. Pero algo de miedo se escondía en el fondo de su mente y esperaba que Ahi no se hubiese percatado. Al día siguiente el príncipe tendría que enfrentarse a la realidad.

12

Ahi y Shawna se entendieron de inmediato, tanto que Viola hasta se puso celosa. Pero es que el kelpie y la muchacha rubia tenían muchas cosas en común; por ejemplo, ese carácter dulce que a ambos les hacía la vida más fácil. Que Shawna se dejara mandar de aquí para allá por sus padres, cuando no por Bill o Ainné, o que Ahi dócilmente cantara con su pueblo era en realidad lo mismo...

¡Pero no, Viola no quería pensar en ello! Ahi estaba por fin en el camino más indicado para liberarse de todo eso y —al menos eso es lo que ella esperaba— desarrollar su propio *bacha*. En las largas noches que siguieron al descubrimiento de que se había enamorado de un kelpie había desarrollado su propia teoría: según todas las leyendas, los kelpies podían convertirse en seres humanos cuando amaban a un miembro de esta especie o bien decidían por sí mismos vivir en la tierra. Por consiguiente, debían de ser capaces de crear su propia energía vital. Tal vez funcionara de forma automática cuando Ahi dejara de cantar y de cambiar de forma. Y, sin duda, había una razón para que el muchacho se hubiera enamorado de

Viola y no de la frágil y paciente Shawna, que ni siquiera parecía ser una presa atractiva para los kelpies. Los ojos de Ahi tampoco brillaban cuando contemplaban a Shawna: Viola quería convencerse de que para él la joven irlandesa no podía ser más que una amiga. Solo esperaba que Ahi por fin se acostumbrara a la palabra «animales» y dejara de hablar de las «pequeñas almas» cuando Shawna llevaba la conversación a su terreno preferido.

Para empezar, debían centrarse en la cuestión del instituto y la matriculación. Después de dar de comer a los caballos de Bill, Shawna se había dirigido a ver a Viola y Ahi a la caravana y colmó a los dos de alabanzas por su romántico amor y el valor de Alistair.

—No sabía que Alistair fuera un nombre danés —observó, mientras jugueteaba con su cabello rubio, que ese día mantenía apartado del rostro con una cinta ancha y de colores. Por lo general, solo llevaba una gorra de visera cuando bajaba a dar de comer a los animales, pero se había arreglado para conocer al chico de su amiga. Viola se percató molesta de que incluso se había puesto un poco de sombra de ojos—. Pensaba que era más bien escocés.

Ahi hizo un gesto despreocupado y mostró su sonrisa inimitable, mientras Viola buscaba a toda prisa una explicación.

—La familia de Ali procede... hum... de las islas Faroe, y allí siempre ha habido... hum... relaciones comerciales con Escocia...

Pese a la rápida respuesta, Shawna se quedó un poco sorprendida. Viola era consciente de que unas supuestas relaciones comerciales no bastaban para explicar el nombre que se le había puesto a un hijo.

—Hace mucho que existe el nombre en mi familia —intervino Ahi con orgullo—. Puedes llamarme Ali.

Viola suspiró aliviada. De todos modos, esto era lo máximo que podía esperar de su chico en materia de improvisación. Ya hacía tiempo que se había percatado de que a él no le gustaba mentir, o al menos no tenía práctica en ello. De hecho, también en ese momento había dicho la pura verdad: seguro que el nombre se empleaba en su familia desde hacía tiempo. Los kelpies tal vez disimularan al cazar y por eso daban la impresión de ser traicioneros, pero entre sí no guardaban secretos.

Shawna dirigió una sonrisa a Ali.

—En clase tendrás que hablar de Dinamarca —dijo—. Creo que ninguno de nosotros ha estado allí. En Roundwood no viajamos mucho, al menos no a países fríos. En verano vienen todos los turistas y no podemos marcharnos. Y en invierno preferimos ir a las Canarias o donde brille el sol.

Viola esperaba que así fuera. Sin embargo, no había facilitado a Ahi ninguna guía de viaje sobre Dinamarca para que la leyera a fondo. Pese a eso, seguro que no habría nadie que conociera el país y sometiera al chico a un interrogatorio serio.

Al principio, todo fue bien en el autobús escolar. Los estudiantes no se interesaron especialmente por el país de donde procedía Ali, sino que más bien fue su peculiar aspecto lo que les llamó la atención. Las chicas enseguida se pusieron a cuchichear sobre cómo se comportaba con Viola y una tras otra fueron rindiéndose ante los maravillosos ojos y la dulce sonrisa del muchacho. El lago yacía ese día bajo la velada luz del sol: había llovido por la mañana y en esos momentos sobre las montañas se extendía un arco iris. Sus colores parecían reflejarse en los ojos de Ahi, como si unas luces danzaran ante el iris de un azul pálido. Además, con la camisa azul, los vaqueros y una chaqueta impermeable azul oscuro que habían acabado con el último dinero de bolsillo de Viola, estaba arrebatador. El uniforme verde de la escuela le sentaría peor, pero ya lo comprarían cuando hubieran superado el escollo de la matrícula.

Mientras las chicas admiraban sin disimulo la presencia de Ahi, los chicos contemplaban a su nuevo compañero con escepticismo. A Hank y Mike en especial no les gustó que atrajera las miradas de Moira y Jenny, y encima les causó una extraña impresión. Ahi se había negado firmemente a cortarse el cabello largo, y Viola lo había convencido para que se lo recogiese en la nuca para que no llamara mucho la atención. La muchacha le había sugerido una cinta sencilla, pero él había elegido sonriendo el prendedor plateado con el que ella solía sujetarse la cola de caballo.

—¿Me lo regalas? —preguntó, risueño—. Me ha gustado desde el principio, ¡queda tan bonito en tu cabello! Además, así tendré algo tuyo conmigo, igual que tú llevas mi piedra.

Viola no sabía cómo explicarle que los chicos de su pueblo pocas veces llevaban adornos plateados y él tampoco prestó atención a los pensamientos de ella. En lugar de eso señaló la imagen de un actor en uno de los periódicos que ella le había llevado para introducirle poco a poco en su cultura.

—¡Mira, él lleva el pelo igual! ¡Y su prendedor todavía es más llamativo! ¿Por qué no voy yo a llevar el tuyo?

Ya en el autobús Viola captó las palabras «afeminado» y «marica» con que los chicos calificaron recelosos al nuevo.

—¿Juegas al hurling? —preguntó al final Hank, la celebrada estrella del deporte nacional irlandés, haciendo un intento de acercamiento.

Ahi se lo quedó mirando sorprendido; Viola se habría dado de bofetadas. Por todos los demonios, ¿por qué no le había preparado?

—Toco el arpa —respondió Ahi con su bien modulada voz.

Los chicos se troncharon de risa.

—Viene de Dinamarca, ¡allí no se practica el hurling! —lo defendió Shawna—. Y aunque os cueste creerlo, sobreviven a pesar de todo —añadió—. Pasa en casi todos los lugares más o menos civilizados.

Hank y sus colegas la abuchearon.

Por fortuna el autobús se detuvo en ese momento delante del instituto y Shawna acompañó a Ahi directamente a secretaría. Las chicas habían acordado que ella presentaría al alumno de intercambio. Parecía lo más lógico, pues Viola también era una alumna nueva. Sin embargo, fue incapaz de separarse de ellos y los acompañó con la excusa de tener que preguntar algo sobre la nota de gaélico. Esperó pacientemente a que Shawna y Ahi hubieran presentado sus consultas.

—Y bien, ¿así que quieres aprender un poco de gaélico y el hurling? —preguntó con sorna la secretaria de la escuela al recién llegado.

Viola sintió un alivio enorme al ver que era ella quien atendía a Ahi y no la directora. Mrs. Murphy era amable, pero no destacaba por su agudeza.

De todos modos, Ahi no pilló la ocurrencia.

—Quiero aprender todas las asignaturas —respondió cortésmente—. Si me lo permite. Lo que más me interesa es música y lengua. Shakespeare fue un gran poeta.

Ahi, en efecto, así lo pensaba. Mientras que a Viola no le hacía demasiada gracia el teatro isabelino, Ahi estaba fascinado con la lengua de Shakespeare. Los contenidos de las obras, por el contrario, no eran del todo de su agrado: demasiadas desavenencias en las familias de Macbeth y compañía.

El rostro de Mrs. Murphy se avinagró. Ella era irlandesa, Shakespeare inglés, y las tropas de la reina no habían sido precisamente delicadas con sus súbditos irlandeses. Además, Mrs. Murphy enseñaba gaélico. No consideraba el inglés su lengua propia.

—Se refiere a Yeats —afirmó Shawna, para relajar la tensión—. Y está deseando conocer a los poetas gaélicos. Pero para ello tiene que aprender primero el idioma, claro. ¿Necesita algo más que su carnet de identidad para la matrícula?

—De hecho también la autorización de los padres. Y por lo general solemos recibir unos informes de la escuela que nos envía al alumno de intercambio... —Mrs. Murphy se volvió de nuevo hacia Ahi. Parecía algo desconcertada.

—Creo que Ali ya ha concluido los estudios... —se atrevió a intervenir Viola. ¡También se le podría haber ocurrido a él! Pero el chico se limitó a permanecer en silencio mientras contemplaba a Mrs. Murphy con curiosidad.

Sin embargo, y de forma inesperada, Shawna demostró ser una estupenda farsante.

—Estoy segura de que la escuela ya ha enviado los informes. Y también deberíamos haber recibido la autorización de Mrs. Nokken. La semana pasada hablé con ella por el tema del alojamiento de Ali...

Las chicas habían planeado que enviaran el correo

del chico nuevo a la dirección de Shawna. Los padres de esta tenían un apartado postal en el pueblo y Shawna solía recoger las cartas después de las clases. Además, no cabía esperar que los padres de Shawna descubrieran algo raro por equivocación. Los estudios de su hija los dejaban totalmente indiferentes, no iban a las reuniones de padres desde hacía años y lo más probable era que ni siquiera supieran quiénes eran los profesores de su hija.

—A lo mejor se ha perdido alguna carta... Pero si quiere puede darme el formulario otra vez. Lo enviaremos por fax a los Nokken y que nos lo devuelvan por correo.

Viola se inquietó. Esto era muy arriesgado, de hecho, el mismo instituto tenía fax. En principio no había razón para utilizar el aparato de Shawna. Pero Mrs. Murphy era una persona simple y por lo visto, incluso años después de que se hubieran introducido los ordenadores, consideraba los faxes, impresoras y escáneres instrumentos del demonio. De modo que dio sinceramente las gracias a Shawna por ofrecerse a realizar la complicada tarea de contactar con la lejana Dinamarca, le tendió un formulario y puso una inscripción en otro para Ahi.

—Entonces, ¡sé bienvenido, Alistair! —dijo al final, tendiéndole una lista de las prendas de uniforme que había de comprar—. Me alegro de tenerte en mi clase. ¡Ya buscaremos algún bardo en Irlanda que te haga olvidar la poesía del maestro Shakespeare!

Viola y Shawna suspiraron aliviadas. Antes de que Ahi pudiera contestar, Shawna lo sacó del despacho. Eso, al menos, ya lo habían conseguido. Faltaba todavía el inglés, la física, la historia y el... hurling.

Ahi superó la primera mañana al lado de Viola y sin demasiados problemas. Al igual que a ella en su primer día, los profesores lo acogieron con simpatía. Cada uno le planteó un par de preguntas sobre su familia y su país de procedencia, que él contestó para satisfacción general: venía de una gran familia a la que le gustaba reunirse para interpretar melodías y de un país como el de las guías de viajes. Al parecer, Ahi se había aprendido el libro de memoria y, pese a que en sus respuestas no contaba nada de él y sobre todo no se inventaba ninguna historia, se explicaba de forma totalmente correcta. Era evidente que los profesores encontraban su inglés, a veces algo anticuado, encantador, y al menos no levantaba sospechas. Ninguno de los miembros del equipo docente había viajado tampoco a Escandinavia. Solo conocían el supuesto país de origen de Alistair a través del Hamlet de Shakespeare y, a diferencia del inglés que se hablaba en esa obra, la manera de expresarse de Ahi pasaba por un tipo de jerga.

En el descanso del mediodía, Ahi se reunió con las chicas, lo que a Shawna no pareció extrañarle y supuso una agradable sorpresa para las restantes compañeras de Viola. Esta sí estaba inquieta. A Hank y compañía no les haría gracia la forma en que se comportaba el nuevo. Ahora estaba llamando la atención y eso era justamente lo que ella quería evitar. ¡Ojalá no estallara todo en la clase de educación física de la tarde!

Como sucedía casi siempre, esta vez la hora también se dedicó al deporte nacional irlandés. Pronto se celebrarían las competiciones escolares y la selección del equipo era un asunto que se tomaba muy en serio.

Ese día, Viola tendría que haber ido a jugar con el balón con el equipo femenino, pero se disculpó diciendo que le dolía el vientre y se fue con los chicos para ver cómo se desenvolvía Ahi. Shawna la imitó preocupada, lo que para ella sí supuso un sacrificio. Viola no tenía ninguna posibilidad de incorporarse en el equipo de la escuela, pero para Shawna el resultado podía ser decisivo para obtener una beca de la universidad. Por esta razón solía mostrar espíritu competitivo, aunque en realidad no le gustaba jugar. Las trifulcas por una insignificante pelota no le interesaban.

Al principio también Ahi observó con cierta sorpresa el modo en que se movían en el campo. Los chicos jugaron un partido ya antes del comienzo oficial de la clase para calentarse. Luego llegó el entrenador y saludó al alumno nuevo.

—Supongo que no habrás jugado nunca al hurling, ¿verdad? —preguntó amablemente, aunque algo resignado. Instruir a un novato le llevaba tiempo y ya resultaba bastante difícil que los Cougars de Roundwood derrotasen a los otros equipos de Wicklow, y en especial a los de los condados de Cork y Killarney.

Como era de esperar, Ahi hizo un gesto negativo con la cabeza.

—¿Has practicado algún deporte de pelota? ¿Béisbol? ¿Hockey? ¿Fútbol?

Al mencionar los juegos ingleses los jóvenes protestaron indignados. En secreto podían ser fans de los famosos equipos ingleses, pero ahí debían mostrar su orgullo nacional ¡En Irlanda se jugaba al hurling!

El entrenador volvió a suspirar cuando Alistair admitió que no tenía experiencia en deportes de ese tipo.

Haciendo un esfuerzo, el profesor empezó a explicar:

—Bien, chico, en el fondo no es difícil: aquí tienes un palo al que denominamos *hurley*. Con él golpeas la pelota hacia la portería contraria. También la puedes co-

ger y dar cuatro pasos como máximo con ella o golpearla con la mano. ¡Pero no lanzarla! Como ves, los postes
de la portería son bastantes altos. La barra transversal se
encuentra a dos metros cincuenta. Si haces diana en la
portería, ganas tres puntos. Cuando pasas por encima,
solo uno. ¿Entendido?

—¿Por qué? —preguntó Ahi.

El entrenador lo miró desconcertado.

—¿Por qué, qué? ¿La distinta puntuación? Bueno,
es más fácil pasar el balón por encima de la barra...

—¿Por qué se hace esto? —preguntó Ahi de nuevo—. ¿Todo esto?

—¿Que por qué... hum... se juega al hurling? —preguntó perplejo el entrenador—. Hombre, ¿por qué se
juega al fútbol? ¿O al baloncesto o...?

—¿Sí? —Ahi estaba realmente interesado y esperaba
una aclaración satisfactoria de la razón de que los seres
humanos arrojasen pelotas a porterías.

El entrenador lo miraba ahora receloso..., incluso
Shawna había fruncido el ceño. Viola buscaba desesperada alguna explicación que se ajustara a la imagen del
mundo del kelpie.

—Ali, pertenece simplemente... al ser —intentó hacerle comprender—. Se forman equipos. Es como...
como si la gente se reuniera para cantar.

El entrenador hizo una mueca, mientras que algunos
de los chicos soltaban unas sonoras carcajadas.

—¡Somos unos chillones chicos del coro! —se mofó
Hank, y los otros berrearon una versión bastante peculiar de *The Fields of Athenry*.*

* Balada popular irlandesa escrita por Pete St. John e himno
oficioso de algunos equipos deportivos de Irlanda.

Shawna añadió con su dulce voz que el hurling era una expresión de la identidad nacional de los irlandeses.

Ahi pensó en las palabras de Viola y asintió.

—De acuerdo, lo haré —anunció—. ¿Puedo probar solo al principio? ¿A mantener en equilibrio la pelota con el *hurley*?

Ahi se había aprendido enseguida los nombres de los utensilios deportivos y agarró con toda seriedad el palo, mientras los chicos sonreían irónicamente a su alrededor y el entrenador apenas podía disimular su expresión burlona. Antes, Hank había caminado un par de metros con la pelota sobre el palo por pura fanfarronería, una habilidad, sin embargo, que exigía mucha destreza y años de entrenamiento y que a lo que más semejaba era a llevar un huevo con una cuchara. Los principiantes solían necesitar semanas antes de conseguir atrapar la pelota con el palo y luego golpearla. Viola todavía no lo lograba. ¡Pero el nuevo alumno les dio una sorpresa! Con movimientos elegantes y naturales, Ahi se colocó en su sitio y sonrió con simpatía al entrenador, quien acto seguido le lanzó la pelota. Fue un lanzamiento fácil, pero Viola nunca habría sido capaz de devolverlo. Ahi, en cambio, detuvo la pelota con el palo, con una seguridad increíble lo volteó para controlar el impulso y equilibró luego la pelota sobre el extremo más ancho. Como si esta estuviera pegada a la madera, corrió sin el menor esfuerzo hasta la portería, alzó un instante la pelota de cuero en el aire, la golpeó y la arrojó a la meta.

Viola se puso a aplaudir mientras los demás se quedaban mudos.

—¿Tú... nunca habías jugado? —preguntó el entrenador sin dar crédito—. ¿No es una broma o algo por el estilo, ¿y has jugado antes en Tipperary? ¿En campeonatos?

Ahi sacudió negativamente la cabeza.

—No es demasiado difícil —dijo tranquilamente—. Aunque sí extraño. Al principio no percibía ninguna armonía especial... ¿Jugamos juntos... ahora?

Shawna no logró reprimir la risa, lo que le valió una mirada enfadada del entrenador. La falta de armonía de los Cougars de Roundwood constituía uno de los principales problemas del equipo, compuesto por quince bravucones que solo tenían en mente convertirse en los protagonistas de la escena. Las estrategias de juego complicadas les resultaban ajenas.

—¡Ya lo habéis oído! —dijo el entrenador malhumorado a su equipo—. Hasta un principiante se da cuenta de lo que os falta. ¡Y ahora en marcha! Vamos a practicar un par de jugadas, le enseñaremos al recién llegado las características más importantes de este deporte. Luego todavía nos quedará tiempo para un partidito.

Alistair siguió a los chicos al campo de juego e imitó durante media hora cada golpe que Hank y compañía le mostraban. Cuando le pasaban la pelota respondía sin esfuerzo, pero no entendía las estrategias, se quedaba sorprendido cuando Hank de repente y sin previo aviso le arrojaba la pelota no directamente al palo sino a un lugar totalmente distinto.

El entrenador se enfurecía cuando Ahi permanecía perplejo mirando la pelota de cuero.

—¿Qué pasa, no quieres atraparla? ¡Muévete, chico! ¡Intenta intuir hacia dónde quiere lanzar la pelota el contrario!

Ahi frunció el ceño. A diferencia de los rostros de

los demás jugadores, el suyo no estaba sudoroso y su respiración todavía no era entrecortada.

—Para eso aún no estoy lo suficientemente unido a Hank —explicó al entrenador, que lo escuchaba sin dar crédito—. Ayudaría que cantáramos un poco juntos...

Viola se temía algo espantoso. Mientras los demás jóvenes volvían a partirse de risa, llamó de nuevo a Ahi.

—¿Y ahora qué pasa? —preguntó el entrenador, sulfurado—. Chico, ya tontearás más tarde, no puedes ir corriendo a tu chica y pedirle consuelo cada vez que golpeas mal una pelota...

Shawna tomó la iniciativa.

—Viola habla... hum... un poco de danés —anunció—. Se lo explica en su idioma, seguro que ha entendido algo mal. Algo de lo de cantar... —Para ella tenía que resultar tan incomprensible como para el entrenador y los muchachos, pero tal vez creía realmente que en Dinamarca «cantar» tenía otro significado que en Irlanda.

—Ahi, tienes que imaginártelo como si se tratara de cazar —le susurraba Viola entretanto—. Como una mezcla de cazar y cantar: con un equipo cantas y con el otro... hum... cazas la pelota. ¿Entiendes?

—Pero eso enturbia la armonía... —objetó Ahi, sorprendido.

Viola puso los ojos en blanco.

—Olvídate ahora de la armonía —le contestó enérgicamente—. No te detengas en grandes reflexiones, sino intenta solo atrapar la pelota y golpearla después. Lo redondo tiene que llegar a lo angular. ¿Vale?

Era evidente que Ahi no lo entendía, pero siguió de buen grado el consejo. Se dirigió tranquilamente a su equipo mientras el entrenador dividía a los alumnos en dos grupos. Hank era el capitán de uno; el amigo de este,

Mike, un chico casi tan alto y fuerte como él, dirigía el otro. Ahi pertenecía al equipo de Mike y le sonrió amistosamente.

—¿Quieres que lleve solo la pelota a la portería o prefieres que nos la pasemos antes un par de veces? —preguntó en serio.

Mike se dio manotazos en la pierna de la risa.

—Mira, guapito —respondió luego—, por muy hábil que parezcas, si consigues marcar, aunque sea solo un punto contra los chicos de Hank es que me llamo Bonzi.

La respuesta de Mike provocó la risa general. Bonzi O'Brien era el nombre de la mascotita del equipo, un duende de color verde.

Por supuesto, Ahi no entendió la broma, pero no quiso hacer más preguntas. En el poco tiempo que llevaba en el instituto, parecía haber aprendido que no era nada deseable que los chicos se rieran de él.

Viola contempló con el corazón desbocado cómo el kelpie se colocaba en la parte posterior del campo que Mike le había adjudicado. No era una posición muy importante. Aunque los chicos habían presenciado estupefactos que Alistair daba muestras de un talento excepcional en el área delantera, esta vez jugaban en serio. En el encuentro no solo era decisiva la destreza, sino también la fuerza y la estatura. Y en cuanto a esto, Hank simplemente derribaría al alumno nuevo, que, pese a su altura, era mucho más delgado. Viola ya había visto situaciones así con frecuencia y a la víctima, con heridas abiertas o cojeando, salir dando traspiés del campo. ¡Y eso chicos que conocían el juego! Ahi, por el contrario, sería una ingenua víctima de la violencia. Viola empezó a preocuparse por él y buscó con la mirada al entrenador para pedirle ayuda. Este, sin embargo, se reía de la broma de Mike y probablemente ardía en deseos de contemplar cómo se desenvolvía el nuevo.

Ahi, no obstante, les deparó una nueva sorpresa. No cabía duda de que no era un luchador, pero demostró ser increíblemente rápido. Mientras Hank y Mike procuraban arrebatarse mutuamente la pelota, el nuevo superó sin esfuerzo a todo el grupo, aprovechó la primera oportunidad que se le brindó para atrapar la pelota cuando un chico la golpeó sin objetivo definido fuera del tumulto que había en medio del campo, y la condujo con ligereza en dirección a la portería. Claro que inmediatamente un delantero contrario se abalanzó sobre él, pero Ahi golpeó la pelota de modo que describiera un arco alto en el aire, hizo una finta para evitar al rival y, veloz como un rayo, se alejó de él antes de volver a recoger la pelota justo en el lugar donde esta caía. En esta ocasión la agarró con las manos, la sostuvo solo los cuatro pasos reglamentarios —¡unos pasos en los que pareció flotar!— y la golpeó con fuerza en dirección a la portería. El guardameta no pudo hacer nada de nada, saltó tras la pelota, pero el disparo de Ahi pasó bajo el larguero a tan solo una distancia de unos milímetros. Solo un canguro habría podido pararla.

—¿Lo he hecho bien, no? —preguntó a Mike, que se había quedado mudo—. ¿Bonzi?

Viola y Shawna todavía se morían de risa una hora más tarde, pese a que no había sido muy inteligente, ya en la primera aparición en el equipo de hurling, apoderarse de todo el juego e insultar al capitán. Pero la pregunta de Ahi había sido tan inocente e ingenua, y Mike tenía un aspecto tan sumamente tonto cuando el recién llegado acertó el disparo... que las chicas no pudieron contenerse.

—Pero si quería que lo llamaran así... —insistía Ahi, aún sorprendido—. Yo no quería ofenderlo... Lo mejor será que mañana le regale algo para que no se lo tome a mal.

Viola suspiró. Todavía tendría que disuadirlo. Si al día siguiente Ahi obsequiaba al bravucón número uno de los Cougars de Roundwood con una piedra fina, no se ganaría el reconocimiento del equipo.

—Invítalo un día a una cerveza —dijo Shawna—. Pero me temo que tampoco servirá de mucho. No creo que vaya a olvidar tan fácilmente que todo el equipo se ha partido de risa de él. Y entre el resto tampoco has caído muy bien, Ali. Tras tu aparición, el entrenador no te perderá de vista. Todavía tendrás que... hum... trabajar un poco la comprensión de las reglas, pero seguro que te asigna un sitio en el equipo del instituto. Esto implica que otro habrá de retirarse. Dudo que la cosa les guste mucho.

13

Como consecuencia de lo sucedido, en el camino de regreso reinaba un silencio sepulcral entre los chicos que viajaban en el autobús de la escuela. Salvo por eso, Ahi había pasado una tarde apacible. Ese día no hubo clase de música ni de gaélico, pero sí dos horas de arte, y Ahi se quedó maravillado con las acuarelas que utilizaban para pintar. Pese a que nunca antes había tenido un pincel en la mano, para alivio de Viola, renunció a contárselo al profesor. En vez de eso, pintó una imagen abstracta en diversos tonos azules que expresaban un extraño ritmo. Viola pensó en las ondas rizadas que recorrían la superficie del lago en los días soleados pero ventosos. El profesor se quedó totalmente embelesado. Las chicas, igual; los chicos se burlaron de ese recién llegado tan peculiar y lo castigaron con la indiferencia. Viola esperaba que todo quedara en eso. Que Mike y sus amigos no hicieran caso de Ahi no suponía ningún problema; lo malo sería que el chico se convirtiera en objeto de sus burlas.

En esos momentos, Viola bajaba en el camping y el joven acompañaba a Shawna, ya que oficialmente Ahi vivía con la familia de esta.

Viola iría a verlo más tarde a la caravana.

Por el momento, *Guinness*, de quien ahora nadie se ocupaba como era debido, la saludó agitado. Ainné y Kevin seguían en el hospital y el padre de Viola permanecía con ellos prácticamente todo el día. Bill estaba en casa y acababa de prepararse un bocadillo. Le tendió a Viola pan y embutido, pero ella prefirió queso. Lo que Ahi le contaba acerca de las pequeñas almas había acabado provocándole mala conciencia. ¡Si eso seguía así, también ella se haría vegetariana!

Bill enseguida se percató.

—Pasas demasiado tiempo con Shawna... —gruñó—. Vas a copiar todos sus desvaríos... ¿Por dónde para ahora esa atontada? Hoy por la mañana no ha dado de comer a los caballos, además tengo que hablar con ella. Esos ponis salvajes del lago cada vez se acercan más. Uno de estos días tiene que ayudarme a cazar uno. Son muy bonitos...

A Viola la asaltó el pánico.

—Pero... ¿no son salvajes? —objetó—. No se los puede montar...

Bill se rio.

—¿Qué te apuestas a que la pequeña Shawna se muere de ganas de subirse a uno de ellos? —afirmó—. Y si no, da igual, me llevaré un montón de dinero por ellos aunque no estén domados. Ayer vi un semental gris...

Viola reprimió su sobresalto. ¿Un semental gris? ¿Sería Ahi? ¡Pero si había dicho que ya no iba a cambiar más de apariencia? ¿Y si era Lahia, que se paseaba con el pelaje gris? Se acabó a toda prisa el bocadillo de queso y se dirigió a la caravana de Ahi. Para su preocupación y alivio a un mismo tiempo, él ya estaba tendido en la cama, empollándose un libro de matemáticas. ¿Habría llegado allí a galope tendido, literalmente?

—¿Para qué sirve? —preguntó el muchacho, señalando una ecuación. Pero entonces percibió la inquietud de Viola—. ¡Ven conmigo! —dijo con dulzura, y ella se estrechó entre sus brazos.

La joven creyó volver a respirar por fin con libertad cuando él la atrajo hacia sí cariñosamente. Hasta entonces, había pasado todo el día en tensión: no solo por miedo a que él no se desenvolviera en el mundo de los humanos, sino porque estaba muy cerca de ella y, sin embargo, ni siquiera tenía la posibilidad de darle la mano. En ese momento, el círculo en torno a los dos se cerró de forma natural. Viola volvió a sentirse colmada de alegría y seguridad, al tiempo que percibía que él absorbía su *bacha*. De nuevo eran uno, sus almas se abrían la una a la otra y ella gozaba de las caricias y besos que él depositaba, ligeros como un soplo, sobre su rostro, hasta que ella le abrió los labios y compartió la alegría ilimitada de él. Viola sentía que su cuerpo se inflamaba y también Ahi parecía emitir una suave luz. Todas las dudas y miedos de la muchacha se disiparon.

Sin embargo, Ahi también los había captado. Cuando se separaron y Viola cogió el libro de matemáticas suspirando, él movió la cabeza en un gesto de negación.

—Viola, no fui yo —afirmó—. No he llamado a la pequeña alma, ni ayer ni hoy. Solo he corrido hasta aquí, quería estar contigo. Por eso ya estaba de vuelta. Tu... ¿abuelo?... ha debido de ver a otro miembro de mi pueblo. Están intranquilos, siento que cantan. Me buscan, pero además también es período de caza. Y no es fácil en las lunas en que la lluvia cae y la hierba no crece...

—Invierno, Ahi, se llama invierno —le comunicó ella—. Pero tú estás bien, ¿verdad? ¿No necesitas más *bacha*? —Lo miró inquisitiva. En las semanas anteriores a la última cacería lo había visto cansado y enfermo, pero en la actualidad estaba fuerte y vigoroso.

Ahi asintió.

—Pero tengo miedo de vaciarte... —Jugueteó con el cabello de la chica. A esas alturas, ella se había enterado de que le encantaba el color. Los amhraloug solían tenerlo rubio. Al menos no había entre ellos ninguno cuya melena tuviera tonos rojizos o castaños.

—¡De momento me va de primera! —aseguró Viola—. ¡No te preocupes! Pero debemos evitar que Shawna vaya a cazar caballos con Bill. Ya sé, tú crees que no corre ningún peligro, pero yo preferiría que se mantuviera alejada de los kelpies.

Shawna se limitó a llevarse el dedo a la frente cuando Bill le contó al día siguiente lo que se le había ocurrido.

—¡Está pensando en serio en construir una especie de corral como en el Salvaje Oeste y meter allí a los ponis! —explicó a Moira en el autobús—. Y luego quiere cazarlos echándoles el lazo al cuello; al parecer ya lo ha hecho antes. Cuando era joven, dice, había en las montañas más ponis salvajes o semisalvajes y una vez al año los capturaban y subastaban.

Moira hizo un gesto de indiferencia.

—Hoy en día también se hace —señaló con cierta arrogancia, como siempre que hablaba de caballos con Shawna—. Aunque no aquí. Pero los ponis que andan alrededor del lago son bonitos de verdad, yo también los he visto. Hay una yegua que es súper mansa, quién sabe si se habrá escapado. En cualquier caso, a mí la idea de salir a cazarlos me parece muy buena. Si queréis, yo me apunto.

—Un poco de Salvaje Oeste parecía hacerle gracia.

Pese a ello, Shawna agitó la cabeza.

—¡Pues yo no pienso ir! Es demasiado peligroso y los caballos se espantarán. Le he dicho a Bill que vale más que dé de comer a los ponis. Ahora en invierno casi no crece nada. Si les pone avena, pronto se amansarán y ellos mismos se meterán en el corral.

Viola se apresuró a darle la razón, aunque Moira sonrió con benevolencia ante su intromisión. ¡Seguro que los kelpies no se dejaban atrapar con avena! En cuanto a los lazos, Viola ya no estaba tan segura. Más tarde tendría que preguntarle a Ahi si una cuerda al cuello ya servía como cabestro.

Esa mañana, Ahi pasó bastante desapercibido. El día anterior Viola se había preocupado por el uniforme de la escuela, pero resultó que la tienda de Roundwood todavía tenía en almacén una chaqueta de su talla. Se la había puesto con los tejanos y una camiseta vieja de color verde que Patrick había olvidado en la caravana. Luego habría que comprar el resto del uniforme en Dublín. Viola ya había preguntado a su padre si podía acompañarla a ella y a su nuevo compañero de escuela cuando por la tarde fuera a ver a Ainné, aunque el hombre no pareció especialmente entusiasmado ante la idea.

—¿Tiene que ser hoy, Vio? ¿Justo cuando voy a recoger a Ainné y el niño para traerlos por fin a casa?

Viola hizo una mueca de fastidio.

—Pues justo por eso, papá. ¡Mañana no irás a Dublín! Y el coche es lo bastante grande para cuatro... y medio. Nos dejas en Grafton Street, vas a buscar a Ainné y al bebé, y luego nos recoges. No necesitamos mucho tiempo, solo es el uniforme de la escuela. De todos modos no le quedará bien.

Alan McNamara miró a su hija con aire burlón.

—Vaya, ¿conque nos hemos fijado en el chico? —bromeó—. ¡Mira por dónde, un príncipe de Dinamarca! Aprovecharemos para conocerlo. De acuerdo, Viola. Pero salimos a las cinco en punto, no lleguéis tarde.

Desde entonces Viola esperaba, primero, que Miss O'Keefe no prolongara la hora de la clase de música, y segundo, que Ahi consiguiera causar, en la medida de lo posible, una buena impresión a su padre. O al menos normal, lo que parecía resultarle bastante difícil entre los varones. En cualquier caso, ese día los chicos del equipo de hurling habían dejado bien claro su rechazo, mientras que las chicas en general se habían arreglado más de lo habitual en un día de clase. Casi todas se habían maquillado y llevaban tantas joyas como lo permitía el uniforme de la escuela.

Los chicos se fijaron en ello y se burlaron del prendedor de plata de Ahi.

—¡Al nuevo ni siquiera se le distingue de las chicas! —observó Hank ya en el autobús—. Eh, Ricitos de Plata, ¿vas a venir a jugar con esa cosa en el pelo o te pondrás lacitos?

Viola ya se esperaba más complicaciones. Seguro que el entrenador pedía a Ahi que se cortara el pelo.

El enfado de los chicos creció todavía más cuando el nuevo ni reaccionó ante sus burlas. De nuevo se pronunciaron palabras como «mariquita» y Hank incluso puso la zancadilla a Ahi cuando este se bajó del autobús. El chico no se dio cuenta. Con la gracia de un bailarín nato saltó el obstáculo sin percatarse y hasta sonrió a Hank.

Shawna y Viola sí se dieron cuenta de lo ocurrido y las dos empezaron a preocuparse.

—Y eso que he evitado lo peor —le confesó Shawna a Viola en el lavabo de chicas—. En la tienda de recuerdos vendemos unas figurillas de leprechauns, ya sabes, los duendes, en unos globos de nieve. Ayer se las enseñé a Ahi para que se formara una idea de quién es Bonzi O'Brien, ¡y quería llevarse uno para regalárselo a Mike! Dime, ¿no crees que Ali a veces es un poco... esto... ingenuo? Me refiero a que Dinamarca queda un poco retirada, pero tampoco está tan alejada del mundo como para que no entienda lo que sucede. ¡Gente como Mike y Hank ha de haber en todas partes!

Viola no podía más que darle la razón. Era necesario que Ahi aprendiera a desenvolverse mejor por el mundo. Para explicar a Shawna lo que sucedía recurrió primero a los problemas con el idioma.

—Sé que habla bien el inglés, pero creo que le falta... que no acaba de captar los matices. A mí a veces me sucede lo mismo...

Shawna frunció el ceño.

—Bueno, tampoco es que Mike sea tan sutil a la hora de dar a entender sus sentimientos —observó—. Al contrario, ¡en realidad se le comprende a la perfección también sin que pronuncie palabra!

Palabras, precisamente, no era lo que le faltaba a Ahi. Al contrario, Mrs. Murphy se quedó pasmada de lo deprisa que aprendió las primeras frases en gaélico. A Viola también la sorprendía, pero luego pensó que muchas palabras gaélicas eran similares a las de la lengua de los amhralough. *Lough* significaba en los dos idiomas «lago» y del mismo modo coincidían otras palabras, como *beag* para «pequeño».

A la media hora de conocerse, Ahi y Mrs. Murphy ya parecían amigos íntimos, pero Viola habría preferido que él hubiera fingido ser un poco tonto. Así que de nuevo fue ella quien tuvo que intervenir.

—Creo que el danés y el gaélico se parecen un poco —afirmó, mientras Mrs. Murphy la miraba recelosa.

—¿Sí? Pero creo que el danés es una lengua germánica, de modo que no tiene nada que ver con el celta. En realidad no hay ninguna lengua que esté relacionada, a lo sumo el vasco...

—Bueno, me refería al dialecto local —se corrigió Viola a toda prisa—, la variante que hablan en el extremo de Jutlandia, de donde es Alistair. La... la región fue cristianizada por monjes irlandeses.

Fue una estupenda ocurrencia. La dinámica actividad de los monjes irlandeses como misioneros durante el cristianismo temprano, que los había llevado hasta América, era uno de los temas favoritos de Mrs. Murphy. Si bien Viola no tenía ni idea de si también Dinamarca se había visto afectada por ese hecho, bien cabía la posibilidad de que así fuera. En cualquier caso, tal como estaba previsto, Mrs. Murphy estaba exultante. ¡Otro obstáculo salvado! Pero Viola iba sintiéndose poco a poco más estresada y cansada. ¡Ojalá la clase de música al menos transcurriera sin entreactos inesperados! Exceptuando esa materia, ese día había sobre todo asignaturas de ciencias y estas parecían tocar el lado masculino de Ahi. Escuchaba interesado y aplicado, pero no planteaba ninguna pregunta extraña y no atraía la atención.

La clase de música transcurrió, cómo no, de otro modo. Miss O'Keefe saludó cariñosamente al nuevo alumno, como era propio de ella, y se alegró del interés que este mostró por su instrumento. Le permitió que pulsara brevemente el arpa y Viola rezó para que Ahi no interpretara toda una sinfonía. Por fortuna no lo hizo, pero dejó fascinada a Miss O'Keefe con su voz al cantar. Ella le hizo entonar al principio notas sueltas y luego una secuencia de sonidos sencilla. Ahi entonó las notas exactas y llenó el espacio —y las almas de los oyentes— con su voz tan dulce como potente, que abarcaba sin esfuerzo alguno tres octavas. El corazón de Viola latía con fuerza, no solo a causa de los nervios que le provocaba ese primer encuentro de Ahi con Miss O'Keefe, sino también porque la sencilla melodía que el muchacho había interpretado a continuación provocó que su alma se fundiera con la de él. Tenía la impresión de estar cantando con Ahi y sentía casi de forma física que también Miss O'Keefe y los demás estudiantes entraban en el círculo. De hecho, la profesora incluso tatareó la melodía al unísono. Se trataba de una canción popular danesa que Viola había encontrado en internet y que había practicado con Ahi. Era de esperar que Miss O'Keefe pidiera al nuevo que cantara una canción de su país. La misma Viola había hecho el ridículo el primer día cantando *Es waren zwei Königskinder*.

—¡Un ruiseñor! —se mofó Mike, cuando los estudiantes salieron del aula—. Y qué gorgoritos... Casi se diría que no tiene lo que hay que tener...

Viola tiró de Ahi, que no quería separarse del arpa de Miss O'Keefe, para subir al autobús de la escuela.

—Mi padre no nos esperará, está totalmente decidido a recoger a Ainné y al llorón para llevárselos a casa. Así que ven...

Su inquietud aumentó cuando vio que Ahi se volvía hacia Mike para pedirle disculpas de nuevo... o, todavía peor, para preguntar qué era lo que no tenía...

Al final, Viola se dirigió impetuosa al burlón Mike, antes de que se iniciara una pelea.

—Y tú, Bonzi... —pronunció el nombre en voz alta y clara, para que todo el mundo lo oyera—, practica un poco el hurling, no vaya a volvérsete a escapar Ali mañana.

Aunque no había sido un comentario muy inteligente, Viola se sintió mejor. A fin de cuentas, en alguien tenía que descargar el cansancio y los nervios que sentía.

La situación no mejoró en el coche con su padre, aunque podía dar a escondidas la mano a Ahi. Los dos se sentaron en el asiento trasero y Alan estaba atento a la conducción y no podía estar vigilándolos. Aun así lanzaba miradas de vez en cuando por el retrovisor y observaba el rostro pálido y algo peculiar de Ahi y su cabello plateado.

—Tampoco pareces muy danés —había señalado ya desde un principio, tras saludar afablemente al joven—. Bueno, yo me había imaginado algo así como un gigante de hombros anchos y rubio, en fin, tipo vikingo... —Rio, pero en su voz resonó algo de desconfianza.

Viola recordó de golpe que, por supuesto, su padre había estado en Dinamarca. Con ella y con su madre... ¿Cómo no había caído en ello? Y seguro que había examinado con mayor detenimiento que ella a la gente y el país. Puesto que trabajaba en una agencia de viajes, esos temas le interesaban. Maldita sea, ir precisamente con su padre en coche a Dublín no había sido la mejor idea.

Y encima, Ahi empeoró las cosas.

—Los vikingos eran navegantes y guerreros —dijo, compartiendo con Alan su recién adquirido conocimiento de la historia, que abarcaba sobre todo la de Irlanda, ya que en su guía de viajes danesa los vikingos no se mencionaban tantas veces—. Causaron estragos en

236

los asentamientos irlandeses, sobre todo alrededor del siglo X. Fue... —Contó los siglos y a Viola le habría gustado zarandearlo—. Fue hace mil años. ¿Por qué iba a parecerme a ellos?

—Los vikingos procedían de Noruega —intervino Viola, intentando salvar lo que había de salvable—. Y de Islandia. No tanto de Dinamarca.

Su padre rio.

—Bueno, vosotros lo sabréis mejor —dijo bonachón—. ¿Y de qué lugar exactamente de Dinamarca vienes, Alistair? Qué nombre tan extraño para un danés...

Viola hizo un gesto de inquietud. Cuando Ali contestaba a esa pregunta, solía traicionarse. Viola optó por la confrontación como salida de escape.

—No todo el mundo pone a su hijo el nombre típico del lugar —señaló—. Si no, en Irlanda habría solo Kevins...

Su padre enseguida saltó.

—No fastidies, Viola, ¿qué tienes en contra de ese nombre? De acuerdo, es algo convencional, pero suena bien, sobre todo cuando la alternativa es William...

Ainné habría accedido por entero a los deseos de Bill y habría puesto al niño el nombre de su padre. Sin embargo, y de forma excepcional, Alan se había impuesto y al final el bebé se llamó Kevin.

—De todos modos, su segundo nombre es William, ¿o me equivoco?

Hasta llegar a Dublín, Viola y su padre se habían enfrascado de tal modo en la discusión que Alan ya no había logrado sonsacar a Ahi. Pero eso era increíblemente agotador... A la larga, a Ahi no le quedaría otro remedio que aprender a salirse por sí mismo de los líos en que se metía. Viola casi estaba algo enfadada con él, pero se calmó cuando ambos al final se quedaron junto a la escultura de Molly Malone y él de nuevo le cogió la mano sin disimulo. Tal vez se estaba preocupando sin razón. En las semanas siguientes, el interés general por la procedencia de Alistair disminuiría por sí mismo. Viola se acordaba de que los primeros días también a ella le preguntaban sin cesar por Alemania. En la actualidad ya nadie lo hacía. Era una chica de Roundwood, como cualquier otra. ¡Y también se comportaba como tal! Si Ahi, por el contrario, seguía causando extrañeza... Viola no tenía ganas de dar más vueltas a ese asunto. Prefirió acceder a la petición de Ahi de que cantara la canción de Molly Malone y soportó que la gente se detuviera cuando Ahi entonó la melodía con su hermosa voz. Esto en cuanto al tema de comportarse con discreción. Viola suspiró. Por lo menos iba a vestir de inmediato a su amigo con los colores de la escuela de Roundwood. Así que, al menos por el aspecto, no se saldría tanto de lo corriente.

Por fortuna, el cajero automático arrojó sin problema alguno los doscientos euros que Viola había transferido por internet a su cuenta irlandesa. Acto seguido, efectuaron la compra sin demora alguna, así que Viola y Ahi tuvieron que esperar casi media hora a que Alan y Ainné los recogieran.

Viola se sentía algo inquieta. El regreso con Ainné la preocupaba, pues la nueva esposa de su padre, con su lengua afilada, no era fácil de despistar. Si Ainné le pedía explicaciones a Alistair, no lo soltaría hasta que él acabara enredado sin remedio en sus contradicciones. Pero sus temores eran infundados. Tanto Alan como Ainné solo tenían ojos para el pequeño Kevin y se mostraron orgullosos cuando Alistair expresó un auténtico entusiasmo por el niño.

El examen de Ainné al joven «danés» se limitó a un par de breves preguntas acerca de su familia y de su estancia en Roundwood, que el chico contestó sin dificultades. No, no tenía hermanos; sí, sus abuelos vivían con su familia; en efecto, Irlanda le gustaba. Ainné ni siquiera preguntó por su familia de acogida, lo que podría haber generado complicaciones. Los O'Kelley y McNamara solían encontrarse con los padres de Shawna, como prácticamente todos los demás habitantes de Roundwood. Así pues, en ese momento Viola respiró tranquila, pero pasado el día se sintió de nuevo hecha polvo. Encima, el niño se pasó la mitad de la noche llorando y Ainné y Alan estuvieron alternándose para pasear con él por la casa. Viola ansiaba tranquilidad... y estar con Ahi. Estaba impaciente por volver a verlo por la mañana.

En los días que siguieron, la vida de los McNamara y de su inquilino secreto se estabilizó, pero eso no significaba que fuera más fácil. Ahi se puso rapidísimamente al nivel de los demás alumnos. Las clases de la mayoría de las asignaturas parecían divertirle y asimilaba sin esfuerzo lo que le enseñaban. Sobresalía en música y arte, lo que no planteaba ningún problema, porque el talento artístico cuadraba bien con la impresión que producía de ser una persona sensible. Nadie se sorprendía de ello e incluso neandertales como Hank y Mike solían limitarse a gastar un par de bromas al respecto. Puesto que Ahi no parecía tomarse como algo personal insultos como «marica» o «nenaza», todo habría quedado en nada. A fin de cuentas no resultaba divertido meterse con alguien que, simplemente, no se sentía herido.

¡Si no hubiera existido la cuestión del hurling! Viola se maldecía cada día por sus explicaciones y sugerencias en aquel primer entrenamiento del deporte nacional irlandés. Si Ahi se hubiera limitado a considerar que el deporte era absurdo, no se habría tomado la molestia de aprenderlo, si es que en este caso podía hablarse de aprender. Enseguida destacó en el dominio de los movimientos y en dos noches se sabía de memoria el reglamento. Con todo ello, al final se encontraba a años luz del resto del equipo, y si alguno de los otros conseguía por una vez quitarle la pelota, era mediante una falta especialmente pérfida. Hank, por ejemplo, le golpeó frontalmente en una ocasión en las costillas y Ahi se tambaleó sin aliento hacia atrás. Mareado, caminó dando traspiés al borde del campo de juego y Viola, preocupada, se convirtió en objeto de los chismorreos de toda la escuela cuando corrió hacia él para sentarse en la hierba a su lado. Sin pensar en las consecuencias, lo abrazó y le dio *bacha*, lo que enseguida curó las costillas doloridas, pero dejó en evidencia que los dos estaban saliendo juntos. Viola no estaba segura de que eso fuera conveniente. Hasta el momento solo se había bromeado por el hecho de que todas las chicas fueran de cabeza por Alistair, pero ahora también el último argumento del equipo de hurling contra el nuevo se había desmentido: Ali podía ser algo afeminado, pero no era marica. Las chicas de la escuela discutieron entonces con todo detalle sobre qué era lo que tenía Viola que ellas no tuviesen. Hank, por su parte, casi se murió del disgusto a causa de la reprimenda del entrenador y de la severidad de su castigo: no le permitía participar en dos sesiones de entrenamiento y perdió la carrera con Mike por obtener el rango de capitán del equipo.

Cuando al final se dio a conocer la formación, la decepción de Hank todavía aumentó más. Mientras Ahi ocupaba el puesto más importante de delantero, el entrenador colocó al neandertal totalmente atrás, como *cornerback*.

—No consiste en que golpees al rival como has hecho con el nuevo ahora —gruñó el profesor cuando Hank protestó con vehemencia—. Esta vez no se trata de pegarse, sino de la estrategia.

Para alegría del entrenador, Ahi compartía ese mismo parecer y aceptó sus indicaciones sin rechistar, aunque prefería hablar de armonía más que de estrategia. Al entrenador le habría gustado nombrarlo de inmediato capitán del equipo, pero era evidente que un chico tan poco popular no tendría la menor oportunidad de imponerse.

—Venga, todo irá mejor en cuanto Ali lance un par de goles maestros —dijo Shawna para tranquilizar a la inquieta Viola, a quien atemorizaba la franca agresividad de Hank—. Hasta ahora solo son entrenamientos, pero, cuando ganen, todos se olvidarán hasta de la copa. Howard estará enfadado con Ali para siempre jamás, claro, pero eso no va a cambiar. —Howard era el chico a quien Ahi sustituía en el equipo. Ahora estaba sentado en la reserva y de morros—. ¿Y has terminado la parte que te toca del trabajo de biología? ¡Ay no, no me digas que tampoco esta vez lo has conseguido!

Viola tenía que admitirlo: había intentado reunir unos pocos datos durante la pausa del mediodía, pero en la biblioteca de la escuela era muy trabajoso, con internet lo habría solucionado más deprisa.

—Qué quieres que haga, mi casa es un infierno —se defendió, al tiempo que mordía con ansiedad el bocadillo de queso—. La estúpida conexión con internet se interrumpe cada tres minutos y cuando no llueve, no hay viento ni ninguna otra perturbación atmosférica o qué sé yo, entonces es Ainné la que me atosiga. No te rías, Shawna, esa mujer puede conmigo. Durante el embarazo me daba la impresión de ser... bueno, un poco como una ballena malhumorada, que no sabía cómo matar el tiempo y se dedicaba a crear mal ambiente. Pero era relativamente fácil darle el esquinazo. Ahora, en cambio, esa tía está hiperactiva.

En efecto, Ainné había superado con rapidez las molestias del parto y ni siquiera parecía afectada por la falta de sueño que provocaba el llanto incesante del bebé. De nuevo en casa, había empezado por «preparar el hogar para Kevin». Viola debía ser tan amable de ayudarla. A fin de cuentas, era culpa de ella que el niño no dispusiera de ninguna habitación propia. Así que Viola, que no era muy mañosa, se pasó horas colocando seguros para niños en todos los armarios y cajones posibles, se enredó con los hilos de los móviles y cubrió los cristales de las ventanas con adhesivos. Mientras tanto, Ainné retiró todas las figurillas, incluso las que había en la repisa de la chimenea, a la que Kevin seguramente no llegaría hasta que cumpliera siete u ocho años.

En el proceso Ainné se libró de un arpa bastante kitsch, un pequeño instrumento con el que se podía tocar escalas. Viola lo guardó para Ahi, a cuyo encuentro pudo por fin acudir corriendo.

Lo encontró en la cama de la caravana, susurrando la melodía de la lluvia delante de la ventana. Después del entrenamiento de hurling y de haber recorrido el camino desde el Lovely View hasta el camping, parecía algo pálido.

Viola se estrechó contra él y disfrutó del agradable cansancio que experimentaba al dar fuerza a Ahi, algo que le permitía olvidarse de sus peleas con Ainné. Le habría encantado quedarse dormida allí mismo... Otro asunto que la iba poniendo nerviosa. Al principio lo había atribuido al estrés causado por todos los cambios y al jaleo nocturno en la habitación del niño, pero debía reconocer que la relación con Ahi le quitaba energía. Ella lo amaba y sus tiernos mimos y el baile de sus almas seguía dándole alas, pero le costaba producir *bacha* para dos. Viola continuamente sentía hambre y siempre estaba cansada. Otra razón más de que le resultara tan difícil concentrarse en la escuela y entregar los deberes a tiempo. Además, se acercaba el final del trimestre y especialmente los trabajos compartidos con Shawna debían estar bien hechos si no quería bajar la nota de su amiga. Sus propias calificaciones no le importaban demasiado. De todos modos, tal vez tuviera que repetir el curso cuando volviera a Braunschweig. Y eso la llevaba a pensar en otra decisión que podía postergar como mucho hasta primavera y que la preocupaba enormemente. Habría abandonado a Ainné y Bill hoy antes que mañana, pero ¿qué ocurriría entonces con ella y Ahi?

—Cantan... —susurró Ahi. Abrazaba a Viola y acariciaba su cabello con los labios—. Los oigo desde aquí, les sobra *bacha*...

Viola se sobresaltó, pero le faltaban las fuerzas para inquietarse. Ahi también se percataba de que la «vaciaba». ¿Se le notaba? ¿Y qué significaba que a los kelpies les sobrara bacha?

—¿Han... cazado? —preguntó horrorizada.

Ahi asintió.

—La gente de la que habló Moira... Sabía que eran víctimas apropiadas. Y hoy por la mañana... antes de que lloviera... Creo que han sido Lahia y Ahlaya, pero no estoy del todo seguro.

Viola recordó con un escalofrío lo que Moira había contado acerca de un extraño grupo de viajeros que se había instalado en el hotel de sus padres.

—No os lo creeréis, pero viajan a Irlanda para pasar hambre. Lo llaman vacaciones de ayuno. Comen solo caldo de verduras y beben té, y pasean y hacen lo que sea. Sirve para limpiar el intestino o para la transmigración de las almas o qué sé yo. En realidad, no todos están gordos, es un rollo más espiritual.

Shawna había asentido con un suspiro. El restaurante Lovely View se había ocupado de inmediato de los nuevos clientes y Shawna había pasado horas limpiando verdura e hirviéndola para hacer un caldo claro. Además, Bill la había reclamado.

—Hay dos que también montan. Le han pedido a Bill unos caballos para mañana. No les importa que llueva... —les informó en el autobús.

Las otras chicas rieron.

—Y deja que adivine —intervino Moira—: el viejo Bill te ha ofrecido un par de horas gratis de cabalgada a lomos de sus maravillosos ponis, si acompañas a esa gente bajo el chaparrón.

Shawna asintió sin demasiado regocijo.

—¿Qué debo hacer? —preguntó—. Naturalmente, Bill no saldrá con ellos él mismo, si llueve, y Ainné ahora tampoco. Aunque ayer volvió a montar. *Gracie* estaba hecha polvo...

Durante el resto del viaje en autobús, la conversación giró en torno a las tétricas descripciones del primer paseo a caballo tras el embarazo de Ainné, que había transcurrido bastante movido. En opinión de Shawna, demasiado brioso para la condición de la yegua *Gracie*.

Ainné, la «intrépida amazona», no tenía piedad. Había agotado al caballo y lo había llevado empapado en sudor al establo, donde Shawna lo había encontrado y cepillado.

Esa tarde, los clientes en ayunas de Bayview House tenían que montar. Viola sospechaba que Shawna los esperaría en vano...

—No querrás reunirte con ellos y... participar en el reparto de la presa, ¿verdad? —se cercioró Viola.

En los hermosos ojos de Ahi, ese día de un gris pluvioso, se reflejó un asomo de desesperación y tristeza al percibir el horror en la voz de la muchacha.

—Claro que no, pero me llaman. Y sería... sería como un alivio... —Ahi cogió inquieto la pequeña arpa y empezó a afinarla. Cuando sonaron las primeras notas, una sonrisa apareció en su rostro—. También para ti. Tienes mucha fuerza, Viola, pero no tanta. Si ahora... si ahora yo cantara con los demás, te recuperarías...

Viola sacudió la cabeza con determinación.

—Nunca, me prometiste mantenerte alejado de ese... de ese saqueo del alma, y yo prometí darte *bacha*. Hasta ahora ha funcionado. Probablemente bastará con que coma más. Y con que deje la verdura. Lo siento, Ahi, pero a veces simplemente me muero de ganas de comer unas pequeñas almas asadas.

Viola se puso en pie, enfadada en el fondo por haber vuelto a reaccionar con impaciencia. Sin embargo, Ahi no la forzaba en modo alguno a que fuera vegetariana, ni tampoco Shawna. Pero ahora la miraba de una forma que ella prefería no interpretar... A Ahi no le interesaba lo más mínimo un bocadillo de jamón, pero también él deseaba conocer el hambre voraz por las almas...

14

Dos horas más tarde —Viola acababa de encender el ordenador y estaba decidiendo qué sería mejor, si enviar un mensaje a Katja o ponerse de una vez a hacer el trabajo de biología—, Shawna llamó a la puerta de los Mc-Namara. Viola oyó su voz desde el piso superior y le habría gustado pedirle enseguida que subiera, pero la muchacha de cabellos rubios tenía que aclarar primero las cosas con Bill.

—Ni hablar, yo no he llegado tarde, Bill, y tampoco me he equivocado con la hora. Los caballos estaban listos justo cuando habíamos convenido, pero esa gente no se ha presentado. También he llamado a Bayview House y Moira ha comprobado si se encontraban en el hotel, pero las llaves estaban en la recepción y no había forma de localizar a esas personas.

Bill resopló.

—¿Te has esperado un poco, al menos? —preguntó, malhumorado. Estaba resuelto a echarle las culpas a Shawna de que el paseo a caballo se hubiera cancelado.

—¡A veces los clientes llegan hasta media hora más tarde! —intervino también Ainné.

—¡Estoy aquí, Ainné! —exclamó la muchacha. Viola notaba en la voz de su amiga lo agitada que estaba. Seguía siendo tan amable como siempre, aunque sonara un poco más cortante—. Significa que he estado esperando desde las cinco. He preparado los caballos, esperado, los he desensillado, les he dado de comer y limpiado un poco las sillas. En todo ese tiempo no ha aparecido nadie. Seguramente se habrán echado atrás de lo de «también si llueve». Siempre pasa lo mismo. —Shawna estaba molesta y, sin duda, empapada y muerta de frío, pero no preocupada. En los minutos que siguieron, apaciguó a Ainné paseando un poco a Kevin. A continuación subió por fin las escaleras y se dejó caer jadeante en la cama de Viola. Tenía el cabello mojado y pegado a la cabeza, llevaba vaqueros y un jersey viejísimo, y olía a caballo.

»¡Puaj, qué asco de día! Llueve a cántaros, no me extraña que esa gente no haya tenido ganas de salir a montar. Yo tampoco tengo ganas de hacer nada. Menos una cosa... ¿puedo enviar ahora unos mails, Viola? En la escuela no he tenido tiempo, pero justo hoy necesitaría que Patrick me dijera algo reconfortante.

Patrick no contestaría nada reconfortante, sino que más bien se indignaría al saber que Shawna había perdido la tarde en la cuadra de Bill. Al final, otra vez habría trabajado gratis y, encima, le habían hecho reproches. Pero Viola prefirió no decírselo. En lugar de ello, tendió el portátil a su amiga. Esta cliqueó su servidor de correo.

—Que conste que no he venido para esto —señaló Shawna mientras tanto. Le disgustaba tener que pedir a Viola acceso a internet—. En realidad se trata más de Ali. ¿Tiene un aparato reproductor de cedés? La cosa es que pone una música de arpa súper bonita. Si no te importa, ¿me la copiarás? Aunque tu padre todavía está fuera, ¿no? Y Bill y Ainné podrían a lo mejor pasar por allí, sobre todo Ainné. Antes siempre hacía una ronda al anochecer...

Por entonces Alan se encargaba de ello, aunque con esa lluvia era de suponer que en el mejor de los casos inspeccionaría el cobertizo de los botes y como mucho los revisteros de la tienda. Pero Viola enseguida se percató del peligro.

—¡Maldita sea, el arpa! —se le escapó—. Y eso que lo había tomado como un chiste, no hay ser humano capaz de tocar en una cosa tan pequeña. Pero...

—¿Te refieres a que el mismo Ali es quien está tocando? —preguntó Shawna pasmada.

Viola se felicitó por esa nueva complicación que ella misma se había creado. ¿No podía haberse callado y dejar que Shawna se creyese que Ahi solo escuchaba música?

—¿No será de esa mini arpa que Ainné ha tirado? Venga, Vio, ¿dónde debe de haber aprendido?

Viola fingió naturalidad.

—También toca el piano —afirmó—. Y el arpa se pulsa del mismo modo... —Era lo que había dicho Miss O'Keefe. Pero eso no explicaba, por supuesto, que un principiante sacara de un instrumento tan sencillo tales melodías como para que Shawna pensara que eran obra de un profesional.

La chica frunció el ceño, pero Viola ya se había levantado y buscaba en el armario un pulóver y un anorak.

—Da igual —dijo en tono apaciguador—. La cuestión es que pare antes de que mi padre o cualquier otro se entere. Mira tus correos y luego te acompaño un trecho. Basta con que digas que te has olvidado de un libro para mí en el establo. Necesito una razón para salir con este tiempo.

—Ya se lo diré yo misma —respondió Shawna distraída. Había recibido un mail de Patrick y ahora le respondía mientras una sonrisa radiante flotaba en su rostro como los dedos flotaban sobre el teclado.

Viola consideró su propuesta, pero decidió no aceptarla. Shawna sola con Ahi en la caravana: el sonido del arpa y el olor a caballo, que seguro que para el chico tenía algo de íntimo... Solo de pensarlo, Viola ya sentía despertar los celos. Prefería volver a quedarse empapada.

La música de Ahi recompensó a las chicas por el trayecto bajo la lluvia y a través del barro. Los sonidos que extraía del arpa de juguete tenían algo de irreal, transportaban al oyente más allá de lo que deberían hacerlo, y hablaban de nostalgia y amor. Ahi conjuraba armonías —Viola creyó escuchar lo que le unía a ella y le hacía feliz—, pero el arpa también hablaba de pérdida y renuncia.

Shawna escuchaba fascinada.

—¡Tiene que ser un cedé! —afirmó.

Viola dirigió una mirada al interior de la caravana. De modo excepcional, Ahi había encendido una luz, solo una vela, pero bastaba para distinguir su rostro concentrado en la música, los ojos velados y entristecidos y los labios susurrantes que se reprimían el canto. La luz de la vela proyectaba sombras sobre sus peculiares rasgos, pero también el cuerpo de Ahi parecía emitir esa luz suave y pálida que Viola sentía a veces cuando él la estrechaba entre sus brazos. Ahora, sin embargo, no la compartía con nadie. El kelpie solitario percibía las melodías del lago, pero no podía participar en ellas.

Viola se habría puesto a llorar, pero en vez de eso, golpeó con energía la puerta de la caravana.

—¡Abre, Ali! ¿Has perdido el juicio?

Tenía que gritar, tenía que arrancarlo de su ensimismamiento antes de que Shawna viera la expresión de su rostro.

El arpa, en efecto, enmudeció y Ahi abrió la puerta poco después. Todavía algo somnoliento y confuso, pero era un ser que podía pasar por Alistair.

—Vio, Shawna... —Sonrió, pero poco después su sonrisa dejó paso a la preocupación—. ¿Ha ocurrido algo? ¿Los han... encontrado?

En algún momento de esa noche, el lago devolvería los cuerpos de las personas cuya energía vital servía de alimento a los kelpies.

«¡Que no sea aquí!», pensaba Viola. No quería imaginarse a la policía y los guardas reconociendo de nuevo el terreno del camping. Esperaba que Shawna no hubiera oído la pregunta de Ahi o que al menos no la interpretara correctamente cuando a la mañana siguiente saliera a la luz que los clientes que iban a montar se habían ahogado.

—¡No ha pasado nada! —contestó Viola nerviosa—. Y todavía... no he encontrado... —pronunció las palabras con suma claridad— el cable para el aparato de música. Pero de todos modos lo has puesto en marcha... —Lanzó una significativa mirada al arpa, al tiempo que la señalaba con la cabeza.

Pero, por fortuna, Shawna no hizo ninguna pregunta. Al parecer, todavía estaba demasiado feliz a causa del intercambio de mensajes con Patrick y, por otra parte, había tenido un mal día. En cualquier caso, solo informó a Ahi de que su música se oía desde medio camping y luego anunció que tenía que irse.

—De todos modos, ya llego demasiado tarde. A mi madre no le gusta que circule en la scooter cuando es de noche y está lloviendo. ¡Nos vemos mañana en el instituto! —Se despidió de Ahi.

Viola se sentía desgarrada. Le habría encantado quedarse con Ahi, lo habría consolado o simplemente habría compartido su pena. Sentía el deseo acuciante de estrecharse contra él, atraer el alma del chico hacia ella para arrancarla de los kelpies y de su implorante canción. Pese a ello, si no regresaba enseguida, Ainné empezaría a hacer preguntas. Y también su padre podía verla llegar desde la tienda y sospechar de dónde procedía. Era mejor caminar con Shawna un poco por el barro y luego regresar desde otro lugar.

Así que besó a Ahi en la mejilla e intentó depositar en ese leve roce toda su comprensión y amor. Luego se internó con Shawna en la lluvia.

—Qué raro —dijo Shawna, mientras se abrían camino entre el lodo y el aguacero—. Patrick nunca consiguió poner en funcionamiento el aparato de música. Nunca había corriente suficiente. ¿Y además sin cable?

Viola no contestó. Solo cabía esperar que Shawna se hubiera olvidado de ese asunto al día siguiente. O, por si acaso, tendría que pasar la noche conectada a internet para descargar un par de melodías con arpa e intentar colocar pilas a su aparato de música, bastante viejo ya, y comunicárselo a primera hora del día siguiente a Ahi, para que pudiera dar una explicación a Shawna. Y a esas alturas de la jornada estaba muerta de cansancio...

Por supuesto, la desaparición de los dos turistas estaba en boca de todos en Roundwood. Por la noche, el guía del grupo se había alarmado, había informado de su desaparición y alertado a la policía: quien ayunaba estaba débil y corría más peligro que la gente que comía normal. En la escuela se habló ampliamente del tema, mientras Viola luchaba contra su propia debilidad. El sol brillaba ese día y atribuyó a los constantes cambios climáticos su malestar y mareo. La visión del rostro atormentado de Ahi cuando la conversación giró en torno a los desaparecidos tampoco contribuyó a que se sintiera mejor.

En la pausa del mediodía corrió el rumor de que se habían encontrado los cadáveres.

—La guardia del lago considera que al menos una de esas personas quiso nadar —contó Bridie, la hija del *police officer*. Había ido a comer a casa y, por supuesto, estaba al corriente de los últimos datos—. En cualquier caso, llevaba traje de baño o algo parecido debajo de la ropa. ¡Y también le había dicho al guía del grupo que nadaba al aire libre hiciera el tiempo que hiciese! ¡En todas partes, incluso en el mar del Norte! El guía le había advertido que no lo hiciera, pero no sirvió de nada. Bueno, y el otro tal vez quiso salvarla...

Nadie cuestionó la historia. Otro lamentable accidente más que, según la opinión general, en cierta medida se había producido debido a la imprudencia de las víctimas. Los kelpies, sin duda, lo veían exactamente así, aunque para ellos el desenlace fuera distinto. Viola se encontraba muy mal. En el lavabo vomitó el bocadillo de jamón que tanto le había costado comer.

Shawna, también algo demacrada, no hizo preguntas. Al final, esa misma tarde, se produjo otro acontecimiento que Viola y Shawna llevaban tiempo temiéndose. Las dos amigas estaban en el grupo de trabajo de biología, Shawna por interés propio y Viola porque no había ningún grupo similar de informática. Al ingresar Ahi en el instituto, se había unido a las chicas, tal vez porque sentía auténtico interés por la biología o quizá porque el concepto de los grupos de trabajo semivoluntarios le resultaban ajenos. Era probable que se hubiera divertido más en el grupo de inglés o de teatro, pero se había limitado a seguir los pasos de Viola.

El grupo de biología estaba estudiando en profundidad anatomía porque la profesora aspiraba a preparar a sus estudiantes de forma óptima para una futura carrera en esa disciplina o incluso en medicina.

«Quien asiste a mi curso, casi se ahorra los dos primeros semestres», era su dicho favorito. El punto culminante del curso consistía en diseccionar una rana. Los estudiantes llevaban semanas practicando el manejo del bisturí y distintos instrumentos para abrir el cuerpo y preparar los órganos, y hasta el momento les había resultado divertido, al menos a Shawna. Pese a ello, Viola siempre temía cortarse y a Ahi le costaba comprender para qué servían las disecciones.

—Hay que saber cómo es una persona o un animal por dentro por fines médicos —explicó Viola, intentando no iniciar una discusión—. Eso permite comprender mejor las enfermedades y encontrar los remedios para curarlas sin tener que robar el *bacha* de nadie.

Ahi se mordió los labios y pareció algo ofendido.

—¿Para eso... se matan a las pequeñas almas? —preguntó.

Viola se encogió de hombros.

—A veces —respondió—. Cuando se pretende descubrir algo nuevo. Pero en general solo se diseccionan animales muertos, y únicamente personas muertas. Forma parte de la formación de médicos y veterinarios: antes de andar abriendo a los vivos, practican con los muertos.

Ahi lo comprendió y, tras un pequeño ejercicio, ya dominaba el bisturí como un virtuoso. Pelaba los plátanos y diseccionaba las zanahorias tan bien que Shawna bromeó diciéndole que nadie podía cortar la verdura con tanta elegancia como él. Debía mencionarlo cuando en verano pidiera a su familia trabajo en el restaurante.

Pero Miss Rourke había advertido que ese día la clase iba en serio, lo que no inquietaba solo a Viola y Shawna. Ahi no habló de ello porque posiblemente no había entendido de qué se trataba. En cualquier caso, al principio se detuvo contento, pero luego algo desconcertado, delante del terrario lleno de anfibios de un marrón verdoso que Miss Rourke había llevado.

—¡Qué monas! —gimoteó Jenny, ganándose de inmediato una mirada de censura de la profesora.

El resto de los alumnos no comentó nada, solo Hank y Howard hicieron unos ruidos similares a los de un neandertal antes de despedazar a su presa.

—Bien... —comenzó Miss Rourke—, trabajaréis por parejas. A cada una se os dará un animal y comentaremos los pasos del proceso de trabajo antes de que empecéis. Además, aquí tenéis una lámina... —desenrolló la imagen de una rana seccionada— para que consultéis la situación de los órganos.

Mientras todavía hablaba, se colocó rápidamente unos guantes y metió con destreza una rana tras otra en frascos de laboratorio que luego repartió. Viola observó que los animales intentaban huir de ella.

—¡Las pequeñas almas tienen miedo! —susurró Ahi indignado, y no se le ocurrió otra cosa mejor que sacar del frasco la rana que Miss Rourke había puesto en su mesa. El animal pareció tranquilizarse en su mano fría,

Ahi no debía de haberse enterado de que tenía que haberse puesto guantes.

Shawna lo vio de otro modo.

—Está petrificada... —se lamentó.

Ahi pareció concentrarse en su animal y al cabo de unos segundos sonrió.

—Son almas tan pequeñas... —advirtió con dulzura—. Es muy fácil ser uno con ellas. ¡Inténtalo, Vio!

Le tendió la mano con la rana, pero a Viola le repugnaba cogerla. No es que le diera asco, no encontraba que el animal fuera repulsivo. Lo que le repugnaba era fundir su alma con alguien que por medio del cloroformo la transportaría a un cielo, que ojalá existiera, de anfibios.

Maldita sea, ahora pensaba en la rana como si fuera una persona... y el animal se desplazaba con toda tranquilidad de la mano de Ahi a la suya... ¡ni rastro de miedo!

Ahi pidió la palabra.

—¿Qué tenemos que hacer ahora con las ranitas, Miss Rourke? —preguntó—. Me refiero a que si solo tenemos que mirarlas, sería mejor que volviéramos a soltarlas. No están a gusto en los frascos y tampoco se sienten bien a solas. Cantan juntas, ¿sabe? —Ahi se expresaba con tanta amabilidad como siempre, pero Viola percibió otros matices en su voz. Ahi hablaba de modo más cortante y categórico que de costumbre. Su habitual serenidad parecía haberlo abandonado.

Hank y los otros chicos se echaron a reír.

—Alistair, ¿es que no has prestado atención? —preguntó Miss Rourke, enojada—. Hoy vamos a diseccionar las ranas. Esto significa que vamos a abrirlas y mirar cómo son por dentro... —Era evidente que la profesora pensaba que habían surgido problemas con el idioma.

—Pero todavía están vivas —señaló Ahi.

Cuando Ahi planteaba preguntas extrañas, Viola solía preocuparse, pero en esos momentos le resultaba difícil. Mientras contemplaba la rana, la mente de la muchacha pareció reducirse. «Las pequeñas almas —decía Ahi con frecuencia—, no piensan demasiado, "son".» Y la rana parecía sentirse relativamente segura. Viola dirigió la mirada a Shawna.

Entretanto esta los había imitado a Ahi y a ella. También Shawna sostenía su rana en la mano y la contemplaba con la característica fascinación con que trataba a todos los animales salvo a los mosquitos.

—Acaríciale la frente, le gusta —le susurró Viola sin saber cómo se había enterado de eso.

Shawna levantó la mano izquierda y frotó ligeramente la zona entre los ojos de su rana. El animal se quedó quieto. Shawna estaba radiante.

—Esto lo cambiamos enseguida —explicó Miss Rourke con rigor—. Ahora repartiré cloroformo, un líquido incoloro, como veis, y os limitaréis a verter en el tarro con la rana antes de cerrarlo...

—¿Pero por qué? —Ahi no daba su brazo a torcer—. ¿Por qué tenemos que abrir las ranas? ¿Es que no sabemos qué aspecto tienen por dentro? —Miraba desconcertado la lámina que mostraba con exactitud la situación de los órganos de los animales.

Miss Rourke hizo un gesto de impaciencia.

—Ahi, claro que sabemos cómo está hecha una rana, pero es un ejercicio que nosotros mismos debemos realizar...

—¿Matar? —preguntó Ahi, confuso—. Me refiero a que... para usted puede que sea un ejercicio, pero luego esta pequeña alma está muerta.

Shawna asintió con vehemencia.

—¿No podemos diseccionar las ranas por internet, Miss Rourke? —intervino Viola intentando que la conversación tomara otros derroteros. Para ello tuvo que desprenderse del fascinante encuentro con la diminuta criatura, pero le resultó fácil—. Hay una página, lo he comprobado. Y se parece muchísimo a la realidad...

Miss Rourke se iba exasperando poco a poco.

—Viola, este no es un curso de internet, aquí nos dedicamos a la biología. Y las bases de una disección se aprenden con las ranas. Desde tiempos inmemoriales. Todo estudiante de medicina, todo estudiante de biología realiza sus primeras prácticas con una rana...

—¿Se matan miles de pequeñas almas? —preguntó Ahi, horrorizado—. ¿Para nada?

—¡Alistair, las ranas no tienen alma! —aclaró Miss Rourke—. Es una tontería sentimental...

—¡Pero tienen miedo! —intervino Jenny, y señaló su rana. También quería sacar del frasco al animal, pero este se escapó.

—No es miedo, es un reflejo de fuga. Vamos a empezar de una vez. Lo dicho, cogemos el cloroformo, pero con cuidado de no olerlo nosotros...

—Yo esto no lo hago —declaró Ahi tranquilamente—. Me parece mal. Y, además, es innecesario. Así no se aprende nada ni se ayuda a nadie. Ese animalito ni siquiera tiene *bacha* suficiente para servir de alimento...

Miss Rourke parecía ahora realmente enfadada.

—No dices más que tonterías, Alistair. Quiero pensar que el problema se debe a tu falta de comprensión del idioma, pero si te refieres a que no quieres trabajar con nosotros puedes irte, naturalmente. Este es un grupo de trabajo, la participación es voluntaria. ¡Pero no retrases la clase más tiempo!

Ahi se levantó, dirigió brevemente la vista a la pequeña alma que estaba sobre la mano de Viola y el animal enseguida brincó a la suya. Viola no daba crédito. Tal vez antes había sido el azar, pero ahora la rana parecía amaestrada.

—Entonces yo también me voy. —Era Shawna. Y era la primera vez que Viola percibía en ella algo así como rebeldía—. Tiene razón. Esto no está bien. —Colocó con cuidado la mano sobre su rana, pese a que, sin duda, había establecido también una unión con ella. De todos modos, no se fiaba—. No tengas miedo, pequeña... —le susurró al animalito—, ya encontraremos un charco que sea bonito.

—¡Shawna, esto es intolerable! —Miss Rourke miraba perpleja a la que hasta entonces había sido su alumna favorita—. No sigas este ejemplo. Ten en cuenta que, si quieres estudiar medicina, no podrás evitar hacer disecciones...

Shawna hizo un gesto indiferente.

—Para eso todavía falta un par de años y puede que entonces ya se haya impuesto esa cosa de internet que Vio ha descubierto. Ya veremos. Pero hoy no mato a nadie.

—Yo también me voy —añadió Jenny.

—Y yo. —Moira se puso en pie.

—Tened cuidado con las pequeñas almas —se le escapó a Viola—. No las dejéis en cualquier lugar, lo mejor es que vayáis con Ali, él ya sabe...

—De aquí no sale ni una rana... —Miss Rourke estaba ante los que quedaban de la clase. Los únicos que todavía estaban dispuestos a abrir los animales eran Hank y Howard, aunque sin la menor intención de aprender algo de ello. Viola les quitó resueltamente el frasco con el objeto de experimentación de ojos saltones y salió con los demás.

—Shawna, esto tendrá consecuencias... —les gritó Miss Rourke a sus espaldas.

Shawna suspiró.

—Esta saltarina me acaba de costar una buena nota de biología... —murmuró mientras llevaba con cuidado escaleras abajo su rana—. Pero no me importa. Jenny tiene razón: es mona.

Los alumnos estaban eufóricos y llenos de alegría cuando al final dejaron a los animales en el cieno que rodeaba una charca, donde también Ahi había devuelto la libertad a su pequeña alma. Entretanto, el joven había desaparecido, pese a que sus compañeros parecían dispuestos a vitorearlo. Viola esperaba que ese extraño espíritu de solidaridad y de entusiasmo que de repente parecía unirlos a todos se fundara en la rebelión contra la profesora y no en la fusión colectiva de almas con un par de anfibios con suerte... ¡Pero eso sí que era absurdo! Probablemente los otros alumnos solo estaban aliviados por no tener que matar y diseccionar las ranas. Jenny estaba tan contenta que incluso dio un beso de despedida al objeto de análisis.

—Bueno, al menos no habrías diseccionado por despiste a un príncipe encantado —comentó Moira, una vez que la rana dio un salto en lugar de transformarse.

Las chicas se quedaron mirando aliviadas sus satisfechos animalitos y se confesaron unas a otras que llevaban semanas temiendo el momento de abrirlos.

—¡Ali tiene narices! —dijo maravillada Moira a Viola. Esta asintió, si bien con el corazón encogido. Ahi estaba muy lejos de ser un chico normal.

La clase frustrada del grupo de trabajo de biología dejó a los alumnos casi dos horas libres antes de que pasara a recogerlos el autobús escolar. Shawna y la mayoría de las otras chicas las pasaron en el café, pero Viola se sentía intranquila. Se preguntaba preocupada dónde estaría Ahi. Así pues, se puso en camino hacia casa a pie con la esperanza de encontrar a alguien que la llevara en coche. En efecto, un granjero que vivía a apenas kilómetro y medio del lago se detuvo y se ofreció incluso a acompañarla hasta casa en un momento, pero Viola no quiso excederse. Además, Ainné empezaría a hacer preguntas, así que la muchacha dio las gracias al hombre cuando la dejó en su granja y recorrió a pie el resto del camino. Entretanto, en su cabeza se iban sucediendo una tras otra escenas horribles. No cabía duda de que ese día los seres humanos habían decepcionado a Ahi. ¿Qué ocurriría si había regresado con los kelpies y en ese momento cambiaba impresiones con Lahia respecto al extraño comportamiento de las presas de caza de ella? ¿Junto con un oportuno trago de *bacha*?

Al final, Viola casi corría y no tardó en ver confirmados sus temores. Ahi no estaba tendido en la cama de la caravana como era su costumbre ni tampoco esperaba sentado en las piedras que había detrás del cobertizo de los botes. La muchacha erró sin rumbo fijo a orillas del lago y acabó encontrando a su chico en el puente que llevaba a la isla. Estaba agachado sobre uno de los desmoronados pilares, con los brazos alrededor de las piernas y la cabeza apoyada sobre las rodillas. Llevaba los tejanos y la camisa de fieltro de cazador, pero iba descalzo.

Viola se sintió tan aliviada que se mareó.

—¡Aquí estás, Ahi! —Solo tenía ganas de abrazarlo, pero se lo impedía el lugar inestable y elevado donde se hallaba él sentado. Encaramarse allí habría resultado demasiado peligroso.

—¿Por qué no bajas? ¡He estado buscándote!

Ahi alzó lentamente la cabeza. Hasta entonces había estado mirando fijamente el agua, pero en ese momento por fin pareció darse cuenta de la presencia de Viola. Tenía los ojos de un color azul oscuro e intenso, como el lago en las noches claras. Y en ellos había desconcierto y tristeza.

—¡No os entiendo! —declaró—. Te quiero, Viola, pero no entiendo a tu pueblo. Nos llamáis monstruos porque de vez en cuando, cada dos semanas... —seguía resultándole difícil nombrar los períodos de tiempo— cazamos. Pero encontráis totalmente normal matar cada año miles de pequeñas almas. Simplemente para que un memo como Hank pueda sentirse por una vez que es un cirujano o para que vea con sus propios ojos lo que se puede leer en cualquier sitio. Entiendo que matéis animales para comer, pero esto...

Viola se encogió de hombros.

—Tampoco nos ha gustado a nosotros —señaló—. Pero a fin de cuentas... solo son ranas, Ahi.

La miró incrédulo.

—¿Solo ranas? —repitió Ahi—. ¿No has notado su *nama*?

Viola balbuceó.

—Bueno... sí... —confesó—. Pero Ahi, tú mismo has dicho que no piensan mucho. Prácticamente no tienen... *bacha*...

Se interrumpió para volver a pensar en el concepto de *bacha*. Hasta el momento lo había traducido como «energía vital». Pero ¿no sería más bien la capacidad de resistencia? ¿Fuerza y voluntad para luchar?

—¿Y? —preguntó Ahi agitado—. ¿Hay que matarlas por ello? Tienen sentimientos, se aparean, llaman a sus parejas, cantan juntas... ¡Yo tampoco tengo mucho *bacha*, Viola!

En esos momentos su mirada parecía fatigada. Incluso ese breve arrebato le había costado esfuerzo. Se había quebrado la armonía. Viola deseó ardientemente restablecerla, pero para cerrar el círculo él tenía que tocarla.

—Contigo es distinto... —apuntó ella lentamente, y se revolvió bajo la mirada de incomprensión de él. Hasta que por fin se dio cuenta de lo que diferenciaba su visión del mundo. Para Ahi todos los seres eran iguales, al menos eran igual de valiosos. No hacía distinciones entre un príncipe y una rana. Y una mayor cantidad de *bacha*, si bien hacía de un ser una presa más interesante, no lo convertía a la fuerza en una persona más simpática...

Viola suspiró.

—¿Y qué quieres hacer ahora? —preguntó con aire de cansancio.

Ahi se encogió de hombros.

—No lo sé. ¿Me echarán?

Viola sacudió la cabeza.

—¿Del instituto, te refieres? Seguro que no. Como mucho del grupo de biología, si es que no nos echan a todos. Todas las ranas han sobrevivido. —Rio nerviosa—. Y todas las chicas están locas por ti. Hasta Moira, que suele suspirar por Hank. Pero hoy eres el héroe del día. ¡Hazme caso, Ahi, a nadie le gusta ir por ahí matando ranas! ¿No puedes verlo como lo que pasa entre Ahlaya y tú? Ella quería forzarte a que cazaras, pero tú no lo has hecho.

Era distinto y Viola lo sabía, pero eso quizá le devolvía a Ahi. El joven reflexionaba.

—Bien —dijo al final—. Entonces sigo intentándolo. ¿Me das la mano?

Viola le tendió la mano con el corazón brincando de alegría y lo ayudó a salir del puente. El joven la abrazó cuando volvió a estar en tierra firme.

—Quería irme —musitó él—. Pero no podía. Haces algo conmigo, Viola... Ahora sé qué temía Ahlaya. Yo mismo me pongo el cabestro que me ata...

15

El asunto de las ranas no trajo grandes consecuencias. No obstante, Miss Rourke se quejó a la directora, quien, al parecer, sentía más piedad por los anfibios que por los profesores de biología fanáticos. En cualquier caso, nadie insistió en que la clase repitiera el ejercicio con un animal vivo y, en lugar de ello, dos días más tarde, el ejercicio se realizó en el aula de ordenadores y los escolares diseccionaron la rana virtual. Viola se enteró de ello por Shawna, que siguió en el grupo de trabajo de biología. En cambio, ella y Ahi se habían incorporado al grupo de literatura y leían poemas de Robert Frost. Al contrario que Shakespeare, Frost escribía un inglés fácil de entender y la muchacha percibía la armonía de sus versos. Ahi quedó fascinado, como era de esperar, y Viola respiró aliviada.

Poco después empezaron las vacaciones de Navidad, un período que Viola temía. Su madre seguía en América, por lo que nadie preguntaba por qué no volvía a Alemania en las fiestas. Sin embargo, el hecho de que Ahi no se marchara llamaría la atención y Viola caviló durante noches en busca de un posible pretexto. A pesar de todo, no fue necesario dar ninguna enrevesada explicación, pues prácticamente todos los compañeros de la escuela se marchaban de viaje. Incluso los padres de Shawna se alejaban un par de días de su querido restaurante: a fin de cuentas, la temporada de turistas ya se había terminado. Las montañas casi siempre se hallaban envueltas por la niebla y la lluvia era casi constante. Shawna ya se hacía ilusiones sobre la República Dominicana y su exótica fauna.

—¡Saludaré a un par de ranas de tu parte! —bromeó con Ahi. Se despidió de los ponis de Bill y se marchó.

Viola pasó una fiesta de Navidad enervante con la nueva familia de su padre y prácticamente todo le resultó horrible. Bill intentó recurrir a su ayuda en el establo, después de que «la impertinente» Shawna lo hubiera dejado «plantado». Puesto que ella se negaba imperturbable, Ainné utilizó su táctica de los «quizá» con Alan. El padre de Viola pasó, muy a su pesar, medio día en el establo, pero insistió en que Bill sacara a los animales de los boxes antes de limpiar el estiércol. Ya podía el anciano soltar todos los exabruptos que quisiera, al estilo de «tú no tienes carácter», que el padre de Viola no pensaba acercarse a los caballos. Pese a ello, al terminar la tarea olía fuertemente a estiércol y parecía no aguantarse ni a sí mismo. Aunque colmaron a Kevin de regalos, el niño no dejó de llorar en todo el tiempo. El olor de los pañales junto con el aroma del abeto y las ramas de muérdago era una mezcla que aturdía. Para colmo, el día de Nochebuena Ahi se encontró en el camping con Alan, que se compadeció del chico y lo invitó a la comida de mediodía.

—¿Los McLaughlin te han dejado aquí solo? ¡Qué cara más dura! ¿Y ahora querías ir a ver a Viola? Entra, debes de estar congelado tras caminar todo este trecho bajo la lluvia. Después te llevaré en coche, no hay réplica que valga. Y mañana te vienes a comer, hombre. Es Navidad, nadie tiene que estar solo.

Viola pasó las horas que siguieron intentando comunicarle aunque fuera tan solo una vaga idea de lo que se entendía por la Navidad. También intentó enseñarle un par de costumbres navideñas propias de Dinamarca. Sin embargo, Ahi no tardó en caer en desgracia al declararse vegetariano y negarse a probar el pavo que había cocinado Ainné. El pavo, de todos modos, estaba como para echar a correr: Viola pidió en silencio perdón a la «pequeña alma» por haber sido ultrajada póstumamente con el pringoso relleno sin sal que había preparado la esposa de Alan. No obstante, los demás invitados, el primo de Ainné, Brian, y la mujer de este, devoraron grandes cantidades y luego se dedicaron al whisky. Así pues, la obligación de darles conversación evitó que se plantearan preguntas delicadas a Viola y Ahi. Y entonces, de forma inesperada, Ahi pudo ganar puntos cuando Brian quiso ponerse a cantar villancicos. En lo tocante a este tema, Ahi recordaba todo lo que se había dicho en la escuela de Roundwood, en la radio y en las calles. Cantó con su preciosa y nítida voz y consiguió incluso que Kevin se durmiera. Después de ello, Ainné ya no estaba enfadada con el amigo de Viola ni tampoco tuvo nada en contra cuando, al dejar de llover, los dos se despidieron para dar un paseo.

—Vale, ¡pero no os besuqueéis en el cobertizo! —advirtió con unas risitas Brian, ya bastante entonado—. Que luego lo mismo hay que celebrar la siguiente boda...

Viola ya se disponía a soltarle una respuesta airada, pero su padre aprovechó la observación.

—¡Por ahí no vas bien, Brian, no hagas de celestina de niños! Ya tendrás bastantes celebraciones después: Ainné y yo vamos a casarnos por la iglesia. Al mismo tiempo que bautizamos a Kevin, el quince de marzo. ¿Qué os parece?

Los adultos volvieron a alzar sus vasos mientras Viola no veía el momento de escapar.

—¡Así que lo ha convencido! —exclamó indignada al tiempo que corría con Ahi hacia la orilla del lago bajo el cielo cubierto de nubes—. ¡Y lo mismo tengo que hacer de dama de honor! O de madrina del niño...

Ahi rio relajado. También él había bebido whisky por primera vez en su vida. El licor parecía estimularlo y Viola se preguntó si la denominación irlandesa para el whisky *uiske beatha* no tendría algo que ver con el *bacha* para los amhralough. En cualquier caso se lo llamaba *ischke baha*, «agua de vida». Sin duda, había una relación lingüística. Pero ¿se podía sustituir uno por el otro? En un asomo de frivolidad se imaginó un lago lleno de kelpies borrachos.

Fuera como fuese, tendría que vigilar a Brian. El primo de Ainné estaba bastante achispado y había empezado a fanfarronear con sus experiencias de jinete. Si en ese momento se cruzaba un kelpie por su camino... Viola se preguntaba cuándo tendría la familia de Ahi que volver a la caza.

Pero cuando el joven la abrazó, ella se olvidó de todo. Se besaron, efectivamente, en el cobertizo de los botes y contemplaron el lago, sobre el que pendía la luna llena. Aunque permanecía casi todo el rato oculta tras las nubes, en los escasos momentos en que la lluvia se detenía, salía y bañaba el agua de una luz plateada. El brillo irreal se reflejaba en los ojos de Ahi y Viola reconoció de nuevo en él al príncipe azul que ya en su primer encuentro la había cautivado. Al final encontró una piedra junto al lago que a la luz de la luna parecía dorada. Se la puso sobre la palma de la mano y la miró maravillada. Ahi cerró su mano fresca y suave alrededor.

—¿Crees que las piedras se cargan de energía? —preguntó ella en voz baja—. En Glendalough las personas ponen las manos sobre las viejas murallas porque piensan que así pueden sentir a san Kevin.

Ahi se encogió de hombros.

—Si quieres creértelo, entonces en esa piedra hay algo de nosotros dos —respondió con ternura—. Pero no debes perderla nunca...

Alan también invitó a Ahi a celebrar la Nochevieja, lo que en esa ocasión inquietó menos a Viola, pues no solo se había apuntado Brian, sino otros dos parientes más de Ainné con sus parejas. De nuevo bebieron mucho en la fiesta e hicieron caso omiso de Viola y Ahi. Este solo llamó un poco la atención a medianoche, cuando el padre de Viola se empeñó, según la costumbre alemana, en encender unos fuegos artificiales. Los estallidos y las estrellas artificiales en el cielo nublado casi mataron del susto al kelpie. El oído de Ahi era mucho más sensible que el de los seres humanos. Las explosiones le provocaban dolor físico y Viola se lo encontró tembloroso en el establo, donde los ponis de Bill también estaban paralizados de miedo. Otra costumbre totalmente inútil, en opinión de Ahi, quien no entendía qué sentido tenía todo aquello. Viola, por el contrario, pensó con cierta sensación de incomodidad que, en sus orígenes, los fuegos artificiales servían para expulsar los malos espíritus.

A este respecto, el padre de Viola triunfó esa noche. A Brian y el resto de los borrachos que estaban en la orilla del lago no les amenazaba ningún peligro. Lahia y Ahlaya, sin duda, se mantendrían en el fondo del lago con las orejas tapadas.

Las vacaciones llegaron a su fin. Shawna y las otras chicas compitieron entre sí a ver quién estaba más morena y durante un par de días solo se habló del sol, el mar y los ligues de vacaciones. Luego, sin embargo, fueron apareciendo otros temas de conversación. El segundo domingo tras la reincorporación en el instituto se celebró el primer partido de hurling de la temporada de invierno. Empezaba la eliminatoria de los campeonatos nacionales. Roundwood jugaba en primer lugar contra otros equipos del condado de Wicklow y, naturalmente, Ahi participaría.

El día del partido las chicas de Roundwood rivalizaron solo por ver quién iba más guapa. No tenían que llevar uniforme, eso les permitía concentrarse en impresionar a los chicos, sobre todo, al nuevo favorito del alumnado femenino. Desde el asunto con las ranas, prácticamente todas las chicas se habían enamorado de Alistair. En esos momentos agitaban banderitas con su nombre y pancartas con escritos como «Ali, go!» o «Ali for Roundwood!».

A Hank y el resto del equipo eso les sentaba mal. Ni siquiera Mike, el capitán, despertó tal interés y, poco antes del encuentro, Hank se ganó una reprimenda de Moira. El chico había intentado robarle un beso, pero ella no accedió, sino que le propinó un fuerte bofetón.

—¡Primero se pregunta, luego se besa! —le informó, y desenrolló su pancarta para Ali. Hank estaba que echaba chispas en el vestuario.

Viola se sentía algo nerviosa por todo el jaleo que se armaba en torno a su chico. Una parte de las alumnas se pasó de la raya: Ahi no podía librarse de ellas. Al final, Viola encontró el momento para dar un aviso. Mientras el equipo hacía los ejercicios de calentamiento en el campo de juego, llamó a Ahi, lo detuvo y lo besó en los labios delante de todas las miradas.

El sorprendido Ahi quiso abrazarla, pero el silbato del entrenador los separó enérgicamente. Los espectadores vitorearon y aplaudieron, aunque a algunas chicas no les hizo ninguna gracia. Viola volvió a las gradas algo alterada y roja. Ese día estaba tan agitada que ni siquiera se sentía mareada, aunque en los últimos tiempos Ahi cada vez necesitaba más *bacha*. En el tiempo transcurrido se la veía más delgada. Shawna ya le había preguntado preocupada si había perdido peso, pero hasta el momento Viola había conseguido atribuirlo todo a una gripe, algo que no levantó sospechas porque en invierno todo el mundo se resfriaba.

Shawna esperaba a Viola en las gradas, muy sonriente. Resplandecía de alegría: no era extraño porque a su lado estaba Patrick.

—Le ha devuelto las partituras a Miss O'Keefe —explicó Shawna con los ojos brillantes—. Y cuando oyó que había partido de hurling...

—He sucumbido al encanto de este juego —bromeó Patrick—. Como dijo un hombre bastante inteligente: «Un juego de bravucones para bravucones.» —Señaló a Hank, que ya buscaba pelea antes de que empezara el juego—. ¿Y ese de ahí, el más delgado, es el niño prodigio danés? —preguntó Patrick con la mirada clavada en Ahi, que corría tranquilamente en el campo y lanzó veloz un par de pelotas. Viola sabía que no necesitaba precalentamiento, pero hacía como los demás para guardar las apariencias—. No tiene pinta de ser un campeón de hurling. Ni tampoco de danés...

—¿Cómo sabes qué aspecto tienen los daneses? —replicó Shawna un tanto burlona.

Patrick se encogió de hombros.

—Vivo con toda una horda. —Viola se sobresaltó cuando Patrick prosiguió—. Nuestra residencia de estudiantes está totalmente tomada por los nórdicos a causa de una especie de programa de intercambio. Estudian de todo. Alguno también música, pero cuando están borrachos, no hay ninguno que no cante.

Viola suspiró aliviada. Al menos tenían algo en común con Ahi. Y en ese momento ya no quedaba tiempo para seguir cavilando. El partido empezó cuando el árbitro lanzó la pelota desde la línea de medios. Ahi enseguida la recogió elegantemente con el palo. Se la pasó a otro jugador, corrió hacia delante y poco tiempo después volvía a tener la pelota. Aún no habían transcurrido cinco minutos cuando Roundwood ya había marcado el primer tanto.

Patrick apenas si podía creer lo que estaba viendo.

—¿Y esto lo ha aprendido en tres meses? —preguntó pasmado—. Chicas, yo también he sido jugador, y no de los malos. Pero algo así... Este no llamaría la atención en la liga de campeones... O lo haría de forma sumamente positiva... Mirad, ¡ya vuelve a tener el *sliotar*!

Entretanto, los alumnos de Roundwood no cabían en sí de alegría. Vitoreaban frenéticos a Ahi, aunque era evidente que él intentaba mantenerse en segundo plano.

Pasaba con frecuencia la pelota, se atenía por completo al reglamento y prefería que la pelota cayera en manos del oponente antes que arriesgarse a iniciar una pelea con otro jugador o a cometer una falta. Por lo general, solía esquivar a los contrincantes y era sorprendentemente rápido. Ya al final de la primera parte, Roundwood iba en cabeza con tres sensacionales goles y doce puntos. Ahi había conseguido dos tantos y había lanzado la pelota por encima de la portería tres veces. El tercer gol había sido de Mike. Hank solo atrajo la atención por cometer una falta que condujo de inmediato a un saque de falta del rival, cuyo delantero aprovechó la oportunidad para marcar el único gol de los oponentes.

La segunda parte del partido transcurrió del mismo modo, si bien Ahi dio las primeras muestras de cansancio. Viola se preocupó un poco al percatarse de ello, aunque el chico parecía más triste que agotado. En cualquier caso pasó la pelota a sus compañeros en más ocasiones. Hank avanzó con ella hasta la línea de portería, cometiendo todo tipo de faltas por el camino. Luego el árbitro lo detuvo por haber infringido las reglas del juego y el entrenador lo cambió por otro jugador. Hank insultó a todo el mundo y Ahi se vio afectado por ello. En esa parte solo se marcó un gol, pero el equipo local obtuvo dieciséis puntos. El rival también consiguió un gol y ocho puntos: estaba derrotado y no tenía esperanzas de recuperarse.

La escuela de Roundwood vitoreó a Alistair Nokken.

—¿Se llama así? —preguntó Patrick, sorprendido—. Qué nombre más raro. Pero ven, Shawna, vamos a felicitarlo. Seguro que Vio nos conduce a través de todos los obstáculos hasta el jugador. ¿O es que no quieres ahora darle un beso delante de todo el equipo?

Viola habría preferido evitar el encuentro entre Patrick y Ahi, pero las circunstancias eran las que eran. Así que, a su pesar, se dirigió en su compañía al campo de juego, donde los chicos de Roundwood se felicitaban unos a otros y se abrazaban como era habitual. Solo a Ahi no lo tocaba nadie. El entrenador incluso llegó a hacer un gesto de aprobación cuando Viola se acercó al chico. Ahi se arrojó a sus brazos, no triunfal, sino buscando protección.

—No me hablan —dijo con tristeza—. Levantan barreras a su alrededor, ni siquiera sé a quién tengo que pasar el balón. ¿En serio te parece buena idea que participe en esto? Una vez hablaste de armonía, pero aquí no la hay...

A esas alturas Viola ya se había dado cuenta de que no era muy acertado que Ahi formara parte del equipo, pero no se le ocurría cómo librarlo del asunto. El entrenador no dejaría marchar a su nueva estrella bajo ningún concepto, y por otra parte el público sentía auténtica veneración por él.

Por fortuna, Shawna intervino. Viola se preguntaba si su amiga sentía la frustración de Ahi o si simplemente conocía bien a su compañero de instituto y percibía su estado de ánimo.

—¡No te preocupes por Hank y compañía! —lo reconfortó—. ¡Mejor escucha lo que están cantando ahí arriba! ¡Los seguidores del equipo te adoran!

En lo alto de las gradas un par de tipos entonaban canciones populares irlandesas. Ahi esbozó una leve sonrisa forzada.

Y con el ánimo abatido fue también como lo conoció Patrick. Claro que el estudiante de Dublín se mostró sumamente afable, preguntó poco e incluso consiguió hacer reír un par de veces a Ahi. Pero Viola no se hacía ilusiones. El camuflaje de Ahi no convencería a Patrick.

—¿De verdad lo conoces de Dinamarca? —preguntó Patrick cuando se sentaron en una hamburguesería junto a una taberna. Patrick había invitado a las chicas y a Ahi, claro, pero este había preferido irse a casa. Su mirada turbada y al mismo tiempo profundamente desdichada partió el corazón de Viola, pero decidió no irse con él. Prefería escuchar de primera mano lo que Patrick opinaba de su chico.

En esos momentos, la muchacha asentía.

—¡Pues claro! ¿De qué iba a conocerlo, si no? —insistió ella—. Lo conocí en Jutlandia, durante las vacaciones.

—¡Pues yo te digo que no es danés! —declaró Patrick, convencido—. Vio, cada día oigo el acento en el pasillo de la residencia... en la sala común... Si quieres, lo puedo imitar. Es cierto que Ali se expresa a veces de una forma un tanto extraña, pero su inglés no tiene acento. Hazme caso, lo distingo. ¡Estudio lingüística!

—Pero ¿por qué nos iba a mentir Vio? —replicó Shawna en defensa de su amiga—. No gana nada soltándonos un cuento.

Viola enseguida se sintió culpable.

—La pregunta no es si Viola miente, sino qué esconde ese tipo —respondió Patrick enfadado—. ¿Qué más te contó en Dinamarca, Vio? ¿Conociste a su familia? ¿Eran normales?

—Bah, ¿qué significa ser normal...? —Viola jugueteaba con su vaso de Coca-Cola—. Tiene una familia bastante extensa. Y algunos, claro, son algo peculiares.

—¡Pero tendrás que reconocer que es bastante raro que abandone de repente a los suyos para reunirse en Irlanda con su amor de vacaciones!

Por supuesto, Shawna se lo había contado todo a Patrick. A Viola le habría gustado evitarlo, pero seguramente el joven había preguntado si podía pasar la noche en la caravana de los McNamara.

—Yo lo encuentro romántico... —terció Shawna, pero Patrick puso los ojos en blanco.

—Y lo del hurling... Si ese Ali nunca había jugado, seguro que lo habrá hecho al hockey o al béisbol o a algo parecido. Tiene que practicar algún deporte de competición, de lo contrario no habría podido aprender tan deprisa las estrategias. ¿Y qué sucedió con la rana?

Shawna se lo contó.

—Y encima también milita en la protección de animales —fue el comentario de Patrick—. En cualquier caso, es un tipo raro. Me preocupa un poco que vayas por ahí con él.

—¡Muchas gracias, papi! —contestó Viola, enojada—. ¡Pero nunca he necesitado ayuda para elegir a mis amigos! ¿Y puede saberse qué iba a hacerme?

Dicho esto, se levantó y se marchó en dirección a los servicios. Tenía que serenarse y ordenar sus pensamientos. Ese día le resultaba ya de por sí difícil, había sido una jornada bastante agotadora. Por primera vez había tocado el alma de Ahi y había sentido no solo felicidad por estar los dos juntos, sino también la inseguridad y el miedo de él.

Se remojó la cara con agua fría y se maquilló de nuevo. Últimamente utilizaba una base de maquillaje no solo para disimular un par de granitos, como le había dicho a Shawna, sino para ocultar las ojeras y la palidez.

Cuando regresó a la mesa, se encontraba algo mejor y de nuevo con un hambre canina, que se le pasó, sin embargo, cuando le llegaron los últimos retazos de la conversación al acercarse a Patrick por detrás.

—¡No puedo remediarlo, Shawna, pero ese Ali me parece raro! Y los chicos del equipo de hurling parecen sentir lo mismo que yo. De acuerdo, puede que tengan algo de envidia, ¡pero después de haber ganado un partido, le echarían el brazo al hombro al mismo Frankenstein! A vuestro Ali es al único que nadie toca... ¡Cuida de Vio!

En las semanas que siguieron no se produjo ningún acontecimiento especial, excepto por la sensacional serie de victorias de los Cougars de Roundwood en los partidos de hurling. Ahi conseguía con creciente regularidad que su equipo ganara puntos de forma espectacular. Al final de las seis primeras semanas de la temporada deportiva no cabía duda de que representarían al condado de Wicklow en el Campeonato Nacional. Pese a ello, el equipo no cambió su actitud respecto a Alistair. Los chicos seguían tomándose a mal su habilidad en el juego y le hacían el vacío no solo en el vestuario o en los entrenamientos, sino con frecuencia también durante los partidos. La mayoría de los espectadores no se daba ni cuenta, pero Viola estaba preocupada.

—¿No tomas nada... de *bacha* de ellos cuando te abrazan o así? —preguntó inquieta.

Ahi puso una mueca de ignorancia.

—No de forma consciente. Pero ya sabes cómo va eso, ocurre y punto. Justo después de los encuentros, cuando estoy agotado...

No obstante, cada vez hablaba de forma más parecida a la de Viola y los otros alumnos y planteaba menos preguntas peculiares. Esto último, sin embargo, resultaba más alarmante. No podía ser que Ahi fuera «robando» a todo el que le tocara por casualidad. La misma Viola apenas si se daba cuenta y encontraba agradable facilitarle *bacha*, pero sabía perfectamente cómo se sentía uno al principio, y lo difícil que resultaba definir tales sensaciones.

«Raro...» No se podía quitar de la cabeza lo que Patrick había dicho.

16

Durante las semanas siguientes, los Cougars de Roundwood causaron cierto revuelo al derrotar también a los equipos de Cork y Tipperary, los favoritos del campeonato. Pese a ello, los jóvenes del equipo continuaban rechazando a su excelente delantero Alistair y, con el paso del tiempo, el odio de los otros equipos también fue concentrándose en el excepcional jugador de Roundwood. Ahi sufría el amasijo de sentimientos negativos que dirigían contra él en cuanto pisaba el terreno de juego. Los vítores y la admiración de las muchachas no lograban compensar esta animadversión y Viola todavía se preocupaba más cuando las animadoras se negaban a separarse de su chico antes y después del partido. Algunas hasta se metían en el campo para acariciarlo y besarlo. Si él les tomaba *bacha* de este modo, ellas no daban la impresión de percatarse. Si bien Viola se extrañó de ello al principio, luego se dijo que era totalmente normal entre fans que, después de un encuentro con su ídolo, se sintieran algo más débiles.

A ella misma cada vez le resultaba más difícil tener fuerza vital suficiente para dos y, además, combatir la depresión de Ahi. El joven percibía que ella cada vez estaba más delgada e irritable, y se culpaba por ello. Viola tenía la sensación de estar dando vueltas en un círculo vicioso: cuanta menos felicidad y seguridad experimentaba, menos *bacha* era capaz de producir.

Por supuesto, también había momentos bonitos. Una clara noche de invierno, por ejemplo, el cielo pareció encender unos fuegos de artificio naturales para Viola y Ahi. La muchacha se largó de casa cuando Kevin se puso de nuevo a gritar como un energúmeno, y besó a Ahi bajo una lluvia de estrellas errantes. Ambos se sintieron transportados por esa atmósfera fantástica y sus almas unidas volvieron a superar los límites de espacio y tiempo. Mientras las estrellas estallaban, ellos corrieron riendo por los prados intentando apresar las luces fugaces.

—Saludos de las lejanas estrellas... —susurró Viola—. ¿Las has bajado del cielo?

Ahi sacudió la cabeza riendo.

—Llegan de forma voluntaria cuando las personas se aman de verdad... o el alma del universo las guía... ¡Mira, mira, creo que tengo una! —Cerró riendo la mano alrededor de un soplo de viento y luego los dos dejaron de nuevo libre la estrella...

También la excursión escolar a la isla de Aran fue como un sueño. Miss O'Keefe y Mrs. Murphy, ambas fascinadas por el pasado celta de Irlanda, acompañaron a los alumnos y la profesora de música tocó el arpa en un fuerte antiquísimo situado sobre una peña. Viola se inclinó hacia Ahi, sintió cómo él se fundía con las melodías y Shawna buscó silkies en la colonia de focas.

—Podríamos cantar con ellas... —propuso Ahi, por suerte en voz baja, solo para Viola—. Bajemos a saludarlas...

Por regla general, las focas solo se observaban desde lejos, pero cuando por fin dejaron un rato libre a los alumnos, Ahi ya no pudo contenerse. Viola lo acompañó vacilante, pero los otros alumnos solo silbaron un poco tras ellos haciendo comentarios mordaces. Al final, nadie se fijó en ellos mientras descendían bajo la llovizna hacia los animales para escuchar sus graves voces. Era como si estos enseguida hubiesen introducido a Ahi y Viola en su círculo, y en sus sueños la joven nadó y cantó la melodía del mar.

Más tarde, Mrs. Murphy explicó las ceremonias de casamiento celtas en una antigua capilla, y Viola y Ahi introdujeron los dedos por el anillo de piedra para unirse simbólicamente. Al principio solo pareció un juego, pero la sensación era abrumadora, similar al primer contacto de sus almas. La única diferencia era que, después, Viola no se sintió débil, sino cargada de amor hacia todos los seres que desde tiempos inmemoriales habían buscado allí la fusión de los cuerpos y las almas.

Los otros alumnos se burlaron, pero Viola y Ahi no pudieron soltarse las manos ni siquiera durante el viaje a Galway. Permanecieron en la popa del barco, radiantes de dicha ante el mar agitado, de modo que luego ambos estaban calados a causa del oleaje y fascinados por el sentimiento arrollador de estar juntos y ser felices.

Aun así, después llegó la rutina, las dudas de Ahi y la creciente debilidad de Viola. Ella seguía perdiendo peso y Shawna y las otras chicas lo comentaron.

—¿Estáis haciendo una dieta juntos o qué? —preguntó Moira antes de uno de los partidos de hurling. Se había fijado en que también Ahi parecía cada vez más delgado y pálido entre el resto de corpulentos jugadores.

Incluso Katja pareció darse cuenta de algo. Sus quejas de que Viola solo le enviaba correos de vez en cuando iban en aumento.

¿Tan ocupada te tiene tu amorcito que ya no te queda tiempo para los viejos amigos? —preguntó celosa en una ocasión—. ¡Ya siento algo más que curiosidad por ese tipo! ¿Vas a enviarme por fin una foto en la que se le distinga?

Como respuesta a sus demandas, Viola le había enviado una foto en la que Ahi estaba jugando al hurling, con casco y protección para la cara. Y en cuanto a enviar más mails, a esas alturas Viola ya no sabía qué decirle a Katja acerca de Alistair sin arriesgarse a meter la pata. La idea de presentarlo como si fuera un tinker fue revelándose como meter un gol en propia meta. Katja se había informado sobre el modo de vida de ese pueblo nómada y comentaba sorprendida las experiencias de Viola con Ahi.

Qué raro que le gusten tanto los animales. Según internet los tinkers suelen comerciar con caballos, y pocas veces se andan con melindres con ellos. ¿Y vegetariano? Eso no va con su tipo de vida. No se quedan tiempo suficiente en un sitio para que las patatas crezcan. Vio, ¿estás segura de que no te engaña?

Viola ignoraba qué contestar y, como por las noches solía estar muerta de cansancio, al final no escribía. Al principio Katja se mostró inquieta, pero luego pareció renunciar, hasta que llegó un fin de semana largo, poco antes de la boda de Ainné. Los alumnos de Braunschweig disfrutarían en total de cuatro días de vacaciones y el martes anterior a la fiesta Viola recibió un mail con la señal de urgente.

¡Hola, Vio! Espero que no tengas planes para el próximo fin de semana. Si habías previsto algo, cancélalo porque voy a verte. ¡Sí, en serio, el jueves al mediodía aterrizo en Dublín! Un vuelo barato de último minuto, solo me ha costado un par de euros. El domingo te librarás de mí otra vez, pero entretanto quiero conocer tanto de Irlanda y de tu fabuloso *boyfriend* como sea posible. ¡Dime si irás a recogerme! Saludos, Katja.

La primera reacción de Viola fue de enorme alegría, pero luego se puso un poco nerviosa. A Katja no se le pasaba nada por alto, sería difícil ocultar o explicar que Ahi fuera diferente. Además, Ainné no pareció entusiasmada ante la idea de tener un inquilino en casa.

—¿Una semana antes de la boda? ¿Has perdido la razón, Vio? Pero si ya ves el lío que tenemos...

Viola no podía dejar de darle la razón, pero dudaba que la presencia de Katja influyera para algo en el caos. El estrés se generaba básicamente en la cabeza de Ainné, pues, a fin de cuentas, no había tanto que organizar. Los McNamara celebrarían el festejo en el Lovely View. Los padres de Shawna se encargarían de servir el banquete y los invitados que procedían de lejos se alojarían en los tres apartamentos del Lovely View y en el hotel de los padres de Moira. Únicamente Brian y su mujer, que no querían pagar por una habitación, se quedarían en casa de los McNamara, pero a fin de cuentas ya habían sobrevivido a su presencia en Navidad y Año Nuevo.

Ainné estaba muy nerviosa por su vestido de novia,

que había que confeccionar, y por el del de bautizo de Kevin, que consistía en una prenda herencia de la familia.

—Como si no hubiera vestidos de novia en Dublín —señaló Viola irritada a Shawna—. Podría ir y limitarse a elegir uno. Y sobre todo tendría que ir decidiéndose acerca de cuánto quiere adelgazar... —Habían tenido que retocar el traje nupcial en dos ocasiones porque Ainné había perdido peso.

Estaba decidida a perder los kilos que había engordado durante el embarazo mediante una estricta dieta que, por supuesto, tenía como consecuencia que el resto de los habitantes de la casa tampoco comieran como era debido. Viola volvía a cocinar, como siempre, pero Ainné le dio a entender que cualquier tentación sería mal recibida. Así que Bill y Viola completaban su alimentación con bocadillos y Alan pasaba hambre por solidaridad con su esposa.

—Ojalá no le diera por montar a caballo diez horas al día —añadía Shawna igual de malhumorada, pues últimamente tampoco estaba en buenas relaciones con Ainné—. Al parecer cree que adelgaza, pero la que pierde peso sobre todo es *Gracie*. ¡Y ya le ha hecho daño en una pata dos veces! Es una locura: durante seis meses nadie la ha montado y de golpe y porrazo el pobre animal tiene que practicar deporte de competición.

Por otra parte, Bill planeaba enganchar dos ponis a un carruaje de bodas. Ya había alquilado uno, pero no era el más adecuado para los caballos: pesaba demasiado para un tiro tan pequeño. Shawna lo consideraba una locura y a veces Viola pensaba, inquieta, en los kelpies. ¿Se dejarían enganchar Lahia y Ahlaya para conseguir *bacha*?

En cualquier caso, era inconcebible que el padre de Viola u otra persona fuera al aeropuerto a recoger a Katja.

Viola se lo hizo saber a su amiga, pero esta le quitó importancia al asunto.

No importa, cogeré el autobús. Aunque mi inglés no es perfecto, será suficiente para comprender el horario. Repíteme el nombre del pueblucho... ¿Sale en algún mapa?

—Desde luego, tu amiga tiene valor —dijo Shawna cuando Viola se lo contó—. Ir completamente sola del aeropuerto a Dublín... Bueno, con el autobús de línea todavía, pero a la estación de autobuses y a Roundwood... ¿No quieres ir a buscarla al menos a Dublín, Vio? Ya sé que tendrías que saltarte las clases, pero ya me inventaré algo... que te has puesto enferma o así. De todos modos, tienes bastante mal aspecto... En serio que deberías ir al médico. Estoy segura de que no es solo porque Ainné no cocina. Me refiero a que... tampoco ha sido nunca una súper ama de casa...

Viola había intentado justificar la pérdida de peso con la absurda dieta que se había impuesto en casa de los McNamara.

Ahi acompañó a Viola a Dublín. El que ella objetara que eso llamaría la atención, cayó en saco roto.

—Que piensen lo que quieran. A lo mejor estamos los dos enfermos. Te he contagiado, o tú a mí... Pero yo quiero estar contigo...

—Vas a faltar al entrenamiento antes del gran partido de la semana próxima —replicó de nuevo Viola. Justo el día de la boda de Ainné se celebraba un partido decisivo: Roundwood se enfrentaba con el actual campeón irlandés, un equipo de Killarney. Lo más probable era que Viola no consiguiera acudir al encuentro y Ahi prefería no participar.

Sin embargo, ella ya le había quitado de la cabeza tal idea. Los campeonatos escolares funcionaban según el método *knock out*: si Roundwood perdía, el instituto quedaba eliminado y, sin Ahi, Mike y su equipo no tenían ninguna posibilidad de ganar.

En esos momentos, él hizo un gesto de indiferencia.

—Bah, Vio, que entrene o no da lo mismo. Da igual lo mucho que el entrenador hable de estrategia: en el fondo tengo que hacerlo todo solo. Y encima he de lograr que parezca que Mike también marca de vez en cuando un gol. De Hank ni siquiera vale la pena hablar. Lo dicho, te acompaño a Dublín te pongas como te pongas.

El jueves hizo un día relativamente despejado, de modo que Viola y Ahi disfrutaron de su libertad compartida. Tuvieron tiempo de dar un paseo antes de coger el autobús, pues Katja iba a llegar a Dublín a mediodía, aproximadamente. Anduvieron junto al lago, se divirtieron buscando una amatista en la orilla para Katja, y Viola le habló de su larga amistad. Ahi no había conocido algo similar en su infancia. Los kelpies vivían en grupos familiares, por lo general uno en cada lago. Muy de vez en cuando se sumaban nuevos miembros, cuando se deshacía alguna comunidad porque el grupo se reducía demasiado o cuando un clan tenía que abandonar el lago. Esto último sucedía a causa del exceso de turismo, que enturbiaba el canto de los kelpies e impedía que los caballos salvajes se instalaran en la orilla. En esos casos se tardaba mucho —Vio supuso que Ahi hablaba de períodos de tiempo que se prolongaban durante años— hasta que el grupo volvía a encontrar la armonía perfecta.

—¿No os casáis? —preguntó Viola con cautela.

Ahi sacudió la cabeza.

—Nos emparejamos con otro miembro del grupo cuando el parentesco no es muy estrecho. O... visitamos a una familia distinta para amar a otro. Nosotros... invitamos a otro a que se una a nuestro canto.

Viola no lograba imaginar del todo cómo se desarrollaría eso, pero tampoco quería saberlo con detalle, así que prefirió no preguntar si el parentesco entre Ahi y Lahia era muy estrecho...

Fuera como fuese, Ahi cantaba con Viola en esos momentos. Ambos llegaron risueños a la casa veraniega de la isla y se escondieron en su rincón para besarse. De repente, sin embargo, Ahi se detuvo, se sentó y aguzó el oído.

—¡No te muevas! —susurró—. Allí...

Espantada, pero también cautivada, Viola contempló cómo salían del lago dos kelpies y empezaban a trotar por la orilla con las crines ondeando al viento. Parecían jugar, atacándose, brincando uno encima del otro y mordisqueándose como hacen a veces los caballos. Luego desaparecieron por el camino que conducía a Bayview House. Ahi parecía contener la respiración.

—Hayu y Liaya... —dijo con un tono nostálgico—. Liaya... era algo así como una amiga... y con Hayu he jugado... Pero vámonos, Viola, tenemos que marcharnos. No... no quiero encontrarme con ninguno de ellos...

Viola quería preguntar si era peligroso, pero leyó la contestación en los ojos velados de gris: no era peligroso, pero sí doloroso.

Por fortuna consiguió levantar los ánimos de su amigo durante el trayecto en autobús. Ahi encontraba fascinantes las posibilidades de transporte de los seres humanos. Le habría encantado conducir él mismo un coche o una motocicleta, pero Viola temía que dominara la conducción de forma instintiva, como el hurling, y además la asustaba la idea de tener que explicarle cosas como los límites de velocidad.

Como en Dublín todavía les quedaba tiempo libre, Viola aprovechó para llevar la amatista de Kevin a la joyera de la tienda celta. Como era de esperar, Ainné la había olvidado en el hospital, pero Alan se la había metido en el bolsillo al marcharse. Lo malo era que luego la había dejado en el despacho, en una caja llena de cachivaches, y no se había acordado más de ella. Viola había encontrado la piedra y decidido realizar otra tentativa.

—Si conseguimos que la engarcen de forma muy sobria y se la regalamos al niño por el bautizo, puede que a Ainné le guste —dijo, esperanzada—. También protege a los niños, ¿verdad? Bueno, de momento Kevin es un auténtico pelma, pero no por ello hay que... Quiero decir que solo con que se parezca un poco a su madre, a la que sea capaz de gatear se abalanzará sobre cualquier caballo...

Ahi asintió y además aseguró a Viola que en principio no existía ningún peligro para Kevin. Los bebés tenían poco *bacha*, no valía la pena salir a cazarlos. Los niños no despertaban el interés de los kelpies antes de los siete u ocho años.

«Aunque si eran tan fastidiosos podían llegar a ser monstruitos», completó Viola en su mente. Poco a poco iba comprendiendo que el *bacha* no solo era fuerza vital, sino también capacidad de resistencia y agresividad.

La joyera estaba en la tienda y saludó a Viola afablemente, al tiempo que dirigía unas miradas inquisitivas a Ahi. El exotismo que emanaba, y que no había perdido pese a los vaqueros y la chaqueta impermeable, parecía llamarle la atención.

—Me recuerdas a alguien... —reflexionó en voz alta—. O una imagen... ¡Sí, sí, eso es, espera! —Rebuscó por el mostrador y sacó un libro. Era el cancionero de Child, publicado con unas hermosas ilustraciones. Viola sintió un escalofrío cuando la mujer abrió el volumen por la historia del silkie. El ser que se hallaba dibujado allí, con su clara y brillante tez, el cabello largo y plateado y esos extraños rasgos faciales, con los pómulos un poco demasiado altos, podría haber sido el hermano de Ahi.

Por suerte, la joven no sospechó nada.

—Qué curioso, ¿verdad? Siempre me acuerdo de esa ilustración cuando oigo la melodía. Y no me extraña que las muchachas mortales queden a merced del silkie. Parece un príncipe azul —comentó con una risita.

Ahi se quedó desconcertado y Viola enrojeció.

—¿No serás por casualidad de Sule Skerry?* —bromeó la joyera con Ahi.

—No..., de... de Dinamarca... —afirmó Viola con vehemencia y acto seguido explicó lo que quería.

La joyera examinó la piedra para Kevin, la pulió con una pequeña máquina y la engarzó de forma sencilla con un hilo de plata.

—No es tan bonito como el tuyo... —dijo, mirando satisfecha el colgante, que Viola llevaba encima del pulóver como casi siempre que estaba con Ahi—. Pero me gusta conocer al chico que te lo ha regalado. No solo tiene aspecto de príncipe. —Guiñó el ojo a Viola—. ¡Te tendrán envidia!

Viola se alegró de volver a salir a la calle.

* *The Great Silkie of Sule Skerry* es el nombre de una balada de Child.

En la terminal de los autobuses que enlazaban con el aeropuerto no tuvieron que esperar mucho. Katja debía de haber pasado los controles en un tiempo récord y haberse orientado a la velocidad de un rayo. En cualquier caso, llegó al centro de la ciudad en solo tres cuartos de hora tras el aterrizaje de su vuelo.

Gritando de alegría, corrió a los brazos de Viola.

—¡Dios mío, pronto hará seis meses! ¡Ya me había olvidado de tu cara!

Viola, por su parte, no se había olvidado en absoluto del aspecto de su amiga: Katja era una chica alta y delgada, de cabello oscuro y abundante, que llevaba corto y con mechas de un naranja zanahoria, que Ahi contempló perplejo. Katja tenía unos resplandecientes ojos azules, de mirada muy viva y enseguida burlona. En ellos se reflejaba su estado de ánimo, sus sentimientos y sus humores, igual que el lago en los extraños iris de Ahi, ese día de un vago color azul grisáceo.

Los ojos de Katja al llegar resplandecían como si alguien hubiera encendido una luz detrás de ellos, pero cuando se liberó de los brazos de su amiga y la contempló con detenimiento, su expresión fue de espanto y la ancha sonrisa sobre sus labios se desvaneció.

—Cuánto has cambiado... —dijo sin alzar la voz—. Pero ¿qué demonios estás haciendo, Vio? ¿Régimen? ¿Demasiado deporte? ¿O te pasas las noches paseando al bebé? ¡Pareces anoréxica!

Viola intentó tranquilizarla con una sonrisa.

—¡Me resfrié! —afirmó—. Y con el niño llevas algo de razón, no duermo mucho. Pero ahora déjate de críticas. ¡Mira, este es Ali!

Ahi ya tenía de nuevo la expresión de culpabilidad, pero hizo un esfuerzo por mostrar una sonrisa.

—Hola, he... he oído hablar mucho de ti.

—Y yo también de ti... —respondió Katja, examinándolo con la mirada. A primera vista no dio muestra de ser víctima de sus encantos.

Durante unos segundos reinó un incómodo silencio. Nadie sabía exactamente qué decir. Al final, Katja cogió su mochila.

—¿Hay por aquí un McDonald's o algo por el estilo? —preguntó—. Me muero de hambre, en el avión no nos sirvieron nada. Y viéndote así, Vio... mejor que no sea Ainné quien nos prepare la comida.

Naturalmente en Dublín había cientos de restaurantes de comida rápida y allí al menos Viola despejó las sospechas de Katja acerca de su anorexia. Como era habitual, tenía un hambre voraz y devoró unas cantidades ingentes de comida mientras Ahi mordisqueaba tímidamente una ensalada y Katja daba cuenta de su hamburguesa favorita. Entretanto tuvo tiempo suficiente para seguir observando al chico de Viola e interrogarlo un poco. No obstante, Ahi en las últimas semanas había aprendido a contestar preguntas curiosas algo más diestramente, así que le explicó que su familia, por supuesto, no era vegetariana, solo lo era él.

—Ali es totalmente distinto de su familia —añadió Viola—. Por eso se ha ido...

Al final, Katja dejó el tema relativo al joven y hablaron sobre la escuela y los amigos de Braunschweig. Poco a poco la inquietud de Viola fue disipándose. Cierto que Katja no parecía tener mucho en común con Ahi, pero tampoco se diría que tuviera algo que objetar en contra de él.

Katja bombardeó a su amiga con las preguntas decisivas en cuanto ambas se quedaron solas, después de que

Ahi se despidiera cuando llegaron al camping. El muchacho parecía de nuevo algo triste, pero Viola no quiso pedirle que se quedara, sobre todo porque había utilizado los deberes de la escuela como pretexto para marcharse.

Katja saludó atentamente a Ainné, aseguró que Kevin le parecía una ricura y se disculpó por las molestias que pudiera causar. Luego las dos chicas se retiraron a la habitación de Viola y Katja enseguida se soltó.

—Pero Vio, ¿se supone que es un tinker, un gitano? Ni hablar, parece más un... yo qué sé... ¿un asiático con el pelo rubio? Como príncipe de Siam aún lo admitiría, ¡pero no como nómada irlandés! Y es muy mono, sí, pero... algo raro, Vio. De alguna manera... ¡Cuéntame con todo detalle cómo lo conociste!

Viola apretó los dientes, pero decidió no mentir más de lo necesario.

—Ya lo sabes, Katja. Y me dijiste que estaba loca. Ali es un poco particular, siempre te lo he dicho. Pero cuando lo vas conociendo...

—Cuando lo vas conociendo, te quita el sueño y el apetito, ¿no? ¡Pero Vio, mírate al espejo! Al menos has perdido cinco kilos, si no más. Y pareces una... una chica de una película de miedo a la que un vampiro ha chupado la sangre hasta quedar satisfecho...

—¡No es un vampiro! —protestó Viola—. Él no es la causa... Es más... todo... Ainné... —Desesperada se esforzó por describir la vida en el camping de los McNamara como una experiencia terrorífica. Las exigencias de Ainné, sus malhumores, el llanto constante del bebé...—. Pues sí, y el instituto es bastante cansado. Hay clases todo el día y con poquísimos alumnos por aula, hay que trabajar en serio... En cualquier caso, no tiene nada que ver con Ali. Él es un encanto...

Contó la noche de las estrellas errantes y la excursión a las islas de Aran. De todos modos, Katja pareció tranquilizarse solo a medias.

Pese a ello, Katja entendió mejor a su amiga cuando oyeron cerrarse la puerta abajo y Bill entró en la sala de estar. Encendió la televisión de inmediato y acto seguido Kevin se puso a llorar.

—Los programas musicales no le gustan nada —suspiró Viola, al tiempo que intentaba cerrar mejor la puerta—. Al menos demuestra tener buen gusto.

A Bill parecía darle igual el llanto del bebé. Subió el volumen para sofocarlo y Ainné le increpó furiosa. Alan optó por unos ruegos más corteses.

Katja se tapó los oídos.

—¡Dios mío! ¡Ven, vámonos de aquí! Enséñame el camping y el lago, y por mí vamos a ver a tu Ali. ¡Ningún ser humano es capaz de soportar esto!

Viola estuvo de acuerdo y fue en busca de su chaqueta. Poco después, las dos chicas habían salido al aire libre.

—Lo que sucede es que la casa es demasiado pequeña —señaló Viola—. Sobre todo cuando nadie está dispuesto a adaptarse a las circunstancias, algo que a Bill no le gusta en absoluto. Lo mejor sería que se mudara, pero Ainné y su padre son uña y carne, puede que por eso mismo ella no se haya casado antes. Ningún hombre que no esté loco de remate por ella lo soportaría. Ahora soy yo quien se lleva las culpas por el caos, porque ocupo la habitación de Kevin.

Katja se llevó el dedo a la frente.

—Una casa de locos total. Pero esto pronto habrá pasado. ¿Cuándo vuelve tu madre? ¿Dentro de dos meses?

Viola hizo un gesto de preocupación y señaló a su amiga el camino hacia el lago.

—A finales del mes que viene. Pero... no sé... a lo mejor me quedo un poco más aquí, al menos hasta el final del curso.

Katja la miró de reojo.

—¡No lo dirás en serio! —replicó—. ¡No creerás en serio que aquí aprenderás algo que no puedan enseñarte en Braunschweig! Bueno, seguro que tampoco va de esto, ¿no, Vio? Se trata única y exclusivamente de Ali...

Viola suspiró.

—La verdad, me resultaría difícil dejarlo —confesó.

Aunque fingía que no le importaba nada, el mero hecho de pensar que no volvería a sentir el contacto de Ahi, que no oiría más su voz cantarina ni su extraña y diáfana risa le provocaba casi un dolor físico. Él y ella eran uno, ¡no podían separarse! Sin duda Ahi sentía exactamente lo mismo. Pero ¿reuniría la fuerza necesaria para abandonar su lago?, ¿para vivir por completo con los seres humanos sin la menor oportunidad de regresar con los suyos? ¿Sin poder figurarse siquiera la canción de su clan?

—De todas formas, a la larga no podrás instalarte aquí —objetó Katja—. Ahora mismo es absurdo plantear que seas un obstáculo para el hijo de Ainné, pero cuando el niño crezca necesitará realmente una habitación propia.

Viola se la quedó mirando molesta.

—Me refería a un par de meses, no a quedarme aquí hasta que Kevin cumpla los dieciocho...

Katja agitó la mano con un gesto sosegador.

—Vale, vale, ¡no te enfades! ¿Pero qué ganas con alargar el problema hasta verano? ¿Quieres llevarte a Ali contigo a Braunschweig? ¿Piensas hacerlo pasar por un alumno irlandés de intercambio?

A Viola ya se le había pasado por la cabeza esta idea. Al fin y al cabo, en Roundwood había funcionado sin problemas y en Braunschweig nadie jugaba al hurling. No obstante, la secretaría de su escuela estaba mejor organizada que la del instituto de Roundwood. Sin contar con que Ahi necesitaría para viajar unos documentos mejores que un carnet de identidad confeccionado con el ordenador.

—Todavía no lo sé, es que... —empezó a decir, pero Katja la hizo callar con un gesto.

Entretanto, las chicas ya habían dejado atrás el cobertizo de los botes y paseaban por la orilla del lago, dando un rodeo hacia la caravana de Ahi, aunque naturalmente esta no se encontraba en primera fila junto al agua, sino en el extremo más alejado, oculta entre los árboles. No obstante, en ese momento se oía el sonido inconfundible de un arpa. A Viola se le encogió el corazón. No solo por Katja, sino también porque la melodía de Ahi emitía unas notas sumamente tristes y melancólicas.

—¿Qué es eso? —preguntó Katja—. Qué sonido tan irreal, como si fuera música de las esferas o algo así...

—Arpa —reveló Viola, confiando en los más bien escasos conocimientos musicales de su amiga. Shawna enseguida habría reconocido a un intérprete magistral, pero Katja, con algo de suerte, calificaría la melodía de Ahi de música de aficionados—. Ali toca muy bien, pero no debería hacerlo, podrían oírlo desde casa...

Se dirigió con determinación hacia la caravana y Katja la siguió sacudiendo la cabeza. Con el barullo que había en el hogar de los McNamara, Ahi habría podido estar tocando la batería y nadie se habría dado cuenta. Pero Viola era consciente de que también Alan huía cuando Bill y Ainné se pasaban de la raya, se disculpaba diciendo que iba a hacer alguna inspección y desaparecía en el cobertizo de los botes para fumarse un cigarrillo, aunque, de hecho, hacía años que había dejado el tabaco.

—¿Y... y eso?

Viola no había alzado la vista, pero para Katja la visión del lago y las montañas a la luz de la luna era, comprensiblemente, espectacular. En ese momento la muchacha señalaba conteniendo la respiración dos caballos que relucían como la plata y que estaban parados en la hierba de la orilla. La brisa nocturna jugaba con sus crines y con sus colas largas y sedosas, pero ambos prestaban atención a la música del arpa, con las cabezas erguidas, las pequeñas y finas orejas en punta y los ojos claros abiertos de par en par. Unos ojos en los que se reflejaba la luz de la luna. ¿Ojos humanos? ¿Ojos de criaturas fantásticas? Los kelpies parecían haber salido de un libro de cuentos. Katja no podía apartar la vista de ellos.

—¡Son preciosos! —susurró—. Pero ¿de dónde han salido? No veo ningún cercado...

Viola explicó a media voz algo referente a ponis salvajes de las montañas, pero le costaba concentrarse. Ahi la introducía en el círculo, en una comunidad de la que él excluía a su propia familia, pero que pese a ello Hayu y Liaya percibían. Las jóvenes se acercaron y, a diferencia de Katja, que solo estaba fascinada y disfrutaba de la música, Viola entendía las «palabras» del arpa y percibía los sentimientos de los kelpies en las praderas. Añoranza... una añoranza tan profunda que casi resultaba dolorosa. Y algo así como esperanza. Pero mientras que el arpa de Ahi solo hablaba de armonía, los otros pensaban en fusión con el clan.

Viola casi corría ahora. Tenía que acallar esa música, de lo contrario los kelpies se aproximarían todavía más y atraerían a Ahi con sus dulces voces. *Bacha* en abundancia... armonía que nadie quebraba... totalidad en lugar de desgarramiento.

Seguida por la desconcertada Katja, Viola golpeó la puerta de Ahi. El chico no abrió de inmediato. Pareció necesitar unos segundos para salir de su ensimismamiento.

Viola lo vio en sus ojos. Le cogió las manos de forma automática para darle lo que los kelpies prometían, pero en esos momentos no podían abandonarse en un abrazo o en una fusión de sus almas. Katja...

Viola se forzó a comportarse con normalidad.

—¿Estás loco, Ali? —siseó—. Ya sabes que no tienes que tocar tan fuerte. Mi padre... —Se interrumpió cuando percibió una expresión de dolor en los ojos del chico—. No me refería a eso... —susurró—. Es solo que... mi amiga... —No tuvo que mencionar a los kelpies. Ahi debía de haber captado su presencia. Y entonces rodeó a Viola con sus brazos.

Ella se olvidó de Katja, que observaba con curiosidad la caravana arreglada de forma tan espartana y sin luz. Viola se olvidó del mundo que la rodeaba, la música del arpa que hacía un instante la había molestado y las palabras con que quería regañar a Ahi.

—¡Eh! ¡Aterriza, Vio! —oyó de repente a Katja—. ¿Por qué planeta andas ahora?

Viola se desprendió a su pesar de Ahi y soltó una risita nerviosa.

—*Sorry*. Yo... —No sabía qué decir ni cómo actuar, pero Katja hizo un gesto de rechazo con la mano.

—Vale, vale, entiendo, estáis enamorados —dijo con una risa algo forzada—. Eres un arpista fantástico, Ali. ¿Tocas toda esa melodía con... con esa cosita? —Señaló incrédula la diminuta arpa de juguete.

Ahi sonrió, mientras Viola intentaba hallar una explicación.

—A veces... a veces pone un cedé... y lo acompaña.

Katja miró inquisitiva alrededor un instante y estuvo a punto de decir algo, pero se contuvo.

—Bueno, pues suena muy bien... —se limitó a comentar—. ¿Podemos volver a casa, Vio? Estoy hecha polvo, a las cinco ya estaba en el aeropuerto. ¿Vais a clase mañana?

Viola asintió y se despidió de buen grado. Ahi ya no tocaría esa noche.

—Pues sí, no tenemos vacaciones —dijo con pesar—. Pero si te apetece, vente con nosotros. No puedes faltar al entreno de hurling por la tarde.

—Es ese deporte tan raro, ¿no? —preguntó Katja—. ¡No me lo perdería por nada!

17

Katja dormía a sus anchas cuando Viola se levantó de la cama envidiando a su amiga. Aunque Kevin había pasado la noche bastante tranquilo y ella debería estar descansada, tenía la sensación de no haber disfrutado de un sueño realmente reparador durante semanas.

Pasó agotada la mañana en el instituto, después de que Shawna se dejara convencer con la explicación de que había estado la mitad de la noche charlando con Katja.

—Y también bebisteis un poco de whisky, o de guinness como mínimo, ¿no? —preguntó Shawna guiñando un ojo—. Tienes una cara de resacosa...

En el descanso del mediodía, mientras Viola intentaba recuperar la energía perdida con un caldo irlandés que había hervido demasiado, apareció Katja. Con el desparpajo que la caracterizaba, se dio una vuelta por el instituto y la cafetería. Los demás alumnos se la quedaron mirando, pero no hicieron comentarios.

—Aquí, de anonimato ni rastro, ¿no? —señaló Katja entre risas, al tiempo que se dejaba caer en una silla frente a Viola. Esta se encontraba sentada entre Shawna y Ahi y en ese preciso momento se estaba comiendo la mitad del bocadillo de queso de él. Ya había tomado dos raciones de caldo y no quería llamar la atención yendo a buscar más—. Ay, no sé si me gustaría esto... Todo el mundo se conoce...

—Y todo el mundo lo sabe todo sobre los demás —señaló Shawna—. Esto a veces te pone de los nervios. —Sonrió y le tendió la mano a la chica alemana—. Hola Katja, soy Shawna. La que está obsesionada por los caballos... —Una vez que hubo saludado a Katja, señaló a las dos chicas que acababan de tomar asiento a su lado con las bandejas—. Estas son Moira y Jenny...

«Que nos honran con su presencia porque Ahi se sienta con nosotras», pensó Viola, contrariada. Pero a Katja esto no se le escaparía, cazaba al vuelo ese tipo de cosas y además tenía una mirada penetrante.

Moira y Jenny seguían entusiasmadas con la acuarela que Ahi acababa de pintar en la clase de arte. Todavía estaba húmeda, de modo que él la había colocado prudentemente sobre una silla para que se secara. Katja lanzó una mirada al paisaje abstracto, matizado con todos los colores del arco iris, que se reflejaban en la superficie de un lago apenas insinuado.

—¡Es muy bueno! —observó—. Ayer vi uno en tu caravana...

—En tu casa —la corrigió Shawna afablemente y le lanzó una mirada de advertencia—. También puedes decir apartamento.

Katja pasó perpleja la mirada de Shawna a Viola, quien le hizo una señal con los ojos: Moira y Jenny no debían enterarse, bajo ningún concepto, de que Ali vivía en una caravana.

—En cualquier caso, me encantaron los cuadros que colgaban de las paredes —declaró, concluyendo su intervención—. ¡Eres un pintor con un talento fabuloso!

Jenny y Moira escucharon el elogio con los rostros tan transfigurados que parecía que se lo hubieran dedicado a ellas.

—¡Y tienes que verlo jugar a hurling! —añadió Jenny, entusiasmada—. Es... sobrenatural... —Lo miró con expresión radiante.

Viola se percató de que Katja ponía los ojos en blanco, pero a ella la observación no le resultaba tan rara, sino más bien preocupante. Pero luego llegó la hora de ir al gimnasio. También Viola y Shawna se cambiaron para entrenar, a fin de cuentas no podían andar siempre dando pretextos para no jugar, y Shawna todavía luchaba por obtener un puesto en el equipo escolar femenino. El entrenador sonrió a Katja para animarla a participar. La joven se declaró una antideportista convencida y dijo que prefería ir a ver a los chicos.

—¡Ya habéis oído, muchachos! —gritó el entrenador—. Tendremos que ofrecer algo especial a esta señorita. Jugaremos un partido de entrenamiento. Capitanes de equipo: Mike y Ali. Elegid a vuestros hombres.

La intención parecía buena, pero se diría que Ali había mordido un limón. También en la elección que se realizó acto seguido se hizo evidente que todos los chicos habrían preferido unirse al robusto Mike en lugar de a Ali, elegante incluso con la ropa de entrenamiento.

En cuanto empezó el partido, Katja siguió las jugadas con una expresión de incredulidad en el rostro. Ahi lanzó tres goles a corta distancia y, aunque su equipo estaba formado por los jugadores más débiles, ya en la primera media parte llevó a su grupo a una ventaja insuperable.

—¿Quieres ir a pie? —preguntó Viola de mala gana. Estaba cansada después de la clase de deporte y no le apetecía en absoluto caminar casi cinco kilómetros bajo la llovizna. Pero Katja no dio su brazo a torcer y, a juzgar por su expresión, parecía mejor no contradecirla—. De acuerdo, nos vemos luego —dijo, despidiéndose Viola de Ahi y Shawna.

Había invitado a su amiga irlandesa a tomar un té más tarde para que conociera mejor a Katja. Ainné no se alegraría demasiado de ello, pero si no hacía mucho frío, las chicas podrían marcharse al cobertizo de los botes o acomodarse en la tienda. Esto último era más atractivo por las chucherías de las estanterías, pero solo era factible si Ainné estaba ocupada en otra parte. En cualquier caso, valía la pena hablar con Katja antes de todo eso.

Katja esperó exactamente hasta salir de Roundwood. Viola se internó por un atajo y a su amiga el bosque le pareció lo bastante solitario para abordar un tema urgente.

—De acuerdo, Vio, sin más rodeos ni explicaciones: ¿quién o qué es Ali?

Viola la miró nerviosa bajo la capucha. La lluvia le permitía ocultarse bajo la prenda.

Aun así, Katja no parecía dispuesta a aceptar cualquier excusa. En esos momentos miraba a Viola con tal apremio que esta al final se descubrió.

—¿Quién...? —preguntó de forma elusiva—. No sé... no sé qué quieres decir...

—¡Lo sabes muy bien, Viola! —contestó Katja y se secó las gotas de lluvia de la frente—. Se trata de tu tinker. O de tu danés o de lo que sea que digas que es. No soy idiota, Viola, lo he pillado del todo. Incluso el cuento de que está viviendo con la familia de Shawna.

Viola suspiró aliviada. Si Katja no sabía más...

—Vale, claro que no es danés —admitió con una risa nerviosa—. Lo dijimos porque se ve que los tinkers... Tienen mala fama...

—Viola, déjate de trolas —la riñó Katja—. Lo he visto hasta en el deporte. Y el modo en que se mueve... de ese modo no corre... ningún danés ni tinker ni... ni ningún ser humano...

Lo había soltado. Katja tomó una profunda bocanada de aire y Viola soltó una risa más que forzada.

—¿Y cómo sabes tan bien cómo se juega al hurling? —intentó bromear—. Nadie salvo tú ha visto nada extraño. Ni el entrenador, ni los espectadores.

—Los demás chicos sí que han visto algo raro de narices —objetó Katja—. Aunque no puedan ponerle nombre, evitan a tu príncipe azul. Además: estáis todos ciegos, apartáis la vista simplemente porque por fin hay alguien que marca goles en ese deporte absurdo. Y con esto no os dais cuenta de lo deprisa que corre. Ni de la forma tan distinta que tiene de moverse. Caramba, Vio, si lo ve un médico deportivo, lo coge y lo disecciona como objeto de experimentación... después de haberlo puesto a correr en todas las ruedas de hámster de las facultades de ciencias del deporte que hay entre aquí y Washington. ¡No es normal, Viola!

La joven rio nerviosa.

—Bueno, es lo que dicen todos —contestó—. Tiene un talento excepcional...

—En el hurling, ¿no? —preguntó Katja.

En esos momentos llovía a cántaros y Viola habría preferido resguardarse, pero la única posibilidad de hacerlo la ofrecía un dolmen que se elevaba en medio del trigal del granjero O'Toole. En cierto modo, a Viola le daba un poco de miedo utilizar el antiquísimo santuario como simple refugio. Además, Katja no la soltaría tan fácilmente...

—¿Y qué sucede con la pintura? La acuarela de este mediodía era lo más impresionante que he visto jamás. Y tú lo sabes...

Viola asintió. La madre de Katja trabajaba en una galería e insistía mucho en estimular el sentido artístico de su hija. A pesar de ello, Katja no se preocupaba demasiado ni de cuadros ni de esculturas, aunque sin lugar a dudas sabía valorarlos mejor que Jenny y Moira, y quizá también mejor que el profesor de arte de la escuela de Roundwood.

—¡Y todavía no hemos hablado de cómo toca el arpa, Vio! —siguió exponiendo Katja—. No entiendo mucho de música, pero que con el juguete de Ali no se puede llenar de sonido la mitad del camping, lo pillo hasta sin auriculares. ¡Y no me vengas con cedés! Un aparato de música tiene un *display* o alguna lucecita roja o lo que sea que indica que está encendido, pero en la caravana de Ali estaba todo oscuro. Así que cuéntame ahora mismo qué está pasando...

Viola reflexionó mientras la lluvia se le deslizaba por el cuello. Por el momento Katja no había mencionado los caballos... Pero en realidad daba lo mismo. Y para ella sería un alivio contárselo todo a alguien.

—Ya te hablé de ello... —susurró—. Pero me dijiste que estaba chiflada.

Katja puso los ojos en blanco.

—Era antes de comprobar que en este país todos están un poco locos. ¡Suéltalo ya, Viola!

—Es un kelpie —dijo Viola sin alzar la voz—. Ellos se denominan amhralough, cantores del lago. Y no, no se comen a nadie. Pero... se alimentan... de tu vida...

Las chicas fueron a parar bajo el dolmen, lo que ambas habrían encontrado inquietante en otras circunstancias. No se sabía quién había colocado esas piedras enormes unas encima de otras para construir una especie de mesa gigantesca, ni tampoco qué finalidad tenía esa construcción. Tal vez hasta fueran sepulturas... pero comparado con lo que Viola había confesado, no había color.

—Ahora ya lo sabes todo... —concluyó Viola, y bajo esas piedras de toneladas de peso contempló la lluvia que parecía tejer un velo alrededor de esa antiquísima reliquia pétrea—. No lo creas si no quieres, ni yo misma apenas consigo dar crédito. Pero es un kelpie y lo amo.

—¡Voy a atraparlo! —declaró Katja con determinación, y puso los ojos en blanco cuando sorprendió la mirada recelosa de Viola—. Tranquila, Vio, lo último que me apetece es tener una relación con un espíritu del agua... Solo quiero sentir... ese...

—No es un espíritu... —susurró Viola. Tenía, como mínimo, que aferrarse a la idea de que Ahi era real.

—O un transformista, lo que sea. Ya tengo suficientes problemas con mi novio y con él ni siquiera comparto el alma, sino solo un par de DVD que hemos comprado juntos... Pero por una vez tengo que experimentar... ese... robo...

—No quiere arrebatarte nada —aclaró desesperada Viola.

Katja puso una mueca.

—¡Pero lo hace, Viola! Mírate en el espejo. Vale, actúas por propia voluntad, pero te está destrozando. Y no vuelvas a contarme ahora lo mucho que sufre él por eso. ¡Puede poner punto final, Vio! Solo tiene que volver al lago y vaciar a cualquier ladrón de caballos...

—Tal como lo dices, parece... parece... —Los ojos de Viola se llenaron de lágrimas.

—Lo digo tal como es, Vio. ¡Y francamente, si la alternativa eres tú, entonces vale más que se coman a un par de granujas! Si quieres estar con él, tienes que aceptarlo. Los kelpies son como una especie de animales de rapiña. A primera vista totalmente amables y pacíficos... También los lobos son la mar de colegas entre ellos. ¡Pero no hay ninguno que sea vegetariano! ¡Y en ningún caso pones a salvo algo dejándote devorar por ese animal que tanto quieres!

Vio bajó la vista al suelo.

—No es un animal... —susurró.

—¡Pero tampoco es un ser humano! —insistió Katja—. Si no puedes vivir con lo que es, y si su familia te pone de los nervios, y si su prima o lo que sea esa Lahia es tan cerda que ni siquiera puedes cantar de vez en cuando una canción con ella, entonces... entonces ¡tienes que separarte!

Ahi tocó a Katja con la cabeza gacha y sin mirarla, pero tomó el *bacha* que ella le ofreció para ayudar a Viola. Al principio, Katja había querido que el contacto pareciera casual, pero el cordón que unía a Ahi y a Viola era demasiado fuerte. Ella no podía ocultarle algo tan importante como lo que había confesado a su amiga. Él lo dedujo de la mente de Viola cuando las chicas se aproximaron a la caravana. Aun así, Viola intentó blindar el contenido preciso de la conversación. Ahi no debía enterarse de las últimas palabras de Katja al menos. De separación no querían saber nada... ni él, ni tampoco ella.

La misma Katja no desveló nada, pero aceptó el regalo de despedida que Ahi le ofreció, una piedra preciosa, pero no una amatista.

—Tú no necesitas una... protección... —se disculpó. Las piedras protectoras le resultaban singulares y costosas, y no servían para nada a una persona que vivía lejos de un poblado de amhralough.

Viola no oyó lo que Katja contestaba. No obstante, fue clara con su amiga:

—En dos meses como mucho estás de vuelta en Alemania —siseó a Viola—. Apáñatelas para terminar con esto. Por mí, puedes mantener una relación a distancia. En cualquier caso sería más sano. ¡Pero no te quedes aquí, Vio! No lo aguantarás.

18

Viola no pudo prometer a Ahi que asistiría al partido de hurling del sábado.

—Claro que el casamiento es por la mañana —dijo cuando él señaló que entre la boda de Ainné y el comienzo del partido había varias horas. A esas alturas ya había adquirido nociones sobre la medida del tiempo—. Pero luego tenemos que ir al fotógrafo. Y no vamos en coche, sino en el carruaje tirado por caballos de Bill. Shawna asegura que los ponis tardarán una eternidad en llegar al Lovely View. Allí nos espera un banquete con más o menos mil platos y al final se sirven copas y hay baile. Después de los dos primeros whiskys es posible que pueda escaparme sin que me vean, pero eso no será posible antes de las cuatro o las cinco. Para entonces el partido ya habrá terminado, sin contar con que no puedo aparecer por ahí con mi vestido de seda verde. Ya ves, es mejor que no cuentes conmigo. Saldrás adelante sin mí. Todo el resto del instituto te animará. Ganarás, da igual que Mike o Hank estén ahí para atrapar una pelota de vez en cuando.

Ahi lo comprendía, pero de todos modos parecía

perdido y desdichado cuando el sábado por la mañana se despidió de Viola. Ella ya llevaba puesto el vestido de dama de honor, una creación sorprendentemente bonita y muy sencilla de la modista que también había diseñado el vestido de novia de Ainné. Viola se había imaginado una prenda de lo más cursi, con florecitas y lazos, pero la joven, una buena amiga de Ainné, demostró ser una diseñadora moderna. Había cosido para Viola y Shawna —la segunda dama de honor— unos vestidos vaporosos y sueltos de una seda irisada que jugaba con los tonos de la aguamarina. El color conjugaba tanto con los ojos verdes de Viola como con los azules de Shawna y Ahi no podía apartar la vista de su chica.

—Estás preciosa... —susurró y olió la corona de flores que las chicas llevarían en la cabeza—. Los colores del mar en la primavera, en los días encantados en que bailan los elfos. ¡Hoy tendrías que tener cuidado con su rey!

Viola rio, aunque deseando que Ahi no hablara en serio. Poco a poco había conseguido entenderse con los kelpies, pero si también tenía que compartir el mundo con elfos y hadas, no lo soportaría.

—Preferiría bailar contigo —afirmó—. Acércate al restaurante cuando haya terminado el partido. Entonces estarán todos tan borrachos que no sabrán quién está invitado y quién no. Y a mi padre y a Ainné les caes muy bien. Seguro que no tienen nada en contra.

Ahi resplandeció de forma irreal.

—¿No puedo ir ahora? Tengo que...

Viola se impacientó.

—Ahi, si no vas a ese partido, el entrenador te asará a fuego lento. Eso si no te hacen papilla antes los jugadores. Sí, lo sé, no les caes bien. Pero ojo, si tú no vas, pierden, esto te lo garantizo, porque no están nada acostumbrados a hacer las cosas por sí mismos. ¡Así que ve y marca un par de goles! Tanto si voy como si no. En la boda de Ainné habrá baile hasta mañana por la mañana. ¡No te pierdes nada!

Se despidió de él con resolución y un animoso beso en la mejilla y se volvió hacia Shawna. Tampoco ella llegaría al encuentro, algo que lamentaba de verdad. El partido contra el equipo de Killarney —y además en campo propio— se consideraba el acontecimiento del siglo en el instituto de Roundwood. Pero primero discutió con Bill acerca de cómo enganchar los ponis y Viola tuvo que tirar de ella para que no se estropeara el vestido con grasa para cuero.

—Seguro que luego *Shelly* tiene marcas de la presión... —se lamentaba, mirando con pena uno de los dos ponis blancos que parecían realmente diminutos delante del carruaje de bodas. Viola se preguntaba por qué Bill no había enganchado caballos más grandes, pero prefirió no plantear el tema para evitar que Shawna se pasara tres horas hablando al respecto.

En cualquier caso, tampoco Ainné pareció entusiasmada cuando salió de la casa con su vestido de novia color crema. Era la primera vez que Viola la veía vestida de gala y Alan se quedó tan maravillado que casi dejó caer al bebé. La joven modista se lo había tomado en serio. Tampoco el vestido de Ainné era ceñido, sino que la tela ondeaba como los velos de una oriental. El mismo aire tenía el velo de novia. Más que un tocado parecía un pañuelo diestramente sujeto en torno al cabello, que dejaba al descubierto la sencilla corona de flores. Además iba, por supuesto, perfectamente maquillada. Solo faltaba la sonrisa.

—Pero cómo se te ha ocurrido, papá, enganchar esos dos ratones. Parecen burritos delante de esta carroza enorme. ¿Los grandes no los podías...?

—Los grandes son manchados —respondió Bill con un gruñido—. ¡Y no querrás llegar a la iglesia como una gitana! Los ideales habrían sido los ponis salvajes, el gris oscuro y el blanco. Pero nadie tenía tiempo de cazarlos. Si lo hubiéramos hecho hace un par de semanas, podría haberlos amaestrado para el tiro y...

Shawna puso los ojos en blanco. Sabía que acostumbrar a unos caballos salvajes a tirar de un carro y al tráfico de las calles no era cualquier cosa.

Ainné impuso silencio con un gesto impaciente.

—Vale, papá, nos ocuparemos de ello... en cuanto haya pasado la boda... antes del mercado de caballos de Dublín. Pero hoy... da igual, es lo que hay. Si ahora te pones a cambiar el tiro, llegaremos tarde.

Viola tenía algo así como mala conciencia respecto a las pequeñas almas que arrastraban el carruaje y Shawna daba la impresión de preferir ir a pie. Al final, sin embargo, todos se subieron al carruaje tras los caballos que, con un brío sorprendente, tiraron de él.

La misa en Roundwood fue muy festiva, la mitad del pueblo se había reunido en la iglesia y seguramente volvería a asomarse por el Lovely View para tomar un whisky a la salud de la pareja de novios, aunque eso sería una vez concluido el partido de hurling. En esa ocasión las entradas se habían agotado para ver al equipo del instituto de Roundwood. Ahora que el campeonato se aproximaba, todo el pueblo apoyaba a sus muchachos. Incluso algunos escaparates de las tiendas estaban adornados con cintas verdirrojas y figuras de la mascotita Bonzi.

Mientras Shawna y Viola seguían el paso acompasado de Ainné hasta el altar, la primera se preocupaba de si Bill habría atado correctamente los ponis y la segunda pensaba en Ahi. Ojalá ganara. Y ojalá la tensión no desembocara en violencia. Ya hacía días que Viola tenía una sensación incómoda. Algo flotaba en el aire: Hank y Mike parecían sudar adrenalina. Emitían agresividad y Ahi sufría a causa de esa atmósfera tensa. Viola intentó convencerse de que la inquietante tensión que preludiaba un partido tan importante era normal, pero era evidente que los kelpies no se excitaban, sino que sacaban sus fuerzas de un nido de armonía. En los últimos días, Viola observaba preocupada que Ahi intentaba atraer al menos a las chicas a su círculo. Parecía considerar la franca adoración de sus fans como un sustituto del canto en comunidad y animaba a chicas como Jenny y Moira en lugar de rechazarlas. Estas le facilitaban *bacha* de buen grado. Viola se recuperaba con ello, pero se sentía nerviosa e intranquila. ¿Celosa? ¿O se trataba más bien de que presentía que algo malo se avecinaba? A Viola le habría gustado asistir al partido. Esa boda la enfurecía tanto que solo quería que terminara pronto.

Pero por supuesto, eso era una mera ilusión. Al enlace le siguieron los inacabables deseos de felicidad y prosperidad, todos los parientes querían hacer fotografías y también se hallaba presente un fotógrafo profesional que condujo a la pareja y a las damas de honor a todas las arboledas, dólmenes y ruinas posibles junto a las que se solía posar en las bodas de Roundwood. Al menos por el momento no llovía, aunque el cielo se estaba nublando. Viola encontraba la luz amenazadora, pero el fotógrafo tranquilizó a Ainné diciéndole que se podían retocar las imágenes. Al final, parecerían sacadas de un

313

cuento de hadas. Viola gimió. ¿Por qué no hacían esas fotos directamente en el ordenador?

Cuando el cortejo por fin partió hacia el Lovely View, faltaba poco para que comenzara el partido de hurling. Seguro que era una de las razones de que, de repente, al fotógrafo le entrara prisa. Viola y Shawna se miraron alarmadas. Habían pensado poder llegar al menos a la segunda parte, pero eso ya resultaba imposible. Los ponis de Bill no tardaron en cansarse y avanzaban con fatiga. Delante del restaurante hubo de nuevo felicitaciones y fotografías, y para cuando empezó el partido, aún estaba sirviéndose el segundo entrante.

—Pero nos largamos en cuanto acabe la comida —le susurró Shawna a Viola—. Antes he bajado a pie adrede, tengo la moto aquí. Si te llevo detrás, llegaremos en un abrir y cerrar de ojos. Al menos podremos ver los últimos minutos.

No obstante, el banquete se alargó una eternidad y, para colmo, antes de los postres se pronunciaron también discursos. Viola, que solía estar hambrienta, paseaba la comida por el plato. Cuanto más tiempo transcurría, mayor era su inquietud. A pesar de todo, por fin cortaron la tarta, se retiraron las mesas y se formó la orquesta para que empezara el baile.

—¡Cuando se pongan a bailar, nos marchamos! —dijo Shawna—. Nadie se preocupará de nosotras cuando los novios abran el baile. Tú solo cuida que no te endilguen al niño para que lo cuides.

Por fortuna, ese día abundaban mujeres de todas las edades que disputaban por tener al pequeño Kevin en brazos, y a esas alturas Viola estaba tan nerviosa que se habría echado al enano a las espaldas sin la menor demora y se lo habría llevado consigo. No importaba cómo, pero quería ir con Ahi... Por eso renunció incluso a la idea de cambiarse de ropa, aunque se mojara y congelara.

Viola estaba acostumbrada a los bailes lentos y festivos de Alemania y a que las parejas de novios abrieran el baile con un vals, pero no tardó en descubrir que en Irlanda la tradición era distinta. La orquesta se puso de inmediato a tocar una briosa melodía y Ainné, sonriente, animó a Alan a ejecutar una especie de claqué. Como el velo la molestaba, la novia se lo quitó y se lo puso hábilmente al cuello para jugar complacida con él. Se veía que dominaba bastante la danza, era probable que Ainné también hubiera practicado de joven la danza ceili y que hubiera bailado en el teatro para los turistas. A Alan los pasos no le resultaban tan fáciles, sobre todo el intento de coger el velo y de devolvérselo luego a Ainné con garbo lo superaba. Lo dejó caer y Viola lo cogió al vuelo. Sin saber exactamente qué hacer con él, lo sostuvo en la mano mientras la pista de baile se iba llenando poco a poco. Hasta que Shawna le dio un empujoncito por detrás.

—¿Te vienes?

Viola no se lo hizo repetir dos veces. Shawna debía de haberse cambiado a la velocidad de un rayo, porque llevaba los vaqueros y un impermeable, y también tenía un impermeable para su amiga, aunque sin capucha. Viola dudó unos segundos, pero luego se cubrió la cabeza con el velo de Ainné. Mejor un chal de seda que nada, y era poco probable que Ainné lo echara en falta en las siguientes horas.

Viola se subió el vestido y se montó en la moto de Shawna. El asiento era muy incómodo, pero lo soportaría por un par de minutos. Se agarró a Shawna mientras esta descendía traqueteando a través de la llovizna. A

Viola le parecía que iban a una velocidad vertiginosa, pero, sin duda, se debía a la inseguridad de su asiento más que a la rapidez del ciclomotor.

—Este cacharro es demasiado lento —gruñó Shawna—. Menos mal que al menos vamos cuesta abajo... Agárrate, Vio, voy por el camino de tierra.

Shawna se conocía casi todos los atajos y se internó por el sendero en la scooter de forma tan temeraria que Viola se olvidó de sus preocupaciones por Ahi. Primero tenía que sobrevivir ella. La carretera volvió a aparecer, sin embargo, y no tardaron en pasar junto a la señal que anunciaba Roundwood. Viola consultó el reloj. ¡Todavía quedaban cinco minutos de partido!

Las chicas se precipitaron al estadio, que esa tarde era un hervidero. Las pequeñas tribunas rebosaban de gente que gritaba y vociferaba. Shawna dirigió la vista al marcador.

—¡Empate, hasta ahora están empatados!

Viola buscó a Ahi con la mirada. Siempre lo reconocía enseguida. Katja tenía razón, su estilo al correr no se parecía al del resto. A pesar de todo, no lo localizó. ¿Tal vez no se había presentado? ¡Pero en tal caso, ya haría tiempo que Killarney habría derrotado a Roundwood! Sin Ahi nunca se habrían marcado cinco goles contra una equipo de primera nacional.

Shawna había divisado entretanto a Jenny y a Moira en la tribuna de honor, el lugar reservado para las novias y los padres de los jugadores. Tal vez las dos habían conseguido que Mike y Hank las invitaran... ¿O quizás Ahi? Era de esperar que fuera él, seguro que no temía herir a Viola haciéndolo, pues seguía sin comprender sus celos. Aunque en ese momento, de todos modos, daba igual.

—¿Dónde está Ali? —preguntó a las chicas en tono imperioso—. ¿Le... le ha pasado algo?

En el campo pitaban el final de juego. Tras una breve pausa empezaría la prórroga.

Jenny y Moira tenían el rostro enrojecido y estaban afónicas de tanto gritar.

—Sí... no... —respondió Jenny—. Bueno, a Ali no le ha pasado nada, pero estaba... estaba muy raro, estaba...

—¿Cómo estaba? —preguntó Viola, fuera de sí—. ¿Por qué estaba raro?

—No te pongas nerviosa —la tranquilizó Moira—. Se refiere a que Ali se ha comportado de forma algo extraña. En realidad, ha sido solo una falta, ha derribado a uno de los otros chicos...

—¿Que lo ha derribado? —Eso no era propio de Ahi. No había cometido ninguna falta en ninguno de los partidos anteriores.

—Seguro que fue sin querer —puntualizó Moira—. Corría con el *sliotar* en el *hurley* en dirección a la portería. Pero había unos jugadores contrarios delante de él, así que pasó la pelota y esta aterrizó prácticamente en el palo de Mike... Y Ali... ¡parece increíble! Pero iba tan concentrado en la pelota que atropelló a ese otro chico. Ha sido un choque fuerte, seguro, se ha dado contra él de lleno y ha debido de hacerle daño. En cualquier caso, no se ha levantado.

Los ojos de Viola buscaron en el banquillo.

—¿Y lo han sancionado? —preguntó Shawna.

Jenny y Moira sacudieron la cabeza casi al mismo ritmo.

—Qué va, solo lo han amonestado. Hasta el árbitro se ha dado cuenta de que había sido un accidente. Pero Ali ha salido él mismo del campo. Estaba preocupadísimo por el otro chico, le ha ayudado a levantarse y lo ha acompañado al vestuario o qué sé yo... —contó Moira.

—En cualquier caso, se ha ido —explicó Jenny—. Hace diez minutos. Desde entonces Killarney ha disparado un gol y ha hecho seis puntos. Si Ali no aparece en la prórroga, Roundwood nunca lo conseguirá.

Viola se preguntaba cuál sería el modo más rápido de llegar desde allí al vestuario. Por algún motivo incomprensible, el lugar donde los invitados de Killarney debían instalarse quedaba al otro extremo del terreno de juego rodeado de seguidores, en el gimnasio. Viola nunca conseguiría llegar hasta allí entre el gentío antes de que concluyera la pausa. Entretanto, miles de preguntas se agolpaban en su mente: ¿Qué demonios estaba haciendo Ahi? ¿Podían los kelpies suministrar *bacha* a los seres humanos? Viola no estaba segura, pero, sin duda, se producía un intercambio cuando su alma se unía a la de Ahi. ¿Y qué más eran capaces de hacer las criaturas del lago? En la mente de Viola se sucedieron escenas de horror. Al menos las madres kelpies podían salvar a los potros de la muerte cuando unían sus almas con un amhralough. ¿Era Ahi capaz de hacer algo así también? ¿Era capaz de ayudar a un compañero de juego gravemente herido, tal vez a punto de morir, cuando...? Viola se percató al instante de lo poco que sabía del chico a quien amaba. ¿Conocía realmente a Ahi?

¡Pero no, todo eso no eran más que fantasías! Ahi no tenía capacidad para resucitar a los muertos uniéndolos a las almas de los animales. Y seguro que el chico de Killarney no se encontraba al borde de la muerte. A lo mejor tenía una costilla rota y un par de morados, en el peor de los casos una conmoción cerebral. Pero nunca había oído hablar de que alguien hubiera muerto jugando al hurling. Entretanto, los equipos habían salido de nuevo al campo y el entrenador había nombrado a un suplente para Ahi, que seguía sin aparecer. No obstante, incluso con el nuevo jugador, Roundwood estaba muy por debajo del contrincante. Ya en los primeros diez minutos de la prórroga, Killarney marcó otro gol; Mike y sus chicos no daban pie con bola.

—Se acabó —observó Moira con tristeza cuando el árbitro anunció la media parte.

La prórroga se componía de dos tiempos de diez minutos cada uno y una pausa breve. Viola volvió a pensar en pasar a la acción. Y esta vez se le ocurrió una idea. ¡Tenía que salir corriendo! De acuerdo, la distancia era larga, pero si corría tal vez conseguiría llegar antes de que terminara la pausa. Y si no, el entrenador también podría volver a cambiar durante la prórroga a Ahi. Solo tenía que aparecer y mostrarse dispuesto a cooperar. En caso de urgencia dispararía a la portería en una jugada individual. Viola sabía a ciencia cierta que solo pasaba la pelota a los demás jugadores para no ofenderlos.

—¡Voy a buscarlo! —dijo a las otras chicas, y se puso en camino.

En el campo de juego, Hank y Mike parecían compartir los mismos pensamientos que ella. En lugar de tenderse como los otros en el suelo o tomar bebidas energéticas, ambos se dirigieron al gimnasio. Era evidente que llegarían antes que Viola y por alguna razón, la muchacha sintió de repente la imperiosa necesidad de apremiar. Corrió como nunca había corrido, pese a lo incómodo del vestido de fiesta y los tacones altos. No tardó en cubrir la mitad del trayecto, pero entonces... ¡algo pasó por su cabeza! Era similar a la sensación de vacío anterior al «pase de diapositivas» de Ahi, aunque entonces todo había ocurrido despacio, casi como si la corriente de pensamiento propia de Viola dejara de buen grado sitio a una pantalla blanca. En esos momentos, por el contrario, sus propias percepciones parecieron interrumpirse de repente. Viola no podía seguir corriendo. Se apoyó en el poste de la tribuna y vio horrorizada las imágenes y sentimientos que confluían en Ahi. Creyó estar en el cuerpo de él y, en el fondo, no se sintió ansiosa. El chico con el que antes había chocado iba a su lado, cojeando ligeramente, e incluso bromeaba con Ahi. Era evidente que entre los dos reinaba la armonía. Tanto si Ahi le había ayudado con *bacha* como si no, el joven —Viola supo de repente que se llamaba Sean, que tocaba la flauta y que su novia se llamaba Joanne— no le guardaba rencor. Pero entonces distinguió que Mike y Hank se arrojaban sobre Ahi.

—¡Aquí estás, gandul!

—No entiendo, hace de buen samaritano con uno de los contrarios y...

—Y a nosotros nos deja colgados. ¿Estás mal del coco? Ya nos han marcado dos goles y...

—Venga, ahora te vienes con nosotros. La segunda parte de la prórroga...

A la vista de los bravucones contrincantes, Sean se retiró en dirección al campo de juego, algo, sin duda, inteligente pero no muy considerado con respecto a Ahi, quien seguramente habría necesitado de su apoyo. Pero en contra de lo que cabía esperar, Ahi no se encogió. Viola tembló, sin saber si con ello expresaba sus emociones o las de él. Lo que sentía, de todos modos, era enfado, cólera... en una medida en que nunca había compartido estos sentimientos con Ahi. ¡Ahora estaba segura de que se había unido con Sean! Los dos chicos habían formado un círculo, se había realizado un intercambio. ¿*Bacha* por atrevimiento? ¿El poder curativo que había pasado de Ahi a Sean se había trocado por la sana indignación con la que Sean había alimentado el alma del pacífico kelpie? Sea como fuere, Ahi no hizo el menor gesto de unirse a Hank y Mike.

—¿Sin más ni más? —preguntó—. ¿Sin más ni más debo jugar con vosotros? ¿Después de que vosotros solo me hayáis insultado y hayáis pasado de mí? ¡Le he roto tres costillas a Sean! Y solo porque no se puede confiar en vosotros. Ni siquiera yo puedo estar mirando hacia detrás y hacia delante a la vez. Y vosotros sois incapaces de atrapar la pelota si no os cae en las manos. Pues ahora ya no me apetece jugar. Y tampoco sería honesto: los otros son mejores, perderéis...

Otra novedad. Antes, Ahi nunca pensaba en categorías como «mejor» o «peor». Ganaba los partidos para hacer un favor al entrenador, al equipo y a los espectadores, pero incluso esa mañana Viola había tenido que explicarle lo importante que era eso para Roundwood. Ahora, sin embargo... Lo que la indiferente Viola nunca había conseguido, Sean, entusiasta del deporte de equipo, se lo había comunicado al kelpie en su breve unión: el concepto de honestidad en el juego.

—¿Honesto? —bramó Hank—. ¡Este tío delira! Tal vez tendrías que haberlo pensado antes, antes de que nos dejaras a todos fuera de combate. Yo era el capitán del equipo, chaval. ¡Y Moira era mi fan número uno! Ahora todas van detrás de ti. ¡A saber cómo las habrás encandilado! Lo tuyo no es normal.

Hank alzó el puño.

—Deberíamos averiguar qué es lo que tiene este de auténtico —observó también Mike—. ¿Qué eres, Ali?

¿Un alien? Pero en el fondo da lo mismo: ahora te vienes con nosotros y marcas goles o habrá jaleo, ¿entiendes?

Al parecer, Ahi no entendía.

—No —respondió sin perder la calma—. Ya no vuelvo a jugar con vosotros.

Viola se estremeció cuando Hank atizó a Ahi el primer golpe. Al principio no sintió ningún dolor, solo el impacto en el estómago y un sonido desagradable cuando el puño de Hank se estampó en el cuerpo del chico.

—Este va por el equipo. ¡Y este por Moira!

Hank golpeó por segunda vez.

Mientras Ahi echaba la cabeza hacia atrás a causa de un gancho en la barbilla, resonaron gritos de rabia, pero también aplausos y zapateos desde el estadio.

Otro gol para Killarney... El partido estaba perdido. Y Hank ya no podía contenerse. La paliza hacía retroceder a Ahi, pero este pareció recobrar el control e intentó defenderse. Incluso dio un golpe certero, pero Mike lo agarró y lo sostuvo con firmeza. Cuando le retorció el brazo, Ahi gimió. Hank seguía golpeándole el rostro.

—Mira por dónde está sangrando. En rojo, y yo que había pensado que la sangre de los aliens era verde...

¿Creían de verdad los chicos que tenían ante sí a un ser de otro mundo? ¿O simplemente estaban vengándose de un ser humano que los superaba totalmente en cuanto a velocidad e inteligencia? Viola solo sentía el pánico de Ahi, quien por una fracción de segundo deseó llamar a su *beagnama*. Los chicos no podrían sujetar a un semental adulto. Viola no sabía qué fue lo que evitó que Ahi procediera a la metamorfosis. ¿Acaso había tabúes? ¿Moriría un kelpie antes de descubrirse frente a los seres humanos? Viola solo oyó la llamada de socorro de Ahi en su cabeza, sintió la avalancha de golpes y un dolor agudo...

Y entonces supo que debía abandonar a su amigo y volver a encontrarse a sí misma. Solo con la ayuda de su propio cuerpo podría detener a Hank y Mike. Viola hizo acopio de todas sus fuerzas. Volvió en sí tosiendo y consiguió ponerse en pie después de haberse desmoronado junto al poste. Los vítores volvían a sonar en el estadio. ¿Otro gol? Qué más daba. Viola no se demoró, llegó por fin al gimnasio y tuvo que orientarse primero. Nunca había entrado en el edificio por esa puerta lateral. Al fin reconoció dónde estaba y corrió a los vestuarios. Ya no se oía nada más. Hank y Mike debían de haberse ido. Viola tanteó a través del pasillo, completamente oscuro. A través de los ojos de Ahi le había parecido más iluminado, pero él ni siquiera necesitaba luz en la caravana. Se preguntó de nuevo qué más había... y cuánto tardaba en morir un kelpie.

En ese momento oyó un leve gemido que salía de un rincón del corredor. Ahi yacía acurrucado, con el rostro convertido en una masa deforme y ensangrentada.

—Vio —susurró—. Vio... siento que tú...

Sabía que ella había estado con él.

Viola intentó limpiarle la sangre de la cara con el velo de Ainné, pero entonces pensó que había mejores opciones.

—¡Dame la mano, Ahi, deprisa! —Viola lo abrazó y le ayudó a sentarse. Luchaba contra el miedo; tenía que hacer algo, deprisa, antes de que volvieran los jugadores y la descubrieran. No se trataba de una pequeña herida, sino que esos energúmenos lo habían dejado medio muerto. Pero si acababa en un hospital... Seguro que había diferencias anatómicas entre los seres humanos y los amhralough... Una revisión desenmascararía la naturaleza de Ahi. Sin embargo, había otras maneras de que sanara. Viola se quitó del cuello la piedra protectora, que llevaba en contacto con la piel, en el escote de su vestido de fiesta.

—No, Vio, es... es demasiado... se necesita demasiado. —Ahi gimió e intentó separarse de ella, pero Viola ya notaba que su fuerza vital fluía hacia él, cómo disminuían los dolores del chico y se curaban sus heridas.

—Es demasiado, Vio, ¡para! —suplicó Ahi, que seguía sin lograr moverse.

Viola intentaba concentrarse, intensificar la fusión a pesar de que Ahi protestaba, desesperado.

—¡Viola, por favor, morirás!

Viola se esforzaba por no notar la debilidad que se extendía en su interior en la misma proporción en que fortalecía a Ahi. La voz del chico ya sonaba más clara, los huesos de la cara debían de estar curándose. Solo con que fuera suficiente... Solo con que fuera lo bastante rápido... Si Ahi... si Katja... no tuviera razón...

Viola luchaba por mantenerse firme y por no perder la consciencia. Apretó la mano de Ahi con todas sus fuerzas. Ya se preocuparía más tarde de sí misma. Antes tenía que recuperarse él. La mente de Viola se vació, sintió malestar, dejó de percibir sus miembros, y Ahi... De nuevo se reconocían sus rasgos y ya conseguía reaccionar... pero la imagen del joven se desvaneció ante los ojos de Viola.

La muchacha percibió vagamente que él se desprendía de su mano y vio que se ponía en pie vacilante, se apoyaba en la pared y miraba horrorizado a la chica que yacía a sus pies.

—Vuelve, Ahi... —Viola ni siquiera lo llamó, estaba

demasiado débil para ello. Pero oyó su propia voz en la mente—. Vuelve a mí...

Pero Ahi huyó, y los últimos sentimientos de él que Viola percibió fueron de desesperación y odio hacia sí mismo. Ella sintió al mismo tiempo que él la profunda vergüenza de este y el temor de haberla matado.

—Nunca más... —Las palabras se confundieron con una melodía que introdujo a Viola en las tinieblas...

19

Viola se despertó en una camilla del dispensario y reconoció al médico canoso y de rostro redondo que se inclinaba sobre ella. El anciano, que atendía al pueblo de Roundwood desde hacía décadas, había sufrido una enorme decepción cuando Ainné McNamara no lo había considerado capaz de asistirla en el parto.

—¿Doctor Lehan? —preguntó. El médico sonrió.

—Bueno, por fin has vuelto. Gracias a Dios, casi empezaba a estar preocupado. ¡Una fortísima bajada de tensión, señorita! El muchacho que te encontró pensó que incluso necesitabas un masaje cardíaco, pero todavía respirabas cuando te trajeron. ¿Qué ha pasado, jovencita? No recuerdo tu nombre... Eres la hija del esposo de Ainné, ¿verdad? La chica alemana.

Viola asintió.

—Vaya por Dios, si tu padre se casa hoy... Por eso nadie contesta en el camping. ¿Y qué hacías aquí, guapa? Ah, deja que lo adivine, estabas animando a uno de los chicos, ¿me equivoco? —Rio.

Temblorosa, Viola intentó enderezarse.

—Ali... tengo...

—Ahora no tienes que hacer nada —dijo el doctor Lehan tranquilamente, y cogió una manta—. Salvo descansar. ¿Hay alguna amiga tuya por aquí?, ¿podemos llamar a alguien? También podría llamar al joven, claro... —Estudió a Viola con la mirada y la tapó cuidadosamente.

—¡No... no, ni hablar! —Viola se sobresaltó, se irguió e intentó apartar la manta, que raspaba y olía a gimnasio.

El doctor Lehan rio y la empujó con suavidad para que volviera a tenderse.

—¡Ay, ay, un ataque! ¡Y casi un corazón partido! Tienes que aprender a ser un poco más dura, pequeña. Los chicos pocas veces cumplen lo que prometen. Y si además pierden un partido como este, entonces se desbocan, entonces hasta dicen cosas que no piensan. Pero ya viene la amiga...

—¿Está Vio aquí? —Shawna se precipitaba hacia el interior.

Al parecer se había estado comentando que una chica se había caído delante de los vestuarios. Shawna necesitó sacar pocas conclusiones para salir en busca de Viola. Al menos tenía la cadena con la amatista en la mano.

Viola recordaba habérsela quitado, pero sería bueno volver a ponérsela... Quería decir algo, pero le faltaban las fuerzas para hacerlo.

Shawna había tardado unos minutos en llegar al dispensario, donde descubrió a Viola y se la quedó mirando horrorizada. Viola lo entendía muy bien. Se imaginaba vívidamente el aspecto que presentaba: delgada, pálida, confusa y a lo mejor todavía ensangrentada.

—¡Dios mío! —exclamó Shawna—. ¡Corriste demasiado! ¿O ha sido el champán de antes? ¿Es grave, doctor Lehan?

El médico sacudió la cabeza.

—Solo necesita un poco de tranquilidad, y todavía mejor, algo que comer... No estarás haciendo algún tipo de dieta, ¿verdad? Seguro, de lo contrario no estarías tan delgada y débil. Pero se ha acabado. La semana que viene quiero verte en mi consulta. ¡O certifico que tienes alergia a los caballos y no podrás volver a montar! —Le guiñó el ojo.

Shawna sonrió. Al menos ella parecía más tranquila.

—¿Has encontrado por lo menos a Ali? —preguntó a Viola.

De nuevo Viola intentó incorporarse.

—Sí... no... es complicado... ¡Shawna, tienes que sacarme de aquí! —susurró las últimas palabras y esperó que el doctor Lehan no tuviera un oído muy fino.

Sus deseos no se cumplieron.

—Pero chica... ¿adónde quieres ir con tantas prisas? Haz esperar un poco al muchacho, no ganarás nada corriendo detrás de él ahora. Auscultó una vez más a Viola y ella intentó respirar de manera acompasada, pero no pudo frenar los acelerados latidos de su corazón. Aun así, el examen del doctor Lehan resultó satisfactorio—. Por mí, puedes marcharte a casa con tu amiga —informó a Viola—. ¡Pero verdaderamente a casa! No a no sé qué pub donde los chicos beben sus penas. ¡Y directa a la cama! Cualquier otra cosa sería una grave imprudencia. ¿Puedo confiar en que me haréis caso?

Shawna asintió con vehemencia. Viola se forzó en simular obediencia. El doctor Lehan las miró indeciso.

—¿Cómo vais hasta el lago? En realidad debería llamar a tu padre, pero no quisiera aguarle la fiesta de casamiento...

—Tampoco es necesario —respondió enseguida Shawna—. Yo me ocupo de Viola. A casa y a la cama. ¡Sus deseos son órdenes! —Hizo un saludo militar.

El doctor Lehan sonrió. No parecía del todo convencido, pero probablemente tenía otras cosas que hacer un sábado por la tarde que atar a una chica con una bajada de presión a la cama del dispensario. En el gimnasio no podía seguir atendiéndola y hospitalizarla en Dublín le parecía una exageración.

—Está bien —concluyó—. Cuando vuelvas a ponerte en pie, Viola, se te quitarán de todos modos las ganas de aventuras. Estoy seguro de que no tardarás en sentirte mareada y de que te alegrarás de llegar a tu casa...

Viola no lo creía, pero asintió con docilidad. Lo primero era salir de ese sitio y luego ir a buscar a Ahi... Por lo visto había escapado por su propio pie, o al menos no se mencionaba a otro paciente. Viola dejó que el médico le tomara una vez más la presión. Shawna la ayudó luego a levantarse.

—Despacito, nada de brusquedades —advirtió el doctor Lehan—. Y tomad el autobús, o mejor aun un taxi. ¡Shawna, no me lleves a la chica de paquete en el ciclomotor! —Y dicho esto, el médico acompañó a las jóvenes a la puerta.

En efecto, Viola tuvo que hacer un esfuerzo para ponerse en pie. Solo lo consiguió apoyándose en Shawna, pero seguro que todo iría mejor cuando hubiera comido un poco.

—¿Podemos pararnos a tomar algo rápido? —preguntó Viola mientras Shawna, todavía indecisa, paseaba la mirada entre el sótano del gimnasio, donde se aparcaban las bicicletas, y la parada de taxis. Si cogía un taxi con Vio, tendría que dejar ahí su medio de transporte.

Shawna aceptó la propuesta de buen grado. Tal vez si Viola comía algo podría llevarla en la moto con ella.

Shawna asintió con vehemencia:

—De acuerdo. Recojo la scooter...

Se internó en la penumbra del aparcamiento de bicicletas mientras Viola volvía a luchar por conservar el equilibrio. ¡Maldita sea, si eso seguía así, ya podía olvidarse de Ahi! A no ser que compartiera el secreto con su amiga. Por el momento, sin embargo, era incapaz de dar ni un paso sin apoyarse en Shawna, y en el ciclomotor seguro que no conseguiría sostenerse. Ni siquiera hasta el Roundwood Burger, en la calle siguiente. Por otra parte, se moría de hambre. Solo de pensar en pizza y patatas fritas se le hacía la boca agua, hasta que se acordó de repente de que la hamburguesería estaría llena de estudiantes de Roundwood. Después de todos los partidos de hurling siempre se reunían para discutir cada jugada frente a unos refrescos, hamburguesas y aros de cebolla fritos. ¡Además, prácticamente todos los clientes del bar sabían la relación de ella con Ahi! Era probable que la abrumaran con preguntas y reproches en cuanto entrara en el local. Viola tenía horror a una situación así.

—Mira, Shawna, es mejor que vayas a comprar tú sola algo que comer —dijo cuando su amiga regresó—. Te espero aquí. Yo... yo no tengo ganas de encontrarme con Jenny y Moira...

Shawna asintió llena de comprensión:

—Yo también había pensado en ello. Si Ali aún no ha aparecido, las chicas se abalanzarán sobre ti como buitres. Y eso que hasta yo me muero de curiosidad... Pero, de acuerdo, eso puede esperar. ¿Hamburguesa con patatas fritas y ensalada, o pizza con cebolla y setas?

—Los dos —pidió Viola—. Y una Coca-Cola grande. No, mejor un chocolate caliente. Todavía tengo frío...

Shawna puso cara de asombro.

—¿Pizza y hamburguesa? ¿Después del menú de cinco platos del mediodía? Debes de tener un agujero en el estómago...

Viola prefería no hablar de ello en ese momento.

—¡No preguntes, márchate! —le pidió. Estaba temblando.

Shawna vaciló un instante. Al parecer todavía dudaba en si dejar a su amiga sola, pero al final se limitó a envolverla con su chaqueta encerada y se subió al ciclomotor.

—¡Enseguida vuelvo!

Viola depositó el velo de Ainné en un rincón del suelo del sótano, se sentó encima y se forzó a respirar pausadamente y a pensar de forma razonable. Tenía primero que recuperar fuerzas y luego que buscar a Ahi antes de que él cometiera una tontería. No podía creer en serio que la había matado. En realidad ella misma siempre había sido consciente de su presencia. Si él estuviera muerto, ella lo sabría, porque la unión entre ambos se rompería. Incluso ahora sentía el cordón entre ella y Ahi, aunque parecía más flojo y fino que de costumbre. Pero seguro que era porque Viola todavía estaba débil y Ahi aún debía de encontrarse mal. Para que sus heridas se curasen del todo, habría necesitado más *bacha*: Viola prefería no pensar en los estragos que había dejado en el alma sensible de Ahi el asalto de Hank y Mike. Ahi debía de encontrarse totalmente confuso y sin confianza en sí mismo. Necesitaba a Viola, tenían que reunirse de nuevo, juntar sus almas y zambullirse en el nido de armonía y felicidad que siempre habían compartido. Viola se palpó la amatista que volvía a colgar de su cuello. Creyó verla palpitar, pero el mundo que la rodeaba le parecía todavía impreciso. ¿Dónde se había metido Shawna con la pizza?

Shawna llegó mucho más tarde; Viola casi se habría dormido, de no ser porque se estaba congelando. Pero entonces olió la tentadora pizza y Shawna llegó a su lado con todo un montón de bolsas y paquetitos. Viola abrió el primer paquete y comió con fruición.

—¡Madre mía, pues sí que estás muerta de hambre! —exclamó Shawna con asombro—. Siento haber tardado tanto, pero en la hamburguesería había un jaleo total. Menudo lío, he tenido que esperar una eternidad. Y entretanto los fanáticos casi me linchan porque soy buena amiga de Ali. ¡Están buscando a alguien a quien hacer responsable del fracaso de esta tarde! En cualquier caso, ha sido mejor que no vinieras y muy inteligente por parte de Ali haberse evaporado. Lo mejor es que pase un par de días más en casa hasta que la chusma se haya tranquilizado. Yo sobre todo me mantendría apartada de Hank y Mike. Aunque ellos también han desaparecido. Corren rumores de que buscan a Ali para arreglar las cuentas...

«Casi lo consiguen...», pensó Viola. Era probable que no fueran conscientes de lo gravemente que habían herido al chico.

—¿Y a nadie se le ocurre pensar que el equipo también podía ganar sin Ali? —preguntó Viola entre dos bocados de pizza—. Si he entendido bien, Ali se ha marchado diez minutos antes de que pitaran el final del encuentro. Y estaban empatados, solo tendrían que haber evitado que los demás marcaran un gol.

Shawna puso los ojos en blanco.

—Yo lo sé y tú lo sabes. Pero Roundwood está buscando un chivo expiatorio. Y hoy seguro que no es Mike... ¿Qué tal, podrás ir en la moto o cogemos un taxi?

Viola había tenido tiempo de pensar en ello.

—¡Cojo un taxi! —respondió—. Y tú vienes detrás con tu cacharro. Sería una tontería dejarlo aquí. Subo en el taxi y luego nos encontramos en el camping. ¡Seguro que llego!

Shawna la miró algo dubitativa, pero Viola ya acababa de pasar media hora sola. Así que la muchacha irlandesa acabó accediendo, aunque acompañó a su amiga a la parada de taxis.

—Al camping... —dijo.

Viola esperó hasta que el vehículo hubo arrancado y a continuación se dirigió al conductor.

—¿Conoce la islita que está en el lago, donde se encuentra la vieja casa de veraneo?

El conductor asintió.

—Pues claro, es un buen caladero. ¿Por qué?

—Porque tengo que ir allí —respondió Viola—. Por favor, lléveme lo más cerca posible.

No era en absoluto seguro que Ahi se hubiera retirado a su lugar preferido. También era posible que esperara en el camping, detrás del cobertizo o incluso que se hubiera escondido en la caravana. Pero Viola no lo creía. Ahi evitaría los lugares frecuentados por los humanos. Tal vez no volvería de inmediato al lago, pero querría estar cerca de los suyos. Como la otra vez, después de lo de las ranas.

Viola tenía la sensación de que estaba tardando horas en recorrer el breve camino que llevaba desde la carretera hasta la isla. Todavía se sentía mareada y ahora, además, notaba el peso de la pizza en el estómago. Pero entonces divisó el lago brillando entre los árboles. De un color gris como el acero, a la espera de la niebla nocturna.

Ahi no estaba sentado en el puente, sino que se había acurrucado en un hoyo, bajo el primer pilar. Su cuerpo parecía sufrir convulsiones y tenía el rostro todavía hinchado cuando alzó la vista hacia Viola. Sus ojos enormes, hundidos en las cuencas, de un gris brumoso, expresaban desconsuelo.

Viola quería sentarse a su lado, pero él se apartó de ella.

—¿Qué pasa Ahi? —preguntó en voz baja—. Mira, llevo la cadena. No puedes tomarme *bacha*.

Ahi sacudió la cabeza con vehemencia.

—Tampoco lo quiero. Nunca más. Y el peligro siempre existirá cuando te toque. ¡Tu corazón dejó de latir, Viola! Estaba seguro de que habías muerto. ¡Y yo te habría matado! No vale la pena. Es demasiado arriesgado. No debemos volver a vernos, al menos no debemos volver a tocarnos, no debemos estar juntos.

Viola hizo un gesto de rechazo.

—Pero no ha pasado nada. Estoy bien. Y por mí... por mí siempre puedo llevar el amuleto.

Aunque en ese caso no podría volver a dar *bacha* a Ahi. Él no podría vivir con ella. Debería regresar al lago con los kelpies y compartir sus inquietantes comidas. Viola no quería pensar eso, porque sabía que sus sentimientos afligirían a Ahi. Pero ella no lo aceptaría como lo que volvería a ser.

Ahi solo la contemplaba. En sus ojos había un dolor casi insoportable. Los pensamientos de Viola tantearon en busca de ese vínculo encantado que había entre ellos y que con tanta frecuencia le había ofrecido consuelo y seguridad, pero sintió que Ahi intentaba romperlo.

—No se trata solo de ti, Vio... —susurró él—. Tú misma tienes que percibirlo, no soy como ellos. Llamo la atención, los seres humanos me aman o me odian, pero siempre perciben que hay algo extraño en mí. No hay armonía; entre vosotros los humanos la hay raras veces, pero entre vosotros y los demás seres nunca la hay.

—¿Cómo puedes decir esto? —preguntó Viola, airada—. Vivimos en paz con... bueno, con los animales...

—Cuando no os los coméis —señaló Ahi con amargura—. O los diseccionáis. Y siempre que hagan lo que vosotros queréis. Cuando podéis montar un caballo o cuando un perro consigue conducir un rebaño de ovejas todo va bien, pero pobres de ellos si se defienden. Y son pequeñas almas, Viola, que no representan ninguna competencia...

Pronunció la palabra como si acabara de aprenderla y era evidente que ese día había comprendido por vez primera su significado.

—Alguien como yo... ¡Olvídate, Viola! Tenemos que hacer caso de tu amiga... Katja...

—¿Katja? —preguntó Viola perpleja—. ¿Qué tiene ella que ver en este asunto?

Ahi se frotó la frente.

—Habló conmigo antes de marcharse. ¡Me echó en cara que te estaba matando, y tenía razón! Percibió el riesgo y todavía oigo su voz: «Si Vio no lo consigue, entonces tienes que poner tú punto final. Si la amas, hazlo.» Te amo, Viola. Y por eso pongo ahora punto final.

Se levantó algo trabajosamente, todavía dolorido.

Viola pensó febril. ¡No podía terminar, él no tenía que abandonarla! Debía haber otras posibilidades...

Entretanto había empezado a llover y de forma mecánica se cubrió la cabeza con el velo. Y entonces recordó la vaga observación de Patrick: «Cuando los kelpies aparecen en su forma humana, se los atrapa con ayuda de un velo de novia.»

—¡Espera! —exclamó Viola con voz firme.

Ahi se detuvo.

—Espera, no te muevas. Ya te he tocado con él. Tienes... —En un abrir y cerrar de ojos, antes de que Ahi pudiera reaccionar, cubrió el cuerpo del chico con el velo de Ainné e intentó atraerlo hacia sí. Ahi debía permanecer con ella. Como ser humano.

Él abrió los ojos de par en par, tragó saliva y la miró fijamente.

—Viola, ¿es esto lo que quieres? ¿Lo que quieres de verdad? —Le tendió las manos y las cruzó, decidido a que las atara—. ¿Quieres condenarme a ser un hombre? ¿Quieres arrebatarme mi canción, mi alma? Yo no llevo ninguna piedra protectora, Viola. Y no me defiendo. Está bien, hazlo. Pero... ¡pero no me digas que lo haces por amor!

Viola soltó el velo. Abrazó a Ahi y hundió la cabeza en el pecho del chico. También él abandonó su actitud esquiva y la rodeó con los brazos, pero ya no podía consolarla. Viola gemía. Ahi lloraba.

—Bésame una vez más —dijo él—. Pero luego debo partir...

Viola levantó la cabeza y le ofreció los labios. Sintió de nuevo la frescura de su piel, la dulzura de su beso, se abandonó por última vez a él y sintió su alivio infinito y su amor eterno.

—Nunca te olvidaré... —susurró Ahi.

Luego la dejó. Viola estaba como petrificada mientras él retrocedía hacia el bosque y parecía desvanecerse entre los troncos. Y entonces vio un semental gris acercándose a la orilla, con pasos vacilantes pero con la cabeza alta y las crines ondeando. Observó cómo introducía los cascos en el agua, cómo nadaba y, de repente, le pareció oír la música con que lo recibía su pueblo. Una resonancia de la música, un desvanecerse... antes de que se sintiera tan sola como nunca antes desde su primer contacto con Ahi. La unión se había roto.

Viola sollozó. Se quedó llorando junto a la orilla.

20

En algún momento y sin saber cómo, Viola logró llegar al camping donde Shawna, totalmente fuera de sí, ya había empezado a llamar a todas las empresas de taxis.

—¿Se puede saber dónde te habías metido? Ya estaba temiéndome que el taxista te hubiera secuestrado... —Shawna no pudo concluir su broma cuando vio el rostro de su amiga—. Dios mío, Vio, ¿qué te ha pasado?

—Se ha terminado —logró susurrar antes de romper de nuevo en llanto—. Él... se ha ido...

—¿A Dinamarca? —preguntó Shawna, preocupada—. ¿Ahora mismo? ¿Por ese partido absurdo? Ven, Vio, seguro que esto no es definitivo.

Con unas palabras de consuelo, condujo a Viola primero al baño, la colocó debajo de una ducha caliente y la acompañó luego a la habitación.

—No sé si esto es ahora sano —dijo, cuando regresó con un tetera y una botella de whisky de Bill—, pero no te matará... Venga, Viola, no puede ser tan terrible... No vas a quitarte ahora la cadena... Seguro que mañana vuelve...

Viola dejó caer la cadena con la amatista en la mesilla con un sollozo. No necesitaba más protección ni tampoco recuerdos. Con toda certeza, jamás subiría a lomos de un kelpie...

Se bebió el té a sorbos y se abandonó a la voz consoladora de Shawna, que permaneció a su lado hasta que se durmió. Tal vez ese aciago día tan solo había sido un mal sueño.

Al día siguiente, Ahi no regresó, por supuesto; pero Alan y Ainné estaban allá y el padre de Viola fue comprensivo. Se dijeron muchas palabras animosas respecto al tema de las penas de amor y Viola pudo quedarse el lunes y el martes también en casa. Entretanto, Alan había hablado con el doctor Lehan por teléfono y el martes por la tarde llevó a Viola a su consulta. Ella todavía se sentía fatal, pero el médico estaba muy satisfecho.

—Das la impresión de cargar con toda la pena del mundo —bromeó—, pero tus valores son claramente mejores que el sábado. Haremos un análisis de sangre, aunque no creo que te falte nada serio. Salvo el chico, claro, pero son cosas que pasan. Y tampoco parece que se haya portado tan bien contigo después de lo que me ha contado tu padre...

Su padre también se había percatado, pues, de que había perdido peso y estaba pálida, y se lo había mencionado al doctor Lehan. Viola no comentó nada al respecto. En esos momentos vivía como bajo una campana de cristal acolchada con guata. No quería pensar, no debía pensar. Si imaginaba que nunca más volvería a tocar las manos de Ahi, que no compartiría más sus pensamientos, ni oiría su risa ni sentiría el contacto de sus labios, se volvería loca.

Tampoco la agitación de la escuela calaba en ella, pero en algún momento, naturalmente, tendría que enfrentarse a la realidad. Ese mundo entre algodones dio paso a la cólera, hacia Katja que había presionado a Ahi para que cortara la relación, y sobre todo, por supuesto, hacia Mike y Hank. Pasó unos días imaginándose que los conducía a los kelpies y que luego, en algún momento, sus cadáveres se encontraban en el lago. No podría ser tan difícil, seguro que los dos eran tontos y lo bastante arrojados como para montar un caballo desconocido. Tiempo atrás, antes de que chicos como Mike y Hank quedaran cautivados por las motos, seguro que eran víctimas frecuentes de los amhralough. Se imaginaba a sí misma descendiendo al lago, llamando a Lahia para que los cazara... Pero luego recordó que los kelpies eran ajenos al concepto de venganza y desquite. Lahia no entendería por qué tenía que cazar a esos dos chicos y no a otros, aunque la fuerza y agresividad excesivas de ambos, sin duda, la habrían excitado. Y Ahi probablemente tendría prejuicios incluso por aprovechar el *bacha* de los chicos. Había jugado tantas veces al hurling con ellos e intentado intuir su forma de jugar que, aunque fuera superficialmente, habría tocado sus almas.

Sin embargo, y pese a que Viola no había intervenido, Hank y Mike no parecían sentirse muy a gusto consigo mismos. Shawna le contó que se habían saltado la clase del lunes y dio como razón que debían de haber estado durmiendo la borrachera. Viola se daba otra explicación: probablemente los dos agresores se habían escondido, muertos de miedo, en algún lugar. El hecho de que desapareciera sin dejar rastro un chico al que antes se había molido a palos no dejaba abiertas muchas posibilidades de interpretación. Hank y Mike debían de sospechar que Ahi había escapado y que volvería a aparecer en un hospital. Cuando pasaron los días y esto tampoco sucedió, se obsesionaron con la idea de que se descubriera un cadáver. En cualquier caso, estaban asustadizos y amedrentados y evitaban el contacto con Viola. Habrían oído hablar de la crisis que había sufrido y, sin duda, se preguntaban si no habría presenciado lo ocurrido y por qué no denunciaba a los agresores.

Viola habría alimentado esa incertidumbre durante un par de semanas más o, mejor incluso, toda su vida; pero no era posible, claro. Aunque fuera por el cariño que tenía a Shawna debía dar alguna justificación al hecho de que Ahi hubiera desaparecido. De lo contrario, la escuela se dirigiría a los padres de ella, en cuya casa se alojaba oficialmente. Cuando Viola se hubo recuperado a medias, consiguió abrirse una dirección de mail en un servidor danés y envió, con el nombre de Margarete Nokken, un mensaje indignado al instituto de Roundwood. Su hijo Alistair había llegado a casa de forma inesperada y en bastante mal estado. Después de que sus compañeros de equipo lo hubieran golpeado brutalmente, había sido presa del pánico, había solicitado los cuidados de urgencia en el hospital de Dublín y se había marchado en el primer avión a Copenhague. Margarete Nokken, alias de Viola, reconocía que había sido un acto irreflexivo y con toda certeza no la mejor manera de tratar el problema, pero entendía a su hijo y no iba a ser ella quien lo forzara a regresar a Irlanda.

Para alivio de Viola, el secretariado del instituto de Roundwood se tragó este aviso de baja con la misma buena disposición con que había aceptado unos meses antes la inesperada aparición del estudiante danés de intercambio. Mike y Hank, a quienes Margarete mencionaba por su nombre, pasaron un mal trago, pero respiraron aliviados cuando se enteraron de que Ali seguía con vida pese al severo castigo que se les impuso. Aceptaron sin replicar su expulsión del equipo de hurling y también de la escuela durante varios días. Con ello, el capítulo Ali se cerró para el instituto de Roundwood.

La primavera llegó lentamente a Lough Dan. En las montañas y en los jardines reverdecía y brotaban flores, y un cielo azul, casi irreal, con nubes aborregadas se reflejaba en el lago. Viola debía planificar poco a poco su regreso a Alemania, pero le faltaba energía para decidirse. En lugar de eso pasaba de un día de clase a otro, desatendía a todos los «quizá» de Ainné y reemprendía los largos paseos con *Guinness*. Durante estos, no vio a Ahi ni a su *beagnama* nunca, pero los demás kelpies aparecían casi cada día. Sin duda, se iniciaba una cacería, pues había transcurrido mucho tiempo desde que los dos clientes de Bayview habían sido víctimas de los amhralough. En cualquier caso, la temporada de turismo todavía no había empezado realmente, así que no caerían en las redes de los kelpies víctimas desconocidas.

Sin embargo, Bill cada vez hablaba más de cazar de una vez los ponis salvajes.

—¡Esos animales están comiéndose la hierba de nuestros caballos! —afirmaba pese a que los kelpies nunca se metían en los corrales cercados—. Y además es una pena, son animales preciosos... Podrás domarlos, Shawna, y luego pagarán una buena suma por ellos en el mercado de caballos.

A Shawna se le encogía el corazón cuando lo oía. Viola sabía que también ella observaba a los kelpies, pero seguro que no entraba en sus planes cautivarlos ni domarlos. Al menos, no para un mercado de caballos de Dublín. Shawna soñaba con un potro para ella al que le habría encantado domar, pero no tendría valor para sacar un rápido provecho comercial.

—Primero los cogemos, papá, luego ya veremos qué hacemos —objetaba Ainné. Era totalmente partidaria de cazarlos, de joven había domado muchos ponis salvajes para Bill—. ¿Cómo crees que debemos hacerlo? Sin un redil suplementario no funcionará. Si se espantan, esos animales salvajes derribarán una valla sin refuerzo.

Bill asintió. Tenía ya algunas ideas concretas sobre cómo actuar.

—Necesitaremos a un par de ayudantes y madera para un cercado. No hace falta que sea muy estable, solo lo suficiente alto para que los animales no salten por encima. Podemos utilizar las tablas de la antigua cabaña de madera que derribamos el año pasado, la que estaba junto al cobertizo de los botes. Y como ayudante pensaba en Patrick. Seguro que le gusta venirse un fin de semana. Aunque sea para ver a su chica...

Shawna se puso de inmediato roja como un tomate. En efecto, la relación entre ella y Patrick se había reforzado en las últimas semanas. Durante las vacaciones de Pascua, el veterinario de Roundwood había facilitado a la muchacha unas prácticas en un *college* de Dublín y ella se había alojado en la residencia de estudiantes de Patrick. Los dos habían hecho muchas cosas juntos y al final parecía que también en el joven se había encendido la chispa. Con toda certeza, gracias también a que en Dublín Shawna no permitía que se aprovecharan tanto de ella. Ahora, no obstante, Ainné volvía a entremeterse y obtenía hábilmente de la joven irlandesa todo lo que podía.

Viola informó al respecto a Katja, quien de inmediato dio su parecer:

¡Estáis hechos unos masoquistas todos! Primero tú te dejas vaciar y ahora Shawna le lame las botas a Ainné. Dile que ponga fin a todo ese asunto. No son sus caballos, a ver si le queda claro. Y a veces las cosas no funcionan si no es con una ruptura clara.

Viola gimió al leer estas palabras. Con el tiempo había perdonado a Katja. Ella misma reconocía que, en el fondo, estaba mejor sin Ahi. Había recuperado peso, empezaba a broncearse con el sol de verano y un par de chicos de las clases superiores habían empezado a irle detrás. Sin duda, se habían fijado en ella por su relación con la estrella del hurling, pero ahora parecían sentirse atraídos también por su aspecto. Viola se esforzaba por ir con Jenny y Moira la tarde del sábado al pub, e incluso había ayudado a preparar el teatro para la primera representación de la temporada. Para su sorpresa, le tomó el gusto a la confección de los decorados y la danza ceili que interpretaron los artistas dejó de parecerle tan provinciana. La inagotable exaltación de la cultura y la historia irlandesa de Miss O'Keefe y Mrs. Murphy habían dejado huella en Viola, quien pronto encontró fascinante la habilidad y la rapidez con que los bailarines agitaban los pies.

Poco a poco Viola podría haberse ido sintiendo en Roundwood como en casa de no ser porque recordaba los besos de Ahi, sus labios frescos, sus caricias y la dicha en la unión de sus almas y sus pensamientos. Todavía se sentía abandonada y sola, sola en su mente sin la certeza sosegadora y constante de que Ahi estaba allí y pensaba con cariño en ella.

—¿Y tú qué, Viola? ¿Colaborarás con nosotros? —El tono de voz de Ainné no admitía objeciones.

La muchacha frunció el ceño. Primero tenía que pensar de qué se trataba. Pero sí, Ainné y Bill seguían planeando salir a cazar caballos. Y Shawna también participaría aunque eso no le gustara.

—No es peligroso, solo haremos una zanja y los conduciremos al corral —explicó Bill con vehemencia.

—Que todavía hay que construir... —señaló Viola de mal humor—. Otra vez me dejaré los dedos llenos de moratones.

Ainné estaba a punto de hacer una observación, pero una mirada de su esposo la detuvo.

—Viola puede cuidar de Kevin —intervino Alan apaciguador—. No tiene que ayudarnos a construir el cercado si no quiere.

Viola no sabía exactamente por qué se estaba metiendo en ese asunto. Ya había decidido que se marcharía pronto y ahora no necesitaba ganarse las simpatías de Ainné. Tampoco sentía unas ganas especiales de cuidarse de Kevin. Sin embargo, era su hermano y por lo visto Ainné había planificado aparcar su cochecito en medio de un nido de kelpies. Viola se sentiría mejor si se quedaba con él alguien que supiera el peligro que corría, por mucho que en principio este no fuera muy grande para los bebés. No cabía duda de que los amhralough andaban faltos de *bacha* y, desde luego, Lahia tomaría lo que se le presentara.

Esa fue la razón por la que Viola no se olvidó la cadenita con la amatista cuando la tarde del siguiente viernes partieron a llevar madera al lago. Bill se había decidido por el lugar al pie de la dehesa que habían cercado el último año. Quería que sus propios caballos pastaran allí para atraer a los salvajes. A Viola le habría gustado decirle que eso poco influiría en Lahia y los de su especie; pero la presencia de seres humanos seguro que sí atraería a los kelpies a la orilla. Se preguntaba únicamente qué estrategia seguirían. ¿Permitirían realmente que los cazaran? ¿Con la esperanza de que alguien los domara a la manera del Lejano Oeste? No se dejarían echar un cabestro por encima. Pero ¿qué sucedería si era un lazo? Se había olvidado de preguntarle a Ahi si eso contaba. Viola se sorprendió de estar preocupándose tanto por los kelpies como por sus amigos y su familia. Y por Ahi sobre todo, claro.

Ese día, no obstante, no salieron a capturar caballos, sino a ocuparse de la ya conocida y fastidiosa construcción de la cerca. Por supuesto, incluyeron a Viola en la faena. A fin de cuentas, ocuparse de Kevin, que dormía la mayoría del tiempo, no era una tarea a tiempo completo, así que la joven ayudó a Patrick y Shawna a colocar los postes y estuvo escuchando sus viejas peleas. A Patrick le pagaron como es debido por su colaboración, pero Shawna no recibió ni un centavo, lo que Patrick no dejó de reprocharle.

—¡Y pobre de ti que encima te sientes a lomos de uno de esos caballos salvajes! Te lo advierto, Shawna, ¡si lo haces no volveré a dirigirte la palabra!

—¡Yo tampoco! —se le escapó a Viola—. Bueno, yo... ¡me ocuparé de ella, Patrick! No permitiré que corra el menor peligro.

Shawna sonrió.

—En cierto modo sois guais, los dos —señaló, y se animó lo suficiente para dar un besito minúsculo en la mejilla de Patrick.

El viernes trabajaron hasta que anocheció, tras lo cual

el joven invitó a las dos chicas primero a la hamburguesería y luego al pub. Viola lo encontró conmovedor. Seguro que Patrick y Shawna preferían estar solos, pero no querían dejarla colgada con Ainné y Bill. Los O'Kelley estaban de buen humor, se alegraban de la caza y llevaban todo el día contando a sus ayudantes unas historias horripilantes sobre la captura de caballos salvajes. ¡Que las escuchara Alan, era él quien se había unido por matrimonio a esa familia!

Entretanto, Viola había renunciado a averiguar qué encontraba su padre en Ainné, pero toleraba mejor el amor ciego que este le profesaba. Ainné ya podía ser para el resto del mundo una bruja; para Alan, sin embargo, era a ojos vistas la encarnación de todos sus sueños. Viola se forzaba por contemplarlo con serenidad. También ella misma había estado enamorada de un kelpie. ¿Había estado enamorada? Para hablar en pasado su corazón latía demasiado deprisa.

Al final, Patrick la acompañó a casa y señaló fascinado el lago cuando pasaron junto al cobertizo.

—Mira... ahí están los caballos... Los que dicen que había en verano y un par más todavía. Pero estos no son ponis de montaña... —Patrick susurraba, como si temiera ahuyentar a los caballos con su voz.

Viola contempló intensamente la luz de la luna. Cuatro caballos, todos de diferentes matices de blanco. Creyó reconocer el *beagnama* de Ahi entre ellos y se estremeció. Debía controlarse. Patrick no tenía que percatarse de lo mucho que la emocionaba esa visión. A fin de cuentas, hasta ese momento nunca se había interesado por los caballos.

—Shawna opina que en parte son muy dóciles —dijo Viola, forzándose por mantener la calma. Habían dejado a su amiga en el Lovely View, pero Patrick volvía a alojarse en la caravana—. Es posible que se hayan escapado de algún sitio. Bill debería averiguarlo antes de llevarlos al mercado.

Patrick se rio.

—¡Bill comercia con caballos, Viola! Si uno de los animales lleva una placa con un nombre, él será el primero en quitársela. ¿Me ayudas con estas cosas, Vio?

Patrick había llevado todo un revoltijo de cables y aparatos para intentar conectar la caravana al suministro de electricidad. Además se había aprovisionado de alimentos en Roundwood. Viola le ayudó a cargar con las mercancías hasta la caravana. En ese momento vio los cuadros de Ahi en las paredes y el corazón se le encogió de dolor.

—¿Has sabido algo más de tu especial... hum... danés? —preguntó Patrick.

Viola tragó saliva.

—No, nada más. Se... se ha ido...

Patrick le pasó la mano por el hombro en un gesto de consuelo.

—Lo siento —dijo con cariño—. Pero por otra parte, me sentí aliviado cuando Shawna me lo contó. Sé que estabas muy enamorada de él, pero había algo en ese tipo que me parecía raro...

—¡Ali nunca me hizo nada malo! —replicó Viola.

Patrick le dio la razón.

—Lo sé. También a Shawna le caía bien. Pero es mejor que se haya ido.

«Mañana lo cazarás», pensó Viola.

21

Bill O'Kelley y sus ayudantes más o menos voluntarios todavía emplearon medio sábado en concluir el corral, y luego la trampa quedó oculta entre los árboles del bosquecillo. Los caballos apenas verían la cerca, sobre todo porque penetraban en las sombras de los árboles tras estar expuestos a la luz del sol. El tiempo fue extraordinariamente benévolo con Bill ese fin de semana de primavera: todo el día brilló el sol y Ainné sacó a Kevin en el cochecito. Viola volvió a cuidar de él y esta vez casi empezó a encontrarle gusto. Cuando no lloraba era un hombrecito muy mono. En esos momentos disfrutaba repantigado observando a su patosa hermana, que manejaba con torpeza el martillo y los clavos.

—¡No me tomes como ejemplo! —le advirtió Viola—. No hay que hacerlo como yo, pero estaré encantada de enseñarte algo de informática.

—¿Esperamos un poco o intentamos traer hasta aquí a los caballos? —preguntó Ainné al grupo cuando la valla ya estuvo lista. El plan consistía en rodear lentamente a los caballos con ayuda de tantas personas como fuera posible e irlos conduciendo hacia el camino que llevaba al bosquecillo.

—El truco reside en que no salgan corriendo —recomendó Bill a sus arrieros—. Si se asustan, enseguida rompen las líneas de quienes los conduce, y nuestros temerosos candidatos —miró con ironía a Viola y su padre— seguro que los dejan pasar...

Viola pensó para sí que nadie en sus cabales se cruzaría en el camino de un caballo que huyera dominado por el miedo. De todos modos dudaba de que Lahia, Ahlaya y compañía se dejaran llevar por el pánico fácilmente. Seguro que no por una valla de madera. Tal vez un caballo no podría escapar del corral, pero cuando los kelpies se transformaran podrían salir de ahí sin esfuerzo. Eso si llegaban a caer en la trampa.

Shawna y Patrick eran de la opinión de empezar la cacería el domingo por la mañana, sobre todo porque por el momento no se veía a ninguno de los caballos. Viola y su padre les dieron la razón, con lo que Viola abrigó la esperanza de que entonces ni siquiera tendría que acudir: Kevin solía recuperar en las primeras horas de la mañana las horas que robaba a la familia por la noche. Ainné no lo despertaría y Viola podría cuidar de él en casa.

Bill, sin embargo, sacudió la cabeza.

—Ahora nos tomamos un café —dijo—, pero cuando anochezca nos ponemos manos a la obra. Suelen aparecer a esas horas, ¿para qué vamos a esperar a mañana? Además tendremos más ayuda: Paddy Malone y su hijo...

Shawna reprimió un gemido e incluso Ainné hizo una mueca de desagrado.

—Entonces, empinaréis el codo en lugar de salir a cazar caballos —observó.

Bill rio burlón.

—Primero una cosa, luego la otra —explicó al tiempo que recogía las herramientas—. Vámonos, mientras estemos todos por aquí, los caballos no saldrán.

—Paddy Malone es el comerciante de caballos más horrible de todo el entorno —protestó Shawna. Había llevado a Patrick y Viola al cobertizo de los botes con una excusa, mientras Ainné, Bill y Alan regresaban a casa—. ¡Y sus hijos son un asco! Si quieres puedes venir a dormir conmigo, Vio, no vaya a ser que esos desgraciados se abalancen sobre ti cuando estén borrachos. La última vez apenas si pude zafarme cuando acompañaron a Bill. Y siempre que se compra, vende o cambia un caballo, nadie sabe dónde va a parar. ¡Pobres caballos salvajes! Preferiría no participar en esto...

Patrick se encogió de hombros.

—Por nosotros no tienes que quedarte. Vete a casa y diremos que te encontrabas mal.

Shawna hizo un gesto dubitativo. Viola imaginaba cómo se sentía. Por una parte la captura de los caballos le resultaba repugnante, pero por la otra tampoco quería perderse el espectáculo. Además estaba Patrick y Shawna lo veía demasiado poco como para irse ahora. Sin contar con lo que posiblemente le soltarían Bill y Ainné el lunes.

—No sé... yo... —Shawna titubeó y se puso roja.

—Puede que no vengan los caballos —señaló Viola—. Bueno... siempre dices que los caballos son inteligentes. Y a los kel... a los ponis no les habrá pasado desapercibido el jaleo que se ha armado aquí. Sea como sea, no es seguro del todo que caigan en las redes de Bill.

Patrick levantó la vista al cielo.

—Que suceda lo mejor —dijo—. Pero en lo que estos asuntos se refiere, Bill sabe. Es cierto que antes había atrapado caballos en las montañas, cuando había más que ahora. Mi padre lo confirmó. Hacedme caso, no es la primera vez que hace algo así.

Shawna suspiró y luego se retiró con Patrick a la caravana. Viola habría preferido quedarse con ellos, pero seguro que molestaría. Con una envidia callada pensó en las horas que había pasado con Ahi en la caravana. Se habían tendido los dos muy juntos, escuchando las melodías del día o de la noche. Para los cantores del lago cualquier sonido del día —el susurro del viento en los árboles, la canción de los pájaros, el chapoteo de los arroyos e incluso la voz pendenciera de Ainné— se diluía en una melodía y, unida a Ahi, Viola había participado de ello. Shawna y Patrick estarían besándose con los suaves sonidos de fondo de un cedé de baladas románticas. Viola intentó consolarse diciendo que esto no era comparable con lo que ella había vivido, pero, en cambio, era cautivadoramente normal. Lo habría dado todo para sentirse abrazada y besada una vez más por Ahi, ¡fuera cual fuese la música de fondo!

Acabó marchándose de mala gana a casa, delante de la cual vio aparcado un todoterreno grande y, sin duda, también caro. Según parecía, uno podía hacerse rico con el comercio de caballos. Viola casi sentía curiosidad por conocer a Paddy Malone, pero cuando entró solo tuvo que ver la cara de su padre para que se confirmaran las observaciones de Shawna. Alan salía en ese momento de la cocina con una cafetera que llevaba a la sala de estar, de donde procedía un griterío en el más tosco irlandés. Viola no entendía del todo lo que se estaba diciendo allí, pero en cuanto vio a los visitantes se desvaneció su curiosidad. Paddy Malone era un hombre rubicundo y rechoncho idéntico a su amigo

Bill, pero a ojos vistas más joven y alto, un hombre grande como un oso. Un oso, además, con barriga cervecera. Sus hijos —daban la impresión de ser mellizos— eran igual de corpulentos, pero todavía no tan gordos. Sin embargo, ya tenían las caras llenas, lo que todavía acentuaba más la forma redondeada de las cabezas. Eran la variante irlandesa de los skinheads, a la que le sentaban bien, asimismo, las botas recias. Pese a todo, los chicos, de unos diecisiete o dieciocho años, no llevaban ropas de cuero, sino vaqueros y unas camisas anchas y gastadas.

Los dos sonrieron de forma ofensiva cuando Viola entró en la habitación y ella comprobó sin querer si el jersey de cuello cerrado no se le había resbalado o se había soltado sin que ella se percatara. ¡Los chicos la miraban como si fuera medio desnuda! Viola habría deseado llevar unos pantalones de gimnasia en lugar de esos vaqueros ceñidos... ¡o aun mejor un burka!

Uno de los gemelos se pasó la lengua por los labios. Al parecer no sabían hablar, de ello se encargó el padre.

—¿Esta es tu nieta adoptiva, Bill? ¡Felicidades, a esa también me la habría llevado yo a mi casa! Uno rejuvenece, ¿eh, viejales? —Paddy Malone rio de forma amenazadora y se golpeó los muslos como si hubiera soltado el chiste del año—. Ponme un trago, Billy, para que brinde. Pero no a vosotros, chicos; si queréis acompañar a la señorita, antes tendréis que ser útiles un rato —dijo volviéndose hacia sus hijos, que contemplaban la botella de whisky con el mismo deseo con que habían mirado a Viola.

—Creo que... que ahora mismo tengo que sacar de paseo al perro... —farfulló Viola, retrocediendo un par de pasos. A saber lo que harían esos tipos cuando les dabas la espalda. Comparados con los mellizos Malone, hasta Hank y Mike parecían dos sensatos caballeros...

Por suerte, *Guinness* siempre era un buen pretexto y el perro no encontró nada mal ir a dar una vuelta más después de haberse pasado medio día fuera. Viola se metió con él en la tienda y cogió una paquete de galletas y una botella de Coca-Cola. Después de ese día de tanto trabajo tenía hambre y pensó apenada en la ensalada de patatas que se había preparado el día anterior para poder disfrutar de un buen bocado tras la jornada y que acabaría en el estómago de Paddy y de sus horribles hijos...

Guinness le daba golpecitos con el hocico y a Viola no le importó compartir las galletas con él. ¿Y si se quedaba allí? Había revistas suficientes en la tienda, e incluso un par de libros de bolsillo, no se aburriría. Pero en cierto modo le sucedía lo mismo que a Shawna. ¡Le repugnaba el espectáculo, pero no iba a permitir que se le escapara! Además, sabía a quién estaban buscando Bill y sus amigos. Algo flotaba en el aire, aunque Viola no supiera ponerle nombre.

En realidad, la captura de los caballos se desarrolló de forma asombrosamente discreta. El rebaño estaba en el prado junto a la orilla como cada noche y Viola se quedó helada al reconocer el semental gris que parecía pastar en grupo con tres yeguas.

—A ese lo acaricié una vez —susurró Shawna—. ¡Es muy manso!

Bill le lanzó una mirada de advertencia. Antes ya había dado instrucciones claras a sus ayudantes: mientras conducían a los animales había que guardar silencio para no asustarlos. De hecho, bastaba con que los hombres se enderezaran una vez que se hubieran acercado sigilosamente por el cañizal formando medio círculo. Los caballos alzaron la cabeza alarmados cuando se percataron del movimiento y retrocedieron con prudencia en dirección al corral, como estaba planeado. Entonces los hombres se fueron aproximando paso a paso. Según lo previsto, la distancia entre los arrieros se reducía a medida que los animales se acercaban al corral.

Viola se retiró del grupo. De todos modos, tampoco participaba en la batida, así que se dirigió al cochecito. Kevin estaba despierto y se agitó complacido. Una buena excusa para mantenerse alejada de la caza y de los kelpies. Pese a ello, seguía dudando entre la huida y la necesidad urgente de contemplar la captura. Al final no pudo reprimirse más. Algo se vería también desde lejos, solo precisaba de un punto de observación. Viola buscó alrededor. Justo a su derecha había una elevación dominada por un enorme bloque de piedra desde donde se verían los bosquecillos y las dehesas. Sin embargo, no podría empujar hasta allí el cochecito. Viola miró detenidamente a Kevin, que estaba entretenido mordiendo un aro para los dientes. Seguro que todavía aguantaría cinco minutos tranquilo. Ella volvería enseguida.

Viola se cercioró de que el bebé estaba seguro, de que lo tenía todo controlado, agitó la cinta elástica con ositos de colores y corrió cuesta arriba. En efecto, esa altura casi bastaba para abarcar con la vista el cañizal y los prados, y si subía al pedrusco el panorama era estupendo. Viola reconoció la dehesa con los ponis de Bill y vio que los cuatro caballos nuevos pasaban al lado. Avanzaban con las cabezas alzadas y las orejas levantadas, alerta. El *beagnama* de Ahi, en especial, no dejaba de mover las orejas y a veces se ponía al trote, pero los supuestos caballos estaban muy lejos de ser víctimas del pánico.

Viola se preguntó si el sol los cegaba realmente tanto como para no ver el corral. Bien, ni los kelpies eran infalibles. En una ocasión, Ahi tampoco había visto una cerca. Pero esta vez seguro que las tareas de construcción no les habían pasado inadvertidas. ¿Qué se proponían ahora dirigiéndose tranquilamente y en fila a la trampa? Junto al *beagnama* blanco como la nata de Ahlaya, Viola reconoció el pelaje resplandeciente y diáfano de Liaya y descubrió el blanco nacarado de otra hembra.

Observaba fascinada cómo iban entrando en el corral primero las yeguas y luego el semental. Bill había puesto allí heno y avena, y los kelpies fingían, al menos, que se interesaban por eso.

Bill estaba haciendo unas señas nerviosas a Paddy y Ainné. Los cazadores experimentados empezaron a cerrar la ancha puerta.

Viola no podía apartar la vista de Ahi, que en esos momentos, aparentemente confuso, miraba la puerta del corral y se levantaba sobre las patas traseras. Los kelpies empezaron a galopar indómitos por el corral como harían unos caballos cualesquiera, los humanos los contemplaban desde el borde, triunfales pero, sin duda, también impresionados. Viola no quería imaginarse que ese caballo era Ahi.

Se dio media vuelta. Debía bajar para ocuparse de Kevin. Sin embargo, cuando su vista alcanzó el cochecito, se quedó helada. Junto a él había un caballo. Una yegua blanca como la nieve, cuyas largas crines le cubrían el cuello. Kevin intentaba justamente coger un mechón.

Viola saltó de la piedra, corrió colina abajo y vio horrorizada que el pequeño puño de Kevin se cerraba en torno al pelo sedoso del kelpie.

¡Pero no podía montarse sobre su lomo! Era imposible... Viola intentó serenarse mientras iba bajando la pendiente.

—¡Suéltalo! —gritó, pero el kelpie no reaccionó. Luego desapareció la imagen de la yegua y en su lugar apareció la silueta de una anciana. Ahlanija. Parecía hablar persuasiva y dulcemente con el niño y tendió los brazos hacia él—. ¡No te atrevas a tocarlo! —advirtió Viola con voz ronca.

La muchacha había descendido de la colina y llegaba al cochecito mientras la amhralough, ya entrada en años, estrechaba al pequeño contra su pecho. El bebé balbuceaba complacido al tiempo que sostenía un mechón largo y blanco de la mujer.

—Ponlo inmediatamente en su sitio —ordenó Viola airada—. Actúas contra las normas. ¡Todavía no puede cabalgar!

Ahlanija rio.

—¡Pero seguro que ya se agarra con fuerza! —observó sin hacer ningún gesto por desprenderse de los dedos de Kevin.

—Vaya, ¿conque ahora un bebé está en condiciones de salir a cazar caballos? —replicó Viola—. ¿Es esta vuestra idea de que «solo ofrecéis una invitación»?

Ahlanija sacudió sonriente la cabeza.

—¡Mira la criatura humana! —observó—. No quisiste cantar con nosotros, pero tampoco fuiste lo bastante fuerte para retener a uno de los nuestros. Y ahora te apetece atrapar unos cuantos caballos...

—¡Quiero que me devuelvas a mi hermano! —gritó Viola—. Yo ya no estoy con Ahi..., ¡déjame en paz!

La anciana amhralough suspiró.

—Ah, y cuánto te gustaría que Ahi volviera —canturreó con voz burlona—. Y él se consume por ti. Una historia triste... sobre la que hasta los humanos escribirían canciones.

—¿Y si fuera así? —Viola pensaba si conseguiría arrancar al bebé de los brazos de Ahlanija. Pero primero tenía que conseguir que la anciana bajara la guardia—. Ya no quiero nada de él... de vosotros. Quizá... Quizá me lo habría pensado. Pero... pero si os dedicáis a ir robando niños...

Ahlanija volvió a sonreír y su expresión se suavizó.

—Ya lo decía yo, no lo has olvidado. Sueñas con nuestras canciones, criatura humana. ¿Por qué no lo intentas otra vez? ¿Por qué no vienes y cantas con nosotros? Pronto, pronto, cuando volvamos a tener fuerza... cuando haya *bacha* entre nosotros...

—¡También podrías llamarlo sangre! —se enojó Viola, olvidando la táctica del apaciguamiento—. Qué pretendes, ¿invitarme, por así decirlo, a la fiesta de la matanza? ¿Siendo la víctima mi propio hermano?

Ahlanija hizo un gesto de rechazo.

—¡No te irrites, criatura! —Acarició el suave pelo de bebé de Kevin, recorrió con sus largos y pálidos dedos el puño del niño, canturreó una extraña canción y provocó con ello que el niño le soltara el cabello sin protestar—. No habría hecho nada a tu hermano, tampoco si no hubiera llevado la piedra protectora... —Jugueteó con la amatista que pendía del cuello de Kevin.

Viola dejó escapar un suspiro de alivio. Claro, había puesto al niño la piedra por la mañana, solo para estar segura del todo. Y tal vez eso le estaba salvando a Kevin la vida; pero, por otra parte, Ahlanija no parecía mentir.

—Solo quería volver a tener entre los brazos a un ser pequeño —susurró la anciana amhralough—. Acariciar un alma todavía tan inocente... De todos modos, los cachorros tienen poco *bacha*. Pero *nama*... ¡vaya si tienen! Huelen bien, y me encanta su sonrisa... Ha pasado tanto tiempo desde que nació un niño entre los amhralough... tanto... —Ahlanija besó a Kevin en la frente y lo volvió a depositar con cuidado en el cochecito.

—¡Vuelve a intentarlo con nosotros, criatura humana! —pidió a Viola. Casi parecía suplicar—. Eres joven, eres fuerte. Ahi te ama. Nunca amará a Lahia, la teme. Así que nunca más volveremos a tener un niño. Pero contigo...

Viola se la quedó mirando. Increíble, ¡la vieja quería convertirla en una especie de yegua de cría! Pero de inmediato percibió que Ahlanija no lo decía de mala fe. La anciana amhralough le abría su alma y compartía sus pensamientos con ella. No quería aprovecharse de Viola, quería cantar con ella. Ahlanija le ofrecía la armonía de los amhralough y el amor de Ahi. Pero reclamaba su alma. Si quería vivir con los amhralough tenía que descender al lago, balancearse al ritmo de las algas, cantar con los amhralough y darles un niño, un ser que se uniera con una de las pequeñas almas de las montañas...

Por un momento, a Viola le resultó una visión atractiva: vivir sin preocupaciones ni miedos, solo en amor y armonía...

Pero luego escapó del contacto mental con la anciana amhralough. Viola pensó en la penumbra continua del lago, la música que, pese a su belleza, le resultaba ajena. Y en un niño que tendría que matar para vivir. Viola sacudió la cabeza.

—¡No puedo! —susurró tomando conciencia de repente y con tristeza—. ¡No puedo! Para eso no... no le amo lo suficiente.

Viola inclinó la cabeza sobre el coche de Kevin, como si tuviera que arreglarle la manta. No vio desaparecer a Ahlanija. Durante la fusión de sus almas el tiempo parecía haberse detenido, pero ahora volvía a oír a los cazadores y sus risas triunfales tras haber cometido su empresa. Además percibió el ruido de los cascos. Los kelpies daban vueltas en el corral como caballos asustados. Sin embargo, no estaban asustados, estaban sedientos de fuerza...

Bill y sus ayudantes pronto se metieron en casa para celebrar la captura. Viola se unió a Patrick y Shawna. Irían a comer a algún sitio, pero no en el Roundwood Burger ni en la taberna. Ese día los tres sentían la necesidad de mantenerse alejados del pueblo y sus habitantes.

—¡Tengo que salir de aquí! —declaró Shawna, y Viola le dio la razón. Todavía se hallaba pálida y temblorosa tras el encuentro con Ahlanija, pero los demás no hicieron ninguna observación al respecto. A fin de cuentas, tampoco ellos se sentían bien, ni siquiera Patrick se sentía orgulloso de haber capturado a los caballos.

—Conozco un indio que está bien —dijo—. En Enniskerry. Vayamos hasta allí y olvidémonos de todo.

A Shawna, sin embargo, no se le iban tan fácilmente los caballos de la cabeza. De camino a Enniskerry pidió a Patrick que fueran a verlos una vez más, por lo que el chico tuvo que dirigir a su pesar el coche al lago.

Los kelpies se habían tranquilizado. Comían hierba y miraban hacia el lago. El semental gris alzó la mirada hacia ellos. Viola bajó la vista al suelo.

—¡Son preciosos! —susurró Shawna con devoción, admirando las siluetas de los caballos en el crepúsculo.

Patrick alzó las cejas.

—¿Bonitos? —preguntó—. A mí me ponen los pelos de punta. ¿Has visto los ojos que tienen? ¿Cómo miran? ¡Dan miedo!

—El semental parece triste... —opinó Shawna.

Viola habría querido que la tierra se la tragara al percibir la mirada de Ahi. ¿La hacía responsable de lo que había sucedido? Pero, maldita sea, ¿por qué se habían dejado coger y permanecían ahí?

—No... no deberían tener los ojos azules, ¿verdad? —preguntó, solo por decir algo. ¿Por qué no se iban de una vez? Viola esperaba que por la mañana esa visión se hubiera desvanecido. Cuando oscureciera del todo, Ahi y los otros se transformarían de nuevo y desaparecerían.

—Sí, ellos... —Era Shawna, que empezaba una conferencia.

Patrick la interrumpió:

—Son cremellos, lo sé, ya me lo has contado. Pero no es así. Lo miré en Google. Si fueran cremellos tendrían que ser de un blanco cremoso. Pero mira el semental: es gris. No son cremellos ni tampoco ponis de las montañas...

—Pues entonces, ¿qué son? —preguntó Shawna con una risa inquieta.

Patrick se encogió de hombros.

—No lo sé. Y con franqueza, tampoco quiero averiguarlo. ¿Nos vamos de una vez? Quiero comerme una vaca sagrada o lo que sea que tengan los indios...

22

Al día siguiente, los kelpies no habían desaparecido, sino que seguían en el corral. Viola y Shawna lo comprobaron en el camino del Lovely View al camping. La imagen de los animales cautivos les había quitado el sueño por razones diferentes...

Sin embargo, la noche anterior Patrick y ellas habían conseguido expulsar de sus mentes la captura de los caballos. En el restaurante indio, decorado con cojines, lámparas exóticas y velos que daban color y ambiente, había unos entrantes insólitos y una gran selección de platos vegetarianos para Shawna. Patrick tuvo que renunciar a vacas más o menos sagradas, por supuesto, pero se decidió por un curri súper picante que le hizo escupir fuego. Las chicas se burlaron de él divertidas y luego hablaron de Dublín, de los estudios de Patrick y de los planes de Shawna de abandonar Roundwood lo antes posible. También Viola habló de sus proyectos profesionales. Sin lugar a dudas, sería algo relacionado con los ordenadores. ¡Y de ninguna de las maneras una carrera musical en el fondo de un lago irlandés! Lejos de Lough Dan, Viola fue relajándose a ojos vistas. ¡Eso

—la comida tan sabrosa, estar con amigos y charlar de cosas normales— era la realidad! Su unión con Ahi, por el contrario, era un sueño espléndido, pero peligroso y extraño. Viola veía más clara su situación y casi empezó a alegrarse de volver a Alemania. Fuera lo que fuese lo que sintiera, vivir con Ahi no era la alternativa.

Había pasado la noche con Shawna, esperando que a Ainné no se le hubiera ocurrido hospedar a los desagradables invitados de Bill en su habitación. Solo de pensar en los mellizos durmiendo en su cuarto y en cómo apestaría todo a cerveza y humo después...

Viola se alegró de que también Shawna durmiera más rato el domingo por la mañana. Empaquetaron unos cruasanes y otras exquisiteces para desayunar todos juntos y, una vez, más descendieron con la scooter por la montaña para dar una sorpresa a Patrick con los bollos recién hechos.

Shawna, de todos modos, no consiguió llegar hasta allí sin pasar antes a echar un vistazo a los caballos y, pese a que Viola no estaba de acuerdo, se asomó a la valla y los atrajo con pan. Para su sorpresa, se acercaron a ella.

—¡Son mansos, Vio! —exclamó Shawna, alborozada—. ¡Ya decía yo! Luego me voy a ver al doctor Simmons y le pido el aparato de lectura de microchips. A lo mejor están marcados y luego Bill y Paddy se quedan con las ganas.

A Viola le interesaban más las miradas atentas que los kelpies dirigían al lago. Mientras Shawna acariciaba a los «caballos», ella miraba inquieta hacia el agua, sobre la que todavía flotaban velos de niebla. ¿Se estaba confundiendo o era un caballo lo que emergía entre esos vapores?

—¿Qué le pasa a este de repente? —Shawna miraba maravillada al semental gris, que había alzado las orejas alarmado mientras piafaba y relinchaba. Para Viola era como una advertencia.

Enseguida desapareció también el espectro del caballo junto al lago.

Viola sintió la desazón con más fuerza.

«¿Qué habéis planeado?» Formulaba los pensamientos e intentaba enviárselos a Ahi, pero seguía sin establecerse la unión entre ellos.

—Ahora vuelven a ponerse nerviosos... —observó Shawna, no sin sorpresa, pero para Viola el comportamiento de los kelpies tenía una explicación. Parecían enfadados. Y su enojo se dirigía contra Ahi: había evitado algo... Viola decidió que Shawna debía marcharse de ese lugar lo antes posible.

—¡Ahora ven, Shawna! —gritó—. Si Patrick se despierta y tiene hambre, lo más probable es que vaya a casa, y luego tendremos que desayunar con Paddy Malone y los dos monstruos. O subirá al Lovely View y no nos encontraremos. Ya vendrás a ver a los caballos después.

Shawna le hizo caso y poco después estaban sentadas en la caravana de Patrick vaciando la cesta, mientras él preparaba un café fuerte. Los tres volvieron a pasar un buen rato. También *Guinness* se dejó caer por allí y montó el número de «Soy un perro con hambre canina». En casa nadie le había dado de comer, simplemente lo habían soltado.

—Con Bill y compañía no se puede contar antes de mediodía —señaló Patrick—. Cuando llegué a casa todavía estaban de fiesta, solo me pregunto qué habrán hecho con el niño. No lo habrán llenado de whisky...

La pregunta no tardó en obtener respuesta cuando los tres salieron a pasear con *Guinness* tras el desayuno. Patrick y Viola hicieron un gesto de resignación cuando Shawna lo propuso. Ya sabían cuál sería el trayecto... Pero por otra parte no había otra cosa que hacer un domingo por la mañana... excepto un paseo en canoa. Viola, sin embargo, no quería ir al lago. Desde que casi se había ahogado con la tormenta, el agua le daba miedo.

Guinness se alegró de que los amigos dejaran la caravana y saludó enseguida a Alan, que empujaba el cochecito de su hijo. Iban en dirección al lago porque a Kevin le gustaba ver cómo daban de comer a los patos.

—¡Tenía que salir de ahí! —explicó el padre de Viola algo avergonzado—. ¡Esos cuatro van a derrumbar la casa con sus ronquidos! No tengo ni idea de hasta qué hora estuvieron de fiesta ayer, porque a las once me fui a la cama con Kevin. —Guiñó un ojo—. Mi gaélico tampoco es estupendo, dicho con franqueza. Solo entendía la mitad de la conversación. Ainné se quedó un poco más, pero no se emborrachó. Ahora ha salido a montar...

—¿A montar? —preguntó Shawna, asombrada—. ¿Tan temprano?

—Tampoco es tan pronto, son las once y cuarto —señaló Patrick.

—Y quería volver a montar su yegua, mañana se va. La cambia por un caballo de ese Paddy... —Alan no dio importancia a sus palabras, pero estas desataron una tormenta en Shawna.

—¿Que hace qué? ¿Va a cambiar a *Gracie*? Es una... es una... —Shawna se controló en el último momento. Su opinión respecto a Ainné no era la más adecuada para los oídos de Alan—. ¿Es una decisión en firme? Qué pena, *Gracie* es un caballo maravilloso...

Shawna no dejaba de lamentarse mientas avanzaban por la orilla en dirección a la dehesa. También Viola iba poniéndose más nerviosa cuanto más se acercaban a los kelpies. Ainné estaría en el cercado, recogiendo a *Gracie*. ¿Se ofrecerían en su lugar los kelpies como monturas? ¡Pero seguro que no engañarían a Ainné! ¿De dónde iban a sacar unos animales salvajes sillas y arneses? Viola se habría echado a correr. Le resultaba difícil ajustar su paso al lento ritmo de Alan con el cochecito.

Cuando por fin se acercaron a la dehesa, la yegua *Gracie* estaba atada a la valla. Ainné se encontraba delante del corral y sujetaba un caballo por la rienda. Una rienda que a Viola le pareció irreal y transparente. ¡Pero Shawna y los demás también debían de ver lo que Ainné quería ver! Un caballo ensillado sin jinete... una yegua de color pizarra. El corazón de Viola dio un brinco. ¡Así que ese era el plan!

—Mirad quién aparece de repente —gritó Ainné contenta cuando los demás se acercaron—. Parece haberse desviado, en cualquier caso vino por el semental. ¡Es que es un ejemplar soberbio!, ¿verdad? —Revolvió las crines de la yegua—. Me pregunto de quién será.

—El jinete se habrá caído —supuso el padre de Viola—. Ven, la dejamos en el establo y llamamos a la policía.

Ainné era reticente.

—Buf, hasta que llegue ya le puede haber pasado algo al jinete. Tampoco hay tantos en quienes pensar. No puede venir de la caballeriza que hay al otro lado del lago. Está demasiado lejos. Más bien de Bayview House. La chica monta a caballo...

—¡Pero esta no es la *Fluffy* de Moira! —objetó Shawna—. Y no sabía yo que tuviera un caballo nuevo.

Ainné rio.

—Bueno, tal vez no te lo cuente todo —respondió condescendiente—. Pero me la he encontrado hace poco montando por el circuito de obstáculos del Pony Club. Y no estaba tan satisfecha de su caballito, perdió valor frente a *Gracie*. Dijo que necesitaba algo mejor para participar en los torneos de verano. ¡Y este ejemplar ya es un comienzo! Aunque quizás un par de números demasiado grande para ella... Me acerco un momento con él y veo si me lo reclama. Entonces se lo devolveré.

Ainné apoyó el pie en el estribo.

—¡No! —exclamó Viola—. ¡No... no... lo montes!

Ainné sacudió la cabeza disconforme.

—Pero, oye, ¿se puede saber qué te pasa? ¡Parece como si hubieras visto un fantasma! ¡Venga, suelta las riendas de una vez!

Viola había agarrado de forma instintiva el cabestro del caballo, pero solo era un espejismo. Nadie podía retener con él a Lahia.

—En serio, Ainné, Vio tiene razón —intervino también Alan—. Es posible que el caballo sea peligroso...

—Qué va a ser peligroso... —Ainné hizo un gesto de rechazo con la mano y acto seguido se subió de un salto a la silla.

Viola se preguntaba qué iba a hacer Lahia. No se llevaría a su víctima al lago delante de cuatro testigos, ningún auténtico caballo se rebelaría contra su jinete poniéndose a nadar y luego sumergiéndose. Con ello Lahia habría dejado al descubierto que ella misma y los demás eran kelpies...

De hecho, Lahia esperó primero a que Ainné estuviera bien sentada en la silla para salir al galope. Cogió el camino del lago y subió los peñascos en dirección a la isla...

Ainné dio un breve grito de sorpresa y susto, pero luego recurrió a sus largos años de práctica e intentó frenar al caballo. Viola sabía que no había remedio y corrió hacia los kelpies del corral.

—¡Se ha desbocado! —gritó Alan, horrorizado—. Dios mío, y Ainné... puede pasar algo... Tenemos... tenemos que...

Naturalmente no tenían nada que hacer ni tampoco podían hacerlo, pero aun así Shawna corrió hacia *Gracie*, que llevaba la silla y el bocado.

—Iré detrás... —dijo vacilante—. Aunque es posible que esto estimule a la yegua todavía más...

—¡Hazlo! —gritó Viola—. ¡Por Dios, hazlo! ¡No la pierdas de vista! Delante de testigos no le hará nada...

Shawna y Patrick la miraron desconcertados. Alan intentó correr detrás del caballo, pero en vano, por supuesto. Shawna se sentó a lomos de la yegua manchada y salió al galope.

Entretanto, Viola había llegado al corral. Sin tomar precaución ninguna gritó al semental gris:

—¡Ahi, tienes que evitarlo! ¡Haz algo! ¡Es Ainné! La conoces. Y es... ya sé lo que es a tus ojos, pero también es la madre de Kevin. Y mi padre... Dios mío, se le rompería el corazón si le pasara algo malo. ¡Ayúdanos, Ahi!

El ejemplar gris parecía indeciso; los demás caballos, inquietos. Viola sabía que tres de los cuatro kelpies que había en ese momento en el corral la hubieran arrastrado complacidos al fondo del lago... y también al resto de los testigos. Vibraban con Lahia. Pero Ahi...

—¡Ahi, es familia! Tú tampoco querrías que a Ahlaya, Hayu o... Lahia les pasara algo.

El semental gris tomó impulso... y tuvo que reducir la velocidad cuando los otros kelpies se pusieron delante de la valla interceptándole el paso. El *beagnama* de Ahi se levantó sobre las patas traseras y mordió alrededor, luchó para abrirse camino hasta la cerca y rompió con un par de patadas la madera. Con un poderoso salto pasó por encima de los trozos y persiguió a Lahia y *Gracie*.

—¿Qué está pasando, por el amor de Dios? —preguntó Patrick, pasmado—. ¿Qué has hecho con ese endemoniado caballo?

—Vamos. —Viola tiró de Patrick mientras corría por el camino de la orilla. Solo esperaba que Kevin siguiera llevando su piedra protectora, de esa forma nadie se preocuparía del bebé en su cochecito. Por suerte el niño parecía dormir.

Viola y Patrick recorrieron el camino por las peñas y apenas a cien metros se encontraron con Alan, totalmente agotado.

—He... he tropezado. —El padre de Viola se agarró el tobillo—. No puedo seguir. Pero han bajado hacia el lago...

Viola asintió.

—¡Claro! ¿Shawna? —preguntó jadeando.

—Shawna va detrás. Pero el gris la ha adelantado. ¿Cómo se supone que ha salido...?

—¡Vuelve y cuídate de Kevin! —le indicó Viola—. Haremos... haremos lo que esté en nuestras manos.

Y dicho esto siguió corriendo. Pero, por supuesto, yendo a pie no tenían la menor esperanza de lograr algo. Lahia corría en dirección a la bahía en la que se hallaba la pequeña isla. En ese punto la orilla era plana, pero estaba cubierta de un espeso cañizal. Antes de que alcanzaran a verla Viola y Patrick, el kelpie ya habría desaparecido entre las cañas hacía tiempo y se habría sumergido. De todos modos, Shawna tal vez lograra todavía alcanzar a Lahia... y Ahi...

El camino se prolongaba una eternidad y Viola tuvo la sensación de que le iban a estallar los pulmones y a fallarle las piernas. Pero sin darse cuenta ya habían atravesado el bosquecillo y dejado atrás las peñas. Ante ellos se extendían unos prados verdes y la bonita orilla con el puente y la islita al fondo. Sin embargo, no reinaba allí la tranquilidad de otros tiempos. Dos caballos se peleaban en la playa. El semental gris estaba en la orilla e intentaba mantener alejada del agua a la yegua de color pizarra con mordiscos y coces. Ella se defendía con encono.

Ainné gritaba mientras procuraba sujetarse a la silla y a las crines.

—¡Todavía me golpeará el semental! ¡Pégale, Shawna, venga!

Shawna se hallaba con la fusta de Ainné en la mano, a un par de metros de los caballos rivales. Era obvio que estaba indecisa sobre si debía intervenir y en defensa de quién.

—¡Aparta a este maldito semental! —bramaba Ainné.

—¡Sal de ahí, Shawna, es peligroso! —advirtió Patrick.

—¡Ayuda al gris, Shawna, la yegua no tiene que meterse en el agua!

Viola corrió a la playa.

—¡Si se mete en el agua, la desbravaré! —gritaba por el contrario Ainné—. Antes ya casi la tenía bajo control, pero ese maldito gris...

Viola sintió a pesar suyo algo así como respeto. Era evidente que Ainné seguía sin tener miedo, convencida de poder controlar a su montura.

—¡Apártalo de aquí, Shawna!

Shawna levantó insegura la fusta. Viola se la arrancó de la mano.

—Déjalo tranquilo. ¡Es Ahi! Y la yegua es... no ha de meterse en el agua. ¡Es un kelpie!

Desesperada, Viola empezó a golpear a Lahia y la yegua pareció ir perdiendo, por fin, el brío. Viola imaginaba la razón. De nuevo había tres testigos. No se llevaría a Ainné delante de ellos. Por añadidura, ahora también se inmiscuía Patrick.

—¡Desmonta, Ainné!

—No... no puedo... —El tono era de perplejidad. Viola creyó recordar que los kelpies hechizaban a sus jinetes. Desmontar en el último momento era imposible.

—¡Tira de ella, Patrick! —gritó Viola.

Lahia permaneció unos segundos inmóvil después de verse ante Ahi y Viola juntos. Comprobó qué posibilidades le quedaban, pero no tenía más remedio que escapar de nuevo con su presa. Debía desandar a galope el camino recorrido, un trecho más allá, la playa se convertía en un acantilado.

Patrick quería agarrarla, pero Lahia se dio la vuelta sobre los cascos traseros. No iba a tirar la toalla tan deprisa, pasó corriendo junto a Patrick y Shawna y se dirigió a toda velocidad de vuelta hacia las peñas. Ahi la siguió.

Shawna miró a Viola sin entender.

—¿Qué has dicho? ¿Qué es?

Viola la empujó hacia *Gracie*.

—¡Ve detrás de ellos! ¡No los pierdas de vista! ¡Ven, Patrick!

Quería salir corriendo una vez más, pero Patrick sacudió la cabeza.

—¿Pretendes hacer corriendo tres kilómetros de nuevo? No lo conseguirás, Vio. Y nunca llegaremos a tiempo.

Viola miró agitada alrededor y señaló el puente.

—¡Allí, Patrick, desde ahí podemos ver la playa!

El chico la ayudó a subir el muro y luego Viola tiró de él hacia arriba. En efecto, desde ahí se veía la bahía. Si hacía un día tan bonito como ese, incluso se distinguía la dehesa de los caballos. La niebla se había levantado del todo, las montañas se reflejaban en el lago y el aire era transparente como el cristal.

Ahi casi había atrapado a Lahia al salir del bosquecillo. *Gracie* avanzaba muy por detrás entre los árboles. Pero tampoco Ahi podría impedir que la yegua color pizarra galopara directa al lago. Intentó apartarla del camino, pero los mordiscos no alejaban a Lahia y Ainné incluso parecía golpear al semental.

Y entonces apareció Alan McNamara tras las sombras de una roca.

—¡No lo hará! —La mano de Viola se cerró en torno al brazo de Patrick, pero así fue: Alan se colocó en medio del camino del caballo salvaje. Lahia debió de asustarse de su repentina aparición y se detuvo. Alan se puso a su lado, desafiando a la muerte, y arrancó a Ainné de la silla. Ambos cayeron al suelo. Viola y Patrick no vieron si habían recibido una coz, pero Lahia siguió corriendo. Desapareció por el camino y, probablemente, en el lago cuando se le brindó la primera oportunidad.

Viola gimió de agotamiento y alivio cuando vio que Alan se ponía en pie. Ahi se había quedado junto a la dehesa.

En ese momento Shawna detuvo a *Gracie* junto a los otros ponis. Desmontó, habló con el semental gris y le sostuvo la puerta del corral abierta. Tal vez se tratara de los otros caballos, posiblemente había entendido y quería dejar escapar a los kelpies. Pero los tres permanecieron dentro y el gris trotó al interior como un viejo caballo de carreras.

Patrick ayudó a Viola a bajar del muro. Ella seguía sollozando y temblando. Ahora los otros le harían preguntas. Y ella las contestaría. Daba igual lo que Shawna y Patrick dijeran de ello y qué consecuencias tuviera todo eso para los kelpies.

La caza había concluido.

23

—¡Ha sido solo ese maldito semental! —exclamó Ainné, enojada.

Viola y Patrick habían llegado por fin a las dehesas, donde Alan y su esposa revisaban sus heridas. El padre de Viola casi no podía apoyar ahora el pie y Ainné se había dislocado el hombro al caer del caballo. Había que llamar urgentemente una ambulancia.

Pese a todo ello, el ímpetu de Ainné permanecía inquebrantable.

—¡El diablo sabrá qué le ha dado a ese animal! —exclamó, airada—. Pero por supuesto él fue el motivo de que la yegua se desbocara. La perseguía, era como si el demonio corriera tras ella. Y Shawna no ha servido para nada. Por Dios, hija, ¡si llevabas una fusta! ¿Por qué no le has dado para que se apartara?

La siguiente retahíla de improperios iba dirigida a Alan.

—¿Y qué te has pensado derribándome así de la silla...? —Ainné estaba muy lejos de mostrar agradecimiento.

Shawna, que se encontraba al lado, empujaba el cochecito arriba y abajo para intentar tranquilizar como mínimo al niño que lloraba. Parecía tan agotada como si realmente hubiera cabalgado a los infiernos.

—¿Voy a buscar el coche? —preguntó Patrick—. Me parece que... Alan no podrá caminar...

Viola asintió.

—¿Sabes dónde puedes aparcar? —Pensaba en el día en que se separó de Ahi. Había hecho detener al taxi más arriba del lago...

Patrick puso los ojos en blanco.

—Guapa, he crecido aquí. Conozco el entorno. Pese a que está claro que me he perdido algo...

Viola y Shawna no encontraron ninguna posibilidad de hablar en la intimidad hasta que Patrick volvió. Viola se fue a pasear con Kevin para no tener que evitar al semental gris que estaba en el corral y cuya mirada notaba en la espalda todo el rato. ¿Se trataba de otro intento de contacto? ¿Podía comunicarse con Ahi si se concentraba? Intentó transmitirle su agradecimiento, pero no captó reacción alguna. Si antes Ahi había establecido el cordón que los unía de nuevo, ahora mantenía el bloqueo.

Shawna se ocupó de *Gracie* y de los otros caballos de la dehesa, les dio heno y controló los abrevaderos. De vez en cuando miraba a los kelpies con el rabillo del ojo, pero no se acercó más al corral.

Ainné seguía protestando, aunque Alan no reaccionaba. Parecía infinitamente aliviado de haberla recuperado, si bien en ningún momento había sospechado lo peligrosa que había sido su aventura.

Al final oyeron el sonido de un coche por encima del bosquecillo. Patrick había cogido el microbús de los O'Kelley, donde cabían todos.

—Os llevo deprisa a Roundwood —dijo Patrick, cuando había dejado a Alan sano y salvo en el asiento trasero. Ainné se sentó delante y las chicas se colocaron entre Alan y la sillita del bebé. Podrían haberse quedado allí e ido a pie hasta el camping, pero nadie pareció caer en ello. Viola se sentía agradecida por el aplazamiento, pues después tendría que responder a todas las preguntas de Patrick y Shawna. Una conversación de la que no tenía escapatoria. Tendría que traicionar a los kelpies.

Tras echar un vistazo a las heridas de Alan y Ainné, el doctor Lehan enseguida diagnosticó que probablemente no había fracturas. Viola y sus amigos aguardaban sentados en silencio en la sala de espera a que se estudiaran las radiografías, vendaran el pie de Alan y encajaran el hombro de Ainné. El doctor Lehan le sujetó además el brazo al pecho.

—Llévalo así dos semanas, después debería estar curado —indicó el médico—. Y mientras, descanso, ¡nada de montar a caballo, Ainné!

Al final, Patrick llevó a los dos heridos al coche, los acompañó al camping y luego a casa. Bill y Paddy los recibieron con un whisky, ávidos de que les informaran de su hazaña. Ainné enseguida empezó a soltar improperios, mientras Alan le pedía a Patrick que lo ayudara a subir al piso de arriba. Era evidente que el padre de Viola ya había tenido suficientes caballos y aventuras. Mientras Patrick lo ayudaba a desnudarse, Viola acostó a Kevin. Ainné parecía haberse olvidado del bebé, estaba ocupadísima contando a Bill y los Malone la historia de la yegua aparecida de la nada y del semental loco.

—Por cierto, y dicho sea de paso, resulta interesante que nadie se preocupe por el jinete que el caballo tiene que haber tirado antes —observó Patrick, cuando se subieron al coche para recoger a Shawna—. Pero supongo que no es necesario hacer más averiguaciones, ¿no? —Lanzó una penetrante mirada a Viola.

La joven no sabía si tenía que hacer un gesto de asentimiento o de negación.

Shawna no dijo nada hasta que Patrick se detuvo delante de la caravana. Fue allí donde ambos parecieron sentirse lo bastante seguros para apretarle las tuercas a Viola. Patrick y Viola se dejaron caer en el banco, mientras Shawna se ponía a comer con un hambre voraz los restos del desayuno. Patrick empezó el interrogatorio.

—Venga, Vio, rectifica de nuevo nuestra torcida visión del mundo. Por ejemplo, confirma que solo hemos soñado lo que ha sucedido. Y que tus peculiares observaciones tan solo respondían a una... hum... a una depresión post Ali o como se llame cuando la pena de amor provoca visiones...

Shawna se llevó un dedo a la frente.

—Así que Vio no tenía visiones de un caballo —señaló con la boca llena y se limpió la mermelada de la mejilla—. Y tampoco eran caballos, ¿o qué, Viola? ¿Lo he entendido bien?

Viola asintió y evitó mirar a sus amigos.

—Son kelpies —dijo en voz baja—. Nuggles, tangis, nykurs, nokkens o como queráis llamarlos. Ellos se autodenominan amhralough, los cantores del lago...

Shawna y Patrick la escuchaban conteniendo la respiración, mientras ella contaba su historia. Empezó con el primer encuentro con Ahi, el nacimiento del amor y la muerte de Louise Richardson...

—¡Por eso me preguntaste si el cadáver tenía mordiscos! —recordó Shawna—. ¿Y qué es lo que hacen en realidad con la... gente?

Viola habló del *bacha* y el *nama*, de las pequeñas almas y de su fusión con los amhralough, así como de las reglas de caza.

Para su sorpresa ninguno de los dos pensó que estaba chiflada. Patrick parecía no sorprenderse ya de nada y, a fin de cuentas, Shawna había estado frente al *beagnama* de Lahia.

—Es una locura, pero de algún modo yo lo sabía antes de que Vio lo dijera. La expresión de los ojos de la yegua, ya antes de que Ainné la montara, era... Vaya, a mí me dio miedo. Y no la asustaba en absoluto la fusta. Al semental tampoco, claro... —Shawna se estremeció al recordar.

—Deberías preparar un té —señaló Viola—. Pese a que no tengamos whisky a mano. —Un trago de «agua de vida» le iría bien a todos.

—Pero Alan ha sido increíblemente audaz al colocarse delante del camino de esa bestia —opinó Shawna mientras ponía el agua a hervir—. Y más aún con el miedo que les tiene a los caballos.

Patrick se encogió de hombros.

—Lo ha hecho por Ainné... —sentenció.

Shawna asintió.

—La ama de verdad... —dijo casi con incredulidad. Por su voz se percibía claramente que no lograba entender que alguien experimentara algo así por Ainné.

Viola sintió remordimientos. Sí, Alan amaba a Ainné. Era absurdo: había bailado en la boda de su padre pero nunca se había querido tomar ese asunto realmente en serio. En todos esos meses en que Alan obedecía las órdenes de Ainné, ella había alimentado la esperanza de que en algún momento recobrara la razón. Algún día entendería que había perdido la cabeza por un ser tonto, egoísta y malo, y volvería con su familia, con Viola y su dulce, inteligente y generosa madre. Sin embargo, ahora entendía que eso no sucedería. Por el motivo que fuese, Alan amaba a Ainné. Tanto como para superar sus miedos y poner en peligro su vida.

«Más de lo que yo he amado a Ahi», pensó Viola. De repente deseó estar muy lejos de ese lugar.

Pero luego sintió la presencia del chico en su mente, la presencia que creía haber perdido tanto tiempo atrás. No de forma tan clara como antes, pero algo... sobresalto, pánico, miedo... iban conformando la sensación de que algo cruel estaba sucediendo...

Viola se agarró la cabeza con las manos y Shawna se la quedó mirando.

—¿Te pasa algo? De repente te has puesto pálida...

Viola tragó saliva. El corazón se le desbocaba, justo como aquel día del hurling. Sentía... no, no era como ese día horrible, cuando casi experimentó con Ahi la agresión. A pesar de eso, captaba algo, una especie de resonancia de un espanto innombrable.

—Tendríamos que ir al lago —musitó—. Está pasando algo...

Viola se precipitó fuera de la caravana.

Patrick y Viola la siguieron. Delante de la casa de los McNamara, Bill y Paddy Malone se subían tambaleándose al todoterreno.

—¡Eh, os venís con nosotros! —gritaron complacidos a los tres amigos—. Vamos a los caballos, a ver qué hacen los chicos.

—Lo que... ¿significa esto que... que los mellizos están con los caballos? —Viola tenía la voz ronca.

Paddy se rio.

—¡Ya lo creo, al gris lo van a hacer entrar en vereda a palos! Cuando hayan acabado con él será dócil como un corderito...

También Bill soltó una carcajada.

Viola les arrojó una mirada casi enloquecida y echó a correr. Por segunda vez en ese día corría como alma que lleva el diablo y sin saber si temía por Ahi o por los mellizos. En las dehesas vecinas al lago había sucedido alguna cosa. Patrick y Shawna siguieron sus pasos. Pero su meta no estaba tan cerca, incluso corriendo se tardaban diez minutos o más para alcanzarla. Y la voz de Ahi hacía tiempo que había enmudecido en la cabeza de Viola. Llegaban demasiado tarde.

—¡Se han ido! —exclamó Shawna jadeando cuando por fin llegaron a los prados junto al lago—. Y no cabe duda de que los Malone han estado aquí.

Los tres permanecieron casi sin aliento delante de los restos del corral. Sin duda los kelpies lo habían derribado. Sus huellas conducían al lago, pero eso no era una sorpresa. Sobre los pedazos de valla colgaba la chaqueta de uno de los chicos, en la hierba pisoteada del corral había un cuchillo y cuerdas cortadas.

—¿Qué... qué hacemos ahora? —preguntó Shawna, horrorizada—. ¿Qué puede... haber pasado?

Patrick soltó una risa nerviosa.

—Si la historia de Viola es cierta, y suponemos que lo es, entonces es evidente que esos dos se han subido a lomos de los caballos... hum... equivocados...

—¿Has... sentido algo, Vio? —preguntó Shawna inútilmente. A fin de cuentas, acababan de llegar allí por esa razón.

Viola tenía el rostro pálido como una sábana y se apoyó en una piedra. Asintió. Tal vez nunca averiguasen lo que había ocurrido realmente, pero el resultado era obvio.

—Y... ¿ahora? ¿Decimos... decimos algo? —preguntó. Le temblaba todo el cuerpo.

Patrick le dio su chaqueta.

—¿Qué vamos a decir? —inquirió—. ¿«Lo siento, Paddy, pero lamentablemente sus pequeños torturadores le han puesto las manos encima a un kelpie»? ¿O «Lo siento, señor Malone, pero al parecer sus encantadores hijos han demostrado hoy, por vez primera en su vida, ser útiles para algo... aunque el uso previsto más bien sea... repugnante»?

—¡Patrick! —exclamó Shawna, indignada.

El chico le pasó el brazo por el hombro.

—Vamos, Shawna, no te pongas sentimental. Si hace media hora alguien te hubiera propuesto dar de comer los Malone a los lobos habrías aplaudido la iniciativa.

Shawna lo miró con severidad. Tenía una educación católica y era evidente que la había interiorizado lo suficiente como para no hablar mal de los muertos. En lugar de ello, en ese mismo momento se persignaba de forma mecánica.

Viola pensó que también ella habría dicho lo mismo sobre Ainné el día anterior. Pero una cosa era pensar en eso y otra, darlo por bueno. Alguien habría que quisiera a los dos Malone...

—Pero... quizá no estén en absoluto... —Shawna daba la impresión de no querer aceptar simplemente lo que había sucedido—. Algo tenemos que hacer. ¿No podríamos... la policía...?

—Quizá... quizá también le haya pasado algo a Ahi... —susurró Viola. Lentamente se iba percatando que había sentido que él tenía miedo y horror. Ahi había experimentado esos sentimientos. ¿Acaso no habrían ganado los mellizos Malone?

Patrick puso los ojos en blanco.

—¡La policía nos tomaría por locos! —respondió—.

Y con toda razón cuando vuestra mayor preocupación es si ha ocurrido algo a un espíritu acuático capaz de transformarse de vez en cuando en caballo. ¡Quitáoslo de la cabeza! Yo no me preocuparía por un kelpie, Viola. ¡Aunque fuera tan tonto de dejarse atacar por un par de gamberros, los... ¿cómo se llaman...? amhralough serían más! Y los Malone aparecerán en cualquier momento.

«Aunque no vivos...» Viola no quería pensar en ello, pero sabía que Shawna tenía ante sus ojos la imagen del cuerpo de Louise Richardson.

—Pero entonces... entonces seguirá siendo así... —susurró Shawna—. Me refiero a que ahora que lo sabemos...

—Siempre se ha sabido —observó Viola, y pensó en todas las imágenes, leyendas y sagas—. Solo que nadie lo creía.

—Precisamente —asintió Patrick, que permanecía admirablemente tranquilo—. Por lo que parece, los kelpies viven aquí al menos desde los tiempos de san Kevin, si no desde mucho antes. Los celtas ya contaban esas historias de los monstruos de los lagos y se protegían de ellos en los dólmenes. Si ahora añadimos otra leyenda, es posible que acabemos en el manicomio, pero la situación no cambiará.

Viola tomó una profunda bocanada de aire. Patrick tenía razón. Y en el fondo, Katja había dicho lo mismo. Tal vez fuera increíble, pero había que aceptar que los amhralough existían. Humanos y kelpies vivían juntos desde hacía miles de años, lo único que no debían hacer era enamorarse.

—¿Pero ahora... aquí... qué hacemos aquí? —preguntó Shawna, y con un gesto vacilante de la mano abarcó el corral y la playa.

Viola fue breve.

—Desaparecer, diría yo —luego se explicó—: antes de que Bill y Paddy aparezcan. Y tal vez nos llevemos la chaqueta y el cuchillo y... los lancemos al agua.

Patrick asintió.

—Una idea inteligente. De ese modo no podrán reconstruir aquí ninguna escena. Los chicos simplemente llegaron aquí, los caballos no estaban y han salido en su busca... ah, y además llevaban suficiente alcohol en las venas como para haberse caído al agua. —Se introdujo resuelto en el corral, agarró las pruebas e hizo un gesto a las chicas para que tomaran el camino que había en la orilla del lago. Desde la carretera resonaban unas voces, había llegado el momento de marcharse. Los tres pasaron junto a la isla, subieron el camino cada vez más escarpado y lanzaron las cosas por el acantilado. Entretanto se anunciaba lluvia. En un par de horas, cuando los mellizos realmente se echaran en falta, todas las huellas se habrían borrado.

—Y yo tengo que ir pensando en marcharme —dijo Patrick, cuando llegaron en silencio a la caravana, cada uno de ellos inmerso en sus propios pensamientos—. Con lo que ya puedo olvidarme de que me paguen por mi trabajo... —Suspiró teatralmente.

Shawna le dio un abrazo de despedida.

—Me gustaría que pudieras quedarte —dijo—. Tengo... tengo miedo de lo que vaya a suceder.

Patrick le dio un breve beso en la mejilla.

—Shawna, no sucederá nada. Al menos a ti. Los kelpies nunca te han hecho nada, ni a ningún otro que sea lo bastante inteligente como para mantener las manos lejos de caballos extraños. Y el pueblo de tu Ahi, Vio, tendrá sensatez suficiente para conservar las distancias con Ainné McNamara.

Viola asintió. Si no era así, ella personalmente se ocuparía de ello.

—¿Vas a volver a verlo? —preguntó Shawna. Las chicas se estaban despidiendo también delante de casa de Viola, aunque no de buen grado. Shawna no quería quedarse sola y Viola tenía horror a Ainné, quien con toda seguridad estaría de muy mal humor, a la cocina sucia y a los hombres, que estarían esperando a los mellizos. Seguro que Paddy no se iba a su casa sin sus hijos. Y Viola se imaginaba lo que estaría pasando entretanto en el fondo del lago. Los kelpies cantarían su canción y celebrarían una fiesta. *Bacha* a raudales...

En efecto, Viola pasó las siguientes horas poniendo orden y cocinando. No acabó hasta tarde. En la sala de estar abrían una nueva botella. Paddy todavía no parecía especialmente inquieto. Suponía que sus hijos estaban en algún pub.

Viola intentó enviar un resumen de los acontecimientos a Katja, pero luego se puso a llover, la conexión de internet se perdió y ella ya no lo soportó más. Si no quería volverse loca, tenía que hacer algo.

Golpeó la puerta del dormitorio de Alan y preguntó si podía volver a ir a dormir a casa de Shawna. Su padre estaba en la cama y con el pie en alto. Presentaba bastante mal aspecto, abatido por los acontecimientos del día. Viola esperaba que los cuerpos de los gemelos no fueran arrojados al camping.

—¿Hoy? —preguntó renuente—. ¿Y ahora se te ocurre? Ya sabes que mañana tienes clase.

Viola levantó las cejas.

—¿Crees que aquí voy a dormir más? —preguntó—.

Me llevo las cosas del instituto, papá, y luego cogeré el autobús con Shawna. Pero esa gente que hay ahí abajo...

Alan le sonrió con complicidad.

—Ya, a mí también me ponen de los nervios —contestó apaciguador—. Si no fueran amigos de Ainné...

Viola no dijo nada más. Alan apechugaba con los imposibles amigos de Ainné, así como con los pasatiempos de Ainné y con el trabajo en el camping de Ainné. Pero ¿quién era ella para juzgar? ¿Ella, que no amaba lo suficiente para hacer lo mismo por Ahi?

Viola empaquetó sus cosas, se deslizó por la sala de estar y cerró sin hacer ruido la puerta de la casa a sus espaldas. Pero entonces no consiguió encaminarse directamente al Lovely View, sino que la atrajo la magia del cobertizo.

Avanzó tanteando el sendero casi oscuro como había hecho tantas veces en invierno. Y en efecto, Ahi estaba sentado en una de las piedras detrás del cobertizo. Esperaba. ¿O acaso la había llamado?

Viola se olvidó de todas sus dudas y promesas cuando lo vio. Muy delgado, casi consumido, el cabello claro y largo sin brillo. Necesitaba *bacha*. Pero volvería a fluir ahora. Se preguntaba por qué no estaba todavía cantando la antigua melodía de la muerte con los demás.

—¿Por qué no estás abajo? —preguntó, más secamente de lo que deseaba en realidad—. ¿Por qué...?

—Porque tenía que verte —respondió Ahi en voz baja—. Ya no lo soportaba más. No quería, no quería... que tú me recordaras así. Como alguien que hace frente a sus similares. Como un cobarde...

—¡Tú no eres ningún cobarde! —Viola se acercó a él y le cogió la mano. Era como el regreso, por largo tiempo ansiado, a un país de ensueño perdido. Ahi la estrechó contra él y sus almas tomaron el cielo por asalto.

—Fuiste el que... —preguntó Viola—. El que hoy al mediodía... con los chicos... ¿Te ha obligado tu familia?

Ahi inclinó la cabeza. Sostenía la mano de Viola y sus dedos jugueteaban inquietos con los de ella.

—No quería. ¡Tienes que creerme! Y los otros no me han forzado a hacerlo, todos estaban dispuestos a ejecutarlo. Pero no había otro remedio. Esos tipos querían mi *beagnama*. Ninguno de los otros, habían puesto las miras en el semental. Y se las sabían todas... Dios mío, Viola, ha ido de un pelo que no me vencieran. Me volcaron en el suelo, me ataron las patas, uno saltó sobre mi lomo, el otro quería colocarme el cabestro a la fuerza. Ahlaya tomó forma humana y cortó las cuerdas. Con el cuchillo de uno de los chicos, él... él estaba muy asustado.

Había que aceptarlo. Viola casi se hubiera echado a reír. Ni borrachos habrían imaginado jamás los gemelos Malone un caballo que de repente se transformaba en mujer y les arrebataba el cuchillo.

—Luego... luego corrí al lago...

Ahi se cubrió los ojos con las manos.

—Con el... con el chico encima...

Viola le pasó el brazo por encima de los hombros.

—¿Y qué otra cosa podías hacer...? ¿Y... el otro?

—No lo he visto.

Viola no añadió nada, pero no cabía la menor duda. Los kelpies no podían dejar marchar al hermano. Había visto demasiado. En este caso, pasaron del dicho al hecho y empujaron por la fuerza al segundo jinete en potencia al lago. Viola se preguntó si habría sido el miedo de este último lo que ella había sentido, al igual que lo había percibido Ahi. Tal vez el don de la telepatía era demasiado pronunciado en él para silenciar los sentimientos de la víctima. Si era así, nunca sería un cazador.

—¿Y ahora...?, ¿vais a cantar? —musitó ella.

Ahi asintió.

—Ahlanija me ha invitado a hacerlo —susurró Viola—. Quería... quería que me convirtiera en una de los vuestros.

Ahi la estrechó entre sus brazos.

—Pero no puedes —murmuró—. Al igual que yo no puedo convertirme en uno de los vuestros...

Viola quería decir algo, hablarle de su padre y de Ainné, pero Ahi se sobresaltó.

—¡Debo partir, oigo su llamada! Vienen... Ellos... ellos buscan...

Viola también percibió algo. Las voces ebrias de Bill y Paddy. Al parecer, ambos habían decidido emprender una búsqueda. Con linternas y dando gritos avanzaban torpemente por el camping.

Pero creyó oír también otra voz. Una voz cantarina... Y en la niebla de la orilla se vislumbraba apenas un caballo. Una yegua blanca como la nieve. El *beagnama* de Ahlanija.

—Dile que lo siento... —susurró Viola. Luego corrió fuera de ahí. Intentando pasar junto a la casa sin que la vieran. Se iba con Shawna, muy lejos del lago, donde reinaba la claridad y no existía la tentación de dejarse arrastrar por inquietantes canciones.

24

Alan McNamara comprendió que su hija quería regresar a Alemania. Enseguida, a ser posible en el primer avión, pero no sin haber finalizado antes el curso escolar. Las últimas experiencias habían sido excesivas para ella, sobre todo después de que se encontrara a los mellizos ahogados días después de su desaparición.

En el ínterin Bill y Paddy se superaron en teorías y a Viola casi se le salió del pecho el corazón el tercer día, cuando Paddy, totalmente borracho, se puso a hablar de los kelpies. A fin de cuentas, no habían vuelto a ver los caballos salvajes, y cuando los hombres salieron en busca de los mellizos todavía había huellas que conducían al lago.

El policía local se limitó a alzar la vista al cielo cuando los dos le presentaron tal idea.

—¡Ese hombre debería beber menos! —declaró el día después. Llegaba con la noticia de la muerte y se puso muy contento de descargarla en Alan, quien, con ayuda de Viola, trabajaba en el cobertizo de los botes. Los primeros turistas habían llegado y las canoas debían meterse en el agua.

—Y los chicos todavía podrían estar vivos si se hubieran contenido. Tenían el nivel de alcohol por las nubes. Es probable que se les escaparan los caballos y que luego subieran haciendo eses a las rocas. Kelpies...

Viola hizo el equipaje. No quería pensar más en Ahi ni en los amhralough; pero, por otra parte, ese sentimiento de soledad que la había torturado todas las semanas que siguieron a la separación había desaparecido desde el día de la cacería. No estaba en contacto con Ahi, en realidad, no oía su voz y no podía compartir sus sentimientos con él. Pero tampoco había heridas, ningún corte doloroso. De algún modo subsistía un fino cordón que la consolaba y llenaba el vacío. Ahi no estaba junto a ella, pero tampoco estaba lejos.

Al final llegó su último día en Irlanda. Alan la acompañaría a las cinco del día siguiente al aeropuerto y le aconsejó que fuera a dormir temprano. Tampoco había nada que objetar. Viola había celebrado su fiesta de despedida, había abrazado a Shawna, y Patrick tal vez fuera al aeropuerto a despedirla. El portátil ya estaba guardado tras haber enviado el último mail a Katja.

Pero, a la luz del atardecer, el cielo tenía una belleza sumamente irreal, el sol se fragmentaba en las ramas de los árboles bajo las que se hallaban las caravanas de los nuevos clientes y *Guinness* estaba loco por salir a pasear... Viola nunca hubiese admitido que hubiera otras razones para ponerse una vez más los vaqueros, las botas de goma y la chaqueta encerada y salir en esa tarde de primavera. Hacia la isla, hacia las ruinas del puente. Se convencía a sí misma de que tenía que volver a ver la casa de verano envuelta en la niebla del atardecer. Pero lo que vislumbró fue un rebaño de caballos. Espectrales como sombras claras galopaban por encima de las piedras hacia el sendero de la orilla. ¿Caballos? ¿Kelpies? No se trataba de una cacería, sino más bien semejaba un juego relajado. Viola se envolvió más con la chaqueta, se apoyó en el pilar del puente y contempló el lago. Un viento suave rizaba suavemente la superficie del agua, bajo la cual danzaban las algas.

—¡Viola!

Ella no se asustó cuando oyó la voz de Ahi a sus espaldas.

—¡Me has llamado! —dijo el muchacho.

Viola se dio media vuelta.

—¿Lo has oído? —preguntó—. Porque yo... no he gritado... no quería en absoluto...

—También te oigo cuando susurras. —Ahi se sentó a su lado. No se tocaron, fue como en los primeros días en que se había encontrado en ese lugar—. Así que te vas. —Era una afirmación. En la voz de Ahi no había tristeza, sino una extraña forma de resignación—. Lo siento. Desearía haberlo hecho mejor.

Viola lo miró y en los ojos de la joven se plasmó toda la pena que había reprimido en los últimos días.

—¡Pero lo intentaste todo! ¡Yo no pude! Yo no te he amado lo suficiente para cantar contigo...

Ahi sacudió la cabeza.

—Me gustaría tocarte —declaró con dulzura—. ¿Quieres tú también o te hará daño?

Viola asintió con vehemencia.

—¡Claro que quiero! ¡Siempre quiero! ¡Pero soy demasiado débil, soy demasiado cobarde! —La joven sollozó.

Ahi le pasó un brazo por encima. Frotó su mejilla contra la de la muchacha y ella volvió a experimentar la sensación de seguridad y protección. En esta ocasión, sin embargo, ella no se entregó totalmente a él, siguió llorando apretada contra el pecho del joven.

—Cantas ahora conmigo —dijo tiernamente Ahi . Él la abrazaba, le pasaba la mano por el cabello, le acariciaba la nuca—. Siempre hemos cantado juntos, pero no encontré la melodía de tu pueblo. Y tú tampoco la de los amhralough. En esto no hay nada que cambiar, Viola...

—Si te hubiera amado más... —habló entre sollozos de su padre—. Si yo te hubiera amado tanto como él ama a Ainné... Si... tú me hubieras amado tanto... —No quería reprocharle nada, pero era así. El amor de ambos no había sido suficiente.

Ahi sacudió la cabeza.

—Viola, tú podrías haberme forzado a amarte así. ¿Te acuerdas? Yo te tendí las manos y tú solo tendrías que habérmelas atado con el velo de novia.

Viola lo miró. Sus ojos se desorbitaron.

—¡Ainné lo habría hecho! —exclamó, tomando conciencia de repente.

Ahi asintió.

—Yo también podría haberlo hecho. Hay canciones para ello... Ya conoces las historias de las humanas que vivieron con los amhralough. Habría sido fácil cautivarte, tu mente siempre estuvo abierta para mí. Nos hubiera bastado con interpretar las melodías adecuadas. Ahlanija lo sugirió varias veces, precisamente cuando no llevabas la piedra protectora.

—Pero tú no quisiste —musitó Viola—. Ahi... no sé qué decir... Quizá, quizá no habría sido tan equivocado. Somos felices cuando estamos juntos. Aquí o allí...

Ahi le besó las sienes.

—Ahora sí; pero ¿toda la vida? Una vez hecho, no hay vuelta atrás. No podía hacerte eso...

—¡Te amo! —susurró Viola.

Ahi sonrió.

—Y yo te amo a ti.

Viola le ofreció los labios y ambos se fundieron una vez más con la tierra y la vida, el cielo y las estrellas. Su amor no conocía fronteras. Viola dejó de pensar en si era o no suficiente.

Cuando se separaron, se quitó la amatista del cuello y se la puso a Ahi.

—Toma... En el lugar adonde voy no la necesito. Pero tú sí, para evitar que alguien te encante. Yo... yo ahora sé lo valiosa que es. —«Y lo mucho que ya entonces me amabas.» No lo expresó en voz alta, pero Ahi lo leyó en sus pensamientos.

Él hizo un gesto negativo con la cabeza.

—Pero si me lo quedo... no tendrás nada que te recuerde a mí... —musitó.

Viola sonrió.

—Al contrario. Claro que lo tendré. —Sacó del bolsillo la piedra de brillo dorado que habían encontrado la noche de Navidad. La envolvió con su mano y la de Ahi—. ¿No te acuerdas? Forma parte de nosotros dos. La amatista protege, pero esta piedra conserva nuestro amor...

—¿Hasta que vuelvas? —Ahi la miró resplandeciente y sostuvo la piedra entre sus manos con tanto cuidado y precaución como si fuera un pajarillo capaz de salir volando con el amor de Viola—. Porque, ¿volverás?

Viola cogió el fragmento de roca de resplandor dorado y asintió con la cabeza.